En llamas

RBA MOLINO

SUZANNE COLLINS

EN LLAMAS

Traducción de
Pilar Ramírez Tello

RBA

Título original: *Catching Fire.*
Autor: Suzanne Collins.

© Suzanne Collins, 2009.
© de la traducción: Pilar Ramírez Tello, 2009.
© de esta edición, RBA Libros, S.A., 2012.
Avda. Diagonal, 189 08018 Barcelona.
rbalibros.com

Adaptación de la cubierta: Compañía.
Imagen de la cubierta: Sinsajo con diseño original de Tim O'Brien.
Adaptado por Scholastic UK.

Primera edición: enero de 2010.
Décima edición: febrero de 2012.
Vigesimosexta edición: septiembre de 2013.

RBA MOLINO
REF: MONL070
ISBN: 978-84-2720-213-9
DEPÓSITO LEGAL: B-5.981-2012

Para mis padres, James y Michael Collins,
y para mis suegros, Dixie y Charles Pryor

Primera parte

LA CHISPA

1

Sujeto el termo con ambas manos, aunque el calor del té se perdió hace un rato en el aire helado. Tengo los músculos tensos de frío. Si apareciese una jauría de perros salvajes ahora mismo, no tendría muchas posibilidades de trepar a un árbol antes de que me atacasen. Tendría que levantarme, moverme y dejar que la sangre volviese a circularme por las extremidades, pero, en vez de hacerlo, me quedo sentada, tan inmóvil como la roca que tengo debajo, mientras el alba empieza a iluminar el bosque. No puedo luchar contra el sol, solo puedo observar con impotencia cómo me arrastra a un día que llevo meses temiendo.

A mediodía estarán todos en mi nueva casa de la Aldea de los Vencedores: los periodistas, los equipos de televisión, incluso Effie Trinket, mi antigua acompañante, recién llegados al Distrito 12 desde el Capitolio. Me pregunto si Effie seguirá llevando aquella ridícula peluca rosa o si habrá elegido otro color antinatural que lucir en la Gira de la Victoria. Habrá más gente esperando, varias personas listas para atender todas mis necesidades en el largo viaje en tren. Un equipo de preparación que me pondrá guapa para mis apariciones públicas. Mi estilista y amigo, Cinna, que diseñó los maravillosos trajes que hicieron que la audiencia se fijase en mí por primera vez en los Juegos del Hambre.

Si estuviese en mis manos, intentaría olvidar los Juegos del Hambre por completo, no hablaría nunca de ellos, fingiría que no han sido más que un mal sueño. Sin embargo, la Gira de la Victoria hace que mi deseo resulte imposible. La organizan en un momento estratégico, entre unos juegos y los siguientes, como si el Capitolio pretendiese mantener el horror vivo y cercano. En los distritos no solo nos vemos obligados a recordar la mano de acero del poder del Capitolio una vez al año, sino que, además, nos obligan a celebrarlo. Este año yo soy una de las estrellas del espectáculo. Tendré que viajar de distrito en distrito, ponerme delante de la multitud para que me vitoree, aunque, en realidad, me odie; mirar a la cara a los familiares de los chicos a los que he matado...

El sol sigue empeñándose en salir, así que hago un esfuerzo por levantarme. Me duelen todas las articulaciones, y la pierna izquierda lleva tanto tiempo dormida que necesito pasarme unos minutos caminando para devolverla a la vida. He estado tres horas en el bosque, pero, como no he intentado cazar, no llevaré nada de vuelta. A mi madre y a mi hermana pequeña, Prim, ya no les importa. Pueden permitirse comprar carne en la carnicería del pueblo, aunque a ninguna nos gusta más que la carne de caza. Por otro lado, mi mejor amigo, Gale Hawthorne, y su familia dependen de lo que saque hoy, y no puedo dejarlos tirados. Empiezo la hora y media de paseo que necesitaré para comprobar todas nuestras trampas. Cuando estábamos en el colegio teníamos tiempo por la tarde para mirar las trampas, cazar, recolectar vegetales y llegar a tiempo para comerciar con todo ello en el pueblo. Sin embargo, desde que Gale empezó a trabajar en las minas de carbón, como yo no tengo nada que hacer en todo el día, me encargo del trabajo.

Gale ya habrá llegado a la mina y terminado el vertiginoso paseo en ascensor que lleva a las profundidades de la tierra, por lo que estará dándole golpes a una veta de carbón. Sé cómo es estar allí abajo. Todos los años, como parte de nuestra formación, mi clase de la escuela tenía que hacer una visita a las minas. Cuando era pequeña me resultaba desagradable: los túneles claustrofóbicos, el aire apestoso, la agobiante oscuridad que lo dominaba todo. Pero después de que mi padre y otros mineros muriesen en una explosión, apenas podía obligarme a subir al ascensor. Aquella excursión anual me producía una gran ansiedad, y en dos ocasiones me puse tan mala antes de ir que mi madre me dejó quedarme en casa, creyendo que tenía la gripe.

Pienso en Gale, que en realidad solo se siente vivo en el bosque, con el aire fresco, la luz del sol y el agua limpia de los arroyos. No sé cómo lo soporta. Bueno..., sí lo sé: lo soporta porque es la única forma de alimentar a su madre y sus hermanos pequeños. Y aquí estoy yo, con montones de dinero, más que suficiente para alimentar a mi familia y a la suya, y él no quiere aceptar ni una moneda. Ya me ha costado convencerlo para que me dejara llevarles carne, a pesar de que él habría mantenido a mi madre y a Prim si yo hubiese muerto en los juegos. Le digo que me hace un favor, que me volvería loca si me pasara todo el día de brazos cruzados. Aun así, nunca me paso a dejarles las presas cuando él está en casa, cosa que no resulta difícil, ya que trabaja doce horas al día.

En realidad, ahora solo lo veo los domingos, cuando nos reunimos en el bosque para cazar juntos. Sigue siendo el mejor día de la semana, aunque ya no es como antes, cuando nos lo contábamos todo. Los juegos han acabado con eso. Sigo teniendo la esperanza de que, con el tiempo, volvamos a sentirnos cómodos, pero parte de mí sabe que no servirá de nada. No hay vuelta atrás.

Sacó un buen botín de las trampas: ocho conejos, dos ardillas y un castor que se metió en un artilugio de alambre diseñado por Gale. Es un mago de las trampas, es capaz de doblar los árboles jóvenes para que suban alto la presa, lejos del alcance de los depredadores; también sabe colocar troncos en equilibrio sobre disparadores de palitos y trenzar cestas de las que ningún pez puede escapar. Conforme avanzo y vuelvo a colocar cada trampa, sé que nunca podré imitar su ojo para el equilibrio, su instinto para saber por dónde cruzará la presa el sendero. Es más que experiencia, es un don natural, como mi habilidad para disparar el arco en la penumbra y derribar a mi objetivo de una sola flecha.

Cuando llego a la alambrada que rodea el Distrito 12, el sol está bien arriba. Como siempre, presto atención durante un momento, pero no me llega el zumbido delator de la corriente eléctrica por el metal. Casi nunca lo electrifican, a pesar de que, en teoría, debería estarlo siempre. Me arrastro por el hueco de la parte de abajo de la alambrada y salgo a la Pradera, a un tiro de piedra de mi casa. De mi antigua casa. Todavía es nuestra oficialmente, ya que es la vivienda asignada a mi madre y mi hermana. Si me muriese ahora mismo, ellas tendrían que regresar. Por ahora, eso sí, están felizmente instaladas en la casa nueva de la Aldea de los Vencedores, y yo soy la única que utiliza el diminuto lugar en el que me crié. Para mí es mi verdadero hogar.

Voy allí y me cambio de ropa. Me quito la vieja chaqueta de cuero de mi padre y me pongo un abrigo de lana buena que siempre parece apretarme demasiado en los hombros. Dejo la comodidad de mis desgastadas botas de caza y me calzo unos caros zapatos hechos a máquina que mi madre considera más apropiados para alguien de mi posición. Ya he guardado el arco y las flechas en el tronco hueco de un árbol, en el bosque. Aunque el tiempo vuela, me permito pasar unos cuantos minutos sentada en la cocina, que tiene aire de abandono con la hornilla apagada y la mesa sin mantel. Echo mucho de menos mi antigua vida. Apenas lográbamos sobrevivir, pero sabía dónde encajaba, sabía cuál era mi lugar en los prietos hilos que formaban la tela de nuestra vida. Ojalá pudiera volver a ella, porque, en retrospectiva, me parece segura comparándola con la de ahora: tan rica y famosa, y, a la vez, tan odiada por las autoridades del Capitolio.

Oigo un gemido que reclama mi atención en la puerta trasera. La abro y descubro a *Buttercup*, el zarrapastroso gato de Prim. Le gusta la nueva casa tan poco como a mí y siempre se va cuando mi hermana está en clase. Nunca nos hemos llevado especialmente bien, pero ahora compartimos este nuevo vínculo. Lo dejo entrar, le doy un trozo de grasa de castor e incluso le rasco entre las orejas un ratito.

—Eres horroroso, lo sabes, ¿verdad?

Buttercup me da con el hocico en la mano para que siga acariciándolo, pero tenemos que irnos.

—Vamos, gato.

Lo sujeto con una mano, agarro mi bolsa de caza con la otra y salgo a la calle. El gato salta al suelo y desaparece debajo de un arbusto.

Los zapatos me aprietan los dedos en mi camino sobre las cenizas de la calle. Como me meto por callejones y patios traseros, llego a la casa de Gale en pocos minutos, y su madre, Hazelle, me ve por la ventana, ya que está inclinada sobre el fregadero de la cocina. Se seca las manos en el delantal y se dirige a abrirme la puerta.

Me gusta Hazelle. La respeto. Su marido murió en la misma explosión que mató a mi padre, y la dejó con tres hijos varones y un bebé a punto de nacer. Menos de una semana después de dar a luz, salió a la calle en busca de trabajo. Las minas no eran una opción viable, ya que tenía que cuidar del bebé, pero consiguió que los comerciantes del pueblo le diesen su ropa para lavar. Gale, el mayor de los hijos, se convirtió a sus catorce años en el principal apoyo económico de la familia. Ya había firmado para pedir teselas, que le suponían una escasa cantidad de cereales y aceite a cambio de dejar que su nombre entrase más veces en el sorteo de los tributos. Además, ya por aquel entonces era un trampero experto. Sin embargo, eso no bastaba para mantener a una familia de cinco, así que Hazelle tenía que pelarse los dedos hasta los huesos en aquella tabla de lavar. En invierno las manos se le ponían tan rojas y agrietadas que sangraban a la menor provocación. Seguirían haciéndolo de no ser por el ungüento que le preparaba mi madre. Con todo y con eso, Hazelle y Gale están decididos a que los otros chicos (Rory, de doce años,

16

Vick, de diez, y el bebé Posy, de cuatro) nunca tengan que pedir teselas.

Hazelle sonríe al ver mi botín y agarra el castor por la cola, sopesándolo:

—Esto servirá para un buen estofado.

A diferencia de Gale, a ella no le parece mal nuestro acuerdo de caza.

—Y tiene buena piel —respondo. Me reconforta estar aquí con Hazelle, hablando de las cualidades de las presas, como siempre hemos hecho. Me sirve una taza de infusión, y yo la sujeto con ambas manos para calentármelas—. ¿Sabes? Cuando vuelva de la gira estaba pensando en llevarme a Rory conmigo de vez en cuando, después de la escuela, para enseñarle a disparar.

—Eso estaría bien. A Gale le gustaría hacerlo, pero solo tiene libres los domingos, y creo que le gusta guardarlos para ti.

No puedo evitar que el color me suba a las mejillas. Es una estupidez, claro, porque nadie me conoce mejor que Hazelle y sabe el vínculo que comparto con Gale. Estoy segura de que mucha gente supuso que nos acabaríamos casando, aunque yo nunca pensé en ello. Sin embargo, eso fue antes de los juegos, antes de que mi compañero tributo, Peeta Mellark, anunciase que estaba loco por mí. El romance se convirtió en una estrategia clave para nuestra supervivencia en la arena. El problema es que para Peeta no era tan solo una estrategia. No estoy segura de lo que fue para mí, pero sé el dolor que le supuso a Gale. Cuando pienso en que Peeta y yo tendremos que presentarnos de nuevo como enamorados en la Gira de la Victoria, noto un nudo en el pecho.

Me trago la infusión de golpe, aunque está demasiado caliente, y me aparto de la mesa.

—Será mejor que me vaya y me ponga presentable para las cámaras.

—Disfruta de la comida —responde Hazelle, dándome un abrazo.

—Por supuesto.

Mi siguiente parada es en el Quemador, donde solía hacer casi todos mis trueques. Hace años era un almacén de carbón, hasta que dejó de usarse y se convirtió primero en un lugar de encuentro para el comercio ilegal y después en un mercado negro en toda regla. Supongo que al ser un sitio que atrae a los delincuentes, debe de ser mi sitio. Cazar en el bosque que rodea el Distrito 12 viola al menos una docena de leyes y se castiga con la muerte.

Las personas que frecuentan el Quemador nunca mencionan lo mucho que les debo. Gale me dijo que Sae la Grasienta, la anciana que vende sopa, inició una colecta para patrocinarnos a Peeta y a mí durante los juegos. En teoría era una cosa del Quemador, pero mucha gente más se enteró y quiso participar. Aunque no sé exactamente cuánto dinero fue y soy consciente de que el precio de cualquier cosa en la arena era exorbitante, lo cierto es que su contribución bien pudo salvarme la vida.

Todavía me resulta extraño abrir la puerta principal con el saco vacío, sin nada que intercambiar, y con el bolsillo lleno de monedas pegado a la cadera. Intento cubrir el mayor número de puestos posible y repartir mis compras de café, bollos, huevos, hilo y aceite por todos ellos. En el último momento decido comprar tres botellas de licor blanco de una mujer manca llamada Ripper, una víctima de accidente minero que había tenido la astucia suficiente para encontrar la forma de ganarse la vida.

El licor no es para mi familia, sino para Haymitch, que hizo de mentor de Peeta y mío en los juegos. Es hosco, violento y está borracho casi todo el tiempo, pero hizo bien su trabajo. Bueno, lo hizo más que bien: por primera vez en la historia, dos tributos consiguieron ganar. Así que, sea Haymitch como sea, se lo debo, y es una deuda que he contraído para siempre. Le compro el licor blanco porque hace unas semanas se quedó sin botellas y no había ninguna a la venta, así que tuvo el síndrome de abstinencia, y se pasaba todo el tiempo temblando y gritándoles improperios a seres que solo él veía. Asustó mucho a Prim y, la verdad, para mí tampoco fue muy divertido verlo de aquella manera. Desde entonces me he dedicado a reunir mi propia reserva de alcohol, por si vuelve a haber escasez.

Cray, el jefe de nuestros agentes de la paz, frunce el ceño al verme con las botellas. Es un hombre mayor con unos cuantos mechones de pelo plateado peinados de un lado sobre su cara rojo chillón.

—Eso es demasiado fuerte para ti, chica. —Él lo sabe bien porque, después de Haymitch, Cray bebe más que ninguna otra persona que conozco.

—Es que mi madre lo usa para sus medicinas —respondí, como sin darle importancia.

—Bueno, la verdad es que eso lo mata todo —responde, dejando una moneda en el mostrador para pagar una botella.

19

Cuando llego al puesto de Sae la Grasienta me siento al mostrador y pido sopa, una especie de mezcla de calabaza y alubias. Un agente de la paz llamado Darius se acerca y compra un cuenco mientras estoy comiendo. Para ser un representante de la ley, está entre mis favoritos, porque nunca abusa de su poder y tiene sentido del humor. Aunque tendrá unos veinte años, no parece mucho mayor que yo; hay algo en su sonrisa, en el pelo rojo que le sale disparado en todas direcciones, que le da aspecto de crío.

—¿No tendrías que estar en un tren? —me pregunta.

—Vienen a por mí a mediodía.

—¿Y no deberías tener mejor pinta? —pregunta, en un susurro bien alto. No puedo evitar sonreír ante sus pullas, a pesar de mi humor—. Quizá un lazo en el pelo o algo. —Me agita la trenza y yo le aparto la mano.

—No te preocupes, cuando terminen conmigo estaré irreconocible.

—Bien. A ver si demostramos un poco de orgullo de distrito para variar, señorita Everdeen, ¿eh? —Mira a Sae la Grasienta y sacude la cabeza con aire burlón, como si me regañase; después se aleja para reunirse con sus amigos.

—¡Eh, devuélveme ese cuenco! —le grita Sae, pero, como lo hace entre risas, no parece demasiado preocupada—. ¿Va Gale a despedirte? —me pregunta.

—No, no estaba en la lista, pero lo vi el domingo.

—Creía que lo habrían puesto en la lista. Como es tu primo y tal... —añade, irónica.

No es más que parte de la mentira que ha fabricado el Capitolio. Cuando Peeta y yo nos quedamos entre los ocho finalistas

20

de los juegos, enviaron periodistas para preparar historias personales sobre nosotros. Preguntaron por mis amigos y todos los dirigieron a Gale. Sin embargo, no les convenía que Gale fuese mi mejor amigo, porque yo estaba en pleno romance en la arena. Era demasiado guapo, demasiado masculino, y no parecía nada dispuesto a sonreír y poner buena cara ante las cámaras. No obstante, los dos tenemos ese aire de la Veta: cabello liso oscuro, piel aceitunada, ojos grises. Así que a algún genio se le ocurrió convertirlo en mi primo. Yo no me enteré hasta que ya estábamos en casa, en el andén de la estación del tren, cuando mi madre dijo: «¡Tus primos están deseando verte!». Entonces me volví, y allí estaban Gale, Hazelle y todos los críos, esperándome, así que no me quedó más remedio que seguirles la corriente.

A pesar de que Sae la Grasienta sabe que no somos parientes, algunas de las personas que nos conocen desde hace años parecen haberlo olvidado.

—Estoy deseando terminar con todo esto de una vez —susurro.

—Lo sé, aunque tienes que empezarlo para poder terminarlo. Será mejor que no llegues tarde.

Mientras camino hacia la Aldea de los Vencedores empieza a nevar un poco. Desde la plaza del centro del pueblo hasta la Aldea hay apenas un kilómetro de distancia, pero es como entrar en otro mundo completamente distinto. Se trata de una comunidad independiente construida alrededor de un precioso parque salpicado de arbustos en flor. Hay doce casas, y cada una de ellas es diez veces más grande que el hogar en que me crié. Nueve siguen vacías, como siempre han estado. Las tres en uso pertenecen a Haymitch, a Peeta y a mí.

Las casas habitadas por mi familia y Peeta desprenden un cálido hálito de vida: ventanas iluminadas, humo en las chimeneas, ramilletes de maíz de colores pegados a las puertas de entrada como decoración para celebrar el próximo Festival de la Recolección. Sin embargo, la casa de Haymitch, a pesar de los cuidados del encargado de la Aldea, rebosa abandono y dejadez. Me detengo un instante en su puerta para prepararme, porque sé que dentro estará todo asqueroso; después, entro.

Arrugo la nariz de inmediato ante el olor. Haymitch se niega a dejar que alguien vaya a limpiarle, y él no lo hace nada bien. Con el paso de los años, la peste a licor, vómito, col hervida y carne quemada, ropa sin lavar y excrementos de ratón se ha mezclado hasta formar un hedor que hace que me lagrimeen los ojos. Me abro paso a través de un montón de envoltorios vacíos, vasos rotos y huesos, y me dirijo al lugar en que sé que encontraré a Haymitch. Está sentado a la mesa de la cocina, con los brazos extendidos sobre la madera y la cara en un charco de licor, roncando como un poseso.

Le doy un codazo en el hombro.

—¡Levanta! —grito, porque he aprendido que no existe ninguna forma sutil de despertarlo. Sus ronquidos cesan durante un momento, como si estuviese desconcertado, pero después siguen. Lo empujo con más fuerza—. ¡Levanta, Haymitch, es el día de la gira!

Abro la ventana y tomo grandes bocanadas de aire limpio del exterior. Después rebusco con los pies entre la basura del suelo, desentierro una cafetera de hojalata y la lleno en el fregadero. La hornilla no está del todo apagada y consigo devolverle la vida a unos cuantos carbones encendidos. Echo café molido en la cafetera, lo suficiente para asegurarme de que el brebaje resultante sea bueno y fuerte, y la pongo a hervir en la hornilla.

Haymitch sigue en otro mundo. Como lo demás no ha funcionado, lleno un barreño de agua helada, se lo vacío en la cabeza y me aparto de un salto. Un sonido animal gutural le sale de la garganta, y se levanta de un salto dándole una patada a la silla (que acaba tirada a tres metros de él) y blandiendo un cuchillo. Se me había olvidado que siempre duerme con uno en la mano. Tendría que habérselo quitado antes, pero tenía muchas cosas en la cabeza. Sin dejar de soltar blasfemias, acuchilla el aire unos segundos antes de darse cuenta de lo que está haciendo. Entonces se seca la cara con la manga de la camisa y se vuelve hacia el alféizar de la ventana, donde me había encaramado por si tenía que huir a toda prisa.

—¿Qué estás haciendo? —pregunta, rabioso.

—Me dijiste que te despertara una hora antes de que llegasen las cámaras.

—¿Qué?

—Fue idea tuya —insisto.

—¿Por qué estoy mojado? —pregunta, después de acordarse de lo que le digo.

—No podía despertarte. Mira, si querías una niñera, habérselo pedido a Peeta.

—¿Pedirme el qué? —Solo con oír su voz se me forma un nudo de emociones desagradables en el estómago, como culpa, tristeza y miedo. Y nostalgia; debo admitir que también hay algo de eso, pero tiene demasiada competencia como para vencer.

Peeta se acerca a la mesa; la luz del sol que entra por la ventana arranca destellos de la nieve caída sobre su pelo rubio. Parece fuerte y sano, muy distinto al chico enfermo y muerto de hambre que conocí en la arena, y ya casi no se le nota el cojeo. Deja una barra de pan recién hecho en la mesa y alarga una mano en dirección a Haymitch.

—Te pedí que me despertaras sin provocarme una neumonía —dijo Haymitch, dándole el cuchillo a Peeta. Se quita la sucia camisa dejando al aire una camiseta interior igual de manchada y se frota el cuerpo con la parte seca.

Peeta sonríe y moja el cuchillo de Haymitch en el licor blanco derramado de una botella del suelo. Después limpia la hoja en el borde de su camiseta y corta el pan. Él nos mantiene a todos bien suplidos de bollería. Yo cazo, él hornea, Haymitch bebe. Cada uno tenemos nuestra forma de mantenernos ocupados, de quitarnos de la cabeza el tiempo que pasamos en los Juegos del Hambre. No me mira hasta que le da la tapa del pan a Haymitch.

—¿Quieres un trozo?

—No, he comido en el Quemador —respondo—, pero gracias. —No parece mi voz, es demasiado formal, igual que todas las otras veces que he hablado con Peeta desde que las cámaras terminaron de filmar nuestra feliz vuelta a casa y regresamos a nuestras vidas reales.

—De nada —responde, igual de serio.

Haymitch tira la camisa al suelo, entre la porquería.

—Brrr. Vosotros dos tenéis que darle un poco de calor al asunto antes de que empiece el espectáculo.

Tiene razón, por supuesto. La audiencia estará esperando al par de enamorados que ganaron los Juegos del Hambre, no a dos personas que apenas pueden mirarse a los ojos. Sin embargo, me limito a decir:

—Date un baño, Haymitch.

Salgo por la ventana, caigo en el suelo y atravieso el jardín en dirección a mi casa.

La nieve ha empezado a cuajar, así que dejo un rastro de huellas detrás de mí. En la puerta principal me detengo para sacudirme los zapatos antes de entrar. Mi madre lleva trabajando día y noche para que todo quede perfecto ante las cámaras; no es buen momento para manchar sus relucientes suelos. Nada más pisar la entrada, mi madre aparece y me toma del brazo, como si deseara detenerme.

—No te preocupes, me los quito aquí —le digo, dejando los zapatos en el felpudo.

Mi madre deja escapar una risa extraña y entrecortada, y me quita el saco lleno de suministros que llevo al hombro.

—No es más que nieve. ¿Cómo ha ido tu paseo?

—¿Paseo? —pregunto. Sabe que he estado media noche en el bosque. Entonces veo al hombre que está detrás de ella, en la puerta de la cocina. Con solo echarle un vistazo a su traje a medida y los rasgos alterados quirúrgicamente sé que es del Capitolio. Algo va mal—. Más que pasear, he patinado. El suelo se está poniendo muy resbaladizo ahí fuera.

—Ha venido alguien a verte —dice mi madre. Está demasiado pálida y noto la ansiedad que intenta ocultar.

—Creía que no venían hasta las doce —respondo, fingiendo

no darme cuenta de su estado—. ¿Ha llegado antes Cinna para ayudar a prepararme?

—No, Katniss, es...

—Por aquí, señorita Everdeen, por favor —dice el hombre, señalando al otro lado del vestíbulo. Es extraño que alguien te dirija en tu propia casa, pero sé que es mejor no comentar nada.

Mientras avanzo, sonrío a mi madre por encima del hombro para tranquilizarla.

—Seguro que son más instrucciones para la gira.

Me han estado enviando todo tipo de cosas sobre mi itinerario y el protocolo que debo seguir en cada distrito. Sin embargo, conforme me acerco a la puerta del estudio, una puerta que nunca he visto cerrada hasta ahora, noto que el cerebro se me pone en marcha. «¿Quién está aquí? ¿Qué quiere? ¿Por qué está mi madre tan pálida?»

—Entre —me ordena el hombre del Capitolio, que me ha seguido por el vestíbulo.

Giro el pomo de latón pulido y hago lo que me dice. A mi nariz llegan dos olores contradictorios: rosas y sangre. Un hombre bajito de pelo blanco que me resulta vagamente familiar está leyendo un libro. Entonces levanta un dedo, como diciendo: «Dame un momento». Cuando se vuelve para mirarme, me da un vuelco el corazón.

Estoy mirando a los ojos de serpiente del presidente Snow.

2

En mi cabeza, el presidente Snow tiene que aparecer delante de unas columnas de mármol cargadas de banderas de tamaño excesivo. Resulta chocante verlo rodeado de los objetos normales de una habitación. Es como levantar la tapa de una olla y encontrar dentro una víbora en vez de un estofado.

¿Qué estará haciendo aquí? Vuelvo a los primeros días de las demás Giras de la Victoria y recuerdo ver a los tributos con sus mentores y estilistas, incluso a veces con algunos altos cargos del Gobierno, pero nunca con el presidente Snow. Él asiste a las celebraciones en el Capitolio y punto.

Si ha hecho un viaje tan largo solo puede significar una cosa: tengo graves problemas y, si los tengo, también los tiene mi familia. Noto un escalofrío al pensar en lo cerca que están mi madre y mi hermana de este hombre que tanto me odia. Siempre me odiará, porque fui más lista que sus sádicos Juegos del Hambre, dejé al Capitolio por idiota y, por tanto, socavé su control.

Lo único que yo pretendía era mantenernos vivos a Peeta y a mí. Cualquier acto de rebelión fue pura coincidencia, pero, cuando el Capitolio decreta que solo puede vivir un tributo y tú tienes la audacia de desafiar esa norma, supongo que eso en sí mismo se considera una rebelión. Mi única defensa fue fingir que mi apasionado amor por Peeta me había vuelto loca, así que nos permitieron seguir vivos a los dos. Nos coronaron vencedores, nos llevaron a casa y saludamos a las cámaras hasta que nos dejaron en paz. Hasta ahora.

Ya sea por la novedad de la casa, por la conmoción de verlo o porque ambos comprendemos que podría ordenar mi muerte en un segundo, el caso es que me siento como una intrusa, como si este fuera su hogar y yo la que se ha presentado sin invitación. No le doy la bienvenida, ni le ofrezco una silla, no digo nada. De hecho, lo trato como si fuese una serpiente de verdad, de las venenosas. Me quedo muy quieta, mirándolo a los ojos y pensando en planes de huida.

—Creo que esta situación será mucho más sencilla si acordamos no mentirnos —dice—. ¿Te parece bien?

Creo que mi lengua se ha quedado helada y no podré hablar, así que me sorprende contestar en un tono firme:

—Sí, creo que eso nos ahorrará tiempo.

El presidente Snow sonríe y me fijo en sus labios por primera vez. Aunque habría esperado unos labios de serpiente (es decir, inexistentes), lo cierto es que los suyos son muy carnosos, con la piel demasiado estirada. Me pregunto si han alterado su boca para hacerlo más atractivo. De ser así, es una pérdida de tiempo y dinero, porque no resulta atractivo en absoluto.

—A mis asesores les preocupaba que dieses problemas, pero no piensas hacerlo, ¿verdad? —me pregunta.

—No.

—Eso es lo que yo les dije. Les dije que una chica que se toma tantas molestias por conservar la vida no estaría interesada en perderla de la manera más tonta. Además, les recordé que tenías que pensar en tu familia: tu madre, tu hermana y todos esos... primos. —Por la forma en que se detiene en la palabra «primos», está claro que sabe que Gale y yo no compartimos árbol genealógico.

Bueno, ya están las cartas sobre la mesa. Quizá sea mejor así, no me gustan las amenazas ambiguas, prefiero saber qué está en juego.

—Sentémonos. —El presidente Snow se sienta detrás del enorme escritorio de madera pulida en el que Prim hace los deberes y mi madre sus cuentas. Como es nuestra casa, tiene a la vez todo el derecho del mundo y ninguno a ocuparla. Me siento frente al escritorio, en una de las sillas de respaldo recto de madera tallada. Está hecha para alguien más alto que yo, de modo que los pies no me llegan al suelo.

—Tengo un problema, señorita Everdeen —me dice el presidente Snow—. Un problema que empezó en el instante en que sacaste esas bayas venenosas en la arena.

Estaba hablando del momento en el que supuse que los Vigilantes de los Juegos, obligados a decidir entre observar cómo Peeta y yo nos suicidábamos (quedándose ellos sin vencedor) o dejarnos vivir, elegirían la última opción.

—Si el Vigilante Jefe, Seneca Crane, hubiese tenido algo de cerebro, os habría reducido a polvo al instante. Sin embargo, tenía una desafortunada vena sentimental, y aquí estáis. ¿Sabes dónde está él?

Asiento porque, por la forma en que lo dice, no cabe duda de que lo han ejecutado. El olor a rosas y sangre se ha hecho más fuerte ahora que solo hay un escritorio entre nosotros. El presidente lleva una rosa en la solapa, lo que al menos sugiere una explicación para el perfume a flores, pero debe de estar modificada genéticamente, porque ninguna rosa de verdad apesta de semejante manera. En cuanto a la sangre..., ni idea.

—Después de aquello no quedó más remedio que dejaros representar vuestra pequeña comedia. Y la verdad es que lo hiciste bien con la historia de la escolar loca de amor. La gente del Capitolio se quedó bastante convencida. Por desgracia, en los distritos no todo el mundo se tragó tu actuación.

Debo de haber puesto cara de asombro, porque él se da cuenta y sigue hablando.

—Eso tú no lo sabes, claro. No tienes acceso a la información sobre la situación en los demás distritos. Sin embargo, en algunos la gente interpretó tu truquito de las bayas como un acto de desafío, no como un acto de amor. Y si una chica del Distrito 12, nada menos, puede desafiar al Capitolio y salir indemne, ¿qué va a evitar que ellos hagan lo mismo? ¿Qué puede evitar que se produzca, digamos, un levantamiento?

Tardo un momento en asimilar su última frase, hasta que me golpea todo el peso de la pregunta.

—¿Se han producido levantamientos? —indago; la posibilidad me aterra, aunque también me llena de alegría.

—Todavía no, pero se producirán si no cambia el curso de los acontecimientos, y se sabe que los levantamientos a veces conducen a la revolución. —El presidente Snow se frota un punto sobre la ceja izquierda, el mismo punto en el que suelo sufrir yo mis dolores de cabeza—. ¿Tienes la más remota idea de lo que eso significaría? ¿De cuánta gente moriría? ¿De a qué condiciones tendrían que enfrentarse los supervivientes? Sean cuales sean los problemas que los ciudadanos tienen con el Capitolio, créeme cuando te digo que, si aflojamos nuestro control sobre los distritos, aunque sea por poco tiempo, todo el sistema se derrumbará.

Me sorprende lo directo e incluso franco que es conmigo, como si su principal preocupación fuesen los ciudadanos de Panem, cuando no hay nada más lejos de la realidad. No sé cómo me atrevo a pronunciar mis siguientes palabras, pero lo hago.

—Debe de ser un sistema muy frágil, si un puñado de bayas puede hacer que se derrumbe.

El presidente me observa durante unos instantes.

—Es frágil, aunque no de la manera que tú supones.

Alguien llama a la puerta, y el hombre del Capitolio se asoma.

—Su madre pregunta si desea tomar un té.

—Sí, me encantaría —responde el presidente. La puerta se abre más y ahí está mi madre, llevando una bandeja con un juego de porcelana que se llevó con ella a la Veta cuando se casó con mi padre—. Déjelo aquí, por favor —le dice él, colocando su libro en la esquina del escritorio y dándole una palmadita en el centro.

Mi madre pone la bandeja en el escritorio. Encima hay una tetera y tazas de porcelana, leche y azúcar, y un plato de galletas con una preciosa cobertura de flores en tonos claros. Un glaseado así solo puede haberlo hecho Peeta.

—Cuánto se lo agradezco. ¿Sabe? Tiene gracia lo mucho que la gente tiende a olvidar que los presidentes también necesitamos comer —comenta el presidente Snow, adulador. Bueno, al menos parece haber servido para relajar un poco a mi madre.

—¿Le traigo algo más? Puedo prepararle algo más sustancioso, si tiene hambre —se ofrece ella.

—No, esto es simplemente perfecto, gracias —responde él. Mi madre sabe que ya ha terminado con ella, así que asiente, me lanza una mirada y desaparece. El presidente Snow sirve dos tazas de té y llena la suya de leche y azúcar, para después pasarse un buen rato removiendo. Noto que ya ha dicho lo que tenía que decir y espera mi respuesta.

—No quería iniciar ningún levantamiento.

—Te creo. Da igual, tu estilista resultó ser profético en su elección de vestuario. Katniss Everdeen, la chica en llamas, ha encendido una chispa que, si no se apaga, podría crecer hasta convertirse en el incendio que destruya Panem.

—¿Por qué no me mata y ya está? —le suelto.

—¿En público? Eso no haría más que añadir combustible a las llamas.

—Pues prepare un accidente.

—¿Y quién se lo tragaría? Tú no lo harías, si lo estuvieses observando desde fuera.

—Entonces dígame qué quiere que haga y lo haré.

—Ojalá fuera así de simple —responde. Levanta una de las galletas con flores y la examina—. Encantadoras. ¿Las ha hecho tu madre?

—Peeta —respondo, y, por primera vez, soy incapaz de mirarlo a los ojos. Voy a por la taza de té, pero la dejo en la mesa cuando oigo que tintinea sobre el plato. Para disimular, elijo una galleta.

—Peeta. ¿Cómo está el amor de tu vida?

—Bien.

—¿En qué momento se dio cuenta de hasta qué punto te era indiferente? —pregunta, mojando la galleta en el té.

—No me es indiferente.

—Sin embargo, quizá no estés tan prendada del joven como intentas hacerle creer al resto del país.

—¿Y quién dice que no lo esté?

—Yo —responde el presidente—. Y no estaría aquí si fuese la única persona con dudas. ¿Cómo le va a tu guapo primo?

—No lo sé... No... —Me ahoga el asco que me produce esta conversación, tener que hablar con el presidente Snow de lo que siento por dos de las personas que más me importan en este mundo.

—Habla, señorita Everdeen. A él puedo matarlo fácilmente si no llegamos a un acuerdo satisfactorio. No le haces ningún favor desapareciendo con él en el bosque todos los domingos.

Si sabe eso, ¿qué más puede saber? ¿Y cómo lo sabe? Mucha gente podría decirle que Gale y yo pasamos los domingos cazando. ¿Acaso no volvemos al final de cada excursión cargados de presas? ¿Acaso no lo hemos hecho desde hace años? La verdadera pregunta es qué cree él que pasa en el bosque que rodea el Distrito 12. Seguro que no nos han seguido hasta allí, ¿no? ¿Podrían habernos seguido? Me parece imposible, al menos si se trata de

33

una persona, pero ¿y cámaras? Nunca se me había pasado por la cabeza hasta ahora. El bosque siempre ha sido nuestro lugar seguro, nuestro lugar fuera del alcance del Capitolio, donde teníamos libertad para decir lo que quisiéramos, para ser quienes éramos en realidad. Al menos antes de los juegos. Si nos llevaban vigilando desde entonces, ¿qué habían visto? A dos personas cazando; haciendo comentarios poco legales sobre el Capitolio, sí, aunque no a dos personas enamoradas, que es lo que parece insinuar el presidente. Somos inocentes de esa acusación. A no ser..., a no ser...

Solo pasó una vez. Fue rápido e inesperado, pero pasó.

Después de que Peeta y yo volviésemos de los juegos pasaron varias semanas antes de ver a Gale a solas. Primero estaban las celebraciones obligatorias: un banquete para los vencedores al que solo estaban invitadas las personas de puestos más importantes; unas vacaciones para todo el distrito, con comida gratis y entretenimiento traído desde el Capitolio; el Día de los Paquetes, el primero de doce, en el que se entregaban paquetes de comida a todas las personas del distrito. Aquella fue mi celebración favorita, ver a todos esos niños hambrientos de la Veta corriendo de un lado a otro agitando latas de compota de manzana, carne e incluso caramelos. En casa estarían los alimentos más pesados, como los sacos de cereales y las latas de aceite. Saber que una vez al mes durante todo un año recibirían otro paquete... Fue una de las pocas veces que me sentí realmente bien por haber ganado los juegos.

Así que entre las ceremonias, los acontecimientos y los periodistas que informaban sobre todos y cada uno de mis movimientos, de cómo presidía, agradecía y besaba a Peeta para el público, no tenía nada de intimidad. Al cabo de unas semanas las cosas se calmaron. Los equipos de televisión y los periodistas hicieron las maletas y volvieron a casa. Peeta y yo iniciamos la fría relación que hemos mantenido desde entonces. Mi familia se mudó a nuestra casa de la Aldea de los Vencedores. La vida diaria del Distrito 12 (trabajadores a las minas, niños al colegio) reanudó su ritmo habitual. Esperé hasta asegurarme todo lo posible de que no había espías a la vista y, un domingo, sin decírselo a nadie, me levanté varias horas antes del alba y me fui al bosque.

El tiempo era todavía lo bastante cálido para no necesitar chaqueta. Me llevé una bolsa llena de comida especial: pollo frío, queso, pan de panadería y naranjas. En mi antigua casa me puse las botas de cazar. Como siempre, la alambrada no estaba electrificada y me resultó fácil meterme en el bosque y recuperar el arco y las flechas. Fui a nuestro lugar de reunión, donde Gale y yo habíamos compartido desayuno la mañana de la cosecha que me envió a los juegos.

Esperé al menos dos horas y empecé a pensar que se habría cansado de esperarme en aquellas semanas, o que ya no le importaba, incluso que había llegado a odiarme. Y la idea de perderlo para siempre, de perder a mi mejor amigo, a la única persona a la que le había confiado mis secretos, me resultó tan dolorosa que no pude soportarlo, sobre todo si lo sumábamos a todo lo demás que me había sucedido. Noté que se me llenaban los ojos de lágrimas y que se me formaba un nudo en la garganta, como me pasa siempre que estoy disgustada.

Entonces levanté la vista y allí estaba él, a unos tres metros, observándome. Sin pensar siquiera, me levanté de un salto y lo abracé, haciendo un sonido extraño, mezcla de risa, ahogo y llanto. Él me sujetaba con tanta fuerza que apenas le veía la cara, pero pasó un buen rato hasta que me soltó, y fue porque me había dado un hipo muy sonoro y no le quedaba más remedio que dejar que bebiera algo.

Aquel día hicimos lo que hacíamos siempre: desayunamos, cazamos, pescamos y recolectamos. Hablamos sobre la gente del pueblo, no sobre nosotros, ni sobre su nueva vida en las minas, ni sobre mi tiempo en la arena. Solo sobre otras cosas. Cuando llegamos al agujero de la alambrada que más cerca está del Quemador, creo que ya empezaba a creer que las cosas volverían a ser como eran, que seguiríamos como siempre. Le había dado todas las presas a Gale para que las cambiara, porque en casa teníamos mucha comida. Le dije que no iría con él al Quemador, aunque estaba deseándolo, porque mi madre y mi hermana ni siquiera sabían que me había ido a cazar y estarían preguntándose dónde estaba. Entonces, de repente, mientras le sugería encargarme de repasar las trampas todos los días, él me sostuvo la cara entre las manos y me besó.

Me pilló completamente por sorpresa. Después de todo el tiempo que había pasado con Gale, de observar cómo hablaba, se reía y fruncía el ceño, cabría esperar que supiese todo lo que había que saber de sus labios. Sin embargo, no me había imaginado el calor que desprendían al unirse a los míos. Ni que aquellas manos, las manos que podían montar la más intrincada de las trampas, también pudieran atraparme a mí con la misma facilidad. Creo que hice un ruido con la garganta y recuerdo vagamente tener los dedos cerrados sobre su pecho. Entonces él me soltó y dijo:

—Tenía que hacerlo, al menos una vez. —Y se fue.

A pesar de que el sol se estaba poniendo y de que mi familia estaría preocupada, me senté junto a un árbol al lado de la alambrada. Intenté averiguar lo que sentía con respecto al beso, aunque solo recordaba la presión de sus labios y el aroma a naranjas que se le había quedado pegado a la piel. No tenía sentido compararlo con los muchos besos que había intercambiado con Peeta, porque todavía no sabía si esos contaban. Al final, me fui a casa.

Aquella semana me encargué de las trampas y dejé la carne en casa de Hazelle, pero no vi a Gale hasta el domingo. No llegué a usar el discurso que tenía preparado para contarle que no quería un novio, que no pensaba casarme nunca. Gale actuó como si el beso no hubiese pasado. Quizá estaba esperando a que le dijese algo o a que lo volviera a besar. En vez de eso, yo también me limité a fingir que no había pasado nada. Pero sí que había pasado algo: Gale había derribado una barrera invisible entre nosotros y, al hacerlo, había destruido cualquier esperanza de volver a nuestra antigua amistad sin complicaciones. Daba igual que fingiese, nunca podría mirar de nuevo sus labios de la misma manera.

Todo esto me pasa por la cabeza en un instante, mientras los ojos del presidente Snow se clavan en los míos, después de amenazar con matar a Gale. ¡Qué estúpida he sido pensando que el Capitolio se olvidaría de mí cuando llegase a casa! Puede que no supiera lo de los potenciales levantamientos, pero sí sabía que estaban enfadados conmigo. En vez de actuar con la precaución extrema que exigía la situación, ¿qué he hecho? Desde el punto de vista del presidente, he pasado de Peeta, he dejado clara mi preferencia por la compañía de Gale delante de todo el distrito y, al hacerlo, he demostrado que, de hecho, estaba burlándome del Capitolio. Ahora he puesto en peligro a Gale y su familia, y también a Peeta y mi familia, todo por mi descuido.

—Por favor, no le haga daño a Gale —susurro—. Solo es un amigo. Es mi amigo desde hace años. Es lo único que hay entre nosotros. Además, ahora todos creen que somos primos.

—Solo me interesa cómo afecta eso a tu dinámica con Peeta, que, a su vez, afecta al estado de los distritos.

—Será lo mismo durante la gira: estaré tan enamorada de él como antes.

—Como siempre —me corrige el presidente Snow.

—Como siempre —confirmo.

—El problema es que tendrás que hacerlo aún mejor si queremos evitar los levantamientos. Esta gira será tu única oportunidad para darle la vuelta a la situación.

—Lo sé. Lo haré. Convenceré a todo el mundo de que no estaba desafiando al Capitolio, de que estaba loca de amor.

El presidente Snow se levanta y se limpia los hinchados labios con una servilleta.

—Apunta más alto, por si te quedas corta.

—¿A qué se refiere? ¿Cómo voy a apuntar más alto?

—Convénceme a mí —responde. Suelta la servilleta y recupera su libro. No me vuelvo para verlo acercarse a la puerta, así que doy un respingo cuando noto que me susurra al oído—. Por cierto, sé lo del beso. —Después oigo cómo se cierra la puerta.

3

El olor a sangre... era su aliento.

«¿Qué hace? —me pregunto—. ¿Se la bebe?»

Me lo imagino bebiendo traguitos de sangre de una taza de té, mojando una galleta en el líquido y sacándola manchada de rojo.

Al otro lado de la ventana, un coche cobra vida haciendo un ruido suave y tranquilo, como el ronroneo de un gato, hasta perderse en la distancia. Se va como ha llegado, sin que nadie lo vea.

La habitación me da vueltas lentas y torcidas, y me pregunto si me desmayaré. Me inclino hacia delante y agarro el escritorio con una mano, mientras sostengo la preciosa galleta de Peeta con la otra. Creo que tiene dibujado un lirio naranja, pero la he dejado hecha migas dentro del puño. Ni siquiera me había dado cuenta de que la aplastaba, aunque supongo que tenía que sujetarme a algo mientras mi mundo giraba fuera de control.

Una visita del presidente Snow, distritos a punto de levantarse, una amenaza directa a Gale y las que vengan detrás, todos mis seres queridos condenados y ¿quién más pagará por mis acciones? A no ser que lo cambie todo en esta gira. Tengo que calmar el descontento y tranquilizar al presidente. Y ¿cómo? Pues demostrándole a todo el país sin dejar lugar a dudas que amo a Peeta Mellark.

«No puedo hacerlo —pienso—. No soy tan buena».

Peeta es el bueno, el que gusta a todo el mundo. Puede hacer que la gente se crea cualquier cosa. Yo soy la que se cierra, se sienta y deja que él se encargue de hablar. Sin embargo, no es Peeta el que tiene que probar su devoción, sino yo.

Oigo los pasos ligeros y rápidos de mi madre en el vestíbulo. «No puede enterarse —pienso—. No debe saber nada de esto».

Pongo las manos sobre la bandeja y me sacudo los trocitos de galleta de la palma y los dedos. Después le doy un tembloroso trago a mi té.

—¿Va todo bien, Katniss?

—Sí, en la televisión no se ve, pero el presidente siempre visita a los vencedores antes de la gira, para desearles suerte —respondo, muy animada.

—Ah —dice mi madre, aliviada—. Creía que había algún problema.

—No, qué va. El problema empezará cuando llegue mi equipo de preparación y vea que he dejado que me crezcan las cejas.

—Mi madre se ríe, y yo pienso que no hay marcha atrás, que ya decidí cuidar de mi familia cuando tenía once años. Que siempre tendré que protegerla.

—¿Por qué no empiezo a prepararte el baño? —me pregunta.

—Estupendo —le digo, y veo que le encanta mi respuesta.

Desde que volví a casa he intentado con todas mis fuerzas arreglar la relación con mi madre. Le pido que haga cosas por mí, en vez de apartarla cada vez que se ofrece a ayudar, como hice durante muchos años por culpa de mi rabia. La dejo manejar el dinero que he ganado. Respondo a sus abrazos con abrazos, en vez de limitarme a tolerarlos. Mi tiempo en la arena me ha servido para darme cuenta de que necesito dejar de castigarla por algo que ella no podía evitar, es decir, por la profunda depresión en la que se sumió después de la muerte de mi padre. Porque, a veces, a las personas les ocurren cosas que no están preparadas para afrontar.

Como yo, por ejemplo, ahora mismo.

Además, hizo algo maravilloso cuando llegué al distrito. Después de que nuestras familias y amigos nos saludaran a Peeta y a mí en la estación de tren, permitieron que los periodistas nos hiciesen algunas preguntas. Alguien le preguntó a mi madre qué le parecía mi nuevo novio, y ella contestó que, aunque Peeta era todo lo que un joven debería ser, yo no era lo bastante mayor para tener novio. Después de decirlo le lanzó una mirada severa a Peeta. Se oyeron muchas risas y comentarios de los periodistas al estilo de: «Alguien se ha metido en un lío». Peeta me soltó la mano de inmediato y se apartó un paso de mí, aunque no duró mucho (había demasiada presión para actuar de otro modo), pero nos dio una excusa para ser un poquito más reservados de lo que habíamos sido en el Capitolio, y quizá ayude a explicar lo poco que se me ha visto en compañía de Peeta desde que se fueron las cámaras.

Subo al piso de arriba, al cuarto de baño, donde me espera una bañera humeante. Mi madre ha añadido una bolsita de flores secas que perfuman el aire. Ninguno de nosotros está acostumbrado al lujo de abrir un grifo y tener un suministro ilimitado de agua caliente a nuestra disposición. En nuestra casa de la Veta solo teníamos agua fría, y un baño suponía tener que hervir el resto del agua en el fuego. Me desvisto, me meto en el agua sedosa (mi madre ha echado también algún tipo de aceite) e intento organizarme.

La primera pregunta es a quién debo contárselo, si es que debo contárselo a alguien. Ni a mi madre, ni a Prim, eso está claro; se morirían de preocupación. Ni a Gale, aunque pudiera encontrar la forma de hacérselo saber. De todos modos, ¿de qué le serviría la información? Si estuviese solo, quizá pudiera convencerlo para que huyera, ya que no le resultaría difícil sobrevivir en el bosque. Sin embargo, no está solo y nunca abandonaría a su familia, ni a mí. Cuando vuelva a casa tendré que decirle algo para explicarle por qué nuestros domingos son ya cosa del pasado, pero ahora mismo no puedo pensar en eso, sino en mi siguiente movimiento. Además, Gale ya está tan furioso y frustrado con el Capitolio que a veces creo que organizará su propio levantamiento. Lo que menos necesita es un incentivo. No, no puedo contárselo a nadie que deje atrás, en el Distrito 12.

Todavía me quedan tres personas en las que podría confiar, empezando por Cinna, mi estilista. No obstante, creo que Cinna ya podría estar en peligro y no quiero aumentar sus problemas haciendo que se acerque más a mí. Después tengo a Peeta, que será mi compañero de engaños, aunque ¿cómo comienzo la conversación?: «Oye, Peeta, ¿recuerdas que te dije que fingía un poco estar enamorada de ti? Bueno, necesito que lo olvides ahora mismo y hagas como que estás todavía más enamorado de mí, porque, si no, el presidente matará a Gale». No puedo hacerlo. En cualquier caso, Peeta lo hará bien, sepa lo que se juega o no. Eso me deja con Haymitch. El borracho, malhumorado y peleón de Haymitch, al que acabo de echarle un cubo de agua helada en la cabeza. Como mentor en los juegos, su deber consistía en mantenerme viva, así que espero que siga dispuesto a hacer el trabajo.

Me sumerjo en el agua y dejo que bloquee todo lo que me rodea. Ojalá la bañera pudiera expandirse y permitirme nadar, como solía hacer en los calurosos domingos de verano, cuando estaba en el bosque con mi padre. Aquellos días eran especiales. Salíamos a primera hora de la mañana y nos adentrábamos en el bosque más de lo normal, hasta un laguito que él había encontrado mientras cazaba. Ni siquiera recuerdo haber aprendido a nadar, era demasiado pequeña cuando me enseñó. Solo recuerdo tirarme al agua, hacer volteretas y chapotear por allí. El fondo embarrado del lago debajo de los pies. El olor a flores y vegetación. Flotar boca arriba, como estoy ahora, mirando el cielo azul mientras la cháchara del bosque queda ahogada por el agua. Él metía en la bolsa las aves acuáticas que construían sus nidos en la orilla, yo buscaba huevos entre la hierba, y los dos excavábamos en la parte poco profunda en busca de *katniss*, la planta acuática a la que llaman saeta y por la cual eligió mi nombre. Por la noche, cuando llegábamos a casa, mi madre fingía no reconocerme al verme tan limpita. Después preparaba una cena asombrosa de pavo asado y raíces de saeta al horno con salsa.

Nunca he llevado a Gale al lago, aunque podría haberlo hecho, ya que las aves acuáticas son presas fáciles que pueden compensar por el tiempo de caza perdido en el largo camino de ida. Sin embargo, es un lugar que nunca he querido compartir con nadie, un lugar que nos pertenecía a mi padre y a mí. Después de los juegos, cuando no tenía mucho con lo que entretenerme, he ido un par de veces. Todavía me gusta nadar, pero, en realidad, ir allí me deprime. A lo largo de los últimos cinco años, el lago ha permanecido básicamente igual, mientras que yo estoy irreconocible.

Incluso bajo el agua puedo oír el alboroto: bocinas de coches, saludos a gritos, puertas que se cierran de golpe. Solo puede significar que mi séquito ha llegado. Tengo el tiempo justo de secarme con una toalla y ponerme una bata antes de que mi equipo de preparación entre en tromba en el cuarto de baño. Aquí no existe la privacidad; cuando se trata de mi cuerpo, estas tres personas y yo no tenemos secretos.

—¡Katniss, tus cejas! —exclama Venia al instante, y, a pesar de la nube negra que se cierne sobre mí, tengo que reprimir la risa. Se ha peinado el cabello, color turquesa, de modo que sale disparado en afiladas puntas por toda su cabeza, y los tatuajes dorados que solían limitarse a las cejas ahora le rodean también los ojos, lo que contribuye a darle una expresión de verdadero horror ante mi vello facial.

Octavia se acerca y le da unas palmaditas en la espalda; su figura curvilínea parece más rellena de lo normal al lado del cuerpo delgado y anguloso de Venia.

—Vamos, vamos. Se las puedes arreglar en un segundo, pero ¿qué voy a hacer yo con estas uñas? —Me toma la mano y la coloca entre sus dos palmas color verde guisante. No, su piel ya no tiene ese tono, es más como el de una hoja verde clarito. Seguro que el cambio de color responde a un intento de mantenerse al día de las caprichosas tendencias de la moda del Capitolio—. De verdad, Katniss, podrías haberme dejado algo con lo que trabajar.

Es cierto, me he mordido las uñas hasta la raíz en los últimos dos meses. Pensé en intentar dejar el hábito, pero no se me ocurrió ninguna buena razón.

—Lo siento —mascullo. No me había parado mucho a considerar cómo afectaría eso a mi equipo de preparación.

Flavius levanta unos cuantos mechones de mi pelo húmedo y enredado. Sacude la cabeza con desaprobación, lo que hace que sus tirabuzones naranja reboten sobre ella.

—¿Te ha tocado alguien esto desde la última vez que nos vimos? —me pregunta, muy serio—. Recuerda que te pedí específicamente que no te hicieras nada en el pelo.

—¡Sí! —exclamo, agradecida por poder demostrarles que no me había olvidado de ellos por completo—. Quiero decir, no, nadie me lo ha cortado. Lo recordé. —En realidad no lo había recordado, sino que el tema nunca había surgido. Desde mi llegada a casa lo he llevado en mi trenza de siempre.

Eso parece ablandarlos, y todos me besan, me sientan en una silla de mi dormitorio y, como siempre, empiezan a hablar como cotorras sin detenerse a comprobar que los estoy escuchando. Mientras Venia reinventa mis cejas, Octavia me pone uñas postizas y Flavius me masajea el pelo con una porquería, yo me entero de todo lo que pasa en el Capitolio. Qué éxito tuvieron los juegos, qué aburrido ha sido todo desde entonces, todos están deseando que Peeta y yo los visitemos de nuevo al final de la Gira de la Victoria. Poco después, el Capitolio empezará a prepararse para el Vasallaje de los Veinticinco.

—¿A que es emocionante?

—Qué suerte has tenido, ¿verdad?

—Tu primer año de vencedora ¡y vas a ser mentora en un Vasallaje de los Veinticinco!

Se atropellan al hablar, llenos de emoción.

—Oh, sí —respondo, neutral. No puedo hacer más. En un año normal, ser mentor de los tributos supone una pesadilla. No puedo pasear cerca del colegio sin preguntarme a qué chico tendré que entrenar. Encima, para empeorarlo todo, este es el año de los Septuagésimo Quintos Juegos del Hambre, y eso significa que también toca el Vasallaje de los Veinticinco. El vasallaje tiene lugar cada veinticinco años, para festejar el aniversario de la derrota de los distritos con celebraciones fastuosas y, mejor que mejor, con alguna sorpresa desagradable para los tributos. Nunca he vivido ninguno, pero recuerdo haber oído en el colegio que, para el segundo Vasallaje de los Veinticinco, el Capitolio exigió que enviáramos a la arena al doble de tributos de lo normal. Los profesores no entraron en más detalles, lo que resulta sorprendente, porque precisamente ese fue el año en que nuestro Haymitch Abernathy, del Distrito 12, ganó los juegos.

—¡Será mejor que Haymitch se esté preparando para recibir toda la atención! —chilla Octavia.

Haymitch nunca me ha mencionado su experiencia personal en la arena, y yo nunca se lo preguntaría. Si alguna vez han repetido sus juegos en la televisión, debía de ser demasiado joven para recordarlos. Sin embargo, el Capitolio no le permitirá olvidarlo este año. En cierto modo, es bueno que Peeta y yo estemos disponibles como mentores durante el vasallaje, ya que seguro que Haymitch estará como una cuba.

Después de agotar el tema del Vasallaje de los Veinticinco, mi equipo de preparación se lanza de lleno a parlotear sobre sus vidas, que son tan tontas que me resultan incomprensibles: lo que había dicho alguien acerca de otra persona de la que nunca he oído hablar y qué clase de zapatos acababan de comprar, además de una larga historia de Octavia sobre lo mala que fue su idea de que todos vistieran con plumas para su fiesta de cumpleaños.

Al cabo de un rato me pican las cejas, tengo el pelo suave y sedoso, y las uñas listas para pintar. Por lo visto han recibido instrucciones de preparar solo las manos y la cara, seguramente porque llevaré cubierto todo lo demás, con el frío que hace. Flavius se muere por ponerme su pintalabios morado, de creación propia, pero se resigna a un color rosa cuando empiezan a maquillarme la cara y las uñas. Veo, por la paleta que Cinna me ha asignado, que vamos a por el enfoque infantil, no sexy. Bien, nunca convenceré a nadie de nada si intento ser provocativa. Haymitch me lo dejó muy claro cuando me preparaba para mi entrevista en los juegos.

En ese momento entra mi madre, en actitud algo tímida, y dice que Cinna le ha pedido que le enseñe al equipo de preparación cómo me peinó el día de la cosecha. Todos responden con entusiasmo y la observan, completamente absortos, mientras ella explica paso a paso el elaborado proceso de las trenzas. En el espejo veo sus caras concentradas cuando les toca intentar uno de los pasos. De hecho, los tres son tan respetuosos y agradables con mi madre que me siento mal por estar siempre considerándome superior a ellos. ¿Quién sabe cómo sería yo o de qué hablaría de haberme criado en el Capitolio? Quizá mi mayor preocupación también sería lo mal que había salido la idea de las plumas en mi fiesta de cumpleaños.

Una vez listo el pelo, me encuentro con Cinna abajo, en el salón, y solo con verlo me siento mucho más esperanzada. Parece el mismo de siempre, con su ropa sencilla, el pelo corto moreno y una ligera sombra de lápiz de ojos dorado. Nos abrazamos y apenas puedo evitar contarle todo el episodio con el presidente Snow. Pero no, he decidido hablar primero con Haymitch. Él sabrá mejor que yo a quién cargar con la información. Sin embargo, es muy fácil charlar con Cinna. Últimamente hemos hablado mucho por el teléfono que venía con la casa. Es como un chiste, porque casi nadie tiene uno: está Peeta, al que obviamente no llamo; Haymitch arrancó el suyo de la pared hace años; mi amiga Madge, la hija del alcalde, tiene un teléfono en su casa, pero, si queremos hablar, lo hacemos en persona. Al principio el cacharro apenas se usaba, hasta que Cinna empezó a llamar para trabajar en mi talento.

Se supone que todos los vencedores deben tener uno. Tu talento es la actividad a la que te dedicas, puesto que ya no hace falta que trabajemos ni en el colegio, ni en la industria de nuestro distrito. En realidad puede ser cualquier cosa, cualquier cosa que sirva para que te pregunten por ella en una entrevista. Resulta que Peeta sí que tiene un talento: la pintura. Lleva años glaseando pasteles y galletas en la panadería de su familia, pero, ahora que es rico, puede permitirse manchar lienzos con pintura de verdad. Yo no tengo ningún talento, a no ser que cuente la caza ilegal, que creo que no. O quizá cantar, aunque eso no lo haría para el Capitolio ni en un millón de años. Mi madre intentó que mostrará interés por varias alternativas viables de una lista que le envió Effie: cocina, arreglos florales, flauta. Finalmente intervino Cinna y se ofreció a ayudarme a desarrollar mi pasión por el diseño de ropa, lo que costó lo suyo, ya que dicha pasión no existe. Sin embargo, dije que sí, porque así podía hablar con Cinna; él prometió encargarse de todo el trabajo.

Ahora mismo está colocando varias cosas por el salón: ropa, telas y cuadernos con diseños que ha dibujado él. Levanto uno de los cuadernos de bocetos y examino un vestido que, supuestamente, he creado yo.

—¿Sabes qué? Me parece que soy una artista prometedora —digo.

—Vístete, so inútil —me responde, tirándome un montón de ropa.

Puede que no me interese el diseño, pero sí que me gusta la ropa que Cinna me hace. Como la que tengo ahora: unos pantalones negros anchos hechos de una tela gruesa y cálida; una cómoda camisa blanca; un jersey tejido con hilos de lana verde, azul y gris, suave como la piel de un gatito; botas de cuero con cordones que no me aprietan los dedos.

—¿Lo he diseñado yo? —pregunto.

—No, tú aspiras a diseñar tu propia ropa y ser como yo, tu héroe de la moda —responde Cinna. Me pasa un montoncito de tarjetas—. Las leerás fuera de cámara mientras ellos filman la ropa. Intenta hacer como si te importase.

Justo entonces aparece Effie Trinket, ataviada con una peluca de color naranja calabaza, para recordarle a todo el mundo:

—¡Vamos según lo previsto!

Me da un beso en cada mejilla mientras hace gestos al equipo de televisión para que entre, y después me ordena ponerme en posición. Effie es la única razón por la que llegábamos a tiempo a todas partes en el Capitolio, así que intento seguirle la corriente. Empiezo a moverme como una marioneta, sosteniendo trajes y diciendo cosas sin sentido, como: «¿A que es encantador?». El equipo de sonido me graba leyendo las tarjetas con voz alegre, de modo que puedan insertar los comentarios, y me echan de la habitación para poder filmar mis diseños (los diseños de Cinna) sin que los moleste.

Prim salió pronto del colegio para estar presente en el acontecimiento. Ahora está en la cocina, donde otro equipo de televisión la entrevista. Está preciosa con un vestido celeste que resalta sus ojos y el cabello rubio sujeto con un lazo a juego. Se apoya ligeramente en la punta de sus relucientes botas blancas, como si estuviera a punto de echar a volar, como...

¡Pam! Es como si alguien me golpease en el pecho. No lo ha hecho nadie, claro, pero el dolor es tan real que tengo que dar un paso atrás. Cierro los ojos con fuerza y no veo a Prim, sino a Rue, la chica de doce años del Distrito 11 con la que me alié en la arena. Podía volar como un pájaro de árbol en árbol y agarrarse a las ramas más delgadas. Rue, la chica a la que no pude salvar, a la que dejé morir. La veo en el suelo, con la lanza todavía sobresaliéndole del estómago...

¿A quién más no podré salvar de la venganza del Capitolio? ¿Quién más morirá si no complazco al presidente Snow?

Me doy cuenta de que Cinna está intentando ponerme un abrigo, así que levanto los brazos. Noto una piel que me rodea, por dentro y por fuera, aunque no reconozco de qué animal.

—Armiño —me dice, mientras yo acaricio la manga blanca. Guantes de cuero. Una bufanda rojo vivo. Algo peludo me cubre las orejas—. Vas a poner de nuevo de moda las orejeras.

«Odio las orejeras», pienso. Te dificultan la audición y, desde que me quedé sorda de un oído en la arena, las odio todavía más. Cuando gané, el Capitolio me curó el oído, pero sigo sin confiar del todo en él.

Mi madre llega corriendo con algo en la mano.

—Para que te dé buena suerte —dice.

Es el broche que Madge me dio antes de irme a los juegos: un sinsajo volando en un círculo de oro. Rue no lo aceptó cuando intenté regalárselo, decía que había decidido confiar en mí por ese broche. Cinna me lo pone en el nudo de la bufanda.

Effie Trinket está cerca, dando palmadas.

—¡Atención todo el mundo! Estamos a punto de hacer la primera toma de exteriores, en la que los vencedores se saludan al principio de su maravilloso viaje. Bien, Katniss, gran sonrisa, estás muy emocionada, ¿verdad? —Me da un empujón para que salga por la puerta, literalmente.

Al principio no veo bien por culpa de la nieve, que está cayendo con fuerza. Después distingo a Peeta saliendo por su puerta principal. Oigo en la cabeza la orden del presidente: «Convénceme a mí». Y sé que debo hacerlo.

Esbozo una enorme sonrisa y empiezo a andar hacia Peeta. Después, como si no pudiera aguantar un segundo más, comienzo a correr; él me agarra al vuelo y me empieza a dar vueltas, hasta que resbala (todavía no controla del todo su pierna artificial), y los dos caemos en la nieve, conmigo encima, y nos damos nuestro primer beso desde hace meses. A pesar de estar lleno de pieles, nieve y pintalabios, bajo todo eso noto la fortaleza de Peeta y sé que no estoy sola. Por mucho daño que le haya hecho, no me dejará en evidencia delante de las cámaras, no me condenará con un beso a medias. No sé por qué, pero esa idea me da ganas de llorar, aunque me contengo y lo ayudo a levantarse, metiendo mi guante por debajo de su brazo y tirando de él.

El resto del día es una imagen borrosa del camino a la estación, las despedidas, el tren que sale y el viejo equipo (Peeta y yo, Effie y Haymitch, Cinna y Portia, la estilista de Peeta) tomando una cena tan deliciosa que resulta indescriptible, y de la que yo después no me acuerdo. Más tarde me pongo el pijama y una voluminosa bata, me siento en mi lujoso compartimento y espero a que los demás se duerman. Sé que Haymitch estará levantado durante varias horas, porque no le gusta dormir de noche.

Cuando el tren se queda en silencio, me pongo las zapatillas y voy hasta su puerta. Llamo varias veces hasta que me abre, con el ceño fruncido, como si estuviera seguro de que se trata de malas noticias.

—¿Qué quieres? —me pregunta; los efluvios del vino están a punto de tirarme al suelo.

—Tengo que hablar contigo —susurro.

—¿Ahora? —pregunta, y yo asiento—. Más te vale que sea importante. —Se queda esperando, pero yo estoy segura de que todo lo que decimos en el tren del Capitolio está siendo grabado—. ¿Y? —me ladra.

El tren empieza a frenar y, durante un instante, pienso que el presidente Snow me observa y no aprueba que confíe mi secreto a Haymitch, por lo que ha decidido matarme de una vez por todas. En realidad, solo paramos para repostar.

—Hace mucho calor en el tren —digo.

Aunque es una frase inocente, veo que comprende y entrecierra los ojos.

—Sé lo que necesitas.

Me empuja a un lado y recorre el vestíbulo hacia una puerta. Cuando consigue abrirla, una ráfaga de nieve nos golpea; Haymitch tropieza y cae al suelo.

Un ayudante del Capitolio corre a ayudarlo, pero él lo aparta con un gesto amable y se aleja tambaleándose.

—Solo quiero un poco de aire fresco, será un minuto.

—Lo siento, está borracho —digo, para disculparlo—. Yo iré a por él.

Bajo de un salto y avanzo como puedo detrás de él, por el andén, empapándome de nieve las zapatillas; me dirijo a la parte de atrás del tren para que no nos oiga nadie y después se vuelve hacia mí.

—Dime.

Se lo cuento todo: la visita del presidente, Gale, que todos moriremos si fallo.

Una nube cae sobre su cara, que envejece a la luz roja de los faros traseros.

—Entonces no puedes fallar.

—Si pudieras ayudarme en este viaje... —empiezo.

—No, Katniss, no es solo el viaje.

—¿Qué quieres decir?

—Aunque lo logres, volverán dentro de unos cuantos meses para llevarnos a todos a los juegos. Ahora Peeta y tú sois mentores, lo seréis todos los años a partir de este momento. Y todos los años volverán a revivir el romance y a televisar todos los detalles de vuestra vida privada, así que nunca jamás podrás hacer otra cosa que no sea vivir feliz para siempre con ese chico.

Por fin noto el impacto real de lo que me dice: nunca viviré con Gale, aunque quiera. Nunca podré vivir sola. Tendré que estar enamorada para siempre de Peeta. El Capitolio insistirá en ello. Quizá me queden unos cuantos años de libertad para estar con mi madre y Prim, porque solo tengo dieciséis, pero después... después...

—¿Entiendes lo que te digo? —insiste Haymitch.

Asiento. Lo que me dice es que solo hay un futuro para mí si deseo mantener con vida a mis seres queridos y seguir viva yo misma: tendré que casarme con Peeta.

4

Caminamos trabajosamente de vuelta al tren, en silencio. Cuando llegamos a mi puerta, Haymitch me da una palmadita en el hombro y dice:

—Podría ser mucho peor, ya lo sabes.

Después se va a su compartimento, llevándose consigo el olor a vino.

En mi cuarto me quito las zapatillas, la bata y el pijama, porque todo está mojado. Hay más en los cajones, pero me meto debajo de las mantas de la cama en ropa interior y me quedo mirando la oscuridad, pensando en mi conversación con Haymitch. Todo lo que ha dicho es cierto: las expectativas del Capitolio, mi futuro con Peeta e incluso su último comentario. Por supuesto que acabar con Peeta no es lo peor que podría pasarme, ni mucho menos, aunque esa no es la cuestión, ¿no? Una de las pocas libertades que tenemos en el Distrito 12 es el derecho a casarnos con quien queramos o a no casarnos, y hasta eso me lo han quitado. Me pregunto si el presidente Snow insistirá en que tengamos hijos. Si los tenemos, tendrán que enfrentarse a la cosecha todos los años, y ¿no sería emocionante ver cómo seleccionan al hijo no de un vencedor, sino de dos? Los hijos de los vencedores han salido elegidos varias veces. Atrae mucho a la gente, que comenta que la suerte no está de parte de la familia. Sin embargo, sucede con demasiada frecuencia para que se trate de mala suerte. Gale está convencido de que el Capitolio lo hace a propósito, que amaña el sorteo para que sea todo más dramático. Teniendo en cuenta todos los problemas que he causado, seguro que cualquier hijo mío tendrá garantizado un sitio en los juegos.

Pienso en Haymitch, soltero, sin familia, escondiéndose del mundo en la bebida. Podría haber tenido a cualquier mujer del distrito y, sin embargo, eligió la soledad. No, la soledad no, eso suena demasiado idílico. Más bien eligió la reclusión solitaria. ¿Era porque, después de pasar por la arena, sabía que la alternativa sería peor? Yo disfruté de un anticipo de esa alternativa cuando dijeron el nombre de Prim el día de la cosecha y la observé acercarse al escenario, camino de su muerte. Pero, al ser mi hermana, podía ocupar su lugar, una opción que no le estaba permitida a mi madre.

Le doy vueltas como loca a la cabeza en busca de una solución. No puedo dejar que el presidente Snow me condene a esto, aunque signifique quitarme la vida. En cualquier caso, antes de llegar a eso, intentaría huir. ¿Qué harían si desapareciese sin más? ¿Si desapareciese en el bosque y no volviera? ¿Podría llevarme a todos mis seres queridos y empezar una nueva vida en la naturaleza? Bastante improbable, aunque no imposible.

Sacudo la cabeza para despejarme. No es el mejor momento para idear huidas demenciales, tengo que concentrarme en la Gira de la Victoria. El destino de muchas personas depende de que ofrezca un buen espectáculo.

El alba llega antes que el sueño, y Effie empieza a llamar a la puerta. Me pongo la primera ropa que veo en el cajón y me arrastro hasta el vagón comedor. No entiendo qué más da a qué hora me levante, ya que viajaremos todo el día, pero resulta que los arreglos de ayer solo eran para llevarme hasta la estación. Hoy me toca la sesión completa.

—¿Por qué? Hace demasiado frío para lucirme —gruño.

—En el Distrito 11 no —responde Effie.

El Distrito 11, nuestra primera parada. Preferiría empezar por otro, ya que este era el hogar de Rue. Sin embargo, así es como funciona la Gira de la Victoria. Normalmente comienza en el 12 y avanza en orden descendente hasta el 1, seguido del Capitolio. El distrito vencedor se salta y se deja para el final. Como el 12 suele tener la celebración menos fastuosa (normalmente se trata de una cena para los tributos y una concentración en la plaza, donde nadie parece pasárselo bien), supongo que prefieren quitarnos de en medio lo antes posible. Este año, por primera vez desde que ganara Haymitch, la última parada de la gira será el 12, y el Capitolio se volcará en las festividades.

Intento disfrutar de la comida, como me dijo Hazelle. Está claro que el personal de cocina quiere agradarme, porque me han preparado mi estofado favorito de cordero con ciruelas, entre otros manjares. Zumo de naranja y una cafetera llena de chocolate caliente me esperan en la mesa. Así que como mucho y la comida es perfecta, pero no la disfruto. También me molesta que nadie, salvo Effie, haya llegado todavía.

—¿Dónde está todo el mundo? —pregunto.

—Bueno, vete a saber dónde está Haymitch —responde Effie. La verdad es que a él no lo esperaba, porque seguramente estará acostándose en estos momentos—. Cinna trabajó hasta tarde para organizar tu vagón de ropa. Debe de tener más de cien trajes para ti. Tu ropa de noche es exquisita. Y es probable que el equipo de Peeta siga dormido.

—¿Él no necesita prepararse?

—No como tú.

¿Qué quiere decir? Pues que al final me paso la mañana dejando que me arranquen el pelo del cuerpo, mientras Peeta duerme como un tronco. No había pensado mucho sobre el tema, pero en la arena al menos algunos de los chicos se quedaron con su vello corporal; las chicas no. Ahora recuerdo el momento en que bañé a Peeta junto al arroyo. Estaba muy rubio bajo la luz del sol, una vez eliminados la sangre y el barro; solo la cara permanecía completamente suave. A ninguno de los chicos le creció la barba, y muchos tenían la edad suficiente. Me pregunto qué les hicieron.

Estoy destrozada, y mi equipo de preparación se encuentra en peores condiciones, bebiendo café tras café y compartiendo pildoritas de colorines. Por lo que veo, nunca se levantan antes de mediodía, a no ser que se trate de una emergencia nacional, como el vello de mis piernas. Lo cierto es que me alegré mucho cuando volvió a crecerme, como si fuese una señal de que las cosas regresaban a la normalidad. Me acaricio la suave pelusilla rizada por última vez y me entrego al equipo. No empiezan con su charla habitual, así que oigo cómo arrancan cada uno de los pelos de sus folículos. Tengo que meterme en una bañera llena de una solución espesa y apestosa, mientras me cubren la cara de cremas. Después me meten en otros dos baños, con mejunjes menos desagradables. Me depilan, restriegan, masajean y untan hasta dejarme en carne viva.

Flavius me levanta la barbilla y suspira.

—Es una lástima que Cinna no permita ninguna alteración.

—Sí, podríamos hacerte algo muy especial —añade Octavia.

—Cuando sea mayor —dice Venia, casi en tono lúgubre—. Entonces tendrá que dejarnos.

¿Dejarlos hacer qué? ¿Hincharme los labios para que sean como los del presidente Snow? ¿Tatuarme los pechos? ¿Teñirme la piel de magenta e implantarme gemas en ella? ¿Grabarme diseños decorativos en la cara? ¿Ponerme garras arqueadas? ¿O bigotes de gato? Vi todas esas cosas y más entre los ciudadanos del Capitolio. ¿De verdad no se dan cuenta de lo monstruosos que nos parecen a los demás?

La idea de quedar a merced de los caprichos estéticos de mi equipo de preparación no es más que otra desgracia que se suma a las que ya luchan por mi atención: mi cuerpo maltratado, la falta de sueño, mi inevitable matrimonio y el terror de no ser capaz de satisfacer las exigencias del presidente. Cuando llego al comedor, donde Effie, Cinna, Portia, Haymitch y Peeta han empezado sin mí, estoy demasiado agobiada para hablar. Están poniendo la comida por las nubes y no dejan de hablar de lo bien que se duerme en los trenes. Todos parecen entusiasmados con la gira; bueno, todos menos Haymitch, que soporta la resaca mientras le da pellizquitos a una magdalena. Yo tampoco tengo mucha hambre, ya sea porque esta mañana me he atiborrado de platos pesados o porque estoy muy triste. Le doy vueltas a un cuenco de caldo, aunque solo me tomo un par de cucharadas. Ni siquiera puedo mirar a Peeta, mi futuro marido, a pesar de que sé que no es culpa suya.

La gente se da cuenta e intenta meterme en la conversación, pero me los quito de encima. En cierto momento el tren se detiene y nuestro ayudante nos informa de que no es una parada para repostar: se ha estropeado una pieza del tren y deben reemplazarla. Necesitarán al menos una hora. Eso hace que a Effie le dé un ataque; saca su horario y empieza a calcular cómo afectará el retraso a todos y cada uno de los acontecimientos del resto de nuestras vidas. Al final no puedo soportar seguir escuchándola.

—¡A nadie le importa, Effie! —le suelto. Todos me miran, incluso Haymitch, con el que yo creía poder contar, ya que sé que Effie le destroza los nervios. Me pongo de inmediato a la defensiva—. ¡Es verdad, no le importa a nadie! —exclamo; después me levanto y salgo del vagón.

De repente, el tren me parece sofocante y, sin duda, me noto mareada. Busco la puerta de salida, la abro a la fuerza (disparando alguna alarma, a la que no hago caso) y salto al andén, esperando caer sobre nieve. Sin embargo me encuentro con un aire cálido y suave. Los árboles todavía tienen hojas verdes. ¿Tan al sur hemos llegado en un solo día? Camino junto a las vías, entrecerrando los ojos para protegerme de la brillante luz del sol y arrepintiéndome de haberle hablado así a Effie. La verdad es que ella no tiene la culpa de mis problemas. Debería regresar para disculparme, porque mi exabrupto ha sido el colmo de los malos modales, y los modales son algo que a ella le importa muchísimo. Sin embargo, mis pies siguen caminando hasta llegar al final del tren y dejarlo atrás. Un retraso de una hora. Puedo andar al menos veinte minutos en una dirección y volver con tiempo de sobra. En vez de hacerlo, al cabo de unos doscientos metros me dejo caer al suelo y me siento, con la mirada perdida en el horizonte. De haber tenido arco y flechas, ¿habría seguido avanzando?

Al cabo de un rato oigo pasos detrás de mí. Será Haymitch que viene a regañarme. Aunque me lo merezco, no quiero oírlo.

—No estoy de humor para un sermón —le digo, con la vista fija en las malas hierbas que tengo junto a los zapatos.

—Intentaré ser breve —responde Peeta, antes de sentarse a mi lado.

—Creía que eras Haymitch.

—No, sigue trabajando en esa magdalena —contesta, y observo cómo coloca su pierna artificial—. Mal día, ¿eh?

—No es nada.

—Mira, Katniss —dice, suspirando—, quería hablar contigo sobre mi comportamiento en el tren. Es decir, en el tren anterior, el que nos llevó a casa. Sabía que tenías algo con Gale, ya estaba celoso de él antes de conocerte oficialmente, así que no fue justo pedirte cuentas por algo que pasó en los juegos. Lo siento.

Su disculpa me pilla por sorpresa. Es cierto que Peeta me dio de lado después de que le confesara que mi amor por él en los juegos había sido fingido, pero no se lo tomé a mal. En la arena interpreté el romance todo lo que pude, y hubo veces en las que realmente no sabía qué sentía por él. La verdad es que sigo sin saberlo.

—Yo también lo siento —le digo, aunque no sé por qué exactamente. Quizá porque existe una posibilidad muy real de que acabe destruyéndolo.

—No tienes nada que sentir. No hacías más que intentar mantenernos a los dos con vida. Pero no quiero que sigamos así, sin hacernos caso en la vida real y cayéndonos en la nieve cada vez que aparece una cámara. Así que he pensado que si dejaba de comportarme tan..., ya sabes, tan dolido, podríamos intentar ser solo amigos.

Es muy probable que todos mis amigos acaben muertos, y negarme al ofrecimiento de Peeta no lo mantendrá a salvo.

—Vale —contesto. Su propuesta me hace sentir mejor, menos falsa, de algún modo. Habría estado bien que me lo hubiese dicho antes, antes de saber que el presidente Snow tenía otros planes y que ser simplemente amigos ya no bastaría. Sin embargo, me alegro de que volvamos a hablarnos.

—Bueno, ¿qué te pasa? —me pregunta. No se lo puedo decir, así que tiro de la mata de malas hierbas—. Vale, empecemos con algo más básico. ¿No te parece raro que sepa que eres capaz de arriesgar la vida por salvarme..., pero no tenga ni idea de cuál es tu color favorito?

—Verde —respondo, esbozando poco a poco una sonrisa—. ¿Y el tuyo?

—Naranja.

—¿Naranja? ¿Como el pelo de Effie?

—Un poco más apagado. Más como... una puesta de sol.

La puesta de sol. Lo veo de inmediato, el borde del sol que desciende, el cielo surcado de rayos en suaves tonos naranja. Precioso. Recuerdo la galleta con el lirio y, ahora que Peeta me habla de nuevo, estoy deseando contarle toda la historia sobre el presidente Snow. Sin embargo, como sé que Haymitch no querría que lo hiciera, me limito a charlar sin más.

—¿Sabes qué? Todos hablan maravillas sobre tus cuadros. Me da pena no haberlos visto —le digo.

—Bueno, tengo un vagón lleno —me explica, ofreciéndome una mano—. Vamos.

Sienta bien notar de nuevo sus dedos entre los míos, no para fingir, sino con una amistad verdadera. Volvemos de la mano al tren y, en la puerta, lo recuerdo:

—Primero tengo que pedirle disculpas a Effie.

—No te cortes, exagera todo lo que puedas —sugiere Peeta.

Cuando volvemos al vagón comedor, donde los otros siguen comiendo, le ofrezco a Effie una disculpa que a mí me parece excesiva, pero que en su cabeza apenas compensará mi fallo de protocolo. Debo reconocer que la acepta con elegancia. Me dice que está claro que sufro mucha presión, y sus comentarios sobre la necesidad de que alguien esté pendiente del horario solo duran unos cinco minutos. La verdad es que he salido bien parada.

Cuando termina, Peeta me conduce unos cuantos vagones más allá para enseñarme sus cuadros. No sé qué me esperaba, quizá versiones más grandes de las galletas de flores, pero lo que me encuentro es algo completamente distinto: Peeta ha pintado los juegos.

Algunos no se ven a la primera si no has estado en la arena: agua cayendo a través de las grietas de nuestra cueva; el lecho seco del estanque; un par de manos, las suyas, excavando en busca de raíces. También hay otras imágenes que cualquiera reconocería: el cuerno dorado al que llaman la Cornucopia; Clove ordenando los cuchillos dentro de su chaqueta; uno de los mutos, sin duda el rubio de ojos verdes que tendría que ser Glimmer, rugiendo mientras se acerca a nosotros. Y yo. Estoy por todas partes: en lo alto de un árbol; golpeando una camiseta contra las piedras del arroyo; tumbada inconsciente en un charco de sangre; y una que no logro ubicar (quizá me veía así cuando tuvo la fiebre muy alta), surgiendo de una niebla gris plateada del mismo color de mis ojos.

—¿Qué te parece? —me pregunta.

—Los odio —confieso. Casi puedo oler la sangre, la suciedad, el aliento antinatural del muto—. No hago más que intentar olvidar la arena, y tú la has devuelto a la vida. ¿Cómo recuerdas tan bien los detalles?

—Los veo todas las noches.

Sé a qué se refiere: las pesadillas, que ya me perseguían antes de los juegos, ahora me acosan cada vez que cierro los ojos. Sin embargo, la más antigua, la de mi padre volando en pedazos en las minas, es menos frecuente. La han sustituido las distintas versiones de lo que pasó en la arena: mi intento fallido de salvar a Rue, Peeta muriendo desangrado, el cuerpo hinchado de Glimmer desintegrándose entre mis manos, el horrible final de Cato con las mutaciones. Esas son las visitas más frecuentes.

—Yo también. ¿Te ayuda pintarlo?

—No lo sé, creo que me quita un poco el miedo de dormir por la noche, o eso me digo, aunque no se van.

—Quizá no lo hagan. Las de Haymitch no se han ido. —A pesar de que Haymitch no lo diga, estoy segura de que por eso no le gusta dormir a oscuras.

—No, aunque yo prefiero despertarme con un pincel en la mano en vez de con un cuchillo —dice Peeta—. ¿Así que los odias?

—Sí, pero son extraordinarios, de verdad —respondo, y lo son, solo que prefiero no seguir mirándolos—. ¿Quieres ver mi talento? Cinna ha hecho un gran trabajo con él.

—Después —contesta Peeta, entre risas. El tren da una sacudida y veo que los campos avanzan por la ventanilla—. Venga, ya casi estamos en el Distrito 11. Vamos a echar un vistazo.

Nos metemos en el último vagón del tren, donde hay sillas y sofás, y las ventanas traseras se introducen en el techo para dejarte viajar al aire libre y observar mejor el paisaje. Enormes campos abiertos con rebaños pastando. No tiene nada que ver con nuestro hogar, lleno de árboles. Frenamos un poco; cuando creo que se trata de otra parada, veo una valla que se eleva delante de nosotros. Tiene al menos diez metros de altura y está rematada con crueles bucles de alambre de espino, lo que hace que nuestra alambrada del Distrito 12 parezca infantil. Examino rápidamente la base, que está cubierta de enormes placas metálicas. De allí no se podría salir a hurtadillas para cazar. Entonces veo las torres de vigilancia colocadas a intervalos regulares y custodiadas por guardias armados, completamente fuera de lugar entre los campos de flores silvestres que las rodean.

—Esto sí que es nuevo —comenta Peeta.

Por lo que me había contado Rue, ya me imaginaba que las reglas del Distrito 11 se aplicaban con más severidad, pero no estaba preparada para aquello.

Empezamos a ver los cultivos, que se extienden hasta el horizonte. Hombres, mujeres y niños con sombreros de paja para protegerse del sol se levantan, miran hacia nosotros y se toman un momento para estirar la espalda mientras el tren pasa junto a ellos. Veo huertos a lo lejos y me pregunto si allí será donde trabajaba Rue recolectando fruta de las ramas más frágiles y altas de los árboles. Pequeñas comunidades de chozas (comparadas con ellas, las casas de la Veta son un lujo) salpican el paisaje, aunque están todas vacías; deben de necesitar todas las manos disponibles para la recolección.

No se acaba nunca, el tamaño del Distrito 11 me parece increíble.

—¿Cuánta gente crees que vive aquí? —me pregunta Peeta. Sacudo la cabeza. En el colegio dicen que es un distrito grande, nada más; no dan cifras exactas sobre la población. Sin embargo, los chicos que vemos en la tele cada año, esperando al sorteo, tienen que ser una representación de los que de verdad viven aquí. ¿Qué hacen? ¿Tienen sorteos preliminares? ¿Seleccionan antes a los ganadores y se aseguran de que estén entre la multitud? ¿Cómo acabó Rue en aquel escenario, sin nadie más que el viento para presentarse por ella?

Empiezo a cansarme de lo vasto e interminable que es este lugar. Cuando Effie viene para decirnos que nos vistamos, no pongo objeciones. Me voy a mi compartimento y dejo que el equipo de preparación me peine y maquille. Cinna llega con un bonito vestido naranja con hojas de otoño pintadas. Pienso en lo mucho que le gustará el color a Peeta.

Effie nos reúne a los dos y repasa con nosotros el programa del día una última vez. En algunos distritos, los vencedores recorren la ciudad en desfile y los residentes los vitorean, pero en el 11 (quizá porque tampoco hay una ciudad propiamente dicha y las cosas parecen bastante desperdigadas, o quizá porque necesitan a todo el mundo para la recolección) las apariciones públicas se limitan a la plaza. Se celebra delante de su Edificio de Justicia, una enorme estructura de mármol. Aunque en el pasado debió de ser una belleza, el tiempo le ha pasado factura e, incluso en la televisión, se ven las enredaderas que se adueñan de la fachada rota y el hundimiento del tejado. La plaza en sí está rodeada de tiendas cochambrosas, la mayoría abandonadas. Vivan donde vivan en este distrito, no es aquí.

Toda nuestra aparición pública se representará en el exterior, en lo que Effie llama la veranda, es decir, el espacio embaldosado que hay entre las puertas principales y las escaleras, que está cubierto por un techo sujeto con columnas. Nos presentarán a Peeta y a mí, el alcalde del distrito leerá un discurso en nuestro honor y nosotros responderemos con un agradecimiento escrito por el Capitolio. Si un vencedor ha tenido aliados especiales entre los tributos muertos, se considera de buena educación añadir también algunos comentarios personales. Debería decir algo sobre Rue y Thresh, pero cada vez que intentaba escribirlo en casa acababa con una hoja en blanco mirándome a la cara. Me resulta difícil hablar sobre ellos sin emocionarme. Por suerte, Peeta ha preparado algo y, con unas ligeras modificaciones, podría servir para los dos. Al final de la ceremonia nos entregarán algún tipo de placa y podremos retirarnos al interior del edificio, donde nos servirán una cena especial.

Cuando el tren está metiéndose en la estación del Distrito 11, Cinna le da los últimos toques a mi traje, cambiando mi diadema naranja por una dorada y prendiéndole al vestido el broche de sinsajo que llevé en la arena. En el andén no hay comité de bienvenida, sino una patrulla de ocho agentes de la paz que nos dirigen a la parte de atrás de un camión armado. Effie bufa un poco al cerrarse las puertas.

—Ni que fuésemos todos delincuentes —dice.

«Todos no, Effie, solo yo», pienso.

El camión nos deja en la parte de atrás del Edificio de Justicia y nos meten dentro a toda prisa. Huelo que están preparando una comida excelente, pero eso no tapa la peste a moho y podredumbre. No nos dan tiempo para echar un vistazo; mientras nos ponemos en fila para ir a la entrada principal, oigo que empieza a sonar el himno en la plaza. Peeta me da la mano derecha. El alcalde nos presenta y las enormes puertas se abren con un gruñido.

—¡Sonreíd! —ordena Effie, dándonos un codazo. Nuestros pies empiezan a llevarnos hacia delante.

«Ya está, aquí es donde tengo que convencer a todo el mundo de lo mucho que amo a Peeta», pienso. La solemne ceremonia está bastante organizada, así que no sé bien cómo hacerlo. No es momento para besos, aunque quizá pueda meter alguno.

Se oyen grandes aplausos, pero no las respuestas que obteníamos en el Capitolio, nada de vítores, aullidos y silbidos. Cruzamos la veranda hasta que se acaba el techo y nos quedamos en lo alto de unos grandes escalones de mármol, bajo el sol ardiente. Cuando se adaptan mis ojos, veo que los edificios de la plaza están cubiertos de banderas que ayudan a cubrir su mal estado. Está lleno de gente, aunque, de nuevo, solo es una pequeña parte de los que viven aquí.

Como siempre, han construido una plataforma especial en el fondo del escenario para las familias de los tributos muertos. Del lado de Thresh solo hay una anciana encorvada y una chica alta y musculosa, supongo que su hermana. Del de Rue..., no estoy preparada para la familia de Rue: sus padres, con el dolor todavía vivo en la cara; sus cinco hermanos pequeños, que se parecen tanto a ella, con sus figuras ligeras y luminosos ojos castaños. Son como una bandada de pajaritos oscuros.

Por fin acaban los aplausos y el alcalde da el discurso en nuestro honor. Dos niñitas nos ofrecen grandes ramos de flores. Peeta cumple con su parte de la respuesta acordada y yo consigo mover los labios para concluirla. Por suerte, mi madre y Prim me han ayudado a ensayarla tantas veces que lo podría hacer dormida.

Peeta tenía sus comentarios personales escritos en una tarjeta, pero no la saca, sino que habla con su estilo sencillo y adorable sobre cómo Thresh y Rue quedaron entre los ocho finalistas, sobre cómo los dos ayudaron a mantenerme con vida (manteniéndolo así con vida a él) y sobre cómo se trata de una deuda que nunca podremos pagarles. Entonces vacila y añade algo que no estaba en la tarjeta, quizá porque pensaba que Effie lo obligaría a quitarlo.

—Aunque no servirá para compensar vuestras pérdidas, como muestra de agradecimiento, me gustaría darle a cada una de las familias de los tributos del Distrito 11 un mes de nuestras ganancias cada año durante el resto de nuestras vidas.

La multitud no puede evitar responder con gritos ahogados y murmullos. Lo que ha hecho Peeta no tiene precedentes, ni siquiera sé si es legal. Seguramente él tampoco lo sabe y por eso no ha preguntado, por si acaso. En cuanto a las familias, nos miran boquiabiertas. Sus vidas cambiaron para siempre cuando perdieron a Thresh y Rue, pero aquel regalo las volvería a cambiar. Un mes de ganancias de tributos serviría para alimentar a una familia entera durante un año. Mientras nosotros vivamos, ellos no pasarán hambre.

Miro a Peeta y él esboza una triste sonrisa. Oigo la voz de Haymitch: «Podría ser mucho peor». En este momento me resulta imposible imaginar algo mejor. El regalo... es perfecto. Así que cuando me pongo de puntillas para besarlo, no me siento obligada en absoluto.

El alcalde da un paso adelante y nos da a cada uno una placa tan enorme que tengo que dejar el ramo para sostenerla. La ceremonia está a punto de acabar cuando me doy cuenta de que una de las hermanas de Rue me mira. Debe de tener unos nueve años y es una réplica casi exacta de Rue, hasta en la postura, con los brazos ligeramente extendidos. A pesar de las buenas noticias sobre el regalo, no está contenta. De hecho, parece reprocharme algo. ¿Es porque no salvé a su hermana?

«No, es porque no le he dado las gracias».

Me muero de vergüenza. La niña tiene razón: ¿cómo voy a quedarme aquí, pasiva y muda, y dejarle todas las palabras a Peeta? Si Rue hubiese ganado, no habría dejado mi muerte sin cantar. Recuerdo cómo me preocupé en la arena de cubrirla de flores para asegurarme de que su pérdida no pasara desapercibida. Sin embargo, aquel gesto no significa nada si no hago algo más ahora.

—¡Esperen! —exclamo, dando un paso inseguro adelante, con la placa apretada contra el pecho. Da igual que el tiempo que me han asignado para hablar ya se haya acabado, debo decir algo. Les debo eso, por lo menos. Ni siquiera habiéndoles prometido hoy todas mis ganancias a estas familias tendría una excusa para callarme—. Esperen, por favor. —No sé cómo empezar, pero, una vez que lo hago, las palabras brotan de mis labios como si llevasen mucho tiempo formándose dentro de mi cabeza—. Quiero dar las gracias a los tributos del Distrito 11 —digo. Primero miro a las mujeres del lado de Thresh—. Solo hablé con Thresh una vez, lo suficiente para que me perdonara la vida. Aunque no lo conocía, siempre lo respeté. Por su fuerza, por negarse a jugar en unos términos que no fuesen los suyos. Los profesionales querían que se uniese a ellos desde el principio, pero él no quiso. Lo respetaba por eso.

Por primera vez, la anciana encorvada (¿será la abuela de Thresh?) levanta la cabeza y esboza la sombra de una sonrisa.

La multitud guarda silencio, tanto que me pregunto cómo lo consiguen. Deben de estar todos conteniendo el aliento.

Me vuelvo hacia la familia de Rue.

—Sin embargo, me parece que sí conocía a Rue, y ella siempre estará conmigo. Todas las cosas bellas me la recuerdan. La veo en las flores amarillas que crecen en la Pradera, junto a mi casa. La veo en los sinsajos que cantan en los árboles. Y, sobre todo, la veo en mi hermana, Prim. —No me fío mucho de mi voz, pero casi he terminado—. Gracias por vuestros hijos —digo, y levanto la barbilla para dirigirme a la multitud—. Y gracias a todos por el pan.

Me quedo donde estoy, sintiéndome rota y pequeña, con miles de ojos clavados en mí. Después de una larga pausa, alguien entre la multitud silba la melodía de cuatro notas de Rue, la que repitieron los sinsajos, la que marcaba el final del día de trabajo en los huertos, la que en la arena significaba que estábamos a salvo. Al final de la melodía ya sé quién la canta, un anciano marchito con una camiseta roja descolorida y un mono. Me mira a los ojos.

Lo que pasa después no es un accidente, está demasiado bien coordinado para que resulte espontáneo, porque todos lo hacen a la vez. Todas las personas de la plaza se llevan los tres dedos centrales de la mano izquierda a los labios y después los extienden hacia mí. Es la seña del Distrito 12, el último adiós que le di a Rue en la arena.

Si no hubiese hablado con el presidente, aquel gesto me habría hecho llorar. Sin embargo, con su orden de calmar a los distritos todavía fresca, la escena me aterra. ¿Qué pensará de este saludo tan público a la chica que desafió al Capitolio?

Me doy cuenta de la importancia de lo que acabo de hacer. No ha sido a posta, solo quería darles las gracias, pero acabo de despertar algo peligroso, un acto de rebeldía de la gente del Distrito 11. ¡Es justo lo que se suponía que debía evitar!

Mientras intento pensar en algo que reste importancia a lo sucedido, que lo niegue, oigo un chispazo de estática en mi micrófono, lo que significa que lo han apagado y que el alcalde ha tomado la palabra. Peeta y yo aceptamos unos últimos aplausos, y él me conduce hacia las puertas, sin darse cuenta de que algo va mal.

Me siento rara y tengo que detenerme un segundo, mientras unos puntitos de brillante luz de sol me bailan en los ojos.

—¿Estás bien? —me pregunta Peeta.

—Mareada, el sol brillaba mucho —respondo, y veo su ramo—. Se me han olvidado mis flores —mascullo.

—Voy a por ellas.

—Puedo hacerlo yo.

Ya estaríamos a salvo dentro del Edificio de Justicia de no haberme detenido, de no haberme dejado las flores fuera. Sin embargo, lo vemos todo desde las profundas sombras de la veranda.

Un par de agentes de la paz arrastran al anciano que silbó hasta la parte superior de los escalones, lo obligan a ponerse de rodillas delante de la multitud y le meten un balazo en la cabeza.

5

Justo cuando el hombre cae al suelo, una pared de uniformes blancos nos tapa la vista. Algunos de los soldados llevan las armas automáticas levantadas cuando nos empujan hacia la puerta.

—¡Ya nos vamos! —exclama Peeta, dándole un empujón al agente de la paz que me obliga a avanzar—. Lo pillamos, ¿vale? Venga, Katniss.

Me rodea con sus brazos y me guía de vuelta al Edificio de Justicia, con los agentes a unos cuantos pasos de nosotros. En cuanto entramos, las puertas se cierran de golpe y oímos las botas volverse hacia la multitud.

Haymitch, Effie, Portia y Cinna esperan debajo de una pantalla montada en la pared, en la que solo se ve estática, todos muy tensos, por lo que veo en sus caras.

—¿Qué ha pasado? —se apresura a preguntar Effie—. Hemos perdido la imagen justo después del precioso discurso de Katniss, y entonces Haymitch ha dicho que creía haber escuchado un disparo; yo he contestado que era ridículo, pero ¿quién sabe? ¡Hay lunáticos en todas partes!

—No ha pasado nada, Effie. El tubo de escape de un viejo camión —responde Peeta, sin que le tiemble la voz.

Dos disparos más. La puerta no nos aísla mucho del sonido. ¿A quién habrían disparado? ¿A la abuela de Thresh? ¿A una de las hermanitas de Rue?

—Vosotros dos, conmigo —ordena Haymitch. Peeta y yo lo seguimos, y dejamos a los otros atrás. Los agentes de la paz que están colocados por el Edificio de Justicia no están muy interesados en nuestros movimientos, siempre que permanezcamos dentro. Subimos por una magnífica escalera curva de mármol. En la parte de arriba hay un largo pasillo con una alfombra desgastada y unas puertas dobles abiertas que dan paso a la primera sala que nos encontramos. El techo debe de tener unos seis metros de altura, con molduras de frutas y flores, además de gorditos niños con alas que nos miran desde cada esquina. Nuestra ropa de noche está colgada en unos percheros de pared. Nos han preparado la habitación, aunque apenas nos paramos para soltar los regalos. Después, Haymitch nos arranca los micrófonos del pecho, los mete debajo de uno de los cojines del sofá y nos hace un gesto para que lo sigamos.

Por lo que sé, solo ha estado aquí una vez, en su Gira de la Victoria de hace décadas, pero debe de tener una memoria extraordinaria o unos instintos muy fiables, porque nos conduce por un laberinto de escaleras de caracol y pasillos cada vez más estrechos. A veces se detiene para forzar una puerta. Por el chirrido de protesta de las bisagras, está claro que no las abren desde hace tiempo. Al final subimos por una escalera a una trampilla y, cuando Haymitch la abre, nos encontramos en la bóveda del edificio. Es un lugar enorme lleno de muebles rotos, pilas de libros y cuadernos, y armas oxidadas. La capa de polvo que lo cubre todo es tan gruesa que no cabe duda de que nadie la molesta desde hace años. La luz lucha por filtrarse a través de cuatro ventanas cuadradas asquerosas abiertas en los laterales de la cúpula. Haymitch cierra la trampilla de una patada y se vuelve hacia nosotros.

—¿Qué ha pasado?

Peeta le cuenta lo ocurrido en la plaza: el silbido, el saludo, nuestra vacilación en la veranda y el asesinato del anciano.

—¿Qué está pasando, Haymitch? —le pregunta después.

—Será mejor si se lo cuentas tú —me dice el interpelado.

No estoy de acuerdo, creo que será cien veces peor si se lo cuento yo. No obstante, se lo explico todo a Peeta lo más tranquilamente que puedo: lo del presidente Snow y el malestar en los distritos. Ni siquiera me callo el beso con Gale. Le cuento que estamos en peligro, que todo el país está en peligro por culpa de mi truco con las bayas.

—Se suponía que tenía que arreglar las cosas en esta gira y conseguir que todos los que dudaban creyeran que había actuado así por amor. Calmar las cosas. Pero está claro que hoy solo he conseguido que maten a tres personas, y ahora castigarán al resto de los asistentes. —Me siento tan mal que tengo que sentarme en un sofá, a pesar de que está reventado y se le ven los muelles y el relleno.

—Entonces yo también lo he empeorado todo con la idea de darles el dinero —dice Peeta. De repente le da un golpe a una lámpara que está en precario equilibrio sobre una caja y la tira al suelo, donde se hace añicos—. Se acabó, ahora mismo. No podéis seguir con este... este juego que os traéis los dos, contándoos secretos y manteniéndome a mí al margen, como si fuese demasiado insignificante, estúpido o débil para soportarlos.

—No es eso, Peeta... —empiezo.

—¡Es justamente eso! —me chilla—. ¡Yo también tengo seres queridos, Katniss! Familia y amigos en el Distrito 12 que acabarán igual de muertos que los tuyos si no salimos de esta. Así que, después de lo que pasamos juntos en la arena, ¿ni siquiera merezco que me cuentes la verdad?

—Siempre te comportas tan bien, Peeta, sabes tan bien cómo presentarte ante las cámaras que no quise entorpecerte —explica Haymitch.

—Pues me sobrestimaste, porque hoy la he cagado. ¿Qué crees que les va a pasar a las familias de Rue y Thresh? ¿Crees que les darán su parte de nuestras ganancias? ¿Crees que les acabo de asegurar un futuro brillante? ¡Porque me parece que tendrán suerte si llegan vivos al final del día! —Peeta lanza algo más por los aires, una figura. Nunca lo había visto así.

—Tiene razón, Haymitch —intervengo—. Nos equivocamos al no contárselo, incluso en el Capitolio.

—En la arena ya teníais algún tipo de sistema montado, ¿no? —pregunta Peeta, con la voz más tranquila—. Algo que no me contasteis.

—No, oficialmente no. Es que yo me imaginaba lo que Haymitch quería de mí según lo que me enviaba o no.

—Bueno, pues yo no tuve esa oportunidad, porque él no me envió nada hasta que apareciste.

No había pensado en eso, en cómo vería Peeta que yo apareciese en la arena con medicina para las quemaduras y pan, mientras que él, a las puertas de la muerte, no había recibido nada. Como si Haymitch me mantuviese con vida a su costa.

—Mira, chico... —empieza a decir Haymitch.

—No te molestes, sé que tenías que elegir a uno de los dos y me parece bien que fuese ella. Pero esto es distinto, ahí fuera hay gente muerta y habrá más si no lo hacemos muy bien. Todos sabemos que se me dan mejor las cámaras que a Katniss, nadie tiene que ayudarme para saber qué decir, siempre que sepa dónde me estoy metiendo.

—A partir de ahora estarás informado de todo —le promete Haymitch.

—Mejor será —responde Peeta, sin dignarse a mirarme antes de salir.

El polvo que ha agitado forma nubes y busca otro sitio donde posarse: mi pelo, mis ojos, mi reluciente broche dorado.

—¿Me elegiste a mí, Haymitch?

—Sí.

—¿Por qué? Él te cae mejor.

—Es cierto, pero recuerda que, hasta que cambiaron las reglas, mi única esperanza era sacar con vida a uno de los dos. Como él estaba decidido a protegerte, bueno, pensé que entre los tres podríamos devolverte a casa.

—Oh —es lo único que puedo contestar.

—Ya verás las decisiones que te verás obligada a tomar si sobrevivimos a esto —dice Haymitch—. Aprenderás.

Bueno, hoy he aprendido algo: este lugar no es una versión más grande del Distrito 12. Nuestra alambrada no tiene vigilancia y casi nunca la electrifican; nuestros agentes de la paz no son bien recibidos, pero tampoco resultan brutales; nuestras penurias provocan más fatiga que furia. Aquí, en el 11, sufren más y están más desesperados. El presidente Snow tiene razón: una chispa podría bastar para que todo ardiera.

Las cosas pasan demasiado deprisa para poder procesarlas: la advertencia, los disparos y darme cuenta de que quizá haya iniciado algo de gigantescas dimensiones. Es tan increíble... Habría sido diferente si mi intención fuera agitar el país, pero, dadas las circunstancias, ¿cómo narices me las he arreglado para causar tantos problemas?

—Venga, tenemos que asistir a una cena —dice Haymitch.

Me quedo en la ducha todo el tiempo que me dejan antes de ir a arreglarme. El equipo de preparación no parece saber nada de los sucesos del día, están emocionados con la cena; en los distritos son lo suficientemente importantes para asistir a ella, mientras que en el Capitolio apenas reciben invitaciones a fiestas prestigiosas. Se dedican a intentar predecir qué platos servirán, aunque yo solo veo al anciano recibir un tiro en la cabeza. No presto atención a nada de lo que me dicen hasta que estoy a punto de irme y me veo en un espejo: un vestido palabra de honor de color rosa pálido que me llega hasta los zapatos; el pelo apartado de la cara y suelto en una lluvia de tirabuzones sobre la espalda.

En ese momento llega Cinna por detrás y me coloca un reluciente chal plateado encima de los hombros.

—¿Te gusta? —me pregunta, al darse cuenta de que mi reflejo lo mira a los ojos.

—Es precioso, como siempre.

—Veamos qué aspecto tiene con una sonrisa —me dice amablemente. Es su forma de recordarme que dentro de un minuto volverán las cámaras. Consigo levantar un poco las comisuras de los labios—. Eso es.

Cuando nos reunimos para bajar a la cena, veo que Effie está indispuesta. Seguro que Haymitch no le ha contado lo de la plaza. Aunque no me sorprendería que Cinna y Portia lo supieran, parecemos tener un acuerdo tácito para mantener a Effie al margen de las malas noticias. Sin embargo, no tardamos mucho en darnos cuenta de cuál es su problema.

Effie repasa el programa de la noche antes de tirarlo a un lado.

—Y después, gracias al cielo, todos podremos subirnos a ese tren y salir de aquí —dice.

—¿Te pasa algo, Effie? —le pregunta Cinna.

—No me gusta la forma en que nos han tratado, metiéndonos en camiones y sacándonos del andén. Y después, hace una hora, decidí dar una vuelta por el Edificio de Justicia. Soy una especie de experta en diseño arquitectónico, ya lo sabéis.

—Oh, sí, lo había oído —responde Portia antes de que la pausa se alargue demasiado.

—Bueno, pues estaba echándole un vistazo, porque las ruinas de los distritos se van a poner de moda este año, cuando dos agentes de la paz se me colocaron delante y me ordenaron regresar a nuestras habitaciones. ¡Uno de ellos llegó a empujarme con la pistola! —exclama Effie.

No puedo evitar pensar que es culpa de Haymitch, Peeta y mía, por haber desaparecido antes. En realidad, resulta reconfortante pensar que Haymitch tenía razón, que nadie estaba vigilando la cúpula polvorienta en la que hemos hablado. Aunque seguro que ahora sí.

Effie parece tan alterada que le doy un abrazo espontáneo.

—Eso es terrible, Effie. Quizá fuese mejor no ir a la cena, al menos hasta que se disculpen. —Sé que no estará de acuerdo, pero la sugerencia la anima bastante, porque valida su queja.

—No, estaré bien. Es parte de mi trabajo soportar estas vicisitudes, y no podemos dejar que vosotros dos os perdáis la cena. De todos modos, gracias por la oferta, Katniss.

Effie nos coloca en formación para nuestra entrada. Primero los equipos de preparación, después ella, los estilistas y Haymitch. Peeta y yo salimos los últimos, por supuesto.

En algún lugar más abajo, los músicos empiezan a tocar. Cuando la primera parte de nuestra procesión comienza a bajar los escalones, Peeta y yo vamos de la mano.

—Haymitch dice que estuvo mal gritarte, que solo seguías sus instrucciones —me dice—. Además, yo también te oculté cosas en algunos momentos.

Recuerdo la conmoción que sentí al oírlo confesar su amor delante de toda Panem. Haymitch estaba en el ajo y no me lo había dicho.

—Me parece que yo también rompí unas cuantas cosas después de aquella entrevista.

—Solo una urna.

—Y tus manos. Ya no tiene sentido, ¿no? Lo de no ser sinceros entre nosotros, me refiero.

—Ninguno —responde Peeta. Estamos en lo alto de la escalera, dejándole una ventaja de quince escalones a Haymitch, como nos indicó Effie—. ¿De verdad fue esa la única vez que besaste a Gale?

—Sí —respondo, tan sorprendida que no se me ocurre otra cosa. Con todo lo que ha pasado hoy, ¿esa es la pregunta que le ha estado rondando la cabeza?

—Ya son quince, vamos.

Nos enfocan con una luz y yo esbozo mi sonrisa más deslumbrante.

Bajamos los escalones y nos engulle lo que se convierte en una marea indistinguible de cenas, ceremonias y viajes en tren. Todos los días son iguales: despertarnos, vestirnos, pasear entre los vítores de la multitud, escuchar un discurso en nuestro honor y dar un discurso de agradecimiento, aunque solo el que nos pasa el Capitolio, sin añadidos personales. A veces hay una breve excursión: en un distrito vemos de lejos el mar, en otro unos altos bosques; fábricas feas, campos de trigo y refinerías apestosas. Después nos vestimos de gala, asistimos a la cena y volvemos al tren.

Durante las ceremonias somos solemnes y respetuosos, pero siempre estamos unidos, ya sea de la mano o por el brazo. En las cenas rozamos el delirio amoroso; nos besamos, bailamos, nos pillan intentando escabullirnos para estar a solas. En el tren paseamos nuestra miseria en silencio, mientras intentamos evaluar el efecto que tenemos en los distritos.

Incluso sin los discursos personales para despertar el descontento (huelga decir que los que dimos en el Distrito 11 fueron editados antes de televisar el acontecimiento), algo se nota en el aire, el hervor de una olla a punto de rebosar. No en todas partes, porque algunas multitudes tienen el mismo aspecto de rebaño cansado que el Distrito 12 suele proyectar en las ceremonias de los vencedores. Sin embargo, en otros distritos (especialmente el 8, el 4 y el 3), los rostros de la gente expresan verdadera euforia al vernos y, debajo de la euforia, rabia. Cuando corean mi nombre lo hacen más como grito de venganza que para vitorearme. Cuando los agentes de la paz se introducen en una multitud inquieta, la multitud devuelve los empujones, en vez de retroceder, y sé que no puedo hacer nada para evitarlo, que ninguna demostración de amor, por creíble que sea, detendrá esta tormenta. Si sacar aquellas bayas fue un acto de locura temporal, esta gente también está dispuesta a abrazar la locura.

Cinna empieza a estrecharme la cintura de la ropa; el equipo de preparación se preocupa por mis ojeras; Effie me da pastillas para dormir que no funcionan, al menos no lo bastante bien. Cada vez que me duermo me despiertan unas pesadillas que han aumentado en número e intensidad. En una ocasión, Peeta, que se pasa gran parte de la noche dando vueltas por el tren, me oye gritar mientras intento salir de la bruma de los somníferos, que no hacen más que prolongar mis horribles sueños. Consigue despertarme y calmarme, para después tumbarse conmigo en la cama y abrazarme hasta que me quedo dormida de nuevo. A partir de entonces me niego a tomar más pastillas, aunque le dejo meterse en la cama conmigo todas las noches. Nos enfrentamos a la oscuridad como lo hacíamos en la arena, abrazados, protegiéndonos de los peligros que pueden caer sobre nosotros en cualquier momento. No pasa nada más, pero nuestro acuerdo se convierte rápidamente en tema de cotilleo en el tren.

Cuando Effie me lo menciona, pienso: «Bien, quizá llegue a oídos del presidente Snow». Le digo que nos esforzaremos por ser más discretos, cosa que no hacemos.

Las apariciones consecutivas en los distritos 1 y 2 son horribles por méritos propios. Cato y Clove, los tributos del Distrito 2, podrían haber vuelto a casa si Peeta y yo no lo hubiésemos hecho. Yo maté en persona a la chica, Glimmer, y al chico del Distrito 1. Mientras intento evitar a la familia de este último, descubro que su nombre era Marvel. ¿Cómo es posible que no lo supiese? Supongo que antes de los juegos no presté atención y que después no quise saberlo.

Al llegar al Capitolio estamos ya desesperados. Hacemos interminables apariciones delante de multitudes que nos adoran. Aquí, entre los privilegiados, no hay peligro de levantamiento; es gente que nunca ha visto su nombre en las urnas de la cosecha, cuyos hijos nunca mueren por los supuestos crímenes cometidos hace generaciones. No necesitamos convencer a los ciudadanos del Capitolio de nuestro amor, pero todavía nos queda la débil esperanza de poder llegar a los que no logramos convencer en los distritos. Todo lo que hacemos parece poco y tarde.

De vuelta en nuestros alojamientos del Centro de Entrenamiento, soy yo la que sugiere la proposición de matrimonio pública. Peeta acepta hacerlo, aunque después se encierra en su cuarto un buen rato. Haymitch me pide que lo deje en paz.

—Creía que era lo que él quería —dije.

—Pero así no. Él quería que fuese de verdad.

Me voy a mi habitación y me meto debajo de las sábanas intentando no pensar en Gale y consiguiendo no pensar en nada más que en él.

Por la noche, en el escenario colocado delante del Centro de Entrenamiento, respondemos con entusiasmo a una lista de preguntas. Caesar Flickerman, con su chispeante traje azul marino, y el pelo, las pestañas y los labios todavía teñidos de celeste, nos guía magistralmente durante toda la entrevista. Cuando nos pregunta por el futuro, Peeta hinca una rodilla en el suelo y pone todo su corazón en pedirme que me case con él. Yo, por supuesto, acepto. Caesar está como loco, la audiencia del Capitolio es presa de la histeria, las imágenes retransmitidas desde todo Panem muestran multitudes henchidas de felicidad.

El presidente Snow en persona nos hace una visita sorpresa para felicitarnos. A Peeta le da la mano y una palmadita de aprobación en el hombro. Después me abraza, envolviéndome en su aroma a sangre y rosas, y me planta un beso hinchado en la mejilla. Cuando se retira, clavándome los dedos en los brazos con una sonrisa, me atrevo a arquear las cejas, que preguntan lo que mis labios no pueden: «¿Lo hemos conseguido? ¿Ha sido suficiente? ¿Ha sido suficiente entregártelo todo, seguir con el juego, prometer casarme con Peeta?».

A modo de respuesta, sacude la cabeza de manera casi imperceptible.

6

Con ese único movimiento veo el final de la esperanza, el inicio de la destrucción de todo lo que me importa en este mundo. No sé qué forma adoptará el castigo, ni lo mucho que abarcará, pero, cuando acabe, seguramente no quedará nada. Lo lógico sería que sintiese una desesperación profunda en estos momentos. Sin embargo, por extraño que parezca, lo que más siento es alivio, alivio por poder acabar con el juego, porque la respuesta de si puedo tener éxito en esta empresa ya haya sido respondida, aunque sea con un no rotundo. Porque si a tiempos desesperados, medidas desesperadas, ya soy libre para actuar con toda la desesperación que desee.

Pero aquí no, todavía no. Es esencial volver al Distrito 12, ya que cualquier plan incluirá a mi madre, mi hermana, Gale y su familia. Y a Peeta, si consigo que venga con nosotros. Añado a Haymitch a la lista. Son las personas que tendré que llevarme cuando escape al bosque, aunque todavía no sé cómo convencerlos, a dónde iremos en pleno invierno, ni qué hará falta para evitar que nos capturen. Sin embargo, al menos sé lo que debo hacer.

Así que, en vez de derrumbarme y llorar, levanto la barbilla y me siento más segura de mí misma que nunca. Mi sonrisa, a pesar de que a veces parezca demencial, no es forzada, y cuando el presidente silencia al público y dice: «¿Qué os parece si les organizamos una boda aquí mismo, en el Capitolio?», yo entro en modo chica-casi-catatónica-de-alegría sin pestañear.

Caesar Flickerman le pregunta al presidente si tiene una fecha en mente.

—Bueno, antes de fijar la fecha habría que aclarar un poco las cosas con la madre de Katniss —responde Snow. El público rompe a reír y el presidente me rodea con un brazo—. Quizá si todo el país se empeña logremos casarte antes de los treinta.

—Seguramente tendrá que aprobar una nueva ley —respondo con una risita.

—Si no hay más remedio —repone él, de buen humor, como si conspirásemos juntos.

Ay, sí, qué bien nos lo pasamos.

La fiesta que se celebra en la sala de banquetes del presidente Snow no tiene parangón. El techo, de doce metros de altura, se ha transformado en un cielo nocturno, y las estrellas tienen el mismísimo aspecto que en casa. Supongo que también se ven así desde el Capitolio, pero ¿cómo saberlo? Siempre hay demasiada luz en la ciudad como para ver las estrellas. Más o menos a medio camino entre el suelo y el techo, los músicos flotan en lo que parecen ser esponjosas nubes blancas, aunque no veo qué es lo que los mantiene en el aire. Las tradicionales mesas de comedor han sido sustituidas por innumerables sofás y sillones, algunos alrededor de chimeneas, otros junto a olorosos jardines de flores o estanques llenos de peces exóticos, de modo que la gente pueda comer, beber y hacer lo que le plazca con el máximo confort.

En el centro de la sala hay una amplia zona embaldosada que sirve para todo, desde pista de baile a escenario para los intérpretes que vienen y van, pasando por espacio para mezclarse con los invitados, que van vestidos con total extravagancia.

Sin embargo, la verdadera estrella de la noche es la comida, mesas cubiertas de manjares alineadas junto a las paredes. Todo lo que pueda imaginarse y cosas con las que nadie habría soñado esperan a que las consuman: vacas, cerdos y cabras enteros asándose en espetones; enormes bandejas de aves rellenas de sabrosas frutas y frutos secos; criaturas del océano salpicadas de salsa o suplicando bañarse en mejunjes especiados; incontables quesos, panes, verduras, dulces, cascadas de vino y arroyos de licores en llamas.

Mi apetito había regresado con mi deseo de luchar y, después de semanas demasiado preocupada para comer, ahora estoy hambrienta.

—Quiero probar todo lo que haya en la sala —le digo a Peeta.

Veo que intenta leer mi expresión, averiguar por qué me he transformado. Como no sabe que el presidente Snow considera que he fallado, su única suposición es que yo creo que hemos ganado. Quizá incluso que siento genuina felicidad ante nuestro enlace. Sus ojos reflejan lo desconcertado que está, aunque solo brevemente, porque estamos delante de las cámaras.

—Pues vas a tener que ir con calma —me dice.

—Vale, solo un bocado de cada plato.

Sin embargo, incumplo mi promesa al instante, en la primea mesa, que tiene veinte sopas o más, al encontrarme con un cremoso estofado de calabaza con láminas de frutos secos y diminutas semillas negras.

—¡Podría estar comiéndolo toda la noche! —exclamo, pero no lo hago. Vuelvo a flaquear ante un caldo color verde claro del que solo puedo decir que sabe a primavera, y de nuevo cuando pruebo una sopa espumosa rosa salpicada de frambuesas.

Llegan caras nuevas, intercambiamos nombres, me hacen fotos, beso mejillas. Al parecer, mi broche de sinsajo se ha convertido en lo más de la moda, porque varias personas se acercan a enseñarme sus accesorios. Mi pájaro se ha copiado en hebillas de cinturón, se ha bordado en solapas de seda e incluso se ha tatuado en lugares íntimos. Todos quieren llevar la insignia de la ganadora. Me imagino lo mal que le sienta al presidente Snow, pero ¿qué puede hacer al respecto? Aquí los juegos fueron todo un éxito y las bayas nada más que el símbolo de una chica desesperada intentando salvar a su amado.

Peeta y yo no nos esforzamos en buscar compañía, aunque a nosotros nos buscan sin parar. Somos la atracción de la fiesta que nadie quiere perderse. Actúo como si estuviese encantada, a pesar de que esta gente del Capitolio no me interesa en absoluto, no son más que distracciones que me apartan de la comida.

En cada mesa encuentro nuevas tentaciones e, incluso con mi restringido régimen de un bocado por plato, empiezo a llenarme rápidamente. Elijo un pajarito asado, le doy un mordisco y se me llena la boca de salsa de naranja. Delicioso. No obstante, le doy el resto a Peeta, porque quiero seguir probando cosas y la idea de tirar comida, como veo hacer sin reparos a muchas de las personas de la fiesta, me resulta repugnante. Después de unas diez mesas estoy hinchada, y eso que solo hemos probado unos cuantos platos de los muchos que hay disponibles.

En ese preciso momento, mi equipo de preparación cae sobre nosotros. Entre el alcohol que han consumido y su éxtasis por encontrarse en un acontecimiento tan majestuoso, no hay quien les entienda.

—¿Por qué no estás comiendo? —me pregunta Octavia.

—He comido, pero ya no me cabe ni un bocado más —respondo, y todos se ríen como si hubiese dicho la cosa más estúpida que hayan oído jamás.

—¡Nadie deja que eso lo detenga! —exclama Flavius. Nos conducen a una mesa en la que hay diminutas copas de vino llenas de un líquido transparente—. ¡Bébete esto!

Peeta levanta una para darle un traguito, y todos vuelven a partirse de risa.

—¡Aquí no! —chilla Octavia.

—Tienes que hacerlo ahí —explica Venia, señalando las puertas que dan a los servicios.

Peeta mira de nuevo la copa y lo entiende todo.

—¿Queréis decir que esto me hará vomitar?

—Claro —responde Octavia, entre las carcajadas generales—, así puedes seguir comiendo. Yo ya he ido dos veces. Todos lo hacen, si no, ¿cómo íbamos a divertirnos en un banquete?

No tengo palabras, me quedo mirando las bonitas copas y todo lo que implican. Peeta deja la suya en la mesa con tal delicadeza que da la impresión de que teme que le estalle en la mano.

—Venga, Katniss, vamos a bailar.

La música baja a través de las nubes mientras él me aleja del equipo y la mesa, y me lleva a la pista de baile. En casa solo aprendemos unos cuantos bailes, de esos con violines y flautas, para los que se necesita mucho espacio, pero Effie nos ha enseñado los que son más populares en el Capitolio. La música es lenta y mágica, así que Peeta me rodea con sus brazos y nos movemos en círculo sin apenas dar un paso. Este baile podría hacerse sobre una bandeja. Guardamos silencio durante un rato, hasta que Peeta habla, con voz tensa.

—Crees que puedes aguantarlo todo, que quizá no sean tan malos, y entonces... —Deja la frase sin terminar.

Solo puedo pensar en los cuerpos escuálidos de los niños que tumban sobre la mesa de nuestra cocina, cuando mi madre les receta lo que sus padres no pueden darles: más comida. Ahora que somos ricos los envía a casa con algo, pero antes, en los viejos tiempos, no había nada que dar y, en cualquier caso, el niño ya no tenía salvación. Mientras tanto, aquí, en el Capitolio, vomitan por el placer de llenarse de nuevo la barriga, una y otra vez. Y no vomitan porque estén enfermos de cuerpo o mente, ni porque la comida esté estropeada, sino porque es lo que se hace en las fiestas. Se espera que lo hagan, es parte de la diversión.

Un día, cuando me pasé por casa de Hazelle para darle el fruto de las trampas, Vick estaba en casa enfermo, con tos. Como era parte de la familia de Gale, el chico tenía más para comer que el noventa por ciento de los ciudadanos del Distrito 11, pero, aun así, se pasó quince minutos hablando de que había abierto una lata de jarabe de maíz el Día de los Paquetes, que cada uno de ellos se había untado una cucharada en un trozo de pan y que quizá se tomarían más esa semana. Y que Hazelle le había dicho que podía echarse un poquito en una taza de té para aliviar la tos, aunque a él no le parecía bien, a no ser que los otros también se la tomaran. Si las cosas están así en casa de Gale, ¿cómo será en las demás?

—Peeta, nos traen aquí para divertirse viendo cómo nos matamos entre nosotros —le digo—. Te aseguro que esto no es nada, en comparación.

—Sí, ya lo sé. Es que a veces no puedo seguir soportándolo. Llega un momento en que... no estoy seguro de lo que podría ser capaz de hacer. —Hace una pausa y susurra—: Quizá estábamos equivocados, Katniss.

—¿Sobre qué?

—Sobre intentar calmar las cosas en los distritos.

Muevo la cabeza rápidamente de un lado a otro, pero nadie parece haberlo escuchado. El equipo de televisión está distraído en una mesa de marisco, y las parejas que bailan a nuestro alrededor están demasiado borrachas o demasiado absortas para darse cuenta.

—Lo siento —me dice, y hace bien. No es el mejor lugar para pensar en voz alta.

—Guárdatelo para casa.

En ese momento aparece Portia con un hombre grandote que me resulta vagamente familiar. Nos lo presenta como Plutarch Heavensbee, el nuevo Vigilante Jefe. Plutarch le pregunta a Peeta si no le importa que le robe un baile conmigo. Peeta ha recuperado su cara televisiva y me entrega de buena gana, advirtiéndole al hombre que no se entusiasme demasiado.

No quiero bailar con Plutarch Heavensbee, no quiero notar sus manos, una de ellas en la mía y otra en la cadera. No estoy acostumbrada a que me toquen, salvo que se trate de Peeta o mi familia, y en mi escala de criaturas con las que no deseo entrar en contacto los Vigilantes están en algún nivel inferior al de los gusanos. Sin embargo, él parece darse cuenta y me mantiene a distancia en nuestras vueltas por la pista.

Charlamos sobre la fiesta, sobre la música, sobre la comida y después bromea diciendo que, desde el entrenamiento, intenta alejarse del ponche. No lo entiendo hasta que me doy cuenta de que es el hombre que se cayó en la ponchera cuando disparé la flecha a los Vigilantes durante la sesión de entrenamiento. Bueno, en realidad no se la disparé a ellos, sino a una manzana que estaba en la boca de un cerdo asado, pero se sobresaltaron igualmente.

—Oh, es usted el que... —me río al recordar su aterrizaje en el ponche.

—Sí, y te agradará saber que no he logrado recuperarme —responde Plutarch.

A pesar de que me gustaría indicarle que los veintidós tributos muertos tampoco se recuperarán de los juegos que él ayudó a crear, me limito a decir:

—Bien. Entonces, ¿este año es usted el Vigilante Jefe? Debe de ser un gran honor.

—Entre tú y yo, no había muchos voluntarios para el trabajo. La responsabilidad del resultado de los juegos es una carga muy pesada.

«Sí, el último tipo está muerto», pienso. Tiene que saber lo de Seneca Crane, pero no parece muy preocupado.

—¿Están preparando ya los juegos del Vasallaje de los Veinticinco? —le pregunto.

—Oh, sí. Bueno, llevan años planificándose, claro. Las arenas no se construyen en un día. No obstante, el, digamos, tono de los juegos se está decidiendo ahora. Aunque no te lo creas, tengo una reunión de estrategia esta noche.

Plutarch da un paso atrás y saca un reloj de oro que cuelga de una cadena enganchada a su chaleco. Abre la tapa, mira la hora y frunce el ceño.

—Tendré que irme pronto —añade, volviendo el reloj para que vea la hora—. Empieza a medianoche.

—Parece un poco tarde para... —empiezo a decir, hasta que veo algo que me distrae: Plutarch ha pasado el pulgar por la superficie de cristal del reloj y, por un momento, aparece una imagen brillante, como si la iluminase la luz de las velas. Se trata de otro sinsajo, igual que el broche que llevo en el vestido, solo que este desaparece. El Vigilante cierra el reloj.

—Es muy bonito —le digo.

—Bueno, es más que bonito. Es único —me asegura—. Si alguien pregunta por mí, dile que me he ido a la cama. Se supone que las reuniones son secretas, aunque me ha parecido seguro contártelo.

—Sí, su secreto está a salvo conmigo.

Cuando nos damos la mano, él hace una pequeña reverencia, un gesto habitual en el Capitolio.

—Bueno, nos veremos el verano que viene en los juegos, Katniss. Mis mejores deseos por tu compromiso y buena suerte con tu madre.

—La necesitaré.

Plutarch desaparece y yo empiezo a vagar entre la multitud buscando a Peeta, mientras personas desconocidas me felicitan. Por mi compromiso, por mi victoria en los juegos, por mi pintalabios. Respondo a todo, aunque en realidad estoy pensando en por qué Plutarch me ha enseñado su bonito reloj exclusivo. La situación ha sido un poco extraña, casi clandestina; ¿por qué? Quizá temiese que alguien le robase la idea de poner un sinsajo secreto en la esfera de un reloj. Sí, seguro que ha pagado una fortuna por él y ahora no puede enseñárselo a nadie porque no quiere que hagan una versión falsa y barata. Cosas que solo pasan en el Capitolio.

Encuentro a Peeta admirando una mesa llena de tartas con elaboradas decoraciones. Los panaderos han salido de la cocina para hablar de glaseados con él y lo hacen atropelladamente, deseando responder a sus preguntas. Cuando se lo pide, le preparan un surtido de tartitas para que pueda llevárselas al Distrito 12, donde podrá examinar su trabajo con tranquilidad.

—Effie dijo que teníamos que estar en el tren a la una. ¿Qué hora será? —pregunta Peeta, mirando a su alrededor.

—Casi medianoche —contesto. Arranco con los dedos una flor de chocolate de una tarta y empiezo a mordisquearla; los buenos modales ya no me importan en absoluto.

—¡Es la hora de dar las gracias y despedirse! —trina Effie junto a mi codo. Es uno de esos momentos en los que adoro su puntualidad compulsiva. Nos reunimos con Cinna y Portia, y ella nos acompaña para despedirnos de la gente importante y después conducirnos a la puerta.

—¿No deberíamos darle las gracias al presidente Snow? —pregunta Peeta—. Es su casa.

—Oh, a él no le gustan mucho las fiestas, está demasiado ocupado —responde Effie—. Ya he dispuesto que le envíen las notas y regalos de agradecimiento correspondientes mañana. ¡Ahí estás! —exclama, haciendo un gesto con la mano a dos de los ayudantes del Capitolio, que cargan con un Haymitch muy ebrio.

Recorremos las calles en un coche de cristales oscuros. Detrás de nosotros, otro coche lleva a los equipos de preparación. La muchedumbre en plena celebración es tan numerosa que avanzamos poco a poco. Sin embargo, Effie ha convertido todo esto en una ciencia, así que llegamos al tren exactamente a la una en punto y salimos de la estación.

Depositamos a Haymitch en su cuarto, Cinna pide té y todos nos sentamos a la mesa mientras Effie agita los papeles de su programa y nos recuerda que todavía estamos de gira.

—Queda el Festival de la Recolección en el Distrito 12, así que sugiero que nos bebamos el té y nos vayamos derechitos a la cama.

Nadie se opone.

Cuando abro los ojos ya es primera hora de la tarde. Mi cabeza descansa sobre el brazo de Peeta, aunque no recuerdo haberlo oído llegar anoche. Me vuelvo con cuidado de no molestarlo, pero él ya está despierto.

—No has tenido pesadillas —dice.

—¿Qué?

—Que esta noche no has tenido pesadillas.

Tiene razón. Por primera vez en siglos he dormido de un tirón.

—Pero he tenido un sueño —comento—. Estaba persiguiendo a un sinsajo a través del bosque. Llevaba mucho tiempo detrás de él. En realidad, era Rue. Quiero decir que, cuando cantaba, tenía su voz.

—¿Adónde te llevó? —me pregunta, apartándome el pelo de la frente.

—No lo sé, no llegamos, aunque me sentía contenta.

—Bueno, has dormido como si estuvieses contenta.

—Peeta, ¿por qué nunca sé cuándo tienes una pesadilla?

—Ni idea. Creo que yo no grito, ni me muevo, ni nada. Simplemente me despierto paralizado de terror.

—Deberías despertarme —le digo, porque yo interrumpo su sueño dos o tres veces cuando tengo una noche mala hasta que logra calmarme de nuevo.

—No hace falta, mis pesadillas suelen ser sobre perderte, así que se me pasa cuando me doy cuenta de que estás a mi lado.

Ay. Peeta hace comentarios como este sin darles importancia, y es como si me diera un puñetazo en el estómago. No ha hecho más que responder con sinceridad a mi pregunta, no me presiona para que responda de la misma forma, ni para que le declare mi amor, pero me hace sentir fatal, como si lo hubiese estado usando de una forma terrible. ¿Lo he estado usando? No lo sé. Solo sé que, por primera vez, me siento inmoral por tenerlo en mi cama..., lo que resulta irónico ahora que estamos oficialmente prometidos.

—Será peor cuando estemos en casa y vuelva a dormir solo —me dice.

Es verdad, casi estamos en casa.

La agenda para el Distrito 12 incluye una cena en la casa del alcalde Undersee esta noche y una concentración en la plaza para celebrar la victoria durante el Festival de la Recolección de mañana. Siempre celebramos el Festival de la Recolección el último día de la Gira de la Victoria, aunque normalmente se trata de una comida en casa o con algunos amigos, si nos lo podemos permitir. Este año será un acontecimiento público y, como lo organiza el Capitolio, todo el distrito se llenará la tripa.

La mayor parte de nuestra preparación tiene lugar en la casa del alcalde, ya que volvemos a estar cubiertos de pieles para las apariciones en exterior. El paso por la estación es breve, lo justo para sonreír y saludar al meternos en el coche. Ni siquiera veremos a nuestras familias hasta la cena de esta noche.

Me alegra estar en casa del alcalde en vez de en el Edificio de Justicia, donde se celebró el homenaje por la muerte de mi padre y donde me llevaron después de la cosecha para la dolorosa despedida de mi familia. Ese edificio contiene demasiada tristeza.

En cualquier caso, me gusta la casa del alcalde Undersee, sobre todo ahora que su hija, Madge, y yo somos amigas. Siempre lo hemos sido a nuestra manera, pero se hizo oficial cuando vino a despedirme antes de marcharme a los juegos, cuando me dio el broche del sinsajo para que me trajese suerte. Al volver empezamos a pasar más tiempo juntas. Resulta que Madge también tiene un montón de horas vacías que llenar. Al principio resultaba un poco incómodo, porque no sabíamos qué hacer. Otras chicas de nuestra edad hablan sobre chicos o sobre ropa, mientras que

Madge y yo no somos cotillas, y la ropa me aburre hasta decir basta. Después de algunos errores, me di cuenta de que se moría por ir al bosque, así que la he llevado un par de veces y le he enseñado a disparar. Ella intenta enseñarme a tocar el piano, aunque lo que de verdad me gusta es escucharla tocar. A veces comemos en su casa o en la mía. Madge prefiere la mía; sus padres son agradables, pero me da la impresión de que no los ve mucho. Su padre tiene que dirigir el Distrito 12 y su madre sufre unas feroces jaquecas que la obligan a pasarse días enteros en la cama.

—A lo mejor tendríais que llevarla al Capitolio —le dije durante una de aquellas jaquecas. No estábamos tocando el piano porque, a pesar de encontrarnos dos plantas por debajo de ella, el sonido molestaba a su madre—. Seguro que allí pueden curarla.

—Sí, pero no puedes ir al Capitolio a no ser que te inviten —respondió Madge, triste. Incluso los privilegios del alcalde tienen sus limitaciones.

Cuando llegamos a casa del alcalde, solo tengo tiempo de darle un rápido abrazo a Madge antes de que Effie me lleve corriendo a la tercera planta para cambiarme. Después de prepararme y vestirme con un vestido largo plateado, me sobra una hora antes de la cena, así que voy a buscar a mi amiga.

El dormitorio de Madge está en la segunda planta, al lado de varias habitaciones de invitados y el estudio de su padre. Asomo la cabeza por la puerta del estudio para saludarlo, pero no hay nadie. El televisor está encendido y me detengo para ver algunas imágenes de Peeta conmigo, en la fiesta del Capitolio de anoche: bailamos, comemos y nos besamos. Es lo que están viendo en las casas de todo Panem en estos momentos. La gente debe de estar hasta las narices de los trágicos amantes del Distrito 12. Yo lo estoy.

Justo cuando voy a salir de la habitación, un pitido me detiene. Me vuelvo y veo que la pantalla del televisor se ha fundido en negro y que aparecen las palabras: «ÚLTIMAS NOTICIAS SOBRE EL DISTRITO 8». Mi instinto me dice que es algo que no debería ver, sino que está dirigido al alcalde, que debería irme y deprisa. En vez de hacerlo, me acerco más a la tele.

Una locutora a la que no había visto antes aparece en pantalla; es una mujer de pelo encanecido, con voz ronca y autoritaria. Anuncia que la situación empeora y que se ha establecido un nivel de alerta 3. Se han enviado fuerzas adicionales al Distrito 8 y se ha detenido la producción textil.

La imagen cambia para mostrar la plaza mayor del Distrito 8, que reconozco porque estuve allí la semana pasada. Siguen viéndose las banderolas con mi cara colgando de los tejados. Debajo de ellas hay una turba, la plaza está llena de gente gritando, con el rostro tapado con trapos y máscaras caseras, tirando ladrillos. Los edificios arden, los agentes de la paz disparan a la multitud y matan de forma indiscriminada.

No había visto nunca nada parecido, pero sé que no puede ser otra cosa: soy testigo de lo que el presidente Snow llama un levantamiento.

7

Una bolsa de cuero llena de comida y un termo de té caliente. Un par de guantes forrados de piel que Cinna se dejó olvidados. Tres ramas partidas de los árboles desnudos y colocadas en la nieve, señalando la dirección en la que viajaré. Es lo que le dejo a Gale en nuestro punto de reunión de siempre el primer domingo después del Festival de la Recolección.

He seguido caminando por el bosque frío y brumoso, abriendo un sendero que a Gale no le resultará familiar, aunque mis pies lo encuentran rápidamente. Conduce al lago. Ya no confío en la intimidad de nuestro lugar de encuentro habitual, y necesito eso y más para contárselo todo a Gale. ¿Vendrá? Si no lo hace, tendré que arriesgarme a ir a su casa en plena noche. Hay cosas que debe saber..., cosas que debe ayudarme a aclarar...

Una vez entendidas las implicaciones de lo que estaba viendo en el televisor del alcalde Undersee salí del cuarto y empecé a recorrer el pasillo. Justo a tiempo, además, porque el alcalde subió las escaleras un instante después. Lo saludé con la mano.

—¿Buscas a Madge? —me preguntó, en tono amable.

—Sí, quiero enseñarle mi vestido.

—Bueno, ya sabes dónde encontrarla. —En ese momento, otra serie de pitidos salieron de su estudio y él se puso serio—. Perdona —me dijo; entró en la habitación y cerró la puerta.

Esperé en el pasillo hasta lograr tranquilizarme y me recordé que tenía que actuar con naturalidad. Después encontré a Madge en su dormitorio, sentada frente a su tocador cepillándose el pelo, rubio rizado, delante del espejo. Llevaba el mismo bonito vestido blanco que se había puesto para el día de la cosecha. Vio mi reflejo detrás de ella y sonrió.

—Mírate, pareces recién salida de las calles del Capitolio.

Di un paso adelante y toqué el sinsajo.

—Incluso el broche. Gracias a ti, los sinsajos son la última moda en el Capitolio. ¿Seguro que no quieres que te lo devuelva?

—No seas tonta, era un regalo —respondió ella mientras se sujetaba el pelo con un alegre lazo dorado.

—¿Y de dónde lo sacaste?

—Era de mi tía, aunque creo que lleva en la familia mucho tiempo.

—Es raro que sea un sinsajo —comenté—. Es decir, por lo que pasó en la rebelión. Después del fracaso del Capitolio con los charlajos y todo eso.

Los charlajos eran mutaciones, pájaros macho modificados genéticamente por el Capitolio para usarlos como armas con las que espiar a los rebeldes de los distritos. Podían recordar y repetir largos fragmentos de conversaciones humanas, así que los enviaban a las zonas rebeldes para captar nuestras palabras y llevarlas al Capitolio. Los rebeldes se enteraron y usaron a los pájaros contra el Capitolio, enviándolos de vuelta a sus amos cargados de mentiras. Cuando se descubrió la estratagema, los creadores de los charlajos los abandonaron para dejarlos morir. Sin embargo, aunque se extinguieron en pocos años, antes se aparearon con los sinsontes hembra y crearon una especie completamente nueva.

—Pero los sinsajos no eran un arma —repuso Madge—. No son más que pájaros cantores, ¿no?

—Sí, supongo —le dije, aunque no es cierto. Un sinsonte no es más que un pájaro cantor. Un sinsajo es una criatura que el Capitolio no pretendía crear. No habían contado con que los muy controlados charlajos fuesen lo bastante listos para adaptarse a la libertad, pasar su código genético y prosperar de una nueva forma. No habían previsto su voluntad de vivir.

Ahora, mientras arrastro los pies por la nieve, veo los sinsajos que saltan entre las ramas repitiendo las melodías de otros pájaros, copiándolas y transformándolas en algo nuevo. Como siempre, me recuerdan a Rue. Pienso en el sueño que tuve la última noche en el tren, en el que ella era un sinsajo y yo la seguía. Ojalá me hubiese quedado dormida un poco más para ver a dónde intentaba llevarme.

Hay un trecho hasta el lago, sin duda. Si decide seguirme, Gale se molestará por este uso excesivo de energía que podría emplear en la caza. Su ausencia en la cena del alcalde fue notable, aunque el resto de su familia sí acudió. Hazelle dijo que estaba enfermo, aunque era una mentira evidente. Tampoco lo encontré en el Festival de la Recolección, y Vick me dijo que estaba cazando. Eso sí que podía ser cierto.

Al cabo de un par de horas llego a una vieja casa cerca de la orilla del lago. Quizá «casa» sea una palabra demasiado grande para describirla. No es más que una habitación de unos cuatro metros cuadrados. Mi padre creía que hace mucho tiempo aquí había muchos edificios (todavía se ve parte de los cimientos) y que la gente venía para jugar y pescar en el lago. Esta casa ha durado más que las otras porque está hecha de hormigón, tanto el suelo, como el techo y el tejado. Solo una de las cuatro ventanas de cristal permanece intacta, aunque ondulada y amarillenta por el paso del tiempo. No hay ni cañerías, ni electricidad, pero la chimenea sigue funcionando y hay una pila de leña en la esquina; la reunimos mi padre y yo hace años. Enciendo una hoguerita y espero que la niebla tape el humo delator. Mientras el fuego prende, barro la nieve que se ha acumulado debajo de las ventanas vacías utilizando una escoba de ramas que me hizo mi padre cuando tenía ocho años y jugaba aquí a las casitas. Después me siento en la diminuta chimenea de hormigón a descongelarme junto al fuego y espero a Gale.

Es sorprendente lo poco que tarda en llegar; aparece con un arco al hombro y un pavo silvestre muerto con el que debe de haberse encontrado por el camino, colgado del cinturón. Se queda en el umbral, como si no supiese si entrar o no. En las manos lleva la bolsa de cuero sin abrir con la comida, el termo y los guantes de Cinna, regalos que no aceptará por lo enfadado que está conmigo. Sé bien cómo se siente porque ¿acaso no le hice lo mismo a mi madre?

Lo miro a los ojos. Su genio no puede ocultar el dolor, la traición que siente ante mi compromiso con Peeta. La reunión de hoy es mi última oportunidad de no perder a Gale para siempre. Podría pasarme horas intentando explicárselo y aun así me rechazaría. Así que voy directa al grano de mi defensa.

—El presidente Snow en persona amenazó con matarte —le digo.

Gale arquea las cejas un poco, aunque no parece estar realmente asustado, ni asombrado.

—¿A alguien más?

—Bueno, no llegó a darme una copia de la lista, pero diría que incluye a nuestras familias.

Eso basta para atraerlo al fuego; se agacha delante de la chimenea para calentarse.

—¿A no ser que hicieras qué?

—Ya no importa —respondo. Sé que esto requiere una explicación más larga, pero no tengo ni idea de por dónde empezar, por lo que me quedo mirando las llamas con expresión lúgubre.

Al cabo de un minuto, Gale rompe el silencio.

—Bueno, gracias por el aviso.

Me vuelvo hacia él, lista para saltar; entonces capto un brillo travieso en su mirada y sonrío, aunque me odio por hacerlo. No es un momento divertido, aunque supongo que soltarle algo así a alguien es muy fuerte. Nos van a aplastar a todos, hagamos lo que hagamos.

—Pues tengo un plan, ¿sabes?

—Sí, seguro que es espectacular —responde, lanzándome los guantes—. Toma. No quiero los guantes viejos de tu prometido.

—No es mi prometido, solo es teatro. Y estos guantes no son suyos, son de Cinna.

—Pues devuélveselos —dice. Se los pone, dobla los dedos y asiente—. Al menos moriré cómodo.

—Qué optimista. Entonces no quieres saber lo que ha pasado, ¿no?

—Adelante.

Decido empezar por la noche en que a Peeta y a mí nos proclamaron vencedores de los Juegos del Hambre, y Haymitch me advirtió de la furia del Capitolio. Le cuento la inquietud que seguía sintiendo en casa, lo de la visita del presidente Snow, los asesinatos del Distrito 11, la tensión de las multitudes, el último intento desesperado del compromiso, la señal del presidente indicándome que no había bastado, mi certeza de que tendría que pagar por ello.

Gale no me interrumpe. Mientras hablo, él se mete los guantes en el bolsillo y se entretiene sacando la comida de la bolsa para que nos la comamos. Tuesta el pan y el queso, le quita el corazón a las manzanas y pone las castañas en el fuego para que se asen. Observo sus manos, sus bellos y hábiles dedos, tan ásperos como los míos antes de que el Capitolio me borrase todas las marcas de la piel, aunque también fuertes y rápidos. Manos que tienen el poder necesario para extraer carbón de las minas y la precisión suficiente para montar una delicada trampa. Manos en las que confío.

Hago una pausa para beber un poco de té del termo antes de contarle lo de la vuelta a casa.

—Bueno, has montado una buena —me dice.

—Y todavía no he terminado.

—Ya he oído bastante por ahora. Vamos a pasar directamente a ese plan tuyo.

—Huiremos —le respondo, después de respirar profundamente.

—¿Qué? —Acabo de pillarlo por sorpresa.

—Nos meteremos en el bosque y correremos —insisto. No consigo leer su expresión. ¿Se reirá de mí, pensará que mi idea es estúpida? Me levanto, nerviosa, preparada para una discusión—. ¡Tú mismo dijiste que podríamos hacerlo! La mañana de la cosecha. Dijiste...

Gale se acerca y me levanta del suelo. La habitación da vueltas y tengo que agarrarme a su cuello para no caer, mientras él se ríe, feliz.

—¡Oye! —protesto, aunque también me río.

Me deja en el suelo, pero no me suelta del todo.

—Vale, huyamos —dice.

—¿De verdad? ¿No crees que estoy loca? ¿Vendrás conmigo? —Parte del enorme peso que siento sobre los hombros se evapora al compartirlo con Gale.

—Sí que creo que estás loca y, a pesar de ello, me voy contigo —responde, y lo dice de verdad. No solo lo dice, sino que está encantado—. Podemos hacerlo, sé que podemos. ¡Salgamos de aquí y no volvamos nunca!

—¿Estás seguro? Porque va a ser duro, con los niños y demás. No quiero adentrarme ocho kilómetros en el bosque y tener que...

—Estoy seguro, completa y absolutamente seguro, seguro al cien por cien. —Inclina la cabeza para apoyar su frente en la mía y me acerca a él. Su piel y todo su ser irradian calor por culpa del fuego, y cierro los ojos para empaparme de él. Huelo el cuero mojado, el humo y las manzanas, el aroma de todos esos días invernales que compartimos antes de los juegos. No intento apartarme, ¿por qué iba a hacerlo? Su voz se convierte en un susurro y dice:

—Te quiero.

Por eso.

Nunca veo venir las cosas, suceden demasiado deprisa. Estás proponiendo un plan de huida y, de repente..., se supone que debes enfrentarte a algo como esto. Le doy la que seguramente sea la peor respuesta posible:

—Lo sé.

Suena fatal, como si estuviese concienciada de que él no puede evitar amarme, pero yo no sintiera nada semejante. Veo que Gale empieza a apartarse y lo sujeto.

—¡Lo sé! Y... y ya sabes lo que significas para mí —añado. No basta. Se suelta—. Gale, ahora mismo no puedo pensar en nadie de esa forma. Lo único que tengo en la cabeza todos los días, cada minuto que paso despierta desde que salió el nombre de Prim en la cosecha, es lo asustada que estoy. No parece haber sitio para nada más. Si pudiéramos llegar a un sitio en el que estar a salvo quizá fuera diferente. No lo sé.

—Entonces, nos vamos. Lo descubriremos —declara él, después de tragarse su decepción. Se vuelve hacia el fuego, donde las castañas empiezan a quemarse, y las echa en la chimenea—. Va a costar convencer a mi madre.

Parece que, de todos modos, piensa venir, aunque la alegría ha desaparecido, dejando en su lugar un dolor que conozco demasiado bien.

—A la mía también. Tendré que hacerla entrar en razón, llevármela a dar un largo paseo. Asegurarme de que entiende que no hay alternativa si queremos sobrevivir.

—Lo entenderá. Vi gran parte de los juegos con Prim y ella. No te dirá que no.

—Eso espero. —La temperatura en la casa parece haber bajado diez grados en cuestión de segundos—. Haymitch es el verdadero reto.

—¿Haymitch? —Gale deja las castañas—. ¿No le pedirás que venga con nosotros?

—Tengo que hacerlo, Gale, no puedo dejarlos a Peeta y a él, porque... —Su ceño fruncido me detiene—. ¿Qué?

—Lo siento, no me había dado cuenta de lo grande que iba a ser nuestro grupo —me suelta.

—Los torturarían hasta la muerte para intentar averiguar dónde estoy.

—¿Y qué pasa con la familia de Peeta? No vendrán. De hecho, seguramente se chivarían a la primera, y estoy seguro de que él es lo bastante listo para saberlo. ¿Y si decide quedarse?

—Pues se queda. —Intento sonar indiferente, pero se me quiebra la voz.

—¿Lo dejarías atrás?

—¿Para salvar a Prim y a mi madre? Sí —respondo—. Es decir, ¡no! Conseguiré que venga.

—¿Y a mí? ¿Me dejarías a mí? —La expresión de Gale se ha vuelto dura como la roca—. Si, por ejemplo, no pudiera convencer a mi madre para que arrastrase a tres niños pequeños por el bosque en invierno.

—Hazelle no se negará, lo entenderá.

—Supón que no lo entiende, Katniss. ¿Entonces qué?

—Entonces tendrías que obligarla, Gale. ¿Crees que me estoy inventando todo esto? —Yo también empiezo a subir la voz, enfadada.

—No. No lo sé. Quizá el presidente te esté manipulando. En fin, te está preparando una boda. Ya viste cómo reaccionó la multitud del Capitolio. No creo que pueda permitirse matarte, ni matar a Peeta. ¿Cómo va a salir de esa? —pregunta Gale.

—¡Bueno, con un levantamiento en el Distrito 8 dudo que esté invirtiendo mucho tiempo en elegir mi tarta de boda! —le grito.

En cuanto lo digo, me arrepiento. Su efecto en Gale es inmediato: el rubor en las mejillas, el brillo en sus ojos grises...

—¿Hay un levantamiento en el 8? —me pregunta, con voz queda.

Intento retroceder, calmarlo igual que intenté calmar a los distritos.

—No sé si hay un levantamiento de verdad, solo malestar. La gente en la calle...

—¿Qué has visto? —pregunta Gale, agarrándome por los hombros.

—¡Nada! Al menos en persona. He escuchado algo. —Como siempre, mis esfuerzos son escasos y tardíos. Me rindo y se lo cuento—. Vi algo en el televisor del alcalde que no debía haber visto. Había una turba, incendios, y los agentes de la paz disparaban a los ciudadanos, pero el pueblo se defendía... —Me muerdo el labio e intento seguir describiendo la escena. Al final acabo diciendo en voz alta las palabras que llevan tanto tiempo comiéndome por dentro—. Y es todo por mi culpa, Gale, por lo que hice en la arena. Si me hubiese suicidado con esas bayas, esto no habría pasado. Peeta habría vuelto a casa, habría vivido, y todos los demás seguirían estando a salvo.

—¿A salvo para hacer qué? —me pregunta, en un tono más suave—. ¿Para morirse de hambre? ¿Para trabajar como esclavos? ¿Para enviar a sus hijos a la cosecha? No has hecho daño a nadie..., les has dado una oportunidad. Solo tienen que ser lo suficientemente valientes para aprovecharla. Ya se estaba hablando en las minas. La gente quiere luchar. ¿No lo ves? ¡Está pasando! ¡Por fin está pasando! Si hay un levantamiento en el Distrito 8, ¿por qué no aquí? ¿Por qué no en todas partes? Podría ser el momento, lo que estábamos...

—¡Para! No sabes lo que dices. Los agentes de la paz de los demás distritos no son como Darius, ¡ni siquiera como Cray! Las vidas de las personas de los distritos... ¡no significan nada para ellos! —exclamo.

—¡Por eso tenemos que unirnos a la lucha! —responde con dureza.

—¡No! ¡Tenemos que irnos de aquí antes de que nos maten a nosotros y a mucha gente más! —Vuelvo a gritar, pero es que no entiendo por qué hace esto. ¿Por qué no ve algo tan obvio?

Gale me da un brusco empujón para apartarme de él.

—Pues vete tú. Yo no me iría ni en un millón de años.

—Hace un momento te parecía estupendo. No veo por qué un levantamiento en el Distrito 8 podría hacerte cambiar de opinión. Si acaso, significa que es más importante que nunca que nos vayamos. Lo que pasa es que estás enfadado por... —No, no puedo atacarlo con Peeta—. ¿Y tu familia?

—¿Y las otras familias, Katniss? ¿Las que no pueden huir? ¿Es que no te das cuenta? Si la rebelión ha empezado, no se trata solo de nuestra salvación. —Gale sacude la cabeza, sin ocultar lo disgustado que está conmigo—. Podrías hacer tantas cosas... —Me tira los guantes de Cinna a los pies—. He cambiado de idea, no quiero nada que esté hecho en el Capitolio.

Y se va.

Miro los guantes en el suelo. ¿Cualquier cosa hecha en el Capitolio? ¿Se refería a mí? ¿Cree que no soy más que otro producto del Capitolio y, por tanto, intocable? Es tan injusto que reviento de rabia, aunque también siento miedo por lo que Gale pueda hacer.

Buscando consuelo desesperadamente, me dejo caer al lado del fuego para planear mi siguiente movimiento. Me calmo al pensar que las rebeliones no suceden en un día y que Gale no podrá hablar con los mineros hasta mañana. Si consigo llegar a Hazelle antes de entonces, ella podría resolverlo. Pero ahora no puedo ir; si él está allí, no me dejará entrar. Quizá esta noche, cuando todos estén dormidos... Como Hazelle suele trabajar hasta tarde para terminar la colada, quizá sea un buen momento para ir, llamar a su ventana y contarle la situación, de modo que ella evite que su hijo cometa alguna locura.

De repente recuerdo mi conversación con el presidente Snow en el estudio:

«—A mis asesores les preocupaba que dieses problemas, pero no piensas hacerlo, ¿verdad?

»—No.

»—Eso es lo que yo les dije. Les dije que una chica que se toma tantas molestias por conservar la vida no estaría interesada en perderla de la manera más tonta».

Pienso en lo mucho que ha trabajado Hazelle por mantener con vida a su familia. Seguro que estará de mi lado en este asunto, ¿o no?

Ya debe de acercarse el mediodía, y los días son muy cortos, así que no tiene sentido quedarse en el bosque después de oscurecer si no es necesario. Pisoteo los restos de mi hoguerita, guardo la comida y me meto los guantes de Cinna en el cinturón. Supongo que tendré que quedarme con ellos un tiempo, por si Gale cambia de idea. Al pensar en su expresión cuando los tiró al suelo, en el asco que sentía por ellos, por mí...

Avanzo por el bosque arrastrando los pies y llego a mi antigua casa cuando todavía es de día. Mi conversación con Gale ha sido un revés obvio, pero estoy decidida a seguir con mi plan de escapar del Distrito 12. Voy a buscar a Peeta, ya que, como ha visto parte de lo que he visto yo en la gira, curiosamente quizá sea más fácil convencerlo a él que a Gale. Me encuentro con él a la salida de la Aldea de los Vencedores.

—¿Has estado de caza? —me pregunta. Por su expresión queda claro que no le parece buena idea.

—La verdad es que no. ¿Vas al pueblo?

—Sí, se supone que tengo que cenar con mi familia.

—Bueno, puedo acompañarte.

El camino desde la aldea a la plaza se usa poco, es un sitio seguro para hablar, aunque me cuesta pronunciar las palabras. Proponerle escapar a Gale ha sido un desastre. Me muerdo los labios agrietados y la plaza se acerca con cada paso que damos. Quizá sea mi última oportunidad en mucho tiempo, así que respiro hondo y lo dejo salir:

—Peeta, si te pidiera que huyeses del distrito conmigo, ¿lo harías?

Peeta me sujeta del brazo y me detiene; no necesita verme la cara para saber que hablo en serio.

—Depende de por qué me lo pidas.

—No convencí al presidente Snow. Hay un levantamiento en el Distrito 8. Tenemos que salir de aquí.

—¿Por «tenemos» te refieres solo a nosotros dos? No. ¿Quién más vendría?

—Mi familia; la tuya, si quiere venir; Haymitch, quizá.

—¿Y Gale?

—No lo sé. Puede que tenga otros planes —respondo.

Peeta sacude la cabeza y esboza una sonrisa triste.

—Ya me imagino. Claro, Katniss, iré.

—¿Sí? —pregunto, con una chispa de esperanza.

—Sí, pero estoy convencido de que tú no.

—Entonces es que no me conoces —protesto, apartando el brazo—. Prepárate, podría ser en cualquier momento. —Sigo caminando y él me sigue dos pasos por detrás.

—Katniss —me llama, pero no me paro. Si cree que es una mala idea no quiero saberlo, porque es la única que tengo—. Katniss, espera. —Le doy una patada a un trozo de nieve helada y sucia del sendero, y dejo que me alcance. El polvo de carbón hace que todo parezca especialmente feo—. Iré, de verdad, si tú quieres. Solo digo que sería mejor hablarlo primero con Haymitch, asegurarnos de que no empeoraríamos las cosas para todos. —Levanta la cabeza—. ¿Qué es eso?

Levanto la barbilla. Estaba tan absorta en mis preocupaciones que no me había dado cuenta del extraño ruido que salía de la plaza. Era un silbido, el sonido de un impacto, una multitud ahogando un grito.

—Vamos —dice Peeta, muy serio. No sé por qué, no consigo ubicar el ruido, ni siquiera imaginarme la situación. Sin embargo, es algo muy malo para él.

Cuando llegamos a la plaza, está claro que pasa algo, aunque hay demasiada gente para verlo. Peeta se sube a una caja que está apoyada en la pared de la tienda de golosinas y me da la mano mientras examina la plaza. Cuando estoy medio subida, de repente me impide seguir.

—Baja, ¡sal de aquí! —me susurra, aunque con mucha energía.

—¿Qué? —pregunto, intentando subir como sea.

—¡Vete a casa, Katniss! ¡Te juro que estaré allí en un minuto!

Sea lo que sea, debe de ser terrible. Me libro de su mano y empiezo a abrirme paso entre la multitud. La gente me ve, me reconoce y se asusta mucho; todos me empujan para que retroceda, susurran.

—Sal de aquí, chica.

—Lo vas a empeorar.

—¿Qué quieres? ¿Que lo maten?

Sin embargo, en estos momentos me late el corazón tan deprisa y con tanta fuerza que apenas los oigo. Solo sé que, sea lo que sea lo que me espera en el centro de la plaza, tiene que ver conmigo. Cuando por fin consigo llegar al centro me doy cuenta de que estaba en lo cierto, de que Peeta estaba en lo cierto y de que aquellas voces también estaban en lo cierto.

Las muñecas de Gale están atadas a un poste de madera y el pavo silvestre que cazó antes está encima, clavado por el cuello al mismo poste. Han tirado al suelo su chaqueta y tiene la camisa hecha jirones. Él está de rodillas, inconsciente, sujeto tan solo por las cuerdas de las muñecas. Lo que antes era su espalda, ahora es un trozo de carne despellejada y ensangrentada.

De pie a su lado hay un hombre al que no había visto nunca, aunque reconozco su uniforme: es el jefe de nuestros agentes de la paz. Sin embargo, no se trata del viejo Cray, sino de un hombre alto y musculoso con la raya del pantalón muy bien marcada.

No encajo todas las piezas del rompecabezas hasta ver que alza el látigo que tiene en la mano.

8

—¡No! —exclamo, dando un salto adelante. Es demasiado tarde para impedir que el brazo baje, y mi instinto me dice que no podré bloquearlo, así que me lanzo para ponerme directamente entre el látigo y Gale. He alzado los brazos para proteger todo lo posible su cuerpo roto, así que no tengo nada que amortigüe el impacto. Recibo toda la fuerza del latigazo en el lado izquierdo del rostro.

El dolor es cegador e instantáneo. Unos relámpagos irregulares de luz me cruzan los ojos y caigo de rodillas. Me llevo una mano a la mejilla mientras utilizo la otra para evitar caerme de lado. Ya noto cómo se forma el verdugón, cómo se me hincha y cierra el ojo. Las piedras que tengo debajo están húmedas con la sangre de Gale; el aire huele a él.

—¡Para! ¡Lo vas a matar! —chillo.

Atisbo brevemente la cara de mi atacante: dura, con profundas arrugas y una boca cruel; pelo rapado hasta ser casi inexistente, ojos tan negros que parecen tener solo pupilas, una nariz larga y recta enrojecida por el aire helado. El fuerte brazo sube de nuevo, directo hacia mí, y yo me llevo la mano al hombro, esperando encontrar un arco..., pero, claro, mis armas están escondidas en el bosque. Aprieto los dientes esperando el siguiente latigazo.

—¡Pare! —grita una voz. Aparece Haymitch y tropieza con un agente de la paz que está tirado en el suelo. Es Darius, con un enorme chichón morado sobresaliéndole del pelo rojo de la frente. Está inconsciente, aunque respira. ¿Qué ha pasado? ¿Intentó ayudar a Gale antes de que yo llegase?

Haymitch no le hace caso y me pone en pie con torpeza.

—Ah, excelente —dice, levantándome la barbilla—. Tiene una sesión de fotos la semana que viene para probarse vestidos de novia. ¿Qué voy a decirle ahora a su estilista?

Veo que los ojos del hombre del látigo por fin me reconocen. Abrigada contra el frío, sin maquillaje y con la trenza metida descuidadamente debajo del abrigo no resulta fácil identificarme como la ganadora de los últimos Juegos del Hambre, sobre todo si tengo media cara hinchada. No obstante, Haymitch lleva años saliendo en televisión, así que es difícil de olvidar.

El hombre baja el látigo.

—Ha interrumpido el castigo de un delincuente confeso.

En este hombre todo apunta a una amenaza desconocida y peligrosa: su voz autoritaria, su extraño acento... ¿De dónde ha venido? ¿Del Distrito 11? ¿Del 3? ¿Del Capitolio?

—¡Me da igual que haya hecho estallar el maldito Edificio de Justicia! ¡Mírele la mejilla! ¿Cree que estará lista para las cámaras en una semana? —ladra Haymitch.

La voz del hombre sigue fría, pero detecto una ligera vacilación.

—No es mi problema.

—¿No? Bueno, pues lo va a ser, amigo. ¡Lo primero que haré cuando llegue a casa será llamar al Capitolio y averiguar quién le ha dado permiso para destrozarle la cara a mi preciosa vencedora!

—Es un cazador furtivo. Además, no es asunto de la chica.

—Es su primo —interviene Peeta, sujetándome por el otro brazo, aunque ahora con amabilidad—. Y ella es mi prometida. Así que, si quiere llegar hasta él, será mejor que esté dispuesto a pasar por encima de nosotros dos.

Quizá seamos los únicos, las únicas tres personas del distrito que podamos enfrentarnos así a los agentes, aunque seguro que es temporal, que habrá repercusiones. En cualquier caso, en este momento solo me importa mantener a Gale con vida. El nuevo jefe de los agentes de la paz mira a su patrulla de refuerzo, y yo compruebo con alivio que hay caras familiares, viejos amigos del Quemador. Sus expresiones me dicen que no están disfrutando del espectáculo.

Uno de ellos, una mujer llamada Purnia que suele comer en el puesto de Sae la Grasienta, da un tenso paso adelante.

—Creo que ya se ha dispensado el número de latigazos establecido para un primer delito, señor —afirma—. A no ser que se trate de una condena a muerte, en cuyo caso lo haríamos mediante pelotón de fusilamiento.

—¿Es el protocolo estándar por aquí? —pregunta el jefe.

—Sí, señor —responde Purnia, y otros asienten para apoyarla. Estoy segura de que, en realidad, nadie lo sabe, porque en el Quemador el protocolo estándar para alguien que aparece con un pavo silvestre es que los muslos se subasten entre todos.

119

—Muy bien, llévate de aquí a tu primo, chica. Y si vuelve en sí, recuérdale que la próxima vez que cace fuera de las tierras del Capitolio reuniré personalmente al pelotón de fusilamiento.

El jefe de los agentes limpia el látigo con la mano, salpicando de sangre a los presentes. Después lo enrolla a toda prisa y se aleja.

Casi todos los demás agentes de la paz lo siguen en desigual formación, aunque un grupito se queda atrás para llevarse el cuerpo de Darius por brazos y piernas. Miro a Purnia y muevo la boca para formar en silencio la palabra «gracias» antes de que se vaya. Ella no responde, pero seguro que lo ha entendido.

—Gale —digo mientras forcejeo con los nudos que le atan las muñecas. Alguien nos pasa un cuchillo y Peeta corta las cuerdas. Gale se derrumba en el suelo.

—Será mejor que se lo lleves a tu madre —sugiere Haymitch.

No hay camilla, así que la anciana del puesto de ropa nos vende la tabla que le sirve de mostrador.

—No le digáis a nadie de dónde la habéis sacado —dice antes de guardar rápidamente el resto de sus artículos. La plaza se ha vaciado casi del todo, porque el miedo ha podido más que la compasión. Sin embargo, después de lo sucedido, no culpo a nadie.

Cuando por fin colocamos a Gale boca abajo en la tabla solo quedan unas cuantas personas para llevarlo: Haymitch, Peeta y un par de mineros que trabajan en la misma cuadrilla que Gale.

Leevy, una chica que vive unas cuantas casas más abajo de la mía en la Veta, me tira del brazo. Mi madre mantuvo vivo a su hermano pequeño el año pasado, cuando enfermó de sarampión.

—¿Necesitáis ayuda para llevarlo? —me pregunta; en la cara se le ve que está asustada, aunque decidida.

—No, pero ¿puedes ir a ver a Hazelle y decirle que venga? —le pido.

—Sí —responde ella, y sale corriendo.

—¡Leevy! Que no traiga a los niños.

—No, yo me quedaré con ellos.

—Gracias —le digo. Después recupero la chaqueta de Gale y me apresuro a seguir a los demás.

—Ponte nieve en la herida —me ordena Haymitch, volviéndose hacia mí. Me lleno la mano de nieve y me la aprieto contra la mejilla, lo que alivia un poco el dolor. No veo con el ojo izquierdo y, además, hay poca luz, así que hago lo que puedo por seguir las botas que tengo delante.

Mientras caminamos oigo a Bristel y Thom, los compañeros de Gale, recomponer la historia de lo sucedido. Gale debe de haber ido a casa de Cray, como ha hecho cien veces, porque sabe que él siempre paga bien por un pavo silvestre. Sin embargo, allí estaba el nuevo jefe de los agentes de la paz, un hombre que al parecer se llama Romulus Thread. Nadie sabe qué le ha pasado a Cray; esta misma mañana estaba comprando licor blanco en el Quemador, todavía al mando del distrito, pero ahora no lo encuentran por ninguna parte. Thread detuvo a Gale de inmediato, y Gale no tenía mucho que decir en su defensa. La noticia se difundió rápidamente. Lo llevaron a la plaza, lo obligaron a declararse culpable del delito y lo condenaron a unos latigazos. Cuando yo llegué, ya lo habían azotado al menos cuarenta veces. Se había desmayado a los treinta.

121

—Por suerte solo llevaba el pavo —comenta Bristel—. Si se hubiese tratado de su caza habitual habría sido mucho peor.

—Le dijo a Thread que lo había encontrado vagando por la Veta, que el animal cruzó la alambrada y él lo atravesó con un palo. Sigue siendo un delito, pero, de haber sabido que venía del bosque y que usaba armas, lo habrían matado sin más —añade Thom.

—¿Y Darius? —pregunta Peeta.

—Después de unos veinte latigazos, él lo interrumpió diciendo que ya era suficiente. El problema es que no lo hizo en plan listo y oficial, como Purnia, sino que tiró del brazo de Thread, de manera que el jefe lo golpeó en la cabeza con la empuñadura del látigo. No le espera nada bueno —explica Bristel.

—Me parece que a ninguno de nosotros nos espera nada bueno —comenta Haymitch.

La nieve empieza a caer con fuerza entorpeciendo aún más la visibilidad. Avanzo a trompicones por el sendero que lleva a mi casa detrás de los otros, utilizando más los oídos que los ojos para guiarme. Cuando la puerta se abre, una luz dorada colorea la nieve. Mi madre, que debe de llevar todo el día esperándome sin saber qué pasaba, asimila rápidamente la escena.

—Nuevo jefe —dice Haymitch, y ella asiente y ya está, como si no necesitase más explicación.

Me asombra, como siempre pasa, su transformación de una mujer que me llama para matar a una araña a una mujer inmune al miedo. Cuando le llevan a una persona enferma o moribunda... es la única vez en que mi madre parece saber exactamente quién es. En pocos segundos limpia la larga mesa de la cocina, coloca un trapo blanco esterilizado encima y ponen a Gale sobre él. Mi madre echa agua hirviendo en un barreño y le ordena a Prim que saque algunos remedios de su armario de las medicinas: hierbas secas, tinturas y botellas compradas en tienda. Le miro las manos, los largos dedos que desmenuzan esto, añaden gotas de aquello y lo echan todo en el barreño. Empapa un trapo en el líquido caliente y le da instrucciones a Prim para que prepare una segunda tanda.

—¿Te ha cortado el ojo? —me pregunta a mí.

—No, está cerrado por la hinchazón.

—Ponte más nieve —me ordena, pero está claro que yo no soy la prioridad.

—¿Puedes salvarlo? —le pregunto. Ella no responde, se limita a escurrir el trapo y sostenerlo en el aire para enfriarlo un poco.

—No te preocupes —dice Haymitch—. Antes de Cray había muchos latigazos. Siempre le llevábamos los heridos a ella.

No recuerdo un tiempo antes de Cray, en el que hubiese un jefe al que le gustase azotar a su antojo. Sin embargo, mi madre debía de tener mi edad por aquel entonces y trabajaría en la botica con sus padres. Ya en aquella época era una sanadora.

Con mucho cuidado, empieza a limpiar la carne mutilada de la espalda de Gale. Me dan arcadas, me siento impotente; la nieve derretida gotea por el guante y forma un charco en el suelo. Peeta me sienta en una silla y me pone un trapo lleno de nieve fresca en la mejilla.

Haymitch les dice a Bristel y Thom que se vayan a casa, y veo que les da unas monedas.

123

—No sé qué pasará con vuestra cuadrilla —explica. Ellos asienten y aceptan el dinero.

Después llega Hazelle, sin aliento y enrojecida, con nieve en el pelo. Se sienta sin decir nada en un taburete junto a la mesa, sostiene la mano de Gale y se la lleva a los labios. Mi madre no le presta atención ni a ella, ya que ha desaparecido en esa zona especial en la que solo están el paciente, ella y, a veces, Prim; el resto puede esperar.

A pesar de su habilidad, tarda un buen rato en limpiarle las heridas, recolocar la piel hecha jirones que puede salvarse, y aplicar un ungüento y una fina venda. Cuando empieza a quitar la sangre, veo dónde ha acertado cada uno de los latigazos y los siento palpitar en el único corte de mi cara. Multiplico mi dolor por dos, tres, cuarenta, y espero que Gale permanezca inconsciente. Por supuesto, es demasiado pedir porque, al colocarle las últimas vendas, se le escapa un gemido. Hazelle le acaricia el pelo y le susurra algo, mientras Prim y mi madre repasan su escaso suministro de analgésicos, los que normalmente solo tienen los médicos. Son difíciles de encontrar, caros y siempre hacen falta. Mi madre guarda los más fuertes para los peores dolores, pero ¿cuál es el peor dolor? Para mí es el que siento en ese momento; si yo fuese la encargada, los analgésicos desaparecerían en un día, porque me cuesta soportar el sufrimiento de los demás. Ella intenta reservarlos para las personas que están de verdad moribundas, para que les resulte más sencillo partir de este mundo.

Como Gale está recuperando la conciencia, deciden suministrarle un brebaje de hierbas que puede beberse.

—Eso no bastará —les digo, y ellas me miran—. No bastará, sé lo que se siente. Eso casi no sirve ni para un dolor de cabeza.

—Lo combinaremos con jarabe para dormir, Katniss, y él lo soportará. En realidad, las hierbas son para la inflamación... —empieza a explicarme mi madre, con mucha calma.

—¡Que le des la medicina! —le grito—. ¡Dásela! ¡Quién eres tú para decidir cuánto dolor puede soportar!

Gale se agita al oírme, intentando tocarme, y el movimiento hace que vuelva a manchar de sangre las vendas; un sonido angustioso le sale de la boca.

—Sacadla —dice mi madre. Haymitch y Peeta me tienen que sacar del cuarto literalmente en volandas, mientras yo le grito obscenidades. Me sujetan a la cama de uno de los dormitorios de invitados hasta que dejo de forcejear.

Allí tumbada, sollozando, con las lágrimas tratando de salirse por las rendijas de los ojos cerrados, oigo a Peeta susurrarle a Haymitch lo del presidente Snow y el levantamiento en el Distrito 8.

—Quiere que huyamos todos —dice, pero si Haymitch tiene una opinión al respecto, no se la da.

Al cabo de un rato entra mi madre y me cura la cara. Después me sostiene la mano, acariciándome el brazo, y Haymitch le cuenta lo sucedido con Gale.

—Entonces, ¿está empezando de nuevo? —pregunta ella—. ¿Como antes?

—Eso parece. ¿Quién habría pensado que echaríamos de menos al viejo Cray?

Aunque el uniforme de Cray ya bastaba para que no le gustase a nadie, era su hábito de convencer a chicas hambrientas para que se acostasen con él por dinero lo que hacía que todo el distrito lo odiase. En las épocas malas de verdad, las más hambrientas se reunían cada noche ante su puerta, compitiendo por la oportunidad de vender su cuerpo por unas cuantas monedas con las que alimentar a sus familias. De haber sido yo un poco mayor cuando murió mi padre, quizá me habría encontrado entre ellas; sin embargo, tuve que aprender a cazar.

No sé bien qué quiere decir mi madre con eso de «está empezando de nuevo», aunque estoy demasiado enfadada y dolorida para preguntar. Sin embargo, me he quedado con la idea de que vuelven tiempos peores, porque, cuando suena el timbre, salgo disparada de la cama. ¿Quién puede ser a estas horas de la noche? Solo hay una respuesta posible: agentes de la paz.

—No pueden llevárselo —digo.

—Quizá vengan a por ti —me recuerda Haymitch.

—O a por ti.

—No es mi casa —comenta él—, pero iré a abrir la puerta.

—No, yo abro —dice mi madre, muy tranquila.

Al final bajamos todos detrás de ella hasta el vestíbulo, donde el timbre sigue insistiendo. Cuando mi madre abre no vemos a una patrulla de agentes de la paz, sino a una sola figura cubierta de nieve: Madge. Me da una cajita de cartón mojada.

—Es para tu amigo —me dice. Le quito la tapa y descubro media docena de frasquitos con un líquido transparente—. Son de mi madre, me ha dejado que los traiga. Dáselos, por favor —insiste una vez más antes de volver a la tormenta, sin darnos tiempo a detenerla.

—Esa chica está loca —masculla Haymitch mientras acompañamos a mi madre a la cocina.

No sé lo que mi madre le había dado a Gale, pero yo tenía razón, no era suficiente. Tiene los dientes apretados y el cuerpo le brilla de sudor. Mi madre llena una jeringuilla con el líquido transparente de uno de los frascos y se lo inyecta en el brazo; la cara se le relaja de inmediato.

—¿Qué es eso? —pregunta Peeta.

—Es del Capitolio. Lo llaman morflina —responde mi madre.

—Ni siquiera sabía que Madge conociese a Gale —dice Peeta.

—Le vendíamos fresas —expliqué, casi enfadada. ¿Por qué estoy enfadada? No porque ella haya traído la medicina, eso está claro.

—Pues deben de gustarle mucho las fresas —comenta Haymitch.

Eso es lo que me fastidia, la insinuación de que hay algo entre Gale y Madge; y no me gusta.

—Es mi amiga —me limito a decir.

Como Gale se ha quedado dormido con el analgésico, todos parecemos desinflarnos. Prim nos obliga a comer un poco de estofado con pan; le ofrecemos una habitación a Hazelle, pero tiene que volver a casa con sus otros hijos. Aunque Haymitch y Peeta están dispuestos a quedarse, mi madre también los envía a su casa a dormir. Ella sabe que no tiene sentido intentar lo mismo conmigo, así que me deja en paz para que cuide de Gale mientras Prim y ella descansan.

Sola en la cocina, con Gale, me siento en el taburete de Hazelle y le sostengo la mano. Al cabo de un rato le toco la cara, toco partes de él que nunca había tenido motivos para tocar: sus oscuras y espesas cejas, la curva de su mejilla, el perfil de su nariz, el hueco en la base de su cuello. Recorro la sombra de barba de varios días de su mandíbula y, finalmente, llego a sus labios, que son suaves y carnosos, aunque están algo resquebrajados. A pesar del frío, su aliento me calienta la piel.

¿Todo el mundo parece más joven cuando duerme? Porque ahora mismo podría ser el chico con el que me encontré en el bosque hace años, el que me acusó de robar de sus trampas. Vaya pareja que éramos: sin padre, asustados, pero también decididos a luchar con uñas y dientes por la supervivencia de nuestras familias. Desesperados, aunque ya no volvimos a estar solos después de aquel día, porque nos teníamos el uno al otro. Pienso en cien momentos pasados en el bosque, las perezosas tardes de pesca, el día que lo enseñé a nadar, la vez en que me torcí la rodilla y él me llevó a casa a cuestas. Contábamos con el otro, nos protegíamos, nos obligábamos a ser valientes.

Por primera vez intento ponerme en su lugar. Me imagino viéndolo presentarse voluntario para salvar a Rory en la cosecha, ver cómo lo apartan de mi vida, cómo se convierte en el amado de una chica desconocida para seguir vivo, para después volver a casa con ella, vivir a su lado, prometerse en matrimonio.

El odio que siento por él, por la chica fantasma, por todo, es tan real e inmediato que me deja sin aliento. Gale es mío. Yo soy suya. Cualquier otra cosa resulta impensable. ¿Por qué ha hecho falta que lo azoten hasta casi matarlo para que me dé cuenta?

128

Porque soy egoísta, soy cobarde, soy el tipo de chica que, cuando de verdad podría hacer algo útil, prefiere huir para salvar la vida y permitir que los que no puedan seguirla sufran y mueran. Esa es hoy la chica que Gale conoció en el bosque.

Con razón gané los juegos; ninguna persona decente lo consigue.

«Salvaste a Peeta», pienso, aunque sin mucha convicción.

Sin embargo, hasta eso me lo cuestiono. Sabía perfectamente que mi vida en el Distrito 12 sería insoportable si dejaba morir a aquel chico.

Apoyo la cabeza en el borde de la mesa, odiándome con todas mis fuerzas. Desearía haber muerto en la arena; desearía que Seneca Crane me hubiese hecho volar en pedazos, como el presidente Snow dijo que debería haber hecho cuando saqué las bayas.

Las bayas. Me doy cuenta de que en aquel puñado de fruta venenosa se esconde la respuesta a quién soy. Si las saqué para salvar a Peeta porque sabía que me darían la espalda si volvía a casa sin él, la respuesta es que soy despreciable. Si las saqué porque lo amaba, sigo siendo egocéntrica, aunque tiene disculpa. Sin embargo, si las saqué para desafiar al Capitolio, significa que soy una persona que merece la pena. El problema es que no sé qué pensaba exactamente en aquellos momentos.

¿Es posible que la gente de los distritos esté en lo cierto? ¿Que fuera un acto de rebelión, aunque inconsciente? Porque, en el fondo, debo de saber que no basta con huir para mantener con vida a mi familia o mis amigos. Aunque pudiera, no arreglaría nada, no evitaría que las demás personas sufrieran tanto como ha sufrido Gale hoy.

En realidad, la vida en el Distrito 12 no es tan diferente a la vida en la arena. En algún momento hay que dejar de correr y hacerles frente a tus enemigos, lo difícil es reunir el valor suficiente para hacerlo. Bueno, a Gale no le ha resultado difícil, él nació rebelde. Yo soy la que está preparando un plan de huida.

—Lo siento mucho —susurro; me acerco y le doy un beso.

Le tiemblan las pestañas y me mira a través de una bruma de opiáceos.

—Eh, Catnip.

—Eh, Gale.

—Creía que ya te habrías marchado.

Mis opciones son sencillas: puedo morir como una presa en el bosque o puedo morir aquí, al lado de Gale.

—No me voy a ninguna parte. Me quedo aquí y pienso causar todo tipo de problemas.

—Yo también —responde Gale, y consigue esbozar una sonrisa antes de que las drogas se lo lleven de nuevo.

9

Alguien me sacude el hombro, así que me enderezo. Me he quedado dormida con la cara sobre la mesa, de modo que la tela blanca me ha dejado arrugas en la mejilla buena, mientras que la mala, la que recibió el latigazo de Thread, me late de dolor. Gale está en otro mundo, aunque tenemos los dedos entrelazados. Huelo a pan recién hecho, y al volverme, con el cuello rígido, veo a Peeta mirándome con mucha tristeza. Me da la impresión de que lleva un rato observándonos.

—Vete a la cama, Katniss, yo cuidaré de él —me dice.

—Peeta, sobre lo que te dije ayer de huir...

—Lo sé, no tienes que explicarme nada.

Veo las barras de pan sobre la encimera a la pálida luz de una mañana de nieve, así como las sombras azules bajo sus ojos. ¿Habrá dormido algo? Seguro que no mucho. Pienso en cómo había aceptado huir conmigo ayer, en cómo dio un paso adelante para proteger a Gale, en lo dispuesto que estaba a darlo todo por mí, con lo poco que yo le daba a cambio. Haga lo que haga, siempre sale alguien herido.

—Peeta...

—No te preocupes, vete a la cama, ¿vale?

Subo la escalera a tientas, me arrastro bajo las sábanas y me quedo dormida en un segundo. En cierto momento, Clove, la chica del Distrito 2, entra en mis sueños. Me persigue, me sujeta en el suelo y saca un cuchillo para cortarme la cara. La hoja se me hunde en la mejilla y me abre una raja profunda. Entonces Clove empieza a transformarse, se le alarga la cara hasta convertirse en hocico, le sale pelo por todas partes y las manos se convierten en garras, aunque los ojos permanecen iguales. Se convierte en una mutación de sí misma, en la creación del Capitolio con aspecto de lobo que nos aterrorizó la última noche en la arena. Echa la cabeza atrás y deja escapar un largo y espeluznante aullido, que otros mutos repiten cerca de nosotras. Clove empieza a lamer la sangre que sale de mi herida, y cada lametón hace que me duela más la cara. Dejo escapar un grito ahogado y me despierto sobresaltada, sudorosa y estremecida. Me llevo la mano a la mejilla herida y me recuerdo que no fue Clove, sino Thread, el que lo hizo. Ojalá estuviera aquí Peeta para abrazarme; entonces recuerdo que no debería desear eso nunca más, que he elegido a Gale y la rebelión, y que la idea de vivir con Peeta era del Capitolio, no mía.

Me ha bajado la inflamación del ojo y ya puedo abrirlo un poco. Corro las cortinas y compruebo que la tormenta de nieve se ha convertido en una ventisca en toda regla. Solo se ve una capa blanca y los aullidos del viento, que tienen un parecido asombroso con los de las mutaciones.

Doy la bienvenida a la ventisca, con sus vientos feroces y su nieve en el aire. Puede que baste para mantener lejos de mi puerta a los verdaderos lobos, es decir, a los agentes de la paz. Unos cuantos días para pensar, para preparar un plan, con Gale, Peeta y Haymitch a mano. Esta ventisca es un regalo.

De todos modos, antes de bajar para enfrentarme a mi nueva vida, me tomo unos instantes para obligarme a ser consciente de lo que significará. Hace menos de un día estaba lista para perderme en la naturaleza con mis seres queridos en pleno invierno y para la posibilidad, muy real, de que el Capitolio nos persiguiese. Una empresa poco segura, como mínimo. Sin embargo, me estoy metiendo en algo aún más arriesgado: luchar contra el Capitolio supondrá una represalia inmediata. Tengo que aceptar que pueden detenerme en cualquier momento, que alguien llamará a la puerta, como anoche, y un grupo de agentes entrará a por mí. Que quizá me torturen, me mutilen o me metan una bala en la cabeza en plena plaza del pueblo, si soy lo bastante afortunada para morir tan deprisa. El Capitolio cuenta con un repertorio infinito de asesinatos creativos. Me imagino todo eso y estoy aterrada, pero, afrontémoslo, es algo que siempre he tenido en la cabeza, aunque en segundo plano. He sido tributo en los juegos; el presidente me ha amenazado; me han dado un latigazo en la cara; ya soy un objetivo.

Ahora viene la parte más difícil, aceptar el hecho de que mi familia y mis amigos podrían compartir el mismo destino. Prim. Solo necesito pensar en Prim para que mi resolución se desintegre. Protegerla es cosa mía. Me tapo la cabeza con la manta y empiezo a respirar tan deprisa que me quedo sin oxígeno y empiezo a ahogarme. No puedo dejar que el Capitolio le haga daño.

Entonces, de repente, me doy cuenta: ya lo han hecho. Mataron a su padre en esas espantosas minas; no hicieron nada para evitar que se muriera de hambre; la eligieron como tributo y después la obligaron a ver cómo su hermana luchaba a muerte en los juegos. Ha sufrido mucho más que yo a su edad, e incluso eso palidece en comparación con la vida de Rue.

Aparto la manta de un empujón y respiro profundamente el aire frío que se filtra a través de la ventana.

Prim... Rue... ¿No son ellas la principal razón para intentar luchar? Porque lo que les han hecho está tan mal, tiene tan poca justificación, es tan malvado que no existe alternativa. Porque nadie tiene derecho a tratarlas como las han tratado.

Sí, eso es lo que tengo que recordar cuando el miedo amenace con paralizarme. Lo que estoy a punto de hacer, lo que todos nosotros nos veamos obligados a soportar, es por ellas. Ya es demasiado tarde para ayudar a Rue, pero quizá no lo sea para esas cinco caritas que me miraban desde la plaza del Distrito 11; no es demasiado tarde para Rory, Vick y Posy. No es demasiado tarde para Prim.

Gale tiene razón: si la gente consigue reunir el valor suficiente, podría ser nuestra oportunidad. También tiene razón cuando dice que, dado que yo lo he iniciado todo, podría hacer muchas cosas, aunque ni idea de cuáles exactamente. Sin embargo, decidir no huir es un primer paso crucial.

Me doy una ducha; esta mañana mi cerebro no está calculando listas de provisiones para vivir en el bosque, sino intentando imaginar cómo organizaron el levantamiento en el Distrito 8. Había muchas personas en claro desafío al Capitolio. ¿Lo planearon o fue algo que surgió sin más después de años de odio y resentimiento? ¿Cómo podríamos hacerlo aquí? ¿Estaría la gente del Distrito 12 dispuesta a unirse o atrancarían sus puertas? Ayer la plaza se llenó muy deprisa después de los latigazos de Gale, pero ¿no es porque nos sentimos impotentes y no tenemos ni idea de qué hacer? Necesitamos a alguien que nos dirija y nos dé confianza en que es posible, y no creo ser la persona adecuada. Quizá haya sido el catalizador de la rebelión, pero un líder es alguien con convicción, y yo apenas acabo de unirme a la causa; alguien con un valor inquebrantable, y yo sigo esforzándome por encontrar el mío; alguien que sepa hablar con claridad y persuasión, y yo siempre me quedo en blanco.

Palabras. Pienso en palabras y, de inmediato, veo la imagen de Peeta. La gente acepta todo lo que dice, seguro que podría hacer que una multitud entrase en acción, sabría cómo encontrar las palabras adecuadas. Sin embargo, estoy segura de que nunca se le ha pasado por la cabeza.

Abajo encuentro a Prim y mi madre atendiendo a Gale, que parece algo apagado. La medicina debe de estar perdiendo efecto, a juzgar por su expresión. Me preparo para otra pelea, aunque intento hablar con tranquilidad.

—¿No puedes darle otra dosis?

—Lo haré si es necesario. Hemos pensado en probar primero con la capa de nieve —responde mi madre. Le ha quitado las vendas y casi se puede ver el calor que irradia la espalda de Gale. Le pone un paño en la carne maltratada y le hace un gesto con la cabeza a Prim, que se acerca removiendo un enorme cuenco lleno de nieve, aunque con un tinte verde claro y un olor dulce y limpio. Una capa de nieve. Empieza a colocar la sustancia con cuidado en el paño y me parece oír el chisporroteo de la atormentada piel de mi amigo al entrar en contacto con la mezcla de nieve. Abre los ojos de golpe, perplejo, y deja escapar un suspiro de alivio.

—Es una suerte que haya nevado —dice mi madre.

Pienso en cómo será recuperarse de unos latigazos en pleno verano, con el calor abrasador y el agua tibia del grifo.

—¿Qué hacíais en los meses de calor? —pregunto.

Mi madre frunce el ceño y una arruga le surca la frente.

—Intentábamos espantar las moscas.

Se me revuelve el estómago; ella llena un pañuelo con la mezcla de nieve y lo aprieta contra el verdugón de mi mejilla. El dolor desaparece al instante. Es el frío de la nieve, sí, pero la mezcla de jugos de hierbas que añade mi madre también entumece.

—Es estupendo, ¿por qué no se lo pusiste anoche?

—Primero tenía que dejar que se asentase la herida.

No sé bien a qué se refiere, aunque, mientras funcione, ¿quién soy yo para cuestionarlo? Mi madre sabe lo que se hace. Me entran remordimientos por las cosas horribles que le grité ayer mientras Peeta y Haymitch me sacaban a rastras de la cocina.

—Siento mucho haberte gritado.

—He oído cosas peores —responde—. Ya has visto cómo se ponen todos cuando ven sufrir a la gente que aman.

A la gente que aman. Las palabras me dejan la lengua tan adormecida como si la tuviese cubierta de la capa de nieve. Claro, quiero a Gale, pero ¿a qué tipo de amor se refiere ella? ¿A qué me refiero yo cuando digo que quiero a Gale? No lo sé. Le di un beso anoche, en un momento muy emotivo, aunque estoy segura de que no se acuerda. ¿Verdad? Espero que no. Si lo hace, todo se complicará aún más, y la verdad es que no puedo pensar en besos cuando tengo que instigar una rebelión. Sacudo la cabeza para aclarármela.

—¿Dónde está Peeta? —pregunto.

—Se fue cuando oyó que te levantabas. No quería dejar su casa desprotegida durante la tormenta —responde mi madre.

—¿Llegó bien? —pregunto, porque en una ventisca te puedes perder en cuestión de metros y acabar vagando por ahí.

—¿Por qué no lo llamas para comprobarlo?

Entro en el estudio, un cuarto que procuro evitar desde la reunión con el presidente Snow, y marco el número de Peeta, que responde después de unos cuantos timbrazos.

—Hola, solo quería asegurarme de que habías llegado bien —le digo.

—Katniss, vivo a tres casas de ti.

—Lo sé, pero con el tiempo y eso...

—Pues estoy bien, gracias por llamar. —Después de una larga pausa, añade—: ¿Cómo está Gale?

—Está bien, Prim y mi madre le están poniendo una capa de nieve.

—¿Y tu cara?

—Yo también tengo una capa. ¿Has visto a Haymitch hoy?

—Me he pasado por allí. Borracho como una cuba. Le he encendido la chimenea y le he dejado un poco de pan.

—Quería hablar con... con los dos. —No me atrevo a contar nada más por teléfono, porque seguro que está pinchado.

—Probablemente tendrás que esperar hasta que se calme el tiempo. De todos modos, no habrá mucho movimiento hasta entonces.

—No, no mucho.

La tormenta tarda dos días en amainar y nos deja con unos montículos de nieve más altos que yo. Después necesitamos otro día para limpiar el camino que lleva de la Aldea de los Vencedores a la plaza. Durante ese tiempo ayudo a cuidar de Gale, me aplico capas de nieve en la mejilla e intento recordar todo lo que puedo del levantamiento del Distrito 8, por si nos sirve de ayuda. La hinchazón de la cara se reduce y acabo con una herida que me pica y un ojo muy negro. Sin embargo, en cuanto puedo, llamo a Peeta para ver si quiere ir al pueblo conmigo.

Levantamos a Haymitch y lo arrastramos con nosotros. Él se queja, pero no tanto como siempre. Todos sabemos que hay que discutir lo sucedido y que no podemos hacerlo en un sitio tan peligroso como nuestras casas en la Aldea. De hecho, esperamos a dejarla bien atrás antes de hablar. Mientras, me entretengo examinando las paredes de nieve de tres metros de altura que están apiladas a ambos lados del estrecho sendero que han limpiado, preguntándome si se nos caerán encima.

Al final, Haymitch rompe el silencio.

—Entonces nos vamos todos a tierras desconocidas, ¿no? —me pregunta.

—No, ya no.

—Ya has visto los fallitos de tu plan, ¿no, preciosa? —me pregunta—. ¿Alguna idea nueva?

—Quiero iniciar un levantamiento.

Haymitch se ríe. Ni siquiera es una risa cruel, lo que me resulta más inquietante, ya que me demuestra que ni siquiera me toma en serio.

—Bueno, necesito un trago. Ya me dirás cómo te va, ¿eh?

—¿Y cuál es tu plan? —le pregunto, furiosa.

—Mi plan es asegurarme de que todo esté perfecto para el día de tu boda —responde—. Llamé para cambiar la fecha de la sesión de fotos sin dar demasiados detalles.

—Ni siquiera tienes teléfono.

—Effie lo arregló. ¿Sabes que me preguntó si querría ser el padrino y entregarte en matrimonio? Le respondí que, cuanto antes te entregara, mejor.

—Haymitch —le digo, y noto que mi tono tiene algo de súplica.

—Katniss —responde, imitándome—. No funcionará.

Nos callamos cuando un grupo de hombres con palas pasa a nuestro lado en dirección a la Aldea de los Vencedores. Quizá ellos puedan hacer algo sobre esas paredes de tres metros. Cuando están lo bastante lejos para no oírnos, ya nos encontramos demasiado cerca de la plaza. Entramos en ella y nos detenemos de repente.

«No habrá mucho movimiento durante la ventisca», eso era lo que Peeta y yo pensamos. Sin embargo, estábamos muy equivocados. La plaza se había transformado: una enorme pancarta con el sello de Panem cuelga del tejado del Edificio de Justicia; unos agentes de la paz con impecables uniformes marchan sobre los adoquines recién barridos; en los tejados vemos más agentes en puestos de vigilancia con metralletas; y lo más perturbador es la fila de nuevas construcciones (un poste oficial para latigazos, varias cárceles y una horca) que han aparecido en el centro de la plaza.

—Thread trabaja deprisa —comenta Haymitch.

A pocas calles de la plaza veo un incendio. No hace falta decirlo en voz alta, todos sabemos que el Quemador está ardiendo. Pienso en Sae la Grasienta, en Ripper y en el resto de amigos que se ganan la vida en aquel lugar.

—Haymitch, ¿crees que quedaría alguien...? —Me veo incapaz de terminar la frase.

—No, los del Quemador son listos. Y tú también lo serías si llevaras más tiempo por aquí. Bueno, será mejor que vaya a comprobar si al boticario le sobra algo de alcohol.

Se aleja arrastrando los pies y yo miro a Peeta.

—¿Para qué lo quiere? —pregunto, hasta que me doy cuenta—. No podemos dejar que se beba eso. Se matará o, como mínimo, se quedará ciego. Tengo licor blanco guardado en casa.

—Yo también. Quizá logremos mantenerlo con eso hasta que Ripper consiga volver al negocio —dice Peeta—. Necesito ver a mi familia.

—Yo tengo que ver a Hazelle. —Estoy preocupada, creía que aparecería en nuestra puerta en cuanto limpiasen la nieve, pero no hemos sabido nada de ella.

—Iré contigo. Me pasaré por la panadería de vuelta a casa.

—Gracias —respondo; de repente me asusta mucho lo que pueda descubrir.

Las calles están casi vacías, lo que no resultaría extraño a estas horas del día si la gente estuviese en las minas y los niños en el colegio. Pero no lo están, porque veo caras asomadas a las puertas, a las rendijas de las contraventanas.

«Un levantamiento —pienso—. Qué idiota soy».

Hay un defecto de base en nuestro plan que ni Gale ni yo habíamos visto: un levantamiento requiere romper la ley, enfrentarse a la autoridad. Nosotros llevamos haciéndolo toda la vida, al igual que nuestras familias: caza furtiva, comercio en el mercado negro, burlas al Capitolio en el bosque... Sin embargo, para la mayoría de la gente del Distrito 12 un paseo a comprar algo en el Quemador es ya demasiado riesgo. ¿Y yo espero que se reúnan en la plaza con ladrillos y antorchas? Si solo con vernos a Peeta y a mí basta para que todos aparten a los críos de las ventanas y cierren las cortinas...

Encontramos a Hazelle en su casa, cuidando de Posy, que está muy enferma. Reconozco los granos del sarampión.

—No podía dejarla —me explica—. Sabía que Gale estaba en las mejores manos.

—Por supuesto —le digo—. Está mucho mejor. Mi madre dice que volverá a las minas en un par de semanas.

—De todos modos puede que no las abran antes. Se dice que las han cerrado hasta nuevo aviso —nos cuenta, lanzando una mirada nerviosa a su fregadero vacío.

—¿Has cerrado?

—Oficialmente no, pero todos temen darme trabajo.

—Quizá sea por la nieve —interviene Peeta.

—No, Rory se ha dado una vuelta esta mañana y, al parecer, no hay nada que lavar —responde ella.

Rory abraza a Hazelle.

—No pasa nada.

Me saco algo de dinero del bolsillo y lo pongo en la mesa.

—Mi madre te enviará algo para Posy —añado.

Cuando salimos, me vuelvo hacia Peeta.

—Vuelve tú, yo quiero pasarme por el Quemador.

—Iré contigo.

—No, ya te he metido en suficientes problemas.

—Y evitar un paseo por el Quemador va a arreglarlo todo, ¿no? —Sonríe y me da la mano. Juntos recorremos las calles de la Veta hasta llegar al edificio en llamas. Ni siquiera se han molestado en dejar por allí a los agentes de la paz. Saben que nadie intentaría salvarlo.

El calor de las llamas hace que se funda la nieve a nuestro alrededor, y unas gotas oscuras me manchan los zapatos.

—Es todo ese polvo de carbón de los viejos tiempos —digo. Estaba en todas las grietas, incrustado en los tablones del suelo. Es asombroso que este lugar no se haya incendiado antes—. Quiero ver si Sae la Grasienta está bien.

—Hoy no, Katniss, no creo que los ayudes con una visita.

Volvemos a la plaza y le compro unos pasteles al padre de Peeta, mientras hablamos sobre el tiempo. Nadie menciona los feos instrumentos de tortura que están a pocos metros de la puerta. Lo último que compruebo al abandonar la plaza es que no reconozco a ninguno de los agentes.

Conforme pasan los días, las cosas van de mal en peor. Las minas permanecen cerradas dos semanas y, para entonces, la mitad del Distrito 12 se está muriendo de hambre. El número de críos que piden teselas se dispara, pero muchas veces ni siquiera reciben la correspondiente ración de cereales. Empieza la escasez de comida e incluso los que tienen dinero vuelven de las tiendas con las manos vacías. Cuando se abren de nuevo las minas, se reducen los salarios, se amplían los horarios y envían a los mineros a lugares descaradamente peligrosos. La comida prometida para el Día de los Paquetes, que todos esperaban con ansiedad, llega podrida e infestada de roedores. Las instalaciones de la plaza se usan de manera asidua; castigan a los ciudadanos por delitos que llevan tanto tiempo sin penarse que nadie recuerda que son ilegales.

Gale se va a casa sin que hablemos más de la rebelión. Sin embargo, no puedo evitar pensar que todo lo que vea servirá para que esté más decidido que nunca a luchar. Las dificultades que pasan en las minas, los cuerpos torturados en la plaza, el hambre en los rostros de su familia... Rory ha pedido teselas, algo de lo que Gale ni siquiera es capaz de hablar. Sin embargo, con la poca comida disponible y el aumento de los precios, ni siquiera eso basta.

Lo único bueno es que consigo que Haymitch contrate a Hazelle como ama de llaves, lo que le proporciona más dinero a ella y mejora considerablemente la calidad de vida de él. Me resulta extraño entrar en su casa y encontrarla tan fresca y limpia, con comida calentándose en la hornilla. Él apenas se da cuenta, porque está luchando su propia batalla. Peeta y yo intentamos racionarle el licor blanco que teníamos, pero ya casi no queda, y la última vez que vi a Ripper estaba en la cárcel.

Me siento como una paria cuando camino por las calles. Todos me evitan en público, aunque en casa tenemos compañía de sobra. Un flujo continuo de enfermos y heridos pasa por la mesa de nuestra cocina para que los cure mi madre, que hace tiempo que no cobra por sus servicios. No obstante, su suministro de medicamentos también se agota y pronto tendrá que tratar a sus pacientes con nieve.

El bosque, por supuesto, está completamente prohibido, sin excepciones. Ni siquiera Gale se atreve a ir. Pero una mañana lo hago yo, y no es por tener la casa llena de enfermos y moribundos, ni por las espaldas ensangrentadas, ni por los niños demacrados, ni por las botas militares, ni por la omnipresente miseria. Lo que me hace cruzar al otro lado de la alambrada es la llegada de una caja llena de vestidos de novia con una nota de Effie diciendo que el presidente Snow los ha aprobado en persona.

La boda. ¿De verdad piensa seguir adelante con ella? ¿Qué cree su cerebro retorcido que conseguirá con eso? ¿Es para contentar a los ciudadanos del Capitolio? Se les prometió una boda y tendrán una boda. ¿Y después nos matará? ¿Como lección para los distritos? No lo sé, no le encuentro sentido. Doy vueltas en la cama hasta que ya no lo aguanto más. Tengo que salir de aquí, al menos durante unas horas.

Meto las manos en el armario y rebusco hasta dar con la ropa de invierno aislada que Cinna me hizo para que me divirtiese durante la Gira de la Victoria: botas impermeables, un mono que me cubre de pies a cabeza y guantes térmicos. Por mucho que me guste mi vieja ropa de caza, el paseo que hoy tengo en mente necesita de toda esta alta tecnología. Bajo las escaleras de puntillas, lleno de comida mi bolsa de caza y salgo a hurtadillas de la casa. Recorro con precaución los callejones y las calles laterales, y llego al punto débil de la alambrada que está más cerca de la carnicería de Rooba. Como muchos trabajadores van por aquí a las minas, la nieve está cubierta de huellas y las mías no destacarán. A pesar de todas sus actualizaciones de seguridad, Thread no le ha prestado mucha atención a la alambrada, quizá porque cree que el mal tiempo y los animales salvajes bastan para mantener a todo el mundo dentro. Aun así, una vez bajo la malla metálica, cubro mi rastro hasta que los árboles lo ocultan.

Ya amanece cuando saco el arco y las flechas, y empiezo a abrir un sendero entre la nieve caída. Por algún motivo, estoy decidida a llegar al lago. Quizá para despedirme del lugar, de mi padre y de los momentos felices que pasamos allí, porque sé que seguramente no vuelva nunca. Quizá solo para poder respirar tranquila un momento. A una parte de mí le da igual si me pillan, siempre que pueda verlo una vez más.

El recorrido me lleva el doble de lo normal. La ropa de Cinna mantiene bien el calor y llego empapada de sudor bajo el traje, aunque tengo la cara entumecida por el frío. El reflejo del sol de invierno en la nieve me entorpece la vista, y estoy tan cansada y absorta en mis desesperados pensamientos que no me doy cuenta de las señales: el fino hilo de humo que sale de la chimenea, las huellas recientes y el olor a agujas de pino cociéndose. Estoy literalmente a un par de metros de la puerta de la casa de cemento cuando me detengo de golpe, y no es por el humo o las pisadas, sino por el inconfundible chasquido de un arma detrás de mí.

Hábito, instinto; me vuelvo mientras coloco la flecha, aunque sé que las probabilidades no juegan a mi favor. Veo el uniforme de agente de la paz, la barbilla puntiaguda, el iris castaño en el que clavaré la flecha, pero el arma cae al suelo y la mujer desarmada me ofrece algo con su mano enguantada.

—¡Detente! —grita.

Vacilo, incapaz de procesar este giro de los acontecimientos. Quizá tengan órdenes de capturarme con vida para torturarme y hacer que incrimine a todas las personas que conozco. «Sí, pues buena suerte», pienso. Mis dedos ya han decidido soltar la flecha cuando veo el objeto del guante: es un circulito blanco de pan aplastado, una galleta, más bien, gris y empapada por los bordes. Sin embargo, tiene una imagen muy clara estampada en el centro.

Es mi sinsajo.

Segunda parte

EL VASALLAJE

10

No tiene sentido. Mi pájaro en un trozo de pan. No es como las elegantes representaciones que vi en el Capitolio, así que está claro que no se trata de una cuestión de moda.

—¿Qué es eso? ¿Qué quiere decir? —pregunto con rudeza, preparada para matar.

—Quiere decir que estamos de tu parte —responde una voz trémula detrás de mí.

No la vi cuando llegué, aunque debía de estar ya en la casa. Mantengo la vista fija en mi blanco; es probable que la recién llegada esté armada, pero apostaría lo que sea a que no se arriesgará a dejarme oír el clic que anunciaría mi muerte inminente, porque sabe que mataría a su compañera al instante.

—Sal a donde pueda verte —le ordeno.

—No puede, está... —empieza a decir la mujer de la galleta.

—¡Que salgas! —grito. Oigo un paso y el ruido de algo arrastrándose, al igual que el esfuerzo que le exige el movimiento. Otra mujer se acerca cojeando, aunque quizá sería mejor decir que es una chica, ya que debe de tener mi edad. Lleva puesto un uniforme de agente de la paz completo, con su capa de pelaje blanco, pero le queda varias tallas grande. No veo ningún arma.

Tiene las manos ocupadas intentando mantener derecho un tosco bastón fabricado con una rama rota. La punta de su bota derecha no puede levantarse de la nieve, de ahí que se arrastre.

Estudio la cara de la chica, que está roja de frío. Tiene los dientes torcidos y una mancha de nacimiento encima de uno de los ojos, que son castaño oscuro. No es una agente de la paz, ni tampoco una habitante del Capitolio.

—¿Quiénes sois? —pregunto con cautela, aunque con menos agresividad.

—Me llamo Twill —responde la mujer. Es mayor que la otra, quizá unos treinta y cinco—. Y esta es Bonnie. Hemos huido del Distrito 8.

¡El Distrito 8! ¡Entonces deben de saber lo del levantamiento!

—¿De dónde habéis sacado los uniformes?

—Los robé de la fábrica —responde Bonnie—. Los fabricamos allí, aunque este iba a ser para... para otra persona. Por eso me queda tan mal.

—La pistola es de un agente muerto —añade Twill al ver mi mirada.

—Esa galleta que lleváis, la del pájaro, ¿de qué va? —pregunto.

—¿No lo sabes, Katniss? —pregunta Bonnie, que parece muy sorprendida.

Me reconocen, claro; voy a cara descubierta y estoy al lado del Distrito 12 apuntándolas con una flecha. ¿Qué otra persona podía ser?

—Sé que es igual que la insignia que llevaba en la arena.

150

—No lo sabe —comenta Bonnie en voz baja—. Quizá no sepa nada de nada.

De repente siento la necesidad de recuperar el control y digo:

—Sé que habéis tenido un levantamiento en el 8.

—Sí, por eso tuvimos que salir —dice Twill.

—Bueno, ahora estáis bien lejos, ¿qué vais a hacer? —pregunto.

—Vamos al Distrito 13 —responde Twill.

—¿El 13? No hay ningún 13, lo borraron del mapa.

—Hace setenta y cinco años.

Bonnie se mueve sobre su muleta y hace una mueca.

—¿Qué le pasa a tu pierna? —le pregunto.

—Me torcí el tobillo. Las botas me están demasiado grandes.

Me muerdo el labio. El instinto me dice que me cuentan la verdad, y detrás de esa verdad hay un montón de información que desearía obtener. De todos modos, me acerco y le quito la pistola a Twill antes de bajar el arco. Después vacilo un momento pensando en otro día en el bosque, cuando Gale y yo vimos cómo salía un aerodeslizador de la nada y capturaba a dos fugados del Capitolio. Al chico lo mataron con una lanza. Cuando llegué al Capitolio descubrí que a la chica pelirroja la habían mutilado y convertido en uno de esos criados mudos a los que llaman avox.

—¿Os sigue alguien?

—Me parece que no. Creemos que nos dan por muertas en la explosión de la fábrica —explica Twill—. Seguimos vivas por casualidad.

—Vale, vamos dentro —les digo, señalando la casa de cemento con la cabeza. Entro detrás de ellas con la pistola.

Bonnie va derecha a la chimenea y se sienta en una capa de agente que han extendido en el suelo. Pone las manos sobre la débil llama que arde en el extremo de un tronco achicharrado. Tiene la piel tan pálida que es casi translúcida y me permite ver el brillo del fuego a través de su carne. Twill intenta poner la capa (probablemente suya) alrededor de la chica, que está tiritando.

Han puesto sobre las cenizas una lata cortada por la mitad, con un borde irregular y peligroso, llena de agujas de pino hirviéndose en agua.

—¿Estáis haciendo té?

—La verdad es que no estamos seguras. Recuerdo haber visto a alguien hacer esto con las agujas de pino en los Juegos del Hambre de hace unos años. Al menos creo que eran agujas de pino —responde Twill con el ceño fruncido.

Recuerdo el Distrito 8, un feo sitio con aspecto urbano que apestaba a polución industrial y en el que la gente vivía en casas de vecinos cochambrosas. Apenas una brizna de hierba a la vista. Ninguna oportunidad de aprender nada sobre la naturaleza. Es un milagro que estas dos mujeres hayan llegado tan lejos.

—¿Se os ha acabado la comida?

—Nos llevamos lo que pudimos —responde Bonnie, asintiendo con la cabeza—, pero había escasez. No nos queda nada. —El temblor de su voz hace que se derrumben las defensas que me quedaban; no es más que una chica herida y desnutrida que huye del Capitolio.

—Bueno, pues es vuestro día de suerte —afirmo, soltando la bolsa de caza en el suelo. La gente se muere de hambre en todo el distrito, mientras que en la Aldea de los Vencedores seguimos teniendo más que suficiente, así que he estado repartiéndolo por ahí. He establecido prioridades: la familia de Gale, Sae la Grasienta, algunos de los otros comerciantes del Quemador que se han quedado sin trabajo. Mi madre tiene a otra gente, sobre todo pacientes, a los que desea ayudar. Esta mañana llené mi bolsa de comida a propósito, sabiendo que mi madre vería la despensa vacía y supondría que iba a hacer mi ronda por las casas de los hambrientos. En realidad, pensaba ganar tiempo para ir al lago sin que ella se preocupase; pretendía repartir la comida esta noche, a la vuelta, pero ahora me doy cuenta de que no será posible.

De la bolsa saco dos panecillos recién hechos con una capa de queso horneado encima. Siempre tenemos muchos desde que Peeta descubrió que eran mis favoritos. Le tiro uno a Twill y me levanto para colocar el otro en el regazo de Bonnie, ya que su coordinación parece no funcionar muy bien en estos momentos y no quiero que el pan acabe en el fuego.

—Oh, ¿me lo puedo comer entero? —pregunta Bonnie.

Noto que algo se retuerce dentro de mí y recuerdo otra voz, la de Rue, en la arena, cuando le di el muslo de granso: «Oh, nunca había tenido un muslo para mí sola». La incredulidad de los que sufren hambre crónica.

—Sí, acaba con él —le digo. Bonnie sostiene el panecillo como si no pudiera creerse que es real, y después le hinca los dientes una y otra vez, incapaz de detenerse—. Es mejor si lo masticas —le aconsejo.

Ella asiente, intentando frenar un poco, pero sé lo difícil que es hacerlo cuando estás tan vacía.

—Creo que vuestro té está listo —anuncio. Saco la lata de las ascuas, Twill pesca dos tazas de hojalata de su mochila, y yo sirvo el té y lo dejo en el suelo para que se enfríe. Se ponen muy juntas y comen, mientras soplan el té y le dan diminutos traguitos para no achicharrarse. Yo alimento el fuego y espero a que se chupen la grasa de los dedos antes de preguntar:

—Bueno, ¿cuál es vuestra historia? —Y me la cuentan.

Desde los Juegos del Hambre, el descontento en el Distrito 8 no hacía más que crecer. Siempre había estado ahí, por supuesto, hasta cierto punto, pero lo que cambió era que ya no les bastaba con hablar, que la idea de entrar en acción pasó de deseo a realidad. La maquinaria de las fábricas textiles que suministran a todo Panem hace mucho ruido, y ese estrépito ayudó a que se corriera la voz susurrándose las palabras al oído; palabras que se transmitieron sin que nadie se diese cuenta. Twill enseñaba en el colegio; Bonnie era una de sus alumnas y, cuando tocaba el timbre que daba fin a las clases, las dos pasaban un turno de cuatro horas en la fábrica especializada en uniformes de agentes de la paz. Bonnie, que trabajaba en el frío muelle de inspección, tardó meses en robar los dos uniformes, una bota por aquí, un par de pantalones por allí. En principio eran para Twill y su marido, porque se decía que una vez empezara el levantamiento era crucial que se supiera más allá del Distrito 8 si querían tener éxito.

El día que Peeta y yo hicimos nuestra aparición allí en la Gira de la Victoria fue una especie de ensayo. La multitud se colocó en equipos, al lado de los edificios que atacarían cuando empezase la rebelión. Ese era el plan: hacerse con los centros de poder de la ciudad, como el Edificio de Justicia, el cuartel general de los agentes de la paz y el centro de comunicaciones de la plaza. También otros lugares del distrito, como la vía férrea, el granero, la central eléctrica y la armería.

La noche del anuncio de mi compromiso, la noche que Peeta se puso de rodillas y proclamó su eterno amor por mí delante de las cámaras en el Capitolio, fue la noche en la que se inició el levantamiento. Era una tapadera ideal. Nuestra entrevista en la Gira de la Victoria con Caesar Flickerman era de visión obligatoria, lo que le daba a la gente una excusa para estar en la calle después de anochecer, reuniéndose en la plaza o en alguno de los centros comunitarios de la ciudad para ver la tele. En cualquier otra ocasión, tanta actividad habría resultado sospechosa. Por tanto, todos estaban en su puesto a la hora señalada, las ocho en punto, cuando se pusieron las máscaras y se desató la tormenta.

Sorprendidos y abrumados por el número de rebeldes, los agentes de la paz se vieron, en principio, superados por la multitud, que se hizo con el centro de comunicaciones, el granero y la central eléctrica. Conforme caían los agentes, los rebeldes se adueñaban de sus armas. Nació la esperanza de que aquello no fuese una locura, de que, de algún modo, lograran avisar a los otros distritos y derribaran el gobierno del Capitolio.

Entonces cayó el hacha. Los agentes de la paz empezaron a llegar por miles. Los aerodeslizadores bombardearon los baluartes de la resistencia y los redujeron a cenizas. En el caos absoluto que siguió, la gente apenas logró llegar a sus casas con vida. Tardaron menos de cuarenta y ocho horas en someter la ciudad. Después estuvieron aislados durante una semana, sin comida, ni carbón, sin poder salir de casa. Lo único que se veía en los televisores era estática, salvo cuando colgaban a los supuestos instigadores en la plaza. Entonces, una noche, cuando todo el distrito estaba a punto de morir de hambre, llegó la orden de volver al trabajo.

Para Twill y Bonnie eso significaba volver a clase. Como tenían que pasar una calle destrozada por las bombas llegaron tarde al turno de la fábrica, así que seguían a unos cien metros de ella cuando estalló; todos los que estaban dentro murieron, incluidos el marido de Twill y la familia de Bonnie al completo.

—Alguien tuvo que decirle al Capitolio que la idea del levantamiento partió de allí —me cuenta Twill en voz baja.

Las dos corrieron de vuelta a casa de Twill, donde las esperaban los trajes de los agentes de la paz. Reunieron las provisiones que pudieron, robando a los vecinos que sabían muertos, y llegaron hasta la estación de tren. En un almacén cerca de las vías se pusieron los trajes y, disfrazadas, lograron meterse en un vagón lleno de tela en dirección al Distrito 6. Huyeron del tren en una parada para repostar y viajaron a pie. Escondidas en el bosque, aunque utilizando las vías para orientarse, llegaron a las afueras del Distrito 12 hace dos días, donde se vieron obligadas a detenerse cuando Bonnie se torció el tobillo.

—Entiendo por qué huís, pero ¿qué esperáis encontrar en el Distrito 13?

Bonnie y Twill se miran, nerviosas.

—No estamos muy seguras —responde Twill.

—Solo quedan escombros —digo—. Todos hemos visto las secuencias.

—Esa es la cuestión: llevan usando las mismas secuencias desde que se recuerda en el Distrito 8 —afirma Twill.

—¿De verdad? —intento recordar las imágenes del 13 que he visto en televisión.

—Siempre muestran el Edificio de Justicia, ¿verdad? —sigue Twill. Yo asiento, lo he visto mil veces—. Si observas con atención lo verás, arriba, en la esquina superior de la derecha.

—¿El qué?

Twill me enseña de nuevo su galleta con el pájaro.

—Un sinsajo. Se ve un instante, antes de que se aleje. Es siempre el mismo.

—En casa creíamos que usan el mismo metraje una y otra vez porque el Capitolio no quiere que veamos lo que hay ahora realmente —añade Bonnie.

—¿Y en eso os basáis para ir al Distrito 13? —pregunto, gruñendo—. ¿En la imagen de un pájaro? ¿Creéis que vais a encontrar una especie de ciudad nueva con personas paseando por las calles? ¿Y al Capitolio le parecería bien?

—No —afirma Twill con fervor—. Creemos que la gente se escondió bajo tierra cuando destruyeron la superficie. Creemos que han conseguido sobrevivir y que el Capitolio los deja en paz porque, antes de los Días Oscuros, la principal industria del Distrito 13 era el desarrollo nuclear.

—Tenían minas de grafito —protesto, aunque después dudo, porque es una información que he obtenido del Capitolio.

—Tenían unas cuantas minas pequeñas, sí, pero no las suficientes para justificar una población de ese tamaño. Supongo que esa es la única cosa que sabemos con certeza —dice Twill.

Me late el corazón muy deprisa. ¿Y si tienen razón? ¿Podría ser cierto? ¿Podría haber un lugar al que huir además del bosque?

¿Un lugar seguro? Si existe una comunidad en el Distrito 13, ¿sería mejor ir allí, donde podría hacer algo, en vez de esperar aquí a que me maten? Sin embargo..., si hay gente en el Distrito 13, gente con armas poderosas...

—¿Y por qué no nos han ayudado? —pregunto, enfadada—. Si es verdad, ¿por qué nos dejan vivir así, con el hambre, los asesinatos y los juegos? —De repente odio esa ciudad subterránea imaginaria y a los que se esconden allí, viendo cómo morimos. No son mejores que el Capitolio.

—No lo sabemos —susurra Bonnie—. Ahora mismo solo nos aferramos a la esperanza de que existan.

Eso me devuelve a la realidad. Lo que me cuentan no son más que ilusiones. El Distrito 13 no existe porque el Capitolio nunca lo permitiría. Seguro que se equivocan con lo del metraje, porque hay más sinsajos que rocas, y son más duros que ellas. Si lograron sobrevivir al bombardeo inicial del 13, seguramente les irá mejor que nunca.

Bonnie no tiene hogar, su familia está muerta y volver al Distrito 8 o introducirse en otro distrito le resultaría imposible. Obviamente, la idea de un Distrito 13 independiente y próspero la atrae. No puedo decirle que está persiguiendo un sueño tan insustancial como una espiral de humo. Quizá Twill y ella logren sobrevivir de algún modo en el bosque; lo dudo, pero me dan tanta pena que tengo que intentar ayudarlas.

Primero les doy toda la comida que llevo en la bolsa, que consiste sobre todo en cereales y alubias secas, aunque bastará para alimentarlas durante un tiempo si tienen cuidado. Después me llevo a Twill al bosque e intento explicarle los principios básicos de la caza. Tiene un arma que, en caso necesario, convierte la energía solar en mortíferos rayos de energía, así que eso le durará indefinidamente. Cuando consigue matar a su primera ardilla, la pobre criatura está achicharrada, ya que le ha dado de pleno. Sin embargo, la enseño a despellejarla y limpiarla. Con un poco de práctica lo dominará. Fabrico una muleta nueva para Bonnie. En la casa le quito a la chica una capa de calcetines y le digo que se los meta en la punta de las botas para caminar mejor y que se los vuelva a poner en los pies por la noche. Finalmente, les enseño cómo encender un fuego de verdad.

Me suplican detalles sobre la situación en el Distrito 12 y les cuento cómo vivimos con Thread. Veo que lo consideran una información importante para llevársela a los que dirijan el Distrito 13 y les sigo el juego para no destrozar sus esperanzas. Sin embargo, cuando la luz del sol me indica que ya es media tarde no me quedan ánimos para más.

—Tengo que irme ya —les digo.

Me dan las gracias mil veces y me abrazan.

—No puedo creerme que hayamos podido conocerte —comenta Twill, con lágrimas en los ojos—. La gente no hace más que hablar de ti desde que...

—Ya, ya, desde que saqué las bayas —la interrumpo, cansada.

Apenas soy consciente del paseo de vuelta, aunque ha empezado a nevar. La cabeza me da vueltas, llena de información nueva sobre el levantamiento del Distrito 8 y la improbable, pero tentadora, posibilidad del Distrito 13.

Tras hablar con Bonnie y Twill queda confirmada una cosa: el presidente Snow me ha estado tomando por idiota. Ni todos los besos y carantoñas del mundo podrían haber suavizado la situación en el Distrito 8. Sí, puede que las bayas fuesen la chispa, pero yo no tenía forma de controlar el fuego. Él debía de saberlo. Entonces, ¿por qué visitar mi casa? ¿Por qué ordenarme que convenciese a la población de mi amor por Peeta? Obviamente era una estratagema para distraerme y evitar que hiciese algo incendiario en los distritos. Y para entretener a la gente del Capitolio, claro. Supongo que la boda no es más que una necesaria prolongación de lo mismo.

Estoy ya cerca de la alambrada cuando un sinsajo aterriza en una rama y me trina. Al verlo me doy cuenta de que al final no me dieron una explicación completa sobre el significado del pájaro en la galleta.

«Quiere decir que estamos de tu parte», dijo Bonnie. ¿Hay personas de mi parte? ¿De qué parte? ¿Me he convertido sin querer en el rostro de la tan esperada rebelión? Si es eso, mi parte no va demasiado bien, no hay más que ver lo que sucedió en el Distrito 8.

Escondo las armas en el tronco hueco cerca de mi antiguo hogar de la Veta y me dirijo a la valla. Hinco una rodilla en el suelo, preparada para entrar en la Pradera, pero sigo tan ensimismada en los sucesos del día que no me espabilo hasta que oigo el chillido de un búho.

Aunque la alambrada metálica parece tan inocua como siempre bajo la escasa luz que queda en el cielo, lo que me hace retirar la mano de golpe es el sonido, como el zumbido de un árbol lleno de nidos de rastrevíspulas, que indica que la valla está electrificada.

11

Mis pies dan varios pasos atrás automáticamente y me camuflo entre los árboles. Me tapo la boca con el guante para dispersar el vaho blanco de mi aliento en el aire helado. Noto cómo se me dispara la adrenalina, llevándose consigo todas las preocupaciones del día, para concentrarme en la amenaza inminente que tengo delante. ¿Qué está pasando? ¿Acaso Thread ha encendido la alambrada como medida de seguridad adicional? ¿O se ha enterado de algún modo de que he escapado de su red? ¿Está decidido a dejarme fuera del Distrito 12 hasta que pueda capturarme y detenerme? ¿Arrastrarme a la plaza para que me encierren en una celda, me azoten o me cuelguen?

«Cálmate», me ordeno. No es la primera vez que me quedo fuera del distrito por culpa de la electricidad. Me ha pasado unas cuantas veces a lo largo de los años, pero Gale siempre estaba conmigo, así que los dos elegíamos un árbol cómodo en el que acomodarnos hasta que apagaban la valla, cosa que siempre acababa sucediendo. Si llegaba tarde, Prim solía ir a la Pradera para comprobar si la alambrada estaba cargada para que mi madre no se preocupase.

Sin embargo, hoy mi familia no se imaginará que estoy en el bosque. Me he molestado en darles pistas falsas para despistarlas, así que, si no aparezco, se preocuparán. Y parte de mí también está preocupada, porque me parece que no es una coincidencia que electrifiquen la valla el mismo día que decido volver al bosque. Creía que no me había visto nadie meterme bajo la alambrada, aunque ¿quién sabe? Siempre hay espías pagados. Alguien informó sobre el beso que me dio Gale en este mismo sitio, pero fue a plena luz del día y antes de empezar a tener más cuidado con mi comportamiento. ¿Habrán colocado cámaras de vigilancia? Es algo que me he preguntado antes. ¿Así averiguó el presidente lo del beso? A pesar de que todavía era de noche cuando me metí por el hueco y llevaba la cara cubierta con una bufanda, la lista de sospechosos de entrar ilegalmente en el bosque debe de ser muy corta.

Intento escudriñar a través de los árboles, más allá de la alambrada, para ver la Pradera. Solo encuentro nieve húmeda iluminada aquí y allá por la luz de las ventanas del borde de la Veta. No hay agentes de la paz a la vista, ni indicios de persecución. Sepa Thread o no que hoy he dejado el distrito, mi estrategia no varía: entrar en el distrito sin que me vean y fingir no haber salido nunca.

Cualquier contacto con la valla o los bucles de alambre de espino que protegen la parte superior significaría una electrocución instantánea. No creo poder meterme excavando bajo la alambrada sin arriesgarme a que me detecten y, en cualquier caso, el suelo está helado. Eso solo me deja una opción: tengo que pasar por encima de algún modo.

Empiezo a caminar siguiendo el límite de los árboles en busca de uno con una rama lo bastante alta y larga para encajar en mis planes. Al cabo de un kilómetro y medio encuentro un viejo arce que podría valerme. Sin embargo, el tronco es demasiado ancho y helado para trepar por él, y no tiene ramas bajas. Me subo a un árbol cercano y salto como puedo al arce, a punto de resbalarme con la corteza y caer. Al final consigo agarrarme bien y subo centímetro a centímetro por una rama que cuelga sobre el alambre.

Al mirar abajo, recuerdo por qué Gale y yo siempre esperábamos en el bosque en vez de intentar enfrentarnos a la valla: hay que estar al menos a seis metros de altura para no freírse. Supongo que mi rama estará a unos siete. Es una caída peligrosa, incluso para alguien con años de práctica en los árboles, pero ¿qué otra opción me queda? Podría buscar otra rama, pero ya es casi de noche y la nevada tapará la luz de la luna. Aquí, por lo menos, veo abajo un banco de nieve para amortiguar el aterrizaje. Aunque encontrase otra rama, lo que dudo, ¿quién sabe sobre qué saltaría? Me cuelgo la bolsa vacía del cuello y bajo lentamente hasta quedar colgada de las manos. Me detengo un instante para reunir el valor suficiente y después me suelto.

Noto que caigo y me doy contra el suelo, notando una sacudida que me recorre toda la espalda. Un segundo después, el trasero da contra la nieve. Me quedo tirada, intentando evaluar los daños. Sin levantarme, noto, por el dolor en el talón izquierdo y la rabadilla, que estoy herida, aunque no sé hasta qué punto. Espero que sean solo moratones, pero, cuando me obligo a levantarme, sospecho que también me he roto algo. De todos modos puedo andar, así que me pongo en movimiento intentando ocultar el cojeo lo mejor que puedo.

Prim y mi madre no deben saber que he estado en el bosque. Necesito inventarme una coartada, aunque sea floja. Como algunas de las tiendas de la plaza siguen abiertas, entro en una y compro tela blanca para vendas; ya nos queda poca. En otra compro una bolsa de caramelos para Prim. Me meto un caramelo en la boca y noto cómo la menta se funde en la lengua; entonces me doy cuenta de que es lo primero que como en todo el día. Pretendía comer en el lago, pero cuando vi las condiciones en las que estaban Twill y Bonnie no quise quitarles ni un solo bocado.

Cuando llego a casa, el talón izquierdo ya no soporta ningún peso. Decido decirle a mi madre que estaba intentando arreglar una gotera en el tejado de nuestra antigua casa y me resbalé. En cuanto a la comida, no concretaré a quién se la he dado. Me arrastro hasta la puerta, lista para dejarme caer delante del fuego; en vez de eso, me llevo otra sorpresa.

Dos agentes de la paz, un hombre y una mujer, están de pie en la entrada de la cocina. La mujer permanece impasible, aunque veo una breve expresión de sorpresa en el hombre. No me esperaban. Saben que estaba en el bosque y que debería seguir allí, atrapada.

—Hola —digo, en voz neutral.

Mi madre aparece detrás de ellos, manteniendo las distancias.

—Aquí está, justo a tiempo para la cena —dice, demasiado alegre. Llego muy tarde para la cena.

Se me pasa por la cabeza quitarme las botas, como siempre hago, pero dudo poder hacerlo sin revelar mis heridas, así que me bajo la capucha mojada y me sacudo la nieve del pelo.

—¿En qué puedo ayudarlos? —pregunto a los agentes.

—El jefe Thread nos envió con un mensaje para usted —responde la mujer.

—Llevan horas esperándote —añade mi madre.

Esperaban que no apareciese, confirmar que me había electrocutado en la alambrada o que me había quedado atrapada en el bosque para poder llevarse a mi familia e interrogarla.

—Debe de ser un mensaje muy importante —comento.

—¿Podemos preguntarle dónde ha estado, señorita Everdeen? —pregunta la mujer.

—Sería mejor preguntar dónde no he estado —respondo, dejando escapar un bufido. Atravieso la cocina obligándome a usar los pies con normalidad, aunque cada paso que doy me mata de dolor. Camino entre los dos agentes y llego bien hasta la mesa. Dejo caer la bolsa y me vuelvo hacia Prim, que está muy tiesa junto a la chimenea. Haymitch y Peeta también están aquí, sentados en un par de mecedoras gemelas, jugando al ajedrez. ¿Están por casualidad o los han «invitado» los agentes? En cualquier caso, me alegra verlos.

—Bueno, ¿dónde has estado? —pregunta Haymitch, como aburrido.

—Pues no he estado hablando con el hombre de las cabras sobre cómo preñar a la cabra de Prim, porque alguien me dio una dirección completamente equivocada —respondo mirando a Prim, poniendo mucho énfasis en mis palabras.

—No es verdad, te di la dirección correcta —protesta ella.

—Me dijiste que vivía al lado de la entrada oeste de la mina.

—De la entrada este —me corrige Prim.

—Dijiste claramente que era la oeste, porque después yo te dije: «¿Junto a la escombrera?». Y tú respondiste que sí.

—La escombrera que está junto a la entrada este —insiste Prim con paciencia.

—No, ¿cuándo dijiste eso?

—Anoche —interviene Haymitch.

—Era la este, sin duda —añade Peeta. Mira a Haymitch y se ríen los dos. Miro con odio a Peeta y él intenta parecer arrepentido—. Lo siento, pero es lo que yo decía, no escuchas a los demás cuando te hablan.

—Seguro que todo el mundo te ha dicho que no vivía allí y tú no has hecho ni caso —dice Haymitch.

—Cierra el pico, Haymitch —le suelto, lo que indica sin lugar a dudas que él tiene razón. Haymitch y Peeta se parten de risa, y Prim esboza una sonrisa.

—Vale, pues que vaya otra persona a llevar la estúpida cabra para que la dejen preñada —digo, provocando más risas. Y pienso: «Por eso han sobrevivido hasta ahora Haymitch y Peeta: nada los pilla por sorpresa».

Miro a los agentes de la paz. El hombre sonríe, pero la mujer no está convencida.

—¿Qué hay en la bolsa? —pregunta en tono brusco.

Sé que espera encontrar animales o plantas silvestres, algo que me incrimine.

—Véalo usted misma —respondo, volcando la bolsa sobre la mesa.

—Oh, bien —dice mi madre al examinar la tela—. Casi no nos quedan vendas.

—Oooh, de menta —exclama Peeta después de abrir la bolsa de caramelos; se lleva uno a la boca.

—Son míos —lo regaño, intentando recuperar la bolsa. Él se la lanza a Haymitch, que se mete un puñado de caramelos en la boca antes de pasársela a Prim, que está soltando risitas—. ¡No os merecéis caramelos! —grito.

—¿Por qué? ¿Porque tenemos razón? —pregunta Peeta, dándome un abrazo. La rabadilla me duele y dejo escapar un gritito. Intento que parezca de indignación, aunque veo en sus ojos que sabe que estoy herida—. Vale, Prim dijo oeste; yo oí claramente oeste. Y somos todos idiotas. ¿Mejor?

—Mejor —respondo, y acepto su beso. Después miro a los agentes, como si de repente recordara que siguen allí—. ¿No tenían un mensaje para mí?

—Del jefe de los agentes de la paz, Thread —dice la mujer—. Quería que le dijésemos que, a partir de ahora, la alambrada que rodea el Distrito 12 estará electrificada las veinticuatro horas del día.

—¿Es que no lo estaba antes? —pregunto, quizá con demasiada inocencia.

—Creyó que le interesaría pasarle la información a su primo —añade la mujer.

—Gracias, se lo diré. Seguro que todos dormiremos un poco más tranquilos ahora que se ha solucionado ese fallo de seguridad. —Aunque sé que estoy arriesgándome mucho, el comentario me hace sentir satisfecha.

La mujer aprieta la mandíbula. La cosa no ha ido como tenían planeada, pero no tiene más órdenes, así que saluda con la cabeza y se marcha con el hombre detrás. Cuando mi madre cierra la puerta, me dejo caer en la mesa.

—¿Qué tienes? —me pregunta Peeta, sosteniéndome.

—Me he golpeado el pie izquierdo, el talón. Y mi rabadilla tampoco ha tenido un buen día. —Me ayuda a llegar a una mecedora y me coloca sobre el cojín.

—¿Qué ha pasado? —pregunta mi madre mientras me quita las botas.

—Resbalé y caí —respondo, y cuatro pares de ojos me miran con incredulidad—. En hielo. —Todos saben que la casa estará pinchada y que no es seguro hablar abiertamente. Ni aquí, ni ahora.

Después de quitarme el calcetín, mi madre toca los huesos del talón izquierdo y yo hago una mueca.

—Puede que haya rotura —dice. Mira el otro pie—. Este parece bien. —Decide que lo que tengo en la rabadilla es un buen moratón.

Mandan a Prim a por mi pijama y una bata. Una vez cambiada, mi madre me prepara un paquete de hielo para el talón y me lo coloca encima de un puf. Me como tres cuencos de estofado y una barra de pan mientras los demás cenan en la mesa. Después contemplo el fuego pensando en Bonnie y Twill, esperando que la fuerte nevada haya borrado mis huellas.

Prim viene a sentarse conmigo en el suelo y apoya la cabeza en mi rodilla. Chupamos caramelos de menta mientras le pongo uno de sus suaves mechones de pelo rubio detrás de la oreja.

—¿Cómo te ha ido en el colegio? —le pregunto.

—Bien. Nos han hablado de los derivados del carbón —dice. Miramos el fuego durante un rato—. ¿Te vas a probar tus vestidos de novia?

—Esta noche no, quizá mañana.

—Espera a que llegue a casa, ¿vale?

—Claro. —«Si no me detienen antes».

Mi madre me da una taza de manzanilla con una dosis de jarabe para dormir y los párpados empiezan a caérseme de inmediato. Me venda el pie malo, y Peeta se ofrece voluntario para llevarme a la cama. Empiezo a apoyarme en su hombro, pero estoy tan temblorosa que acaba llevándome en brazos escalera arriba. Me arropa y me da las buenas noches, y yo le sujeto la mano y lo retengo. Un efecto secundario del jarabe es que desinhibe a la gente, como el licor blanco; sé que tengo que controlar mi lengua, pero no quiero que se vaya. De hecho, quiero que se meta en la cama conmigo, que esté aquí cuando lleguen las pesadillas. Por algún motivo que no logro discernir, sé que no puedo pedírselo.

—No te vayas, quédate hasta que me duerma.

Peeta se sienta en el borde de la cama y me calienta la mano entre las suyas.

—Cuando no llegaste a la hora de la cena creí que habías cambiado de idea.

Aunque estoy atontada, creo que sé a qué se refiere. Con la alambrada encendida, mi tardanza y los agentes esperando, pensó que había huido, quizá con Gale.

—No, te lo habría dicho —le aseguro. Me acerco su mano a la cara y me llevo el dorso a la mejilla. Huele a canela y eneldo, seguramente de los panes que habrá horneado hoy. Quiero contarle lo de Twill, Bonnie y el levantamiento del Distrito 8, pero no es seguro y noto que me duermo, así que solo digo una frase más—: Quédate conmigo.

Mientras los tentáculos del sueño me atrapan, lo oigo susurrar una palabra que no llego a entender.

Mi madre me deja dormir hasta las doce y después me despierta para examinar el talón. Me ordena pasar una semana de reposo y no pongo objeciones, porque me siento fatal. No solo es el talón y la rabadilla, sino que me duele todo el cuerpo de cansancio. Así que dejo a mi madre cuidarme, darme el desayuno en la cama y ponerme encima otra colcha. Después me quedo tumbada mirando por la ventana el cielo invernal, pensando en cómo narices saldrá todo esto. Pienso mucho en Bonnie y Twill, en la pila de vestidos de novia de abajo, y en si Thread habrá averiguado cómo volví y si decidirá venir a detenerme. Es curioso, porque podría detenerme si quisiera por los delitos antiguos, pero quizá deba tener algo irrefutable de verdad para detener a una vencedora. Y me pregunto si el presidente Snow estará en contacto con Thread. A pesar de que seguramente desconociese la existencia del viejo Cray, ahora que soy un problema nacional, ¿estará dándole instrucciones precisas a Thread? ¿O el jefe de los agentes actúa solo? En cualquier caso, seguro que los dos están de acuerdo en mantenerme encerrada en el distrito con esa alambrada. Aunque encontrase la forma de escapar (quizá pudiera lanzar una cuerda a la rama de aquel arce y trepar), ya no hay forma de hacerlo con mi familia y mis amigos. De todos modos, le dije a Gale que me quedaría a luchar.

Me paso los días siguientes saltando cada vez que alguien llama a la puerta. Sin embargo, no aparece ningún agente de la paz, así que al final empiezo a relajarme. Me siento más segura todavía cuando Peeta me dice, como si tal cosa, que en algunas zonas de la alambrada no hay electricidad porque los equipos de trabajo están fijando la base de la valla al suelo. Thread debe de creer que me metí por debajo de algún modo, a pesar de la mortífera corriente que pasa por el metal. Es un cambio en el distrito ver a los agentes ocupados haciendo algo que no sea molestar a la gente.

Peeta viene a verme todos los días para traerme panecillos de queso y ayudarme con el trabajo en el libro de la familia, que es un objeto antiguo hecho de pergamino y cuero. Un herbolario de la familia de mi madre lo empezó hace siglos. El libro tiene páginas y más páginas llenas de dibujos a tinta de plantas, con descripciones de sus usos médicos. Mi padre añadió un capítulo sobre plantas comestibles que me sirvió de guía para mantenernos con vida después de su muerte. Durante mucho tiempo he querido plasmar en él mis conocimientos, las cosas que he aprendido por experiencia o por Gale, y después la información que obtuve cuando me entrenaba para los juegos. No lo hice porque no soy una artista y resulta imprescindible que las imágenes se dibujen con exactitud. Ahí es donde entra Peeta. Algunas de las plantas ya las ha visto en persona, de otras tenemos muestras secas y otras tengo que describírselas. Él hace bocetos en sucio hasta que los considero correctos y puede dibujarlos en el libro. Después escribo con esmero todo lo que sé de la planta.

Es un trabajo tranquilo y absorbente que me ayuda a no pensar en mis problemas. Me gusta observar sus manos mientras hace florecer una página en blanco con sus trazos de tinta, añadiendo toques de color al libro, que antes era negro y amarillento. La expresión de Peeta cambia cuando se concentra; en vez de la placidez de siempre veo algo más intenso y distante que sugiere la existencia de todo un mundo encerrado en su interior. Ya lo había visto antes brevemente: en la arena, cuando habla delante de una multitud o aquella vez que apartó de mí las pistolas de los agentes de la paz en el Distrito 11. No sé bien cómo interpretarlo. También estoy algo obsesionada con sus pestañas; normalmente no se ven mucho porque son muy rubias, pero, de cerca, a la luz sesgada del sol que entra por la ventana, adquieren un suave tono dorado y parecen tan largas que no entiendo cómo no se le enredan cuando parpadea.

Una tarde, Peeta deja de sombrear una flor y me mira tan de repente que me sobresalto, como si me hubiese pillado espiándole, cosa que bien podría ser cierta. Sin embargo, se limita a decir:

—¿Sabes qué? Creo que es la primera vez que hacemos algo normal juntos.

—Sí —admito. Toda nuestra relación quedó marcada por los juegos. Nunca ha sido normal—. Está bien, para variar.

Todas las tardes me lleva a la planta de abajo para que cambie de paisaje, y yo me dedico a desquiciar a mi familia poniendo la televisión. Normalmente solo la vemos cuando es obligatorio, porque la mezcla de propaganda y exhibiciones de poder del Capitolio (incluidos los vídeos de setenta y cuatro años de Juegos del Hambre) es odiosa. Sin embargo, ahora busco algo especial, el sinsajo en el que Bonnie y Twill ponen sus esperanzas. Seguro que es una tontería, pero, si lo es, al menos quiero descartarla y borrar de mi cabeza para siempre la idea de que existe un próspero Distrito 13.

Lo primero que veo es una noticia sobre los Días Oscuros. Salen los restos quemados del Edificio de Justicia del Distrito 13 y vislumbro la parte de abajo, blanca y negra, del ala de un sinsajo que pasa volando por la esquina superior derecha de la pantalla. En realidad, eso no prueba nada, no es más que una filmación antigua que acompaña a una historia antigua.

No obstante, varios días después veo otra cosa que me llama la atención. La presentadora principal está leyendo una noticia sobre la escasez de grafito que afecta a la fabricación de artículos del Distrito 3. Después pasan a lo que se supone que es una retransmisión en directo de una periodista, enfundada en un traje protector, de pie delante de las ruinas del Edificio de Justicia del 13. A través de la máscara informa de que, por desgracia, un estudio acaba de determinar hoy mismo que las minas del Distrito 13 siguen siendo demasiado tóxicas para su explotación. Fin de la historia. Pero, justo antes de que vuelvan a la presentadora, veo el inconfundible destello de la misma ala de sinsajo.

Habían incorporado a la periodista a la vieja filmación. No estaba en el Distrito 13, ni de lejos, lo que me lleva a preguntarme qué otra cosa habrá en el Distrito 13...

12

Después de aquello me cuesta mucho quedarme tumbada en la cama sin hacer nada. Quiero moverme, descubrir más sobre el Distrito 13 o ayudar a la causa contra el Capitolio. Sin embargo, tengo que seguir sentada atiborrándome de panecillos de queso y viendo a Peeta dibujar. Haymitch se pasa por aquí de vez en cuando para traerme noticias del pueblo, y siempre son malas: más personas castigadas o muriéndose de hambre.

El invierno ya llega a su fin cuando empiezo a usar el pie. Mi madre me da ejercicios para hacer y me deja caminar sola un poco. Una noche me voy a dormir decidida a ir al pueblo al día siguiente, pero, cuando me despierto, descubro a Venia, Octavia y Flavius sonriéndome.

—¡Sorpresa! —chillan—. ¡Hemos llegado antes!

Después del latigazo en la cara, Haymitch pospuso su visita varios meses para que me curase. Aunque no los esperaba hasta dentro de otras tres semanas, intento parecer encantada de que por fin haya llegado el momento de mi sesión de fotos nupciales. Mi madre colgó todos los vestidos para que estuviesen disponibles, pero, para ser sincera, no me he probado ni uno.

Una vez terminados los histerismos habituales sobre el deteriorado estado de mi belleza, los tres se ponen manos a la obra. Su mayor preocupación es mi cara, aunque creo que mi madre hizo un trabajo extraordinario, ya que solo queda una franja rosa pálido que me recorre el pómulo. El asunto del latigazo no es de dominio público, así que les digo que resbalé en el hielo y me corté. Entonces me doy cuenta de que fue la misma excusa que puse para la herida del pie, que me dará problemas cuando tenga que ponerme tacones. Sin embargo, Flavius, Octavia y Venia no son personas suspicaces, así que no hay problema.

Como tengo que estar sin vello unas horas, en vez de varias semanas, me afeitan en vez de hacerme la cera. A pesar de todo, tengo que meterme en una bañera llena de una sustancia desconocida, aunque no tan asquerosa como otras, y en un segundo pasan al cabello y el maquillaje. El equipo, como siempre, tiene miles de noticias que contarme, y yo hago lo que puedo por desconectar hasta que Octavia hace una observación que me interesa. En realidad no es más que un comentario de pasada sobre la imposibilidad de conseguir gambas para una fiesta, pero me llama la atención.

—¿Y por qué no conseguiste las gambas? ¿Es que no es temporada? —le pregunto.

—Ay, Katniss, ¡llevamos semanas sin tener marisco! —exclama Octavia—. Ya sabes, por los problemas con el tiempo en el Distrito 4.

Empiezo a darle vueltas a la cabeza: nada de marisco desde hace semanas; marisco del Distrito 4; la furia apenas contenida de la muchedumbre durante la Gira de la Victoria. Y, de repente, estoy convencida de que el Distrito 4 se ha rebelado.

Les pregunto como si nada sobre las demás dificultades que han tenido este invierno. No están acostumbrados a la escasez, así que cualquier pequeña interrupción del suministro tiene un gran impacto en sus vidas. Cuando terminan conmigo, lista para los vestidos, sus quejas sobre la falta de distintos productos (desde carne de cangrejo a chips musicales, pasando por lazos) ya me han informado sobre los distritos que quizá estén en plena rebelión. El marisco del Distrito 4; los aparatos electrónicos del Distrito 3; y, por supuesto, las telas del Distrito 8. La idea de un levantamiento tan generalizado me hace temblar de miedo y emoción.

Cuando me dispongo a hacerles más preguntas, aparece Cinna para abrazarme y comprobar el maquillaje. La cicatriz de la mejilla le llama la atención de inmediato. No sé por qué, pero estoy segura de que no se cree la historia del hielo, aunque no la cuestiona. Se limita a arreglarme los polvos de la cara y hace desaparecer lo que quedaba de la marca del latigazo.

En la planta de abajo han vaciado e iluminado el salón para la sesión de fotos. Effie se lo está pasando bomba dando órdenes a todo el mundo para cumplir los horarios. Supongo que eso es bueno, porque hay seis vestidos y cada uno de ellos requiere el tocado, los zapatos, las joyas, el peinado, el maquillaje, el escenario y la iluminación correspondientes. Encaje color crema con rosas rosa y tirabuzones. Satén color marfil con tatuajes dorados y plantas. Un vestido de diamantes con un velo enjoyado y luz de luna. Pesada seda blanca con mangas que caen de las muñecas hasta el suelo y perlas. En cuanto aprueban unas fotos, pasamos directamente a preparar las siguientes. Me siento como

176

una masa de pan a la que amasan y dan forma una y otra vez. Mi madre consigue darme comida poco a poco y tragos de té mientras trabajan conmigo, pero, para cuando terminan, estoy muerta de hambre y cansancio. Aunque tenía la esperanza de poder pasar algún tiempo con Cinna, Effie se lleva a todo el mundo y tengo que conformarme con la promesa de una llamada telefónica.

Ya es de noche y me duelen los pies de tanto zapato demencial, así que descarto la idea de ir al pueblo. Subo las escaleras, me lavo las capas de maquillaje, acondicionadores y tintes, y bajo a secarme el pelo junto al fuego. Prim, que ha llegado a casa del colegio a tiempo para ver los dos últimos vestidos, charla sobre ellos con mi madre. Las dos parecen muy contentas con la sesión de fotos. Cuando me voy a la cama me doy cuenta de que es porque lo ven como una señal de que estoy a salvo, de que el Capitolio ha perdonado mi intromisión con los latigazos, ya que nadie se mete en tanto lío y gastos por alguien al que planea matar. Ya, claro.

En mi pesadilla llevo puesto el traje de novia de seda, aunque está roto y lleno de barro. Las largas mangas se me enganchan sin parar en espinas y ramas mientras corro por el bosque. La manada de tributos, convertidos en mutaciones, se acerca cada vez más hasta que me alcanza y envuelve en una nube de aliento caliente y colmillos ensangrentados. Me despierto gritando.

Falta tan poco para el alba que no merece la pena intentar volver a dormirme. Además, hoy tengo que salir de verdad y hablar con alguien. A Gale no podré encontrarlo, porque estará en las minas, pero necesito a Haymitch, a Peeta o a quien sea para compartir el peso de todo lo que me ha sucedido desde que fui al lago: renegadas a la fuga, alambradas electrificadas, un Distrito 13 independiente, escasez de suministros en el Capitolio... Todo.

Desayuno con mi madre y Prim, y me voy en busca de un confidente. El aire es cálido y se notan esperanzadores indicios de primavera en él. Me parece que la primavera sería una buena estación para rebelarse. Todos se sienten menos vulnerables cuando termina el invierno. Me sorprende ver a Haymitch en su cocina tan temprano. Entro en su casa sin llamar y oigo a Hazelle arriba, barriendo los suelos de la casa, que ahora está impecable. Haymitch no está borracho como una cuba, aunque tampoco parece muy estable; supongo que los rumores sobre la vuelta al negocio de Ripper son ciertos. Justo cuando empiezo a pensar que lo mejor sería dejarlo volver a la cama, él sugiere que demos un paseo hasta el pueblo.

Como los dos nos entendemos casi sin palabras, en pocos minutos ya le he contado todo y él me ha contado también los rumores de levantamientos en los distritos 7 y 11. Si mi intuición es correcta, eso significaría que casi la mitad de los distritos han intentado rebelarse.

—¿Todavía crees que aquí no funcionará? —le pregunto.

—Sí, es pronto. Esos otros distritos son mucho más grandes. Los rebeldes tienen una oportunidad aunque la mitad de la población se quede en casa. Aquí, en el 12, tiene que ser todos o nada.

No había pensado en eso, en la desventaja de ser pocos.

—Pero quizá sí más adelante —insisto.

—Quizá, pero somos pequeños, débiles y no desarrollamos armas nucleares —responde él con algo de sarcasmo. No le emociona mucho mi historia del Distrito 13.

—¿Qué crees que harán con los distritos que se rebelan, Haymitch?

—Bueno, ya has oído lo que hicieron con el 8. Ya has visto lo que han hecho aquí, y eso sin que mediara ninguna provocación. Si las cosas se salen de quicio, creo que no les importaría destruir otro distrito, igual que hicieron con el 13. Para convertirlos en ejemplo, ya sabes.

—Entonces, ¿crees que destruyeron de verdad el 13? Es decir, Bonnie y Twill tenían razón sobre lo del sinsajo.

—Vale, pero ¿qué prueba eso? En realidad, nada. Hay muchas razones para usar el metraje antiguo. Quizá sea más impresionante. Y es mucho más sencillo, ¿no? Mejor pulsar unos cuantos botones en la sala de edición que volar hasta allí para filmarlo. ¿Que el 13 se ha recuperado y que, además, el Capitolio los deja en paz? Suena como el típico rumor al que se aferra la gente desesperada.

—Lo sé, pero tenía esa esperanza.

—Exacto, porque estás desesperada.

No se lo discuto, porque es verdad, claro.

Prim vuelve a casa del colegio muy nerviosa. Los profesores han anunciado que esta noche hay programa televisivo obligatorio.

—¡Creo que es tu sesión de fotos! —exclama.

—No puede ser, Prim, hicieron las fotos ayer —le digo.

—Bueno, eso es lo que he oído.

Espero que se equivoque, todavía no he tenido tiempo para preparar a Gale. Desde los latigazos solo lo veo cuando viene a casa para que mi madre le examine las heridas, y a menudo tiene que ir los siete días de la semana a la mina. Por los pocos minutos que hemos podido pasar solos, cuando lo acompaño a su casa, entiendo que las medidas de Thread han aplastado los inicios de una posible rebelión en el 12. Él sabe que no voy a huir, pero también debe de saber que, si no nos rebelamos en el 12, mi destino es convertirme en la mujer de Peeta. Verme posar con preciosos vestidos de novia en la tele... ¿Cómo le va a sentar?

Cuando nos reunimos en torno al televisor a las siete y media descubro que Prim estaba en lo cierto. Efectivamente, ahí está Caesar Flickerman hablando a una multitud que lo observa de pie, enfrente del Centro de Entrenamiento, sobre mis próximas nupcias. Presenta a Cinna, que se ha convertido en una estrella de la noche a la mañana gracias a los trajes que me hizo para los juegos del año pasado. Al cabo de un minuto de charla amigable, nos piden que miremos la pantalla gigante.

Ahora veo cómo han podido fotografiarme ayer y presentar el especial esta noche. Al principio, Cinna diseñó doce vestidos de novia. Después se ha procedido a seleccionar los mejores diseños, crear los vestidos y elegir los accesorios. Al parecer, en el Capitolio han tenido la oportunidad de votar por los favoritos al final de cada etapa. Todo esto culmina con imágenes mías con los últimos seis vestidos; seguro que no han tardado nada en introducirlas en el espectáculo. La multitud reacciona ante cada imagen. La gente grita y vitorea a sus favoritos, y abuchea a los que no le gustan. Como han votado y, probablemente, apostado por el ganador, todos están muy interesados en mi vestido de novia. Es extraño verlo, teniendo en cuenta que ni siquiera me molesté en probármelos antes de que llegaran las cámaras. Caesar anuncia que los interesados tienen hasta las doce del día siguiente para votar a su favorito.

—¡Hagamos que Katniss Everdeen se case con estilo! —aúlla a la multitud. Estoy a punto de apagar la tele, pero Caesar nos pide que sigamos pendientes del otro gran acontecimiento de la noche—. Efectivamente, este año se celebra el setenta y cinco aniversario de los Juegos del Hambre, ¡y eso significa que ha llegado el momento del Vasallaje de los Veinticinco!

—¿Qué harán? —pregunta Prim—. Todavía faltan meses.

Nos volvemos hacia nuestra madre, que parece solemne y distante, como si rememorase algo.

—Debe de ser la lectura de la tarjeta.

Suena el himno y la garganta se me contrae de asco al ver al presidente Snow subir al escenario. Lo sigue un niño con traje blanco que sostiene una sencilla caja de madera. Termina el himno y el presidente empieza a hablar para recordarnos a todos los Días Oscuros en los que nacieron los Juegos del Hambre. Cuando se elaboraron las reglas de los juegos, se determinó que cada veinticinco años el aniversario se conmemoraría con el Vasallaje de los Veinticinco. Sería una versión ampliada de los juegos en memoria de los asesinados por la rebelión de los distritos.

La alusión no podía ser más directa, ya que sospecho que ahora mismo se están rebelando varios distritos.

El presidente Snow nos cuenta lo que sucedió en los anteriores vasallajes.

—En el veinticinco aniversario, como recordatorio a los rebeldes de que sus hijos morían por culpa de su propia violencia, todos los distritos tuvieron que celebrar elecciones y votar a los tributos que los representarían.

Me pregunto qué sentirían al elegir a los niños que iban a la arena. Creo que es peor ver que te traicionan tus propios vecinos que ver cómo sacan tu nombre de la urna de la cosecha.

—En el cincuenta aniversario —sigue diciendo el presidente—, como recordatorio de que murieron dos rebeldes por cada ciudadano del Capitolio, todos los distritos enviaron el doble de tributos de lo acostumbrado.

Me imagino enfrentándome a cuarenta y siete enemigos, en vez de a veintitrés. Peores probabilidades, menos esperanza y, al final, más niños muertos. Ese fue el año de la victoria de Haymitch...

—Tenía una amiga que fue ese año —dice mi madre en voz baja—. Maysilee Donner. Sus padres eran los dueños de la tienda de golosinas. Después de aquello me dieron el pájaro cantor de su hija, un canario.

Prim y yo nos miramos. Es la primera vez que oímos hablar de Maysilee Donner, quizá porque mi madre era consciente de que no nos habría gustado saber cómo murió.

—Y ahora llegamos a nuestro tercer Vasallaje de los Veinticinco —dice el presidente. El niño de blanco da un paso adelante y sostiene en alto la caja mientras él la abre. Vemos las ordenadas filas de sobres amarillentos en vertical. El que diseñó el sistema de vasallajes se había preparado para varios siglos de Juegos del Hambre. El presidente extrae un sobre marcado claramente con un 75, mete el dedo bajo la solapa y saca un cuadradito de papel. Sin vacilación, lee—: En el setenta y cinco aniversario, como recordatorio a los rebeldes de que ni siquiera sus miembros más fuertes son rivales para el poder del Capitolio, los tributos elegidos saldrán del grupo de los vencedores.

Mi madre deja escapar un chillido ahogado y Prim se tapa la cara con las manos, pero yo me siento como la gente que veo en el televisor, en la multitud, algo desconcertada. ¿Qué quiere decir? ¿El grupo de los vencedores?

Entonces lo entiendo, entiendo lo que quiere decir, al menos para mí: el Distrito 12 solo tiene tres vencedores entre los que elegir, dos hombres y una mujer...

Tengo que volver a la arena.

13

Mi cuerpo reacciona antes que mi cerebro; salgo corriendo por la puerta, cruzo el césped de la Aldea de los Vencedores y me interno en la oscuridad. La humedad del suelo empapado me moja los calcetines y me doy cuenta de lo frío que es el viento, pero no paro. ¿Adónde? ¿Adónde ir? Al bosque, claro. Hasta que no llego a la alambrada no oigo el zumbido que me hace recordar lo atrapada que estoy realmente. Retrocedo, jadeando, me vuelvo y salgo corriendo otra vez.

Lo siguiente que sé es que estoy a cuatro patas en el sótano de una de las casas vacías de la Aldea. Unos débiles rayos de luz de luna entran a través de los huecos de las ventanas que hay por encima de mi cabeza. Tengo frío, estoy mojada y me siento exhausta, aunque mi intento de huida no ha servido para aliviar la histeria que crece dentro de mí. Me ahogará si no la dejo salir. Hago una bola con la parte delantera de la blusa, me la meto en la boca y empiezo a gritar. No sé cuánto tiempo estoy así, pero, cuando paro, apenas me queda voz.

Me hago un ovillo, tumbada de lado, y contemplo los parches de luz de luna que se forman en el suelo de cemento. Volver a la arena, volver al origen de las pesadillas. Ahí es a donde voy. Tengo que reconocer que no lo vi venir; me imaginé un montón de cosas: humillación pública, tortura y ejecución; huir por el bosque, perseguida por agentes de la paz y aerodeslizadores; casarme con Peeta y ver cómo obligan a nuestros hijos a ir a la arena. Sin embargo, nunca me imaginé volviendo a los juegos. ¿Por qué? Porque no hay precedentes. Los vencedores quedan fuera de la cosecha de por vida, es el trato si ganas..., hasta ahora.

Veo unas sábanas, de esas que usan para cubrir los muebles cuando se pinta. Me las pongo encima, como una manta. A lo lejos, alguien me llama, pero en este momento ni siquiera deseo pensar en las personas que más quiero. Solo pienso en mí y en lo que me espera.

La sábana me da calor, a pesar de lo tiesa que está. Los músculos se me relajan, el corazón se me calma. Veo la caja de madera en las manos del niño y al presidente Snow sacando el sobre amarillento. ¿De verdad se trata del Vasallaje de los Veinticinco escrito hace setenta y cinco años? Parece poco probable, es una respuesta demasiado perfecta para los problemas a los que se enfrenta ahora mismo el Capitolio. Se libran de mí y someten a los distritos de un solo golpe.

Oigo la voz del presidente Snow: «En el setenta y cinco aniversario, como recordatorio a los rebeldes de que ni siquiera sus miembros más fuertes son rivales para el poder del Capitolio, los tributos elegidos saldrán del grupo de los vencedores».

Sí, los vencedores son nuestros miembros más fuertes, son los que han sobrevivido a la arena y escapado del yugo de la pobreza que nos frena a los demás. Son, o mejor dicho, somos la personificación de la esperanza cuando no hay esperanza. Y ahora veintitrés de nosotros moriremos para demostrar que incluso esa esperanza era ilusoria.

Me alegra haber ganado el año pasado. De lo contrario conocería a los demás vencedores, no solo por la televisión, sino porque son invitados en todos los juegos. Aunque no tengan que ser tutores, como siempre le ha pasado a Haymitch, la mayoría regresa al Capitolio una vez al año para el acontecimiento. Creo que muchos son amigos entre ellos, mientras que yo solo tengo que preocuparme por matar a Peeta o a Haymitch. ¡A Peeta o a Haymitch!

Me levanto de golpe y aparto la sábana. ¿En qué estaba pensando? Bajo ninguna circunstancia mataría a Peeta o a Haymitch, pero uno de ellos estará en la arena conmigo, eso es un hecho. Puede que incluso hayan decidido entre ellos quién irá. Sea cual sea el elegido, el otro tendrá la opción de presentarse voluntario para ocupar su lugar, y ya sé lo que pasará: Peeta le pedirá a Haymitch que lo deje ir a la arena conmigo, pase lo que pase. Por mí, para protegerme.

Doy tumbos por el sótano buscando la salida. ¿Cómo he llegado hasta este lugar? Subo a tientas los escalones que dan a la cocina y veo que la ventana de cristal de la puerta está destrozada. Supongo que por eso me sangra la mano. Corro de vuelta a la noche y me voy directa a la casa de Haymitch. Está sentado a solas a la mesa de la cocina con una botella medio vacía de licor blanco en un puño y un cuchillo en la otra. Borracho como una cuba.

—Ah, aquí estás, hecha polvo. Por fin te salieron las cuentas, ¿no, preciosa? ¿Has caído en que no irás sola? Y ahora me vienes a pedir... ¿el qué?

No respondo. La ventana está abierta de par en par y el viento me azota como si estuviese fuera.

—Debo reconocer que al chico le resultó más fácil. Llegó incluso antes de poder abrir la botella y me suplicó que le diese otra oportunidad de participar. Pero ¿qué me vas a decir tú? —pregunta, y se pone a imitar mi voz—: ¿«Ocupa su lugar, Haymitch, porque, en igualdad de condiciones, preferiría que fuese Peeta y no tú el que tuviese la oportunidad de seguir con su vida»?

Me muerdo el labio porque, una vez que lo ha dicho, me temo que eso es justo lo que quiero, que Peeta viva, aunque signifique la muerte de Haymitch. No, no es verdad. Aunque es odioso, Haymitch ahora es mi familia. «¿Para qué he venido? —pienso—. ¿Qué quiero de él?»

—He venido a beber —digo.

Él se echa a reír y deja la botella en la mesa con un buen golpe. Limpio el borde con la manga y le doy dos tragos antes de sufrir un ataque de tos. Tardo unos minutos en recuperar la compostura, y los ojos y la nariz siguen pringados, pero noto el licor dentro de mí como si fuese fuego; me gusta.

—Quizá deberías ir tú —afirmo, en plan pragmático, mientras acerco una silla—. De todos modos, odias la vida.

—Muy cierto. Y como la última vez intenté mantenerte viva a ti..., al parecer esta vez me veo obligado a salvar al chico.

—Es otra buena razón —respondo; me sueno la nariz y vuelvo a servirme.

—Peeta dice que, como te elegí a ti, ahora le debo una, lo que él quiera. Y lo que quiere es la oportunidad de ir de nuevo a la arena para protegerte.

Lo sabía. En ese sentido, Peeta es bastante predecible. Mientras yo me tiraba en el suelo de aquel sótano para lamentarme por mi suerte, pensando solo en mis problemas, él estaba aquí, pensando solo en mí. Decir que siento vergüenza no es lo bastante fuerte para expresar cómo estoy.

—Ni viviendo cien vidas llegarías a merecerte a ese chico. Lo sabes, ¿no?

—Sí, sí —respondo, brusca—. Está claro, él es el mejor de este trío. Bueno, ¿qué piensas hacer?

—Ni idea —responde Haymitch, suspirando—. Quizá volver a la arena contigo, si puedo. Si sacan mi nombre en la cosecha, da igual, porque él se presentará voluntario para ocupar mi lugar.

—Para ti sería una pesadilla estar en la arena, ¿verdad? —le pregunto, después de guardar silencio un momento—. Conoces a todos los demás.

—Oh, creo que podemos afirmar con total seguridad que será insoportable esté donde esté —replica. Después señala la botella con la cabeza—. ¿Me la devuelves ya?

—No —respondo, abrazándola. Haymitch saca otra de debajo de la mesa y abre el tapón de rosca. En ese momento me doy cuenta de que no he venido solo para beber, que hay otra cosa que quiero de Haymitch.

—Vale, ya sé lo que quiero pedirte —le digo—. Si al final vamos Peeta y yo a los juegos, esta vez intentaremos mantenerlo a él con vida. —Algo se vislumbra brevemente en sus ojos inyectados en sangre: dolor—. Como has dicho, lo pasarás mal lo hagas como lo hagas. Da igual lo que Peeta quiera, le toca a él salvarse. Los dos se lo debemos —insisto, en tono de súplica—. Además, el Capitolio me odia tanto que puedo darme por muerta, pero quizá él tenga una oportunidad. Por favor, Haymitch, dime que me ayudarás.

Él frunce el ceño mirando la botella, sopesando mis palabras.

—De acuerdo —acepta, al fin.

—Gracias —respondo. No quiero ir a ver a Peeta, aunque debería. Me da vueltas la cabeza por culpa del alcohol y estoy tan destrozada que no sé qué me podría obligar a prometer. No, ahora tengo que ir a casa para enfrentarme a Prim y mi madre.

Mientras subo como puedo los escalones de la entrada, la puerta principal se abre y Gale me abraza.

—Me equivoqué, tendríamos que habernos ido cuando lo dijiste —susurra.

—No. —Me cuesta concentrarme y el licor se sale de la botella y se derrama por la espalda de la chaqueta de Gale, aunque a él no parece importarle.

—No es demasiado tarde —insiste.

Por encima de sus hombros veo a mi madre y a Prim abrazadas en el umbral. Nosotros huimos, ellas mueren. Y, además, tengo que proteger a Peeta. Fin de la discusión.

—Sí, sí que lo es.

Me ceden las rodillas y él me sujeta. Finalmente, el alcohol me puede y oigo cómo la botella de cristal se rompe contra el suelo. Parece apropiado que se escape de mi control, como todo lo demás.

Cuando despierto, apenas consigo llegar al baño antes de que el licor blanco haga su reaparición. Quema tanto al salir como al entrar, y el sabor es el doble de malo. Después de vomitar sigo temblorosa y sudorosa, aunque, al menos, la mayor parte del alcohol está ya fuera de mi cuerpo. En cualquier caso, buena parte de él logró entrar en mi torrente sanguíneo, así que tengo un dolor de cabeza palpitante, la boca seca y el estómago ardiendo.

Abro el grifo de la ducha y me pongo debajo de la cálida lluvia un minuto antes de darme cuenta de que no me he quitado la ropa interior. Mi madre me habrá quitado la exterior, que estaba asquerosa, antes de meterme en la cama. Tiro la ropa mojada al lavabo y me enjabono la cabeza con champú. Me pican las manos, y entonces veo los puntos pequeños y ordenados que me cruzan la palma de una mano y el dorso de la otra. Recuerdo vagamente romper aquella ventana de cristal anoche. Me restriego de pies a cabeza, aunque me detengo una vez para volver a vomitar en la misma ducha. No es más que bilis y el sumidero se la traga con las perfumadas burbujas.

Por fin limpia, me pongo la bata y vuelvo a la cama sin hacer caso del pelo chorreando. Me meto debajo de las mantas, segura de que así es como se siente alguien cuando lo envenenan. Las pisadas en las escaleras hacen que note de nuevo el pánico de anoche; no estoy lista para ver a mi familia. Tengo que parecer tranquila y segura, igual que cuando nos despedimos el día de la última cosecha. Tengo que ser fuerte. Consigo sentarme en la cama, me aparto el pelo mojado de las sienes (que me siguen palpitando) y me preparo para el encuentro. Aparecen en la puerta con té, tostadas y caras de preocupación. Abro la boca para hacer algún chiste, pero, de repente, rompo a llorar.

Buen intento.

Mi madre se sienta en la cama y Prim se tumba a mi lado, para abrazarme entre las dos e intentar tranquilizarme hasta que me agoto de tanto llorar. Después mi hermana busca una toalla, me seca el pelo y lo desenreda, mientras mi madre me convence para tomar té y una tostada. Me ponen un pijama calentito, me echan más mantas encima y yo me vuelvo a dormir.

Por la luz sé que es última hora de la tarde cuando me despierto. Hay un vaso de agua en la mesita de noche y me lo bebo a toda velocidad. A pesar de que el estómago y la cabeza todavía no se han recuperado, me siento mucho mejor que ayer, así que me levanto, me visto y me trenzo el pelo. Antes de bajar me detengo en lo alto de las escaleras, algo avergonzada por la forma en que he reaccionado ante las noticias del Vasallaje de los Veinticinco: mi errática huida, la borrachera con Haymitch y el llanto. Dadas las circunstancias, supongo que me merezco un día de indulgencia, aunque me alegro de que no estuviesen las cámaras para verlo.

Abajo, mi madre y Prim me abrazan otra vez, pero no están demasiado emotivas. Sé que se controlan para facilitarme las cosas. Miro a Prim y me resulta difícil creer que es la misma niña frágil que dejé atrás el día de la cosecha de hace nueve meses. Aquella terrible experiencia y todo lo que ha pasado después (la crueldad en el distrito, el desfile de enfermos y heridos que a menudo trata sola, porque mi madre está muy ocupada) la han envejecido varios años. Además, ha crecido bastante; ya casi somos de la misma altura, aunque no es eso lo que la hace parecer tan mayor.

Mi madre me sirve un tazón de caldo y le pido otro para llevárselo a Haymitch. Después me voy a su casa. Él acaba de le-

vantarse y lo acepta sin hacer comentarios; nos quedamos sentados, casi plácidamente, sorbiendo el caldo y contemplando la
puesta de sol por la ventana de su salón. Oigo a alguien caminar
por la planta de arriba y supongo que es Hazelle, pero, pocos minutos después, aparece Peeta y tira una caja de cartón llena de
botellas vacías de licor en la mesa.

—Ya está hecho —dice.

Haymitch tiene que utilizar toda su energía para concentrar-
se en las botellas, así que hablo yo.

—¿Qué está hecho?

—He tirado todo el licor por el desagüe.

Eso parece sacar a Haymitch de su estupor.

—¿Que has hecho qué? —exclama, tocando la caja, incré-
dulo.

—Lo he tirado todo.

—Comprará más —comento.

—No, no lo hará —responde Peeta—. He buscado a Ripper
esta mañana y le he dicho que la delataría a los agentes si os ven-
día algo a cualquiera de los dos. También le he dado dinero, por
si acaso, pero no creo que tenga ganas de volver a caer en manos
de los agentes de la paz.

Haymitch intenta acuchillarlo con su navaja, y Peeta lo esquiva con tal facilidad que casi resulta patético. Me enfurezco.

—Lo que él haga no es asunto tuyo —le digo a Peeta.

—Claro que es asunto mío. Pase lo que pase, dos de nosotros
vamos a volver a la arena con el tercero como mentor. No podemos permitirnos borrachos en este equipo, sobre todo si se trata
de ti, Katniss.

—¿Qué? —le espeto, indignada, aunque resultaría más convincente sin la resaca—. Anoche fue la primera vez que he estado borracha.

—Sí, y mira qué pinta tienes —dice Peeta.

No sé qué esperaba de mi primera reunión con él después del anuncio, quizá unos cuantos abrazos y besos, un poco de consuelo, pero no esto. Me vuelvo hacia Haymitch.

—No te preocupes, te conseguiré más licor.

—Entonces os entregaré a los dos. Así os despejaréis en la cárcel —asegura Peeta.

—¿Qué sentido tiene todo esto? —pregunta Haymitch.

—Pues que dos de nosotros vamos a volver a casa del Capitolio: un mentor y un vencedor —responde Peeta—. Effie me va a enviar grabaciones de todos los vencedores que siguen con vida. Vamos a ver sus juegos y a aprender todo lo que podamos sobre su forma de luchar. Vamos a engordar y ponernos fuertes. Vamos a empezar a actuar como profesionales. Y uno de nosotros vencerá de nuevo, ¡os guste o no! —Abandona la habitación a toda prisa y sale por la entrada principal dando un portazo.

—No soporto a la gente que se cree moralmente superior —comento.

—Nadie la soporta —responde Haymitch, que ha empezado a sorber los restos de las botellas vacías.

—Tú y yo. Esas son las dos personas que pretende devolver a casa.

—Pues se va a llevar una sorpresa —dice Haymitch.

Sin embargo, después de unos cuantos días, accedemos a comportarnos como tributos profesionales, porque también es la mejor forma de preparar a Peeta. Todas las noches vemos los resúmenes de los juegos en los que ganaron los vencedores que siguen vivos. Me doy cuenta de que no conocí a ninguno en la Gira de la Victoria, lo que, ahora que lo pienso, me parece raro. Cuando saco el tema, Haymitch responde que al presidente Snow no le convenía en absoluto mostrarnos a Peeta y a mí (sobre todo a mí) haciendo amistad con otros vencedores en los distritos que podían rebelarse. Los vencedores tienen una posición social especial y, si daba la impresión de que apoyaban mi desafío al Capitolio, se convertirían en un peligro político. Al hacer las cuentas, calculo que algunos de nuestros oponentes serán ancianos, lo que resulta tanto triste como alentador. Peeta toma copiosas notas, Haymitch ofrece información sobre sus personalidades y, poco a poco, empezamos a conocer a la competencia.

Todas las mañanas hacemos ejercicio para fortalecernos. Corremos, levantamos cosas y estiramos los músculos. Todas las tardes trabajamos en nuestras habilidades de combate, lanzamos cuchillos, nos enfrentamos cuerpo a cuerpo; incluso les enseño a trepar árboles. En teoría, los tributos no pueden entrenarse, pero nadie intenta detenernos. En cualquier caso, en los años normales, los tributos de los distritos 1, 2 y 4 aparecen sabiendo blandir lanzas y espadas. Esto no es nada, en comparación.

Después de tantos años de maltrato, el cuerpo de Haymitch se resiste a mejorar. Aunque sigue siendo muy fuerte, se queda sin aliento con una carrera de nada. Y cabría pensar que un tío que duerme todas las noches con un cuchillo sabría cómo acertar con uno en la pared de una casa, pero las manos le tiemblan tanto que tarda semanas en conseguirlo.

Por otro lado, a Peeta y a mí nos sienta muy bien el nuevo régimen. Además, me da algo que hacer, nos da a todos algo que hacer aparte de aceptar la derrota. Mi madre nos pone una dieta especial para ganar peso. Prim cuida de nuestros doloridos músculos. Madge nos pasa en secreto los periódicos del Capitolio que le llegan a su padre. Los pronósticos sobre quién será el vencedor de los vencedores nos sitúan entre los favoritos. Incluso Gale aparece en escena los domingos y, pese a que no aprecia ni a Peeta ni a Haymitch, nos enseña todo lo que sabe sobre trampas. A mí me resulta extraño estar en una misma conversación con Peeta y Gale a la vez, aunque ellos parecen haber dejado a un lado los problemas que puedan tener con respecto a mí.

Una noche, mientras acompaño a Gale a su casa, me llega a reconocer:

—Sería mejor si resultara más fácil odiarlo.

—Dímelo a mí —contesto—. Si hubiera podido odiarlo en la arena, ahora no estaríamos todos en este lío. Él habría muerto, y yo sería una vencedora feliz y sola.

—¿Y dónde estaríamos nosotros, Katniss? —me pregunta.

Guardo silencio, sin saber qué responder. ¿Dónde estaría yo con mi supuesto primo, que no sería mi primo de no ser por Peeta? ¿Me habría besado y yo le habría devuelto el beso de haber tenido la libertad para hacerlo? En otras circunstancias, ¿me habría abierto a él, tentada por la seguridad del dinero, la comida y la ilusión de estar a salvo por ser una vencedora? Sin embargo, siempre nos acecharía la cosecha, acecharía a nuestros hijos. Daba igual lo que yo quisiera...

—Cazando, como cada domingo —respondo. Sé que no era una pregunta literal, pero es lo más sincero que puedo decirle. Gale sabe que lo elegí a él antes que a Peeta al no huir. Para mí no tiene sentido hablar de lo que podría haber sido. Aunque hubiese matado a Peeta en la arena, seguiría sin querer casarme con nadie. Solo me prometí para salvar vidas, y mira cómo salió.

En cualquier caso, me temo que cualquier tipo de escena emotiva con Gale lo empujaría a hacer algo drástico, como empezar el levantamiento en las minas, y, como dice Haymitch, el Distrito 12 no está preparado para eso. Si acaso, está menos preparado que antes del anuncio del vasallaje, porque, a la mañana siguiente, otros cien agentes de la paz llegan en el tren.

Como no pretendo volver con vida por segunda vez, cuanto antes me deje marchar Gale, mejor. Pienso decirle un par de cosas después de la cosecha, cuando nos permitan despedirnos. Quiero que sepa lo esencial que ha sido para mí durante todos estos años, lo mucho que ha mejorado mi vida gracias a él, gracias a quererlo, aunque sea de la limitada forma que puedo ofrecerle.

Pero no tengo esa oportunidad.

El día de la cosecha hace un calor bochornoso. La población del Distrito 12 espera en la plaza, sudando en silencio y vigilada con metralletas. Yo estoy sola en una pequeña zona delimitada con cuerdas, y Peeta y Haymitch están en un corral similar a mi derecha. La cosecha dura un minuto. Effie, reluciente con una peluca de metal dorado, no exhibe su brío de siempre. Tiene que agarrarse a la urna de las chicas durante un rato para conseguir sacar el trozo de papel en el que todos saben que está mi nombre. Después saca el nombre de Haymitch. El hombre apenas tiene tiempo de dedicarme una mirada triste antes de que Peeta se ofrezca voluntario para sustituirlo.

Nos llevan de inmediato al Edificio de Justicia, donde nos espera Thread, el jefe de los agentes de la paz.

—Nuevo procedimiento —anuncia, sonriendo, y nos empujan hacia la puerta trasera, al interior de un coche que nos lleva a la estación de tren. No hay cámaras en el andén, ni gente para despedirnos. Aparecen Haymitch y Effie, escoltados por guardias, y los agentes se apresuran a meternos en el tren y cierran la puerta. Las ruedas empiezan a girar.

Me quedo mirando la ventana, observando cómo desaparece el Distrito 12, con todas las despedidas pegadas a los labios.

14

Sigo en la ventana hasta mucho después de que el bosque se trague mi hogar. Esta vez ni siquiera tengo la vaga esperanza de regresar. Antes de los primeros juegos le prometí a Prim que haría todo lo posible por ganar, y ahora me he jurado a mí misma que haré todo lo posible por mantener a Peeta con vida. Nunca haré el viaje de vuelta.

Ya había pensado las últimas palabras que dedicaría a mis seres queridos, la mejor forma de cerrar las puertas y dejarlos a todos tristes, pero a salvo al otro lado. El Capitolio me ha robado hasta eso.

—Les escribiremos cartas, Katniss —dice Peeta detrás de mí—. Así será mejor, les dará algo nuestro a lo que aferrarse. Haymitch se las hará llegar si... si hace falta.

Asiento y me voy directa a mi habitación. Me siento en la cama, sabiendo que nunca escribiré esas cartas. Serán como el discurso que intenté escribir en honor a Rue y Thresh en el Distrito 11: en mi cabeza estaba todo claro y las palabras surgieron sin problemas cuando estuve delante de la multitud, pero no delante del papel. Además, se suponía que irían acompañadas de abrazos y besos, una caricia del pelo de Prim, otra de la cara de Gale, un apretón de la mano de Madge. No puedo decírselo acompañado de una caja de madera con mi frío cadáver dentro.

Demasiado desconsolada para llorar, lo único que quiero es acurrucarme en la cama y dormir hasta que lleguemos al Capitolio mañana por la mañana. Sin embargo, tengo una misión; no, es más que una misión, es mi último deseo: mantener a Peeta con vida. Aunque parezca poco probable teniendo en cuenta la rabia del Capitolio, es importante que esté en plena forma, y eso no pasará si me quedo lamentándome por todas las personas de casa a las que quiero. «Vamos allá —me digo—. Despídete y olvídate de ellos».

Hago lo que puedo, los libero como si fuesen pájaros en una jaula cuya puerta vuelvo a cerrar para evitar que regresen.

Cuando Effie llama a la puerta para la cena, estoy vacía, pero la ligereza no es del todo desagradable.

La comida está poco animada, tanto que, de hecho, guardamos silencio durante largos periodos, solo interrumpidos por el cambio de platos. Una sopa fría de puré de vegetales; pasteles de pescado con un cremoso paté de lima; aquellos pajaritos rellenos de salsa de naranja, con arroz salvaje y berros; natillas de chocolate salpicadas de cerezas.

Peeta y Effie intentan iniciar alguna conversación, sin éxito.

—Me encanta tu nuevo pelo, Effie —comenta Peeta.

—Gracias. Lo pedí expresamente para que fuese a juego con el broche de Katniss. Pensaba conseguirte una pulsera dorada para el tobillo y quizá un brazalete de oro para Haymitch, o algo así, para que parezcamos todos un equipo.

Está claro que Effie no sabe que mi sinsajo ahora es un símbolo de los rebeldes, al menos en el Distrito 8. En el Capitolio no es más que un recordatorio divertido de unos Juegos del Hambre especialmente emocionantes. ¿Qué otra cosa iba a ser? Los rebeldes de verdad no pondrían un símbolo secreto en algo tan duradero como una joya. Lo dibujarían en una galleta de pan que pudiera comerse en un segundo, en caso necesario.

—Creo que es una gran idea —dice Peeta—. ¿Qué te parece, Haymitch?

—Sí, lo que queráis —responde Haymitch. No está bebiendo, pero me doy cuenta de que le encantaría. Los camareros se llevaron la copa de vino de Effie cuando ella vio el esfuerzo que hacía su compañero, pero Haymitch seguía en un estado lamentable. De haber sido él el tributo, no le debería nada a Peeta y podría emborracharse todo lo que quisiera. Ahora va a tener que hacer lo que esté en su mano por mantenerlo con vida en una arena llena de viejos amigos, y seguramente fracasará.

—Quizá podríamos buscarte una peluca —comento, intentando bromear. Él me mira como diciendo que lo deje en paz, y todos volvemos a comernos las natillas en silencio.

—¿Queréis que veamos los resúmenes de las cosechas? —pregunta Effie mientras se limpia las comisuras de los labios con una servilleta de lino blanco.

Peeta va a por su cuaderno con las notas sobre los vencedores y nos reunimos en el compartimento del televisor para ver quiénes serán nuestros enemigos. Estamos todos preparados cuando empieza a sonar el himno que da comienzo a los resúmenes de las ceremonias de los doce distritos.

En toda la historia de los juegos ha habido un total de setenta y cinco vencedores. Cincuenta y nueve siguen vivos. Reconozco muchas de sus caras, ya sea por verlos de tributos o de mentores en anteriores juegos, o por haber visto hace poco sus grabaciones de vencedores. Algunos están tan mayores o destrozados por enfermedades, drogas o la bebida que no logro ubicarlos. Como cabría esperar, en los distritos 1, 2 y 4 es donde más tributos profesionales hay. No obstante, todos los distritos han logrado arañar al menos un vencedor y una vencedora.

Las cosechas avanzan deprisa. Peeta coloca con minuciosidad una estrella junto a los nombres de los tributos elegidos. Haymitch observa, vacío de emociones, mientras sus amigos suben al escenario. Effie hace comentarios ahogados y afligidos como: «Oh, no, Cecelia no». O: «Bueno, a Chaff nunca le ha gustado perderse una buena pelea». También suspira con frecuencia.

En cuanto a mí, intento tomar notas mentales de los demás tributos pero, como el año pasado, solo me quedo con unos cuantos. Están los guapos hermanos, hombre y mujer, del Distrito 1 que ganaron en años consecutivos cuando yo era pequeña. Brutus, un voluntario del Distrito 2, que debe de tener al menos cuarenta años y, al parecer, está deseando volver a la arena. Finnick, el atractivo chico de cabello de bronce del Distrito 4 que fue coronado hace diez años, a la edad de catorce. También llaman a una joven histérica de cabello castaño al viento en el Distrito 4, aunque la reemplaza rápidamente una voluntaria, una anciana de ochenta años que necesita un bastón para llegar al escenario. Después está Johanna Mason, la única vencedora con vida del Distrito 7, que ganó hace unos cuantos años fingiendo ser una enclenque. La mujer del 8 a quien Effie ha llamado Cecelia parece tener unos treinta años y debe separarse de tres niños que la aferran con fuerza. También eligen a Chaff, un hombre del 11 muy amigo de Haymitch.

Después me llaman a mí y a Haymitch. Y Peeta se ofrece voluntario. Una de las presentadoras llega a ponerse llorosa porque, al parecer, la suerte nunca estará de parte de los trágicos amantes del Distrito 12. Después se calma y dice que seguro que son «¡los mejores Juegos del Hambre de la historia!».

Haymitch sale del compartimento sin decir palabra, y Effie, después de unos cuantos comentarios inconexos sobre los tributos, nos da las buenas noches. Me quedo sentada mirando cómo Peeta arranca las páginas de los vencedores no seleccionados.

—¿Por qué no duermes un poco? —me dice.

«Porque no puedo soportar las pesadillas, no sin ti», pienso. Estas noches serán horribles, pero no puedo pedirle que venga a dormir conmigo. Apenas nos hemos tocado desde la noche en que azotaron a Gale.

—¿Qué vas a hacer tú? —le pregunto.

—Revisar mis notas un rato. Así me haré una buena idea de a qué nos enfrentamos. Aunque tendré que repasarlo contigo por la mañana. Vete a la cama, Katniss.

Así que me voy a la cama y, efectivamente, al cabo de pocas horas me despierto de una pesadilla en la que la anciana del Distrito 4 se transforma en un roedor gigante y me mordisquea la cara. Sé que estaba gritando, pero no viene nadie, ni Peeta, ni uno de los ayudantes del Capitolio. Me pongo una bata para intentar librarme de la piel de gallina. Me resulta imposible quedarme en el compartimento, así que decido ir en busca de alguien que me prepare un té, un chocolate caliente o lo que sea. Quizá Haymitch siga levantado; seguro que no está dormido.

Le pido leche caliente a un ayudante, porque es la cosa más relajante que se me ocurre. Como oigo voces en la sala de la televisión, entro y me encuentro con Peeta, que tiene al lado de él, en el sofá, la caja que envió Effie con las cintas de los anteriores Juegos del Hambre. Reconozco el episodio en el que Brutus se proclamó vencedor.

Peeta se levanta y para el vídeo cuando me ve.

—¿No puedes dormir?

—No mucho —respondo. Me tapo más con la bata al recordar a la anciana que se transformaba en roedor.

—¿Quieres hablar de ello?

A veces hablar ayuda, pero sacudo la cabeza; me hace sentir débil que me atormente la gente contra la que todavía no he luchado.

Cuando Peeta extiende los brazos voy directa a ellos. Es la primera vez que me ofrece un gesto de cariño desde que anunciaron el Vasallaje de los Veinticinco. Hasta ahora se ha comportado como un entrenador muy exigente, siempre presionando, siempre insistiendo en que Haymitch y yo corramos más deprisa, comamos más y conozcamos mejor al enemigo. ¿Amante? Ni de lejos. Incluso dejó de fingir ser mi amigo. Le abrazo con fuerza el cuello antes de que pueda ordenarme que haga flexiones o algo parecido. Lo que en realidad hace es apretarme más contra él y esconder su cara en mi pelo. El punto en el que sus labios rozan mi cuello irradia calor, un calor que se extiende lentamente por el resto de mi cuerpo. Es una sensación tan agradable, tan increíblemente agradable, que sé que no seré la primera en soltarme.

¿Y por qué iba a hacerlo? Le he dicho adiós a Gale. No volveré a verlo, seguro. Nada de lo que haga puede hacerle daño, no lo verá, o pensará que estoy actuando para las cámaras. Eso, al menos, es un peso que me quito de encima.

La llegada del ayudante del Capitolio con la leche caliente es lo que nos separa. Deja en la mesa una bandeja con una jarra de cerámica humeante y dos tazones.

—He traído una taza de más —dice.

—Gracias —respondo.

—Y he añadido un poquito de miel a la leche, para que esté más dulce. Y un pellizco de especias —añade. Nos mira como si deseara decir algo más; después sacude ligeramente la cabeza y sale de la habitación.

—¿Qué le pasa? —pregunto.

—Creo que se siente mal por nosotros —dice Peeta.

—Ya —respondo, mientras sirvo la leche.

—Lo digo en serio. No creo que la gente del Capitolio esté muy contenta con la idea de que volvamos. Ni con que vuelvan los demás vencedores. Se encariñan con sus campeones.

—Supongo que lo superarán en cuanto empiece a correr la sangre —respondo, rotunda. Si hay algo para lo que de verdad no tengo tiempo es para preocuparme por cómo afectará el vasallaje al estado de ánimo de los habitantes del Capitolio—. Entonces, ¿estás viendo otra vez las cintas?

—La verdad es que no. Solo voy pasándolas a saltos para ver las distintas técnicas de combate de cada uno.

—¿Quién toca ahora? —pregunto.

—Elige tú —responde él, acercándome la caja.

Las cintas están marcadas con el año de los juegos y el nombre del vencedor. Meto la mano y, de repente, encuentro una que no hemos visto. El año es el cincuenta, lo que significa que se trata del segundo Vasallaje de los Veinticinco. Y el nombre del vencedor es Haymitch Abernathy.

—Esta no la hemos visto —digo.

—No, sabía que Haymitch no quería, igual que nosotros no queríamos revivir nuestros juegos. Como estamos todos en el mismo equipo, me pareció que no importaba mucho.

—¿Está aquí la persona que ganó en el veinticinco?

—Creo que no. Fuera quien fuese, debe de haber muerto, y Effie solo me envió los vencedores a los que podríamos tener que enfrentarnos. —Peeta sopesa la cinta de Haymitch en la mano—. ¿Por qué? ¿Crees que deberíamos verla?

—Es el único vasallaje que tenemos. Quizá descubramos algo importante sobre cómo funcionan —respondo, aunque me siento rara. Es como si invadiésemos la intimidad de Haymitch. No sé por qué, ya que todo es público, pero así me siento. Debo reconocer que también tengo muchísima curiosidad—. No tenemos por qué decírselo a Haymitch.

—Vale —acepta Peeta. Mete la cinta y yo me acurruco a su lado en el sofá con la leche, que está deliciosa con la miel y las especias, y me pierdo en el interior de los Quincuagésimos Juegos del Hambre. Después del himno muestran al presidente Snow sacando el sobre del segundo Vasallaje de los Veinticinco. Parece más joven, aunque igual de repulsivo. Lee el cuadrado de papel con la misma voz onerosa que utilizó con el nuestro, informando a Panem de que, en honor al Vasallaje de los Veinticinco, habrá el doble de tributos de lo normal. Los editores cortan y pasan directamente a las cosechas, donde llaman a una persona tras otra.

Cuando llegamos al Distrito 12 estoy ya completamente abrumada por el número de chicos que van a una muerte segura. Hay una mujer que no es Effie sacando los números del 12, pero ella también empieza diciendo: «¡Las damas primero!». Anuncia el nombre de una chica de la Veta, por el aspecto que tiene, y después oigo el nombre Maysilee Donner.

—¡Oh! —exclamo—. Era amiga de mi madre. —La cámara la encuentra en la multitud, aferrada a otras dos chicas, todas rubias, todas hijas de comerciantes.

—Creo que esa que la abraza es tu madre —dice Peeta en voz baja, y tiene razón. Mientras Maysilee Donner se suelta con valentía y se dirige al escenario, veo de refilón a mi madre a mi edad, y nadie había exagerado sobre su belleza. De su mano hay otra chica que llora y es idéntica a Maysilee. Pero también se parece mucho a otra persona que conozco.

—Madge —digo.

—Es su madre. Maysilee y ella eran gemelas o algo así. Mi padre lo comentó una vez.

Pienso en la madre de Madge, la mujer del alcalde Undersee, que se pasa la vida en cama presa de un dolor terrible, aislada del mundo. Nunca me había dado cuenta de que mi madre y ella compartían esta conexión. Pienso en cómo apareció Madge en medio de la tormenta de nieve para llevarle analgésicos a Gale; pienso en el broche del sinsajo y en lo mucho que cambia su significado ahora que sé que su anterior propietaria era la tía de Madge, Maysilee Donner, un tributo asesinado en la arena.

El nombre de Haymitch es el último. Me resulta más chocante verlo a él que a mi madre, joven y fuerte. Cuesta reconocerlo, pero era bastante atractivo, con el pelo oscuro y rizado, los relucientes ojos verdes típicos de la Veta e, incluso entonces, ese aire de peligro.

—Oh, Peeta, no creerás que fue él quien mató a Maysilee, ¿verdad? —estallo. Aunque no sé por qué, no soporto la idea.

—¿Con cuarenta y ocho jugadores? Diría que no es probable.

Vemos rápidamente el desfile de los carros, en el que los chicos del Distrito 12 van vestidos con unos horrorosos trajes de mineros, y las entrevistas. No hay mucho tiempo para fijarse en nadie, pero como Haymitch será el vencedor, sí que nos ofrecen una conversación completa de nuestro mentor con Caesar Flickerman, que está exactamente igual, con su centelleante traje azul marino, aunque con el pelo, los párpados y los labios de color verde oscuro.

—Bueno, Haymitch, ¿qué te parece que los juegos tengan un cien por cien más de competidores de lo normal? —pregunta Caesar.

—No veo la diferencia —responde Haymitch, encogiéndose de hombros—. Seguirán siendo estúpidos al cien por cien, como siempre, así que supongo que las oportunidades vienen a ser las mismas.

El público rompe a reír, y Haymitch esboza una media sonrisa. Mordaz, arrogante, indiferente.

—Seguro que no le costó mucho interpretar el papel, ¿eh? —comento.

Llegamos a la mañana de inicio de los juegos. Lo vemos desde el punto de vista de uno de los tributos, una chica que sale del tubo de la sala de lanzamiento y entra en la arena. No puedo evitar un grito ahogado. Los jugadores no se lo creen, e incluso las cejas de Haymitch se elevan un poco de placer, aunque se recupera rápidamente y vuelve a fruncir el ceño.

Es el lugar más impresionante que pueda imaginarse. La Cornucopia dorada se encuentra en medio de un prado verde con unas flores maravillosas. El cielo es azul celeste con esponjosas nubes blancas, y melodiosos pájaros de colores revolotean por él. Por la manera en que olisquean el aire algunos tributos, debe de oler estupendamente. Una toma aérea revela que el prado se extiende a lo largo de varios kilómetros. A lo lejos, en una dirección, parece haber bosque; en la otra, una montaña nevada.

La belleza desorienta a muchos jugadores, porque, cuando suena el gong, la mayoría da la impresión de estar intentando despertarse de un sueño. Aunque no Haymitch, que llega rápidamente a la Cornucopia, y se hace con armas y una mochila de suministros. Se va hacia el bosque antes de que la mayor parte de sus competidores salgan de las plataformas.

Dieciocho tributos mueren en el baño de sangre del primer día. Después empiezan a morir otros, y queda claro que casi todo lo que hay en ese bello lugar es venenoso (los exquisitos frutos que cuelgan de los arbustos, el agua de los arroyos cristalinos e incluso el aroma de las flores, si se respira de forma demasiado directa). Solo el agua de lluvia y la comida de la Cornucopia son seguras. También hay una gran manada de profesionales bien surtidos, compuesta por diez tributos que recorren la zona de las montañas en busca de víctimas.

Haymitch tiene sus propios problemas en el bosque, donde las sedosas ardillas doradas resultan ser animales carnívoros que atacan en grupo, y las picaduras de mariposa suponen un terrible dolor, cuando no la muerte. Sin embargo, él insiste en avanzar, manteniendo siempre la lejana montaña a la espalda.

Maysilee Donner resulta ser también una chica con bastantes recursos, teniendo en cuenta que salió de la Cornucopia con tan solo una mochilita. Dentro encuentra un cuenco, un poco de ternera seca y una cerbatana con doce dardos. Utilizando los venenos disponibles por todas partes, convierte la cerbatana en un arma mortífera mojando las puntas de los dardos en las letales sustancias y disparándoselos a sus oponentes.

A los cuatro días, la pintoresca montaña se convierte en un volcán que borra del mapa a otros doce jugadores, incluidos todos los profesionales de la manada, salvo cinco. Con la montaña escupiendo fuego líquido y un prado sin lugar donde esconderse, los trece tributos restantes (incluidos Haymitch y Maysilee) no tienen más remedio que quedarse en el bosque.

Haymitch parece decidido a seguir en la misma dirección, alejándose de la montaña volcánica, aunque un laberinto de arbustos muy unidos lo obliga a volver al centro del bosque para rodearlos, donde se encuentra con tres de los profesionales y saca el cuchillo. Puede que ellos sean más grandes y fuertes, pero

Haymitch tiene una velocidad envidiable y ya ha matado a dos cuando el tercero lo desarma. El profesional está a punto de rebanarle el cuello cuando un dardo lo derriba.

Maysilee Donner sale del bosque y dice:

—Viviremos más si nos unimos.

—Supongo que ya lo has demostrado —responde Haymitch, restregándose el cuello—. ¿Aliados?

Maysilee asiente, y ahí están los dos, metidos en uno de esos pactos que no queda más remedio que cumplir si esperas volver a casa y enfrentarte a tu distrito.

Igual que Peeta y yo, les va mejor juntos. Descansan más, se inventan un sistema para reunir más agua de lluvia, luchan en equipo y comparten la comida de las mochilas de los tributos muertos. Sin embargo, Haymitch sigue decidido a avanzar.

—¿Por qué? —le pregunta Maysilee una y otra vez, y él no le hace caso hasta que ella se niega a caminar si no obtiene respuesta.

—Porque tiene que acabar en alguna parte, ¿no? —responde él—. La arena no puede durar para siempre.

—¿Qué esperas encontrar?

—No lo sé, quizá algo que podamos usar.

Cuando por fin atraviesan aquel arbusto de aspecto imposible utilizando el soplete de uno de los profesionales muertos, se encuentran en una tierra llana y seca que lleva a un barranco. Abajo solo se ven picos de rocas.

—Esto es todo lo que hay, Haymitch, volvamos —dice Maysilee.

—No, me quedo aquí.

—De acuerdo, solo quedamos cinco. Será mejor que nos despidamos ahora, de todos modos. No quiero que seamos los dos últimos.

—Vale —responde él. Y eso es todo, no le ofrece la mano, ni siquiera la mira, y ella se aleja.

Haymitch recorre el borde del barranco como si intentase averiguar algo. Con el pie desprende un guijarro que cae al abismo y, en principio, desaparece para siempre. Sin embargo, un minuto después, cuando él se sienta a descansar, el guijarro vuelve y cae detrás de él. Haymitch lo mira, perplejo, y entonces su rostro adquiere una extraña intensidad. Tira una roca del tamaño de su puño por el barranco y espera. Cuando vuelve volando, directamente a su mano, empieza a reírse.

Es entonces cuando Maysilee empieza a gritar. La alianza ha terminado porque ella lo ha querido, así que nadie podría culparlo por no acudir, pero Haymitch corre a buscarla de todos modos. Llega a tiempo de ver cómo el último de una bandada de pájaros rosa chillón provistos de picos largos y finos le atraviesa el cuello. Le sostiene la mano mientras ella muere, y yo no puedo evitar pensar en Rue y en cómo yo también llegué demasiado tarde para salvarla.

Aquel mismo día, otro tributo muere en combate y un tercero acaba devorado por una manada de ardillas sedosas, dejando tan solo a Haymitch y una chica del Distrito 1 para competir por la corona. Ella es más grande e igual de rápida y, cuando se produce el inevitable enfrentamiento, todo es sangriento y horrible, y los dos reciben heridas que podrían ser mortales, hasta que Haymitch queda desarmado. Se tambalea por el bello bosque,

211

sosteniéndose los intestinos, mientras ella lo persigue dando traspiés y blandiendo un hacha con la que pretende darle el golpe de gracia. Haymitch va derecho a su barranco y, justo cuando llega al borde, ella lanza el hacha. Él se deja caer en el suelo, y el hacha sale volando hacia el abismo. Desarmada también, la chica se queda donde está, intentando detener el flujo de sangre que le mana de la cuenca vacía de uno de los ojos. Quizá esté pensando que puede durar más tiempo viva que Haymitch, que empieza a sufrir convulsiones en el suelo. Lo que ella no sabe y él sí es que el hacha volverá. Cuando lo hace, sale volando del borde del barranco y se clava en la cabeza de la chica. Suena el cañón, se llevan su cuerpo y las trompetas anuncian la victoria de Haymitch.

Peeta apaga la cinta y guardamos silencio durante un rato. Al final, él dice:

—Ese campo de fuerza al fondo del barranco era como el del techo del Centro de Entrenamiento. El que te devolvía arriba si intentabas saltar para suicidarte. Haymitch encontró la forma de convertirlo en un arma.

—No solo contra los demás tributos, sino también contra el Capitolio. No esperaban que eso sucediera, ya sabes. No estaba pensado para formar parte de la arena, no planearon que alguien lo usara de arma. Que él lo averiguase los hizo parecer estúpidos. Seguro que les costó explicarlo, y seguro que por eso no recuerdo haberlo visto en televisión. ¡Es casi tan malo como lo nuestro con las bayas!

No puedo evitar reírme, reírme de verdad por primera vez en meses. Peeta sacude la cabeza, como si me creyese loca... y quizá lo esté, un poco.

—Casi tan malo, pero no del todo —comenta Haymitch detrás de nosotros. Me vuelvo rápidamente, temiendo que se enfade por haber visto su cinta, pero él sonríe con ironía y le da un trago a una botella de vino. Se acabó la sobriedad. Aunque debería molestarme que vuelva a beber, me preocupa más otro sentimiento.

Me he pasado todas estas semanas conociendo a mis competidores, sin tan siquiera pensar en quiénes son mis compañeros de equipo. Ahora siento una nueva confianza porque creo que por fin sé quién es Haymitch. Y empiezo a saber quién soy yo. Y, sin duda, dos personas que han causado tantos problemas en el Capitolio son capaces de encontrar la forma de devolver a Peeta a casa con vida.

15

Como ya he pasado muchas veces por sesiones de preparación con Flavius, Venia y Octavia, sobrevivir a la experiencia no debería ser más que una vieja rutina. Sin embargo, no me esperaba el trauma emotivo al que me iban a someter. Todos y cada uno de ellos rompen a llorar en algún momento de la preparación al menos dos veces, y Octavia se pasa prácticamente toda la mañana gimiendo sin parar. Al parecer me han tomado cariño de verdad y la idea de que regrese a la arena los ha destrozado. Si combinamos eso con el hecho de que, al perderme, se perderán el pase a todo tipo de acontecimientos sociales, sobre todo mi boda, la situación se vuelve insoportable. La idea de intentar ser fuertes por el bien de otra persona nunca se les ha pasado por la cabeza, así que me veo obligada a consolarlos; teniendo en cuenta que la que va a morir soy yo, me resulta algo molesto.

En cualquier caso, es interesante, porque me acuerdo de lo que dijo Peeta sobre el ayudante del tren, que estaba triste porque los vencedores tuviesen que volver a luchar, que a la gente del Capitolio no le gustaba. Aunque todavía creo que se olvidarán de todo en cuanto suene el gong, es casi una revelación saber que los del Capitolio sienten algo por nosotros. Hasta ahora no les había supuesto ningún problema ver cómo asesinan a los niños año tras año, pero quizá sepan demasiado sobre los vencedores para olvidar que son seres humanos, sobre todo los que llevan siendo famosos muchos años. Demasiado parecido a ver cómo mueren tus amigos; demasiado parecido a lo que significan los juegos para la gente de los distritos.

Cuando aparece Cinna, ya estoy irritable y exhausta de tanto consolar al equipo de preparación. Encima, sus lágrimas constantes me recuerdan a las que sin duda se estarán derramando en casa. Aquí plantada, tapándome el dolor de la piel y el corazón con una fina bata, sé que no puedo soportar ni una mirada más de lástima, así que, en cuanto entra por la puerta, le suelto:

—Te juro que si lloras te mato ahora mismo.

—¿Te han mojado mucho? —me pregunta, sonriendo.

—Si me escurres, chorreo —contesto.

Cinna me echa un brazo sobre los hombros y me conduce al comedor.

—No te preocupes, siempre utilizo el trabajo para canalizar mis emociones. Así no hago daño a nadie, salvo a mí mismo.

—No podré soportar otra mañana como esta.

—Lo sé, hablaré con ellos.

La comida me hace sentir un poquito mejor. Faisán acompañado de una selección de gelatinas con aspecto de gemas de colores y diminutas versiones de distintas verduras nadando en mantequilla, además de puré de patatas con perejil. De postre mojamos trozos de fruta en una olla de chocolate fundido, y Cinna tiene que pedir una segunda olla porque al final me como el chocolate a cucharadas.

—Bueno, ¿qué vamos a llevar puesto en la ceremonia de apertura? —pregunto mientras rebaño la segunda olla—. ¿Cascos de minero o fuego? —Sé que Peeta y yo tendremos que vestir algo relacionado con el carbón para el desfile en carro.

—Algo parecido.

Mi equipo de preparación llega para vestirme, y Cinna los echa diciendo que han hecho un trabajo tan espectacular por la mañana que ya no les queda nada que arreglar. Ellos se van a recuperarse y, por suerte, me dejan en manos de Cinna. Primero me peina con el estilo trenzado que le enseñó mi madre y después se pone con el maquillaje. El año pasado utilizó poco para que la audiencia me reconociera cuando aterrizase en la arena, pero ahora me esconde la cara con toques de luz teatrales y sombras oscuras; altas cejas enarcadas, pómulos resaltados, ojos ardientes y labios morados. El traje engaña a primera vista, porque parece sencillo, solo un mono negro ajustado que me cubre del cuello para abajo. Me coloca una media corona en la cabeza, como la que recibí al vencer, aunque está hecha de un pesado metal negro, no de oro. Después ajusta la luz de la habitación para que imite la del crepúsculo y aprieta un botón que está debajo de la tela de mi muñeca. Bajo la vista, fascinada, al ver cómo mi vestimenta cobra vida poco a poco, primero con una suave luz dorada, para transformarse gradualmente en el rojo anaranjado del carbón ardiendo. Es como si me hubiesen cubierto de brasas relucientes... No, yo misma soy una brasa reluciente sacada de una chimenea. Los colores suben y bajan, se mueven y mezclan exactamente igual que el carbón al fuego.

—¿Cómo lo has hecho? —pregunto, maravillada.

—Portia y yo nos pasamos muchas horas observando fuegos —responde Cinna—. Ahora, mírate.

Me vuelve hacia un espejo para que pueda contemplar el efecto al completo. No veo a una chica, ni siquiera a una mujer, sino a un ser sobrenatural que bien podría vivir en el volcán que mató a tantas personas en el vasallaje de Haymitch. La corona negra, que ahora parece al rojo vivo, proyecta extrañas sombras sobre mi teatral maquillaje. Katniss, la chica en llamas, ha dejado atrás el reflejo de la lumbre, los trajes enjoyados y los vestidos cubiertos de suave luz. Ahora es tan mortífera como el mismo fuego.

—Creo... que es justo lo que necesitaba para enfrentarme a los demás —afirmo.

—Sí, me parece que tus días de pintalabios rosa y lacitos han terminado —responde Cinna. Toca de nuevo el botón de la muñeca y apaga mi luz—. Será mejor no gastar la batería. Esta vez, cuando estés en el carro, nada de saludos y sonrisas. Quiero que te limites a mirar al frente, como si el público no fuese digno de que le prestes atención.

—Por fin algo que se me da bien.

Cinna tiene que encargarse de unas cuantas cosas más, así que decido dirigirme a la planta baja del Centro de Renovación, en el que está el enorme lugar de reunión para los tributos y sus carros antes de la ceremonia. Espero encontrar a Peeta y Haymitch, pero todavía no han llegado. A diferencia del año pasado, en el que todos los tributos estaban prácticamente pegados a sus carros, esta escena es muy social. Los vencedores, tanto los tributos de este año como sus mentores, se mezclan en grupitos y hablan. Por supuesto, todos se conocen, mientras que yo no conozco a nadie. No soy el tipo de persona que va por ahí presentándose, así que acaricio el cuello de uno de mis caballos e intento pasar desapercibida.

No funciona.

Oigo el crujido antes de saber que está a mi lado y, cuando vuelvo la cabeza, los famosos ojos verde mar de Finnick Odair están a pocos centímetros de los míos. Se mete un azucarillo en la boca y se apoya en mi caballo.

—Hola, Katniss —dice, como si nos conociésemos desde hace años, cuando lo cierto es que no nos habíamos visto nunca.

—Hola, Finnick —respondo, igual de tranquila, aunque me siento incómoda teniéndolo tan cerca, sobre todo con la cantidad de piel que lleva al aire.

—¿Quieres un azucarillo? —pregunta, ofreciéndome la mano, que está llena de ellos—. Se supone que son para los caballos, pero ¿a quién le importa? Tienen muchos años para comer azúcar, mientras que tú y yo... Bueno, si vemos algo dulce, lo mejor es aprovecharlo.

Finnick Odair es una especie de leyenda viva en Panem. Como ganó los Sexagésimo Quintos Juegos del Hambre con catorce años, sigue siendo uno de los vencedores más jóvenes. Al ser del Distrito 4, era un profesional, así que la suerte sí estaba de su parte, aunque ningún entrenador puede alardear de haberle dado su extraordinaria belleza: alto, atlético, con piel dorada, cabello color bronce y esos ojos tan increíbles. Mientras los demás tributos de aquel año apenas conseguían que les regalasen un puñado de cereales o algunas cerillas, a Finnick nunca le faltaba nada, ni comida, ni medicinas, ni armas. Sus competidores tardaron una semana en darse cuenta de que tenían que matarlo a él, pero era demasiado tarde y Finnick ya dominaba las lanzas y cuchillos que había encontrado en la Cornucopia. Cuando recibió un paracaídas plateado con un tridente (que debe de ser el regalo más caro que he visto en la arena), todo estaba decidido. La industria del Distrito 4 es la pesca, y él llevaba toda su vida entre barcos. El tridente era como una extensión natural y mortífera de su brazo. Tejió una red con plantas y la utilizó para atrapar a sus oponentes y atravesarlos con el tridente; en cuestión de días, la corona era suya.

Los ciudadanos del Capitolio llevan babeando por él desde entonces.

Debido a su juventud, no pudieron tocarlo hasta que pasaron un par de años. Sin embargo, desde que cumplió los dieciséis, se ha pasado los juegos perseguido por sus admiradores, locos de amor por él. Nadie conserva sus favores durante mucho tiempo, ya que Finnick pasa por cuatro o cinco durante su visita anual. Viejos o jóvenes, encantadores o insulsos, ricos o pobres, él les da compañía y acepta sus extravagantes regalos, aunque nunca se queda y, una vez que se marcha, no regresa.

No puede discutirse que Finnick es una de las personas más impresionantes y sensuales del planeta, pero, sinceramente, a mí nunca me ha resultado atractivo. Quizá sea demasiado guapo o demasiado fácil de obtener; o quizá, simplemente, sea demasiado fácil perderlo.

—No, gracias —le digo a lo del azúcar—. Aunque sí me podrías prestar tu traje alguna vez.

Está envuelto en una red dorada con un estratégico nudo en la entrepierna para que, técnicamente, no se diga que va desnudo, aunque casi, casi. Seguro que su estilista piensa que cuanto más Finnick vea la audiencia, mejor.

—Me estás matando de miedo con ese atuendo. ¿Qué ha pasado con tus preciosos vestidos de niñita? —me pregunta, humedeciéndose los labios un poco con la lengua. Es probable que eso vuelva loco a casi todo el mundo. Sin embargo, por algún extraño motivo, yo solo recuerdo al viejo Cray babeando por una pobre joven hambrienta.

—Se me han quedado pequeños.

Finnick pone la mano en el cuello de mi traje y acaricia la tela entre los dedos.

—Es una lástima lo del vasallaje. Podrías haber triunfado como nadie en el Capitolio: joyas, dinero, lo que hubieses querido.

—No me gustan las joyas y tengo más dinero del que necesito. ¿En qué gastas el tuyo, Finnick?

—Bueno, llevo muchos años sin vivir de algo tan ordinario como el dinero.

—Entonces ¿cómo pagan por el placer de tu compañía?

—Con secretos —responde en voz baja. Se acerca tanto que sus labios casi entran en contacto con los míos—. ¿Y tú, chica en llamas? ¿Tienes algún secreto que merezca mi tiempo?

Por alguna estúpida razón me sonrojo, pero me obligo a mantenerme firme.

—No, soy un libro abierto —le susurro—. Todos parecen conocer mis secretos antes que yo misma.

—Por desgracia, creo que es cierto —responde él, sonriendo. Después mira a un lado—. Ya viene Peeta. Siento que tuvierais que cancelar vuestra boda, sé lo muchísimo que debes sentirlo. —Se mete otro azucarillo en la boca y se aleja tranquilamente.

Peeta aparece a mi lado, vestido con un traje idéntico al mío.

—¿Qué quería Finnick Odair? —me pregunta.

Me vuelvo y acerco mis labios a los de Peeta, dejando caer los párpados para imitar a Finnick.

—Me ha ofrecido azúcar y quería saber todos mis secretos —respondo, con voz seductora.

—Puaj, ¿de verdad? —pregunta Peeta, entre risas.

—De verdad. Te contaré el resto cuando deje de sentir escalofríos.

—¿Crees que habríamos acabado así si solo hubiese ganado uno de nosotros? —pregunta, mirando a los demás vencedores—. ¿Como una parte más de la feria de los monstruos?

—Seguro, sobre todo tú.

—Oh, ¿y por qué sobre todo yo? —pregunta, sonriendo.

—Porque sientes debilidad por las cosas bellas, y yo no —afirmo, con aire de superioridad—. Te atraerían al Capitolio y estarías completamente perdido.

—Saber apreciar la belleza no es lo mismo que sentir debilidad —señala Peeta—. Salvo quizá en lo que respecta a ti. —Empieza la música, veo que las grandes puertas se abren para el primer carro y que la multitud ruge—. ¿Vamos? —Me ofrece una mano para ayudarme a subir.

Subo y lo ayudo a subir después de mí.

221

—No te muevas —le digo, para poder enderezarle la corona—. ¿Has visto tu traje encendido? Vamos a estar magníficos otra vez.

—Del todo, aunque Portia dice que tenemos que actuar como si estuviésemos por encima de todo. Nada de saludar y demás. ¿Dónde están, por cierto?

—No lo sé. —Sigo con la mirada la procesión de carros—. Puede que sea mejor que nos encendamos solos. —Lo hacemos y, en cuanto empezamos a brillar, la gente nos señala y habla, y sé que, de nuevo, seremos la comidilla de la ceremonia de apertura. Casi estamos en la puerta. Vuelvo la cabeza a izquierda y derecha en su busca, pero ni Portia ni Cinna, que estuvieron con nosotros hasta el último segundo el año pasado, están a la vista—. ¿Se supone que tenemos que ir de la mano este año? —pregunto.

—Supongo que lo dejan a nuestra elección.

Levanto la mirada hacia esos ojos azules que no podrían parecer mortíferos ni con un kilo de maquillaje teatral y recuerdo cómo, justo hace un año, estaba preparada para matarlo, convencida de que él intentaba matarme. Ahora todo está al revés: estoy decidida a conservar su vida, sabiendo que tendré que pagarlo con la mía, aunque una parte de mí que no es tan valiente se alegra de tener al lado a Peeta, y no a Haymitch. Nuestras manos se encuentran sin más discusión. Estaremos juntos en esto, claro.

La voz de la multitud se convierte en un grito universal cuando salimos a la escasa luz de la tarde, pero nosotros no reaccionamos. Me limito a fijar la vista en un punto lejano y fingir que no hay nadie, que no noto la histeria. No puedo evitar vernos de vez en cuando en las enormes pantallas que hay por toda la ruta, y no es solo que seamos bellos, es que somos oscuros y poderosos. No, más que eso, somos los trágicos amantes del Distrito 12, los que han sufrido tanto y han disfrutado tan poco de la recompensa de su victoria, los que no buscan el favor de los admiradores, ni los agasajan con sonrisas, ni aceptan sus besos. No perdonamos.

Y me encanta. Por fin soy yo misma.

Cuando tomamos la curva para entrar en el circuito del Círculo de la Ciudad, veo que un par de estilistas de otros distritos han intentado robar la idea de Cinna y Portia de iluminar a sus tributos. Los trajes cubiertos de lucecitas eléctricas del Distrito 3, donde hacen aparatos electrónicos, al menos tienen sentido, pero ¿qué hacen los ganaderos del Distrito 10, que van vestidos de vacas, con unos cinturones llameantes? ¿Asarse a la parrilla? Lamentable.

Peeta y yo, por otro lado, resultamos tan hipnóticos con nuestros trajes de cambiantes brasas de carbón que la mayoría de los tributos nos miran. Tenemos especialmente fascinada a la pareja del Distrito 6, que son unos conocidos adictos a la morflina. Los dos están en los huesos, con la piel amarilla colgando. No pueden despegar los ojos, excesivamente grandes, de nosotros, ni siquiera cuando el presidente Snow empieza a hablar desde su balcón para darnos la bienvenida al vasallaje. Suena el himno y, cuando hacemos nuestra última ronda por el círculo..., ¿me equivoco o el presidente también está concentrado en mí?

Peeta y yo esperamos a que las puertas del Centro de Entrenamiento se cierren antes de relajarnos. Cinna y Portia están aquí, encantados con nuestra actuación, y Haymitch también hace su aparición este año, aunque no está en nuestro carro, sino con los tributos del Distrito 11. Lo veo asentir hacia nosotros y después lo siguen para saludarnos.

Conozco a Chaff de vista, porque llevo años viéndolo pasarse la botella con Haymitch en televisión. Tiene piel oscura, mide un metro ochenta y uno de sus brazos acaba en muñón porque perdió la mano en los juegos que ganó hace treinta años. Seguro que le ofrecieron un miembro artificial, como a Peeta cuando le amputaron la parte inferior de la pierna, pero imagino que no lo quiso.

La mujer, Seeder, parece casi de la Veta, con su piel aceitunada y el cabello negro y liso surcado de mechas plateadas, salvo por los ojos, que son castaño dorado y delatan que no procede de nuestro distrito. Debe de tener unos sesenta años, aunque sigue fuerte y no hay rastro de que se haya volcado en el licor, la morflina o cualquier otra sustancia química para escapar de la realidad. Antes de que podamos decir palabra, me abraza. Sé que debe de ser por lo de Rue y Thresh. Antes de poder controlarme, susurro:

—¿Las familias?

—Están vivas —responde ella en voz baja antes de soltarme.

Chaff me rodea con su brazo bueno y me da un gran beso en la boca. Yo me suelto, sorprendida, y Haymitch y él se ríen a carcajadas.

No nos da tiempo a más antes de que los ayudantes del Capitolio nos dirijan con insistencia a los ascensores. Me da la impresión de que no están cómodos con la camaradería entre los vencedores, a quienes no podría importarles menos. Al dirigirme a los ascensores, todavía de la mano de Peeta, alguien se acerca rápidamente a mi lado. La chica se quita un tocado de ramas con hojas de la cabeza y lo tira detrás de ella sin molestarse en ver dónde cae.

Johanna Mason, del Distrito 7. Madera y papel, de ahí el árbol. Ganó haciéndose pasar de forma muy convincente por una enclenque indefensa, de modo que nadie le hiciese caso. Después demostró tener una cruel habilidad para el asesinato. Se agita el pelo de punta y pone los ojos, separados y castaños, en blanco.

—¿No os parece un traje horrible? Mi estilista es la persona más idiota del Capitolio. Nuestros tributos llevan siendo árboles cuarenta años seguidos por su culpa. Ojalá me hubiese tocado Cinna. Estás estupenda.

Charla de chicas, lo que peor se me da en el mundo. Opinar sobre ropa, pelo, maquillaje... Así que miento.

—Sí, me ha estado ayudando a diseñar mi propia línea de ropa. Deberías ver lo que es capaz de hacer con el terciopelo.

—Terciopelo, la única tela que se me ocurre.

—Lo he visto, en tu gira. ¿Sabes ese modelo sin tirantes que llevaste en el Distrito 2, el azul intenso con diamantes? Era tan fantástico que me habría gustado meter la mano en la pantalla y arrancártelo de la espalda —dice Johanna.

«Ya te digo —pienso—. Y, de paso, llevarte unos centímetros de piel».

Mientras esperamos a que lleguen los ascensores, Johanna se baja la cremallera del resto del árbol y lo deja caer al suelo, apar-

225

tándolo de una patada. Salvo por sus zapatillas verde bosque, no tiene encima nada de ropa.

—Así está mejor —comenta.

Acabamos en el mismo ascensor con ella, y se pasa toda la subida a la séptima planta charlando con Peeta sobre sus cuadros, mientras la luz del traje de él, que todavía brilla, se refleja en sus pechos desnudos. Cuando se va, no hago caso de mi compañero, pero sé que está sonriendo. Aparto su mano cuando salen Chaff y Seeder y volvemos a quedarnos solos, y él se echa a reír.

—¿Qué? —exclamo, dándole la espalda cuando salimos a nuestra planta.

—Eres tú, Katniss, ¿no te das cuenta?

—¿Soy yo el qué?

—La razón por la que actúan así. Finnick con los azucarillos, Chaff con el beso y todo el numerito de Johanna desnudándose. —Intenta ponerse un poco más serio, sin éxito—. Juegan contigo porque eres muy... ya sabes.

—No, no lo sé —respondo, y la verdad es que no tengo ni idea de qué habla.

—Es como cuando estaba desnudo en la arena y no querías mirarme, a pesar de que me moría. Eres muy... inocente —dice, al fin.

—¡No lo soy! ¡Me he pasado el último año prácticamente arrancándote la ropa cada vez que aparecía una cámara!

—Sí, pero... Es decir, para el Capitolio eres una persona inocente —insiste, intentando tranquilizarme—. Para mí eres perfecta. Lo hacen para pincharte.

—No, se ríen de mí, ¡igual que tú!

—No —afirma Peeta, sacudiendo la cabeza, pero todavía está reprimiendo una sonrisa. Empiezo a reconsiderar seriamente cuál de los dos debería salir con vida de estos juegos. Entonces se abre el otro ascensor.

Haymitch y Effie se unen a nosotros, y parecen contentos por algo. Entonces Haymitch se pone serio.

«¿Y ahora qué he hecho?», pienso, y estoy a punto de decirlo cuando veo que mira algo detrás de mí, en la entrada al comedor.

Effie parpadea en la misma dirección y dice con alegría:

—Parece que te han buscado una pareja a juego este año.

Me vuelvo y me encuentro con la chica avox pelirroja que cuidó de mí el año pasado, hasta que empezaron los juegos. Me gusta tener un amigo aquí. Después me fijo en el joven que hay a su lado, otro avox, también pelirrojo. A eso se refería Effie con la pareja a juego, supongo.

Entonces noto un escalofrío, porque a él también lo conozco, no del Capitolio, sino por años de conversaciones tontas en el Quemador, bromeando sobre la sopa de Sae la Grasienta, y por aquel último día en que lo vi inconsciente en la plaza, mientras Gale se desangraba.

Nuestro nuevo avox es Darius.

16

Haymitch me agarra por la muñeca como si anticipara mi siguiente movimiento, pero me he quedado tan muda como Darius, aunque él lo esté por culpa de los torturadores del Capitolio. Haymitch me dijo una vez que les hacen algo a las lenguas de los avox para que no puedan volver a hablar. En mi cabeza oigo la voz de Darius, pícara y alegre, gastándome bromas en el Quemador. No como se burlan de mí mis compañeros vencedores, sino porque nos caíamos bien de verdad. Si Gale pudiese verlo ahora...

Sé que cualquier movimiento que haga hacia Darius, cualquier señal de reconocimiento, solo serviría para que lo castigasen. Así que nos miramos a los ojos. Darius, un esclavo mudo; yo, condenada a muerte. De todos modos, ¿qué podríamos decirnos? ¿Que sentimos la suerte del otro? ¿Que nos duele el dolor del otro? ¿Que nos alegramos de haber tenido la oportunidad de conocernos?

No, Darius no debería alegrarse de haberme conocido. Si yo hubiese estado allí para detener a Thread, él no tendría que haber dado un paso adelante para salvar a Gale y ahora no sería un avox. Y, en concreto, no sería mi avox, porque está claro que el presidente Snow lo ha colocado aquí por mí.

Me suelto de la mano de Haymitch, me dirijo a mi antiguo dormitorio y cierro la puerta con pestillo. Me siento en la cama con los codos sobre las rodillas y la frente apoyada en los puños, y observo mi traje brillando en la oscuridad, imaginándome que estoy de vuelta en el Distrito 12, acurrucada al lado de la chimenea. Oscurece poco a poco, conforme se gastan las baterías.

Cuando Effie llama a la puerta para que vaya a cenar, me levanto, me quito el traje, lo doblo con cuidado y lo dejo sobre la mesa, junto con la corona. En el baño me lavo las rayas negras de maquillaje de la cara. Después me pongo una camisa y unos pantalones sencillos y recorro el pasillo camino del comedor.

Durante la cena no le presto mucha atención a nada, salvo a que Darius y la chica pelirroja son nuestros camareros. Están todos, Effie, Haymitch, Cinna, Portia y Peeta, supongo que hablando de la ceremonia de apertura, pero el único momento en el que de verdad me siento presente es cuando tiro a posta un plato de guisantes al suelo y, antes de que alguien pueda detenerme, me agacho para recuperarlo. He tirado el plato cuando Darius estaba a mi lado, y los dos nos encontramos brevemente, sin que nadie nos vea, mientras quitamos los guisantes. Nuestras manos se tocan un instante y siento su piel, basta bajo la salsa pringosa del plato. En el desesperado apretón de dedos se encuentran todas las palabras que nunca podremos decirnos. Entonces Effie empieza a cacarear detrás de mí para recordarme: «¡Ese no es tu trabajo, Katniss!», y él me suelta la mano.

Cuando vamos a ver el resumen de la ceremonia, me coloco entre Cinna y Haymitch en el sofá, porque no quiero estar al lado de Peeta. El horror de lo ocurrido con Darius nos pertenece a Gale y a mí, y quizá incluso a Haymitch, pero no a Peeta. Aunque puede que conociese lo suficiente a Darius para haberlo saludado por la calle, no pertenecía al Quemador como el resto de nosotros. Además, sigo enfadada porque se rió de mí junto con los otros vencedores, y lo que menos necesito ahora es su comprensión y su consuelo. No he cambiado de idea sobre salvarlo en la arena, pero no le debo nada más.

Mientras observo el desfile hacia el Círculo de la Ciudad, pienso en que, en un año normal, ya es horrible de por sí que nos hagan disfrazarnos y pasearnos por todas las calles montados en carros. Por muy tontos que parezcan los niños disfrazados, los vencedores de más edad resultan lamentables. Unos cuantos que todavía son jóvenes, como Johanna o Finnick, o que siguen cuidando su cuerpo, como Seeder y Brutus, todavía conservan algo de dignidad. Sin embargo, la mayoría, los que han caído en las garras de la bebida, la morflina o la enfermedad están grotescos con sus trajes de vacas, árboles y hogazas de pan. El año pasado charlamos sin parar sobre cada concursante, pero esta noche solo se oye algún que otro comentario. No es de extrañar que el público se vuelva loco cuando aparecemos Peeta y yo, tan jóvenes, fuertes y bellos con nuestros relucientes disfraces. La viva imagen de lo que debería ser un tributo.

En cuanto termina, me levanto, les doy las gracias a Cinna y Portia por su asombroso trabajo, y me voy a la cama. Effie me recuerda que debemos desayunar temprano para trabajar en nuestra estrategia de entrenamiento, aunque incluso su voz suena hueca. Pobre Effie, después de conseguir al fin un año decente en los juegos con Peeta y conmigo, todo se ha convertido en un desastre al que ni ella logra encontrar el lado positivo. Desde la perspectiva del Capitolio, supongo que esto cuenta como una verdadera tragedia.

Poco después de acostarme, alguien llama flojito a la puerta, pero no hago caso, no quiero ver a Peeta esta noche, sobre todo con Darius cerca. Es casi tan malo como si Gale estuviese aquí. Gale. ¿Cómo voy a olvidarme de él con Darius dando vueltas por los pasillos?

En mis pesadillas aparecen muchas lenguas. Primero observo paralizada e indefensa cómo unas manos de guantes blancos llevan a cabo la sangrienta disección dentro de la boca de Darius. Después estoy en una fiesta en la que todos llevan máscaras, y alguien con una lengua larga y húmeda, imagino que Finnick, me acecha, pero cuando me alcanza y se quita la máscara es el presidente Snow, y sus labios carnosos chorrean saliva sanguinolenta. Al final vuelvo a la arena, con la lengua tan seca como el papel de lija, e intento llegar a un estanque que se aleja cada vez que estoy a punto de tocarlo.

Cuando me despierto, voy dando traspiés hasta el baño y bebo agua del grifo hasta reventar. Me quito la ropa sudada, me dejo caer en la cama, desnuda, y, de algún modo, consigo volver a dormirme.

A la mañana siguiente retraso todo lo posible el momento del desayuno porque no quiero discutir nuestra estrategia de entrenamiento. ¿Qué hay que discutir? Todos saben lo que los demás pueden hacer o, al menos, lo que podían hacer. Así que Peeta y yo seguiremos haciendo de enamorados y se acabó. La verdad es que no tengo ganas de hablar de ello, sobre todo con Darius al lado, sin poder hablar. Me doy una larga ducha, me visto con la ropa que Cinna me ha dejado para el entrenamiento y pido comida del menú en mi cuarto a través de un micrófono. En un minuto tengo salchichas, huevos, patatas, pan, zumo y chocolate caliente. Como hasta llenarme mientras espero a las diez en punto, momento en el que debo bajar al Centro de Entrenamiento. A las nueve y media, Haymitch empieza a aporrear la puerta, obviamente harto de mí, para ordenarme que vaya al comedor ¡¡¡de inmediato!!! Aun así, me cepillo los dientes antes de recorrer lentamente el pasillo, logrando perder otros cinco minutos más.

En el comedor solo quedan Peeta y Haymitch, que está rojo de rabia y alcohol. En la muñeca lleva una pulsera de oro macizo con un dibujo de llamas (debe de ser su concesión al plan de Effie de que llevásemos símbolos a juego) que no deja de toquetearse, inquieto. En realidad es una pulsera muy bonita, aunque el movimiento de su dueño hace que parezcan unas esposas, en vez de una joya.

—Llegas tarde —me ladra.

—Lo siento, me quedé dormida después de que las pesadillas de lenguas mutiladas me mantuviesen despierta media noche. —Quería sonar hostil, pero se me rompe la voz al final de la frase.

Haymitch me mira con el ceño fruncido, aunque después cede un poco.

—Vale, no pasa nada. En el entrenamiento de hoy tenéis dos misiones: una, seguir enamorados.

—Obviamente —respondo.

—Y dos: hacer amigos.

—No, no confío en ninguno de ellos —afirmo—. A la mayoría no los soporto y preferiría que funcionásemos los dos solos.

—Es lo primero que dije yo, pero... —empieza Peeta.

—Pero no bastará —insiste Haymitch—. Esta vez vais a necesitar más aliados.

—¿Por qué? —pregunto.

—Porque estáis en clara desventaja. Vuestros competidores se conocen desde hace años, así que ¿a quién crees que van a atacar primero?

—A nosotros, y nada de lo que hagamos logrará superar esas viejas amistades, así que, ¿por qué molestarse?

—Porque podéis luchar. Sois populares entre el público. Eso podría conseguiros buenos aliados, aunque solo si hacéis saber a los demás que estáis dispuestos a uniros a ellos —responde Haymitch.

—¿Quieres decir que este año nos quieres en la manada de los profesionales? —pregunto, incapaz de ocultar mi asco. Normalmente, los tributos de los distritos 1, 2 y 4 unen sus fuerzas, a veces aceptando a otros luchadores excepcionales, y acaban con los competidores más débiles.

—Esa ha sido nuestra estrategia, ¿no? Entrenar como los profesionales —insiste Haymitch—. Los componentes de la manada de profesionales suelen acordarse antes del inicio de los juegos. Peeta apenas logró entrar el año pasado.

Pienso en lo mucho que lo odié cuando vi que estaba con los profesionales en los últimos juegos.

—Entonces tenemos que intentar llevarnos bien con Finnick y Brutus, ¿es eso lo que dices?

—No necesariamente. Todos son vencedores, podéis elegir vuestra propia manada, si queréis. Seleccionad a quien más os guste. Os sugeriría a Chaff y Seeder, y conviene tener a Finnick en cuenta —dice Haymitch—. Encontrad un aliado que os pueda resultar de utilidad. Recordad que ya no sois un grupo de chiquillos temblorosos. Estas personas son asesinos experimentados, da igual que no parezcan estar en buena forma.

Quizá tenga razón, pero ¿en quién confiar? Puede que en Seeder, aunque ¿de verdad quiero pactar con ella y después tener que matarla? No. Sin embargo, hice un trato con Rue en las mismas circunstancias. Le digo a Haymitch que lo intentaré, a pesar de que creo que se me dará bastante mal el asunto.

Effie se presenta algo temprano para bajar con nosotros, porque el último año, pese a llegar a tiempo, fuimos los últimos en aparecer. Sin embargo, Haymitch le dice que no quiere que nos lleve al gimnasio, que los demás vencedores no irán con niñera y que, al ser los más jóvenes, es importante que parezcamos independientes. Así que la mujer tiene que contentarse con llevarnos al ascensor, repeinarnos un poco y darle al botón.

Es un viaje tan corto que no tenemos tiempo para conversaciones, pero, cuando Peeta me toma de la mano, no la retiro. Puede que no le hiciera caso anoche, en privado, pero en el entrenamiento tenemos que parecer un equipo inseparable.

Effie no tendría que haberse preocupado por que fuésemos los últimos, ya que solo vemos a Brutus y a la mujer del Distrito 2, Enobaria. Enobaria aparenta unos treinta años y lo único que recuerdo de ella es que mató a otro tributo en un combate cuerpo a cuerpo desgarrándole el cuello a mordiscos. Se hizo tan famosa por ello que, después de ser declarada vencedora, pidió que le modificaran los dientes quirúrgicamente para que acabasen en punta, como si fuesen colmillos, con incrustaciones de oro. Tiene bastantes admiradores en el Capitolio.

A las diez solo han aparecido la mitad de los tributos. Atala, la mujer que se encarga del entrenamiento, empieza su discurso a la hora en punto, sin dejar que la pobre asistencia la desaliente. Quizá ya se lo esperaba. Me siento algo aliviada, porque eso significa que hay doce personas con las que no tendré que fingir llevarme bien. Atala repasa la lista de puestos, en los que se pueden encontrar técnicas de combate y de supervivencia, y nos deja para que entrenemos.

Le digo a Peeta que nos dividamos para cubrir más terreno. Cuando se va para tirar lanzas con Brutus y Chaff, me dirijo al puesto de los nudos. Casi nadie se molesta en visitarlo, pero a mí me gusta el entrenador y él me recuerda con cariño, quizá porque pasé algún tiempo con él el año pasado. Se alegra al ver que todavía sé montar la trampa que deja al enemigo colgando de un árbol por una pierna. Está claro que tomó nota de mis trampas en la arena el año pasado y ahora me ve como una alumna avanzada, así que le pido que repase conmigo todos los nudos que pudieran resultarme útiles y unos cuantos que, probablemente, nunca usaré. No me importaría pasar la mañana a solas con él, pero, al cabo de una hora y media, alguien me rodea con sus brazos por detrás y termina con facilidad el complicado nudo con el que había estado luchando. Es Finnick, por supuesto, que parece haber pasado la infancia blandiendo tridentes y haciendo nudos en cuerdas para fabricar redes. Lo observo durante un minuto mientras él selecciona un trozo de cuerda, hace un nudo y finge colgarse para divertirme.

Pongo los ojos en blanco y me voy a otro puesto vacío en el que se puede aprender a encender fogatas. Ya sé hacer unas hogueras excelentes, pero sigo dependiendo mucho de las cerillas, así que el entrenador me hace trabajar con pedernal, acero y tela achicharrada. Es mucho más difícil de lo que parece y, aunque me esfuerzo todo lo posible, tardo una hora en encender un fuego. Levanto la mirada con una sonrisa triunfal y descubro que tengo compañía.

Los dos tributos del Distrito 3 están a mi lado, intentando encender un fuego decente con cerillas. Pienso en largarme. Sin embargo, lo que de verdad quiero es probar de nuevo el pedernal y, si tengo que decirle a Haymitch que he intentado hacer amigos, estos dos podrían ser una elección soportable. Los dos son bajos y tienen piel cenicienta y pelo negro. La mujer, Wiress, debe de ser de la edad de mi madre y habla con una voz tranquila e inteligente. Sin embargo, me doy cuenta en seguida de que tiene la costumbre de dejar las palabras sin terminar a mitad de la frase, como si se le olvidase que tiene compañía. Beetee, el hombre, es mayor y algo nervioso. Lleva gafas, aunque se pasa mucho tiempo mirando por encima de ellas. Son los dos un poco extraños, pero estoy casi segura de que ninguno va a intentar hacerme sentir incómoda desnudándose. Además, son del Distrito 3. A lo mejor pueden confirmar mis sospechas de un levantamiento en aquella zona.

Echo un vistazo a mi alrededor. Peeta está en el centro de un círculo de desvergonzados lanzadores de cuchillos. Los adictos a la morflina del Distrito 6 están en el puesto de camuflaje, pintándose la cara el uno al otro con remolinos de rosa chillón. El hombre del Distrito 5 está vomitando vino sobre el suelo del puesto de combate con espada. Finnick y la anciana de su distrito están en el puesto de arco. Johanna Mason vuelve a estar desnuda, untándose aceite para una lección de lucha libre. Decido quedarme donde estoy.

Wiress y Beetee no son mala compañía. Parecen bastante amigables, sin llegar a ser fisgones. Hablamos sobre nuestros talentos; me cuentan que los dos inventan cosas, lo que hace que mi supuesto interés en la moda resulte muy flojo. Wiress saca una especie de dispositivo de coser en el que está trabajando.

—Detecta la densidad de la tela y selecciona la resistencia —dice, y se queda absorta en un trocito de paja seca antes de seguir.

—La resistencia del hilo —termina Beetee la explicación—. Automáticamente. Evita el error humano. —Después me habla de su éxito creando un chip musical tan pequeño que cabe en una escama de purpurina, pero con capacidad para guardar varias horas de canciones. Recuerdo que Octavia habló sobre eso durante la sesión de fotos de boda y veo la posibilidad de aludir al levantamiento.

—Oh, sí, mi equipo de preparación estaba muy molesto hace unos meses, creo que porque no pudieron conseguir uno de esos —digo, como si nada—. Supongo que hubo una acumulación de pedidos en el Distrito 3.

Beetee me mira a través de sus gafas.

—Sí, ¿habéis tenido una acumulación similar en la producción de carbón de este año? —me pregunta.

—No. Bueno, perdimos un par de semanas cuando trajeron al nuevo jefe de los agentes de la paz y su equipo; nada importante. Para la producción, me refiero. Pasarse dos semanas en casa sin hacer nada hizo que mucha gente pasara hambre.

Creo que entienden lo que intento decir, que no hemos tenido ningún levantamiento.

—Oh, qué lástima —comenta Wiress, algo decepcionada—. Tu distrito me parece muy... —Pero deja la frase sin terminar, distraída por algo que está dentro de su cabeza.

—Interesante —concluye Beetee por ella—. A los dos nos lo parece.

Me siento mal sabiendo que su distrito habrá sufrido mucho más que el nuestro. Me veo obligada a defender a los míos, así que digo:

—Bueno, en el 12 no somos muchos, aunque cualquiera lo diría por el tamaño de nuestras fuerzas de seguridad. Pero supongo que sí que somos interesantes.

Cuando nos dirigimos a otro puesto, Wiress se detiene y levanta la vista para mirar a los Vigilantes de los Juegos, que dan vueltas por allí, comiendo y bebiendo, observándonos de vez en cuando.

—Mirad —dice, señalándolos con la cabeza. Lo hago y veo a Plutarch Heavensbee con la magnífica toga morada de cuello de piel que lo distingue como Vigilante Jefe. Está comiéndose un muslo de pavo.

No veo por qué eso merece un comentario, aunque respondo:

—Sí, lo han ascendido a Vigilante Jefe este año.

—No, no. Ahí, en la esquina de la mesa, se puede... —dice Wiress.

—Percibir —termina Beetee, entornando los ojos.

Miro hacia allí, desconcertada, hasta que lo veo: un espacio de unos quince centímetros en la esquina de la mesa parece estar vibrando. Es como si el aire se moviese en diminutas ondas visibles, distorsionando los afilados bordes de la madera y una copa de vino que alguien ha dejado allí.

—Un campo de fuerza. Lo han puesto para separarnos de los Vigilantes. Me pregunto por qué —comenta Beetee.

—Por mí, probablemente —confieso—. El año pasado les disparé una flecha durante mi sesión de entrenamiento privada. —Beetee y Wiress me miran con curiosidad—. Me provocaron. De todos modos, ¿los campos de fuerza siempre tienen un punto como ese?

—El punto —contesta Wiress, vagamente.

—El punto débil —explica Beetee—. Tendría que ser invisible, ¿verdad?

Me gustaría seguir preguntándoles, pero anuncian el almuerzo y voy a buscar a Peeta. Como está con un grupo de otros diez vencedores, decido comer con el Distrito 3. Quizá pueda decirle a Seeder que se una a nosotros.

Cuando llegamos a la zona de comedor, veo que parte del grupo de Peeta tiene otras ideas. Están arrastrando las mesas pequeñas para formar una grande en la que todos tengamos que comer juntos. Ahora no sé qué hacer. Incluso en el colegio procuraba evitar comer en una mesa tan llena. La verdad es que me habría sentado siempre sola si Madge no se hubiese acostumbrado a sentarse conmigo. Supongo que habría comido con Gale, pero, como nos separaban dos cursos, nunca bajábamos a la misma hora.

Voy a por una bandeja y empiezo a recorrer los carros cargados de comida que rodean la habitación. Peeta me alcanza junto al estofado.

—¿Cómo te va?

—Bien. No está mal. Me gustan los vencedores del Distrito 3, Wiress y Beetee —respondo.

—¿De verdad? Los otros se los toman un poco a broma.

—¿Por qué será que no me sorprende? —respondo. Me acuerdo de que Peeta siempre estaba rodeado de amigos en el colegio. La verdad es que resulta sorprendente que se fijara en mí, salvo para pensar en lo rara que era.

—Johanna los ha apodado Majara y Voltios. Creo que ella es Majara y él es Voltios.

—Así que yo soy estúpida por pensar que podrían sernos útiles. Y todo por algo que ha dicho Johanna Mason mientras se untaba de aceite los pechos.

—Lo cierto es que el apodo lleva circulando muchos años, y no lo he dicho como un insulto. Solo comparto la información —me asegura.

—Bueno, Wiress y Beetee son listos, inventan cosas. Con solo mirar supieron que han puesto un campo de fuerza entre los Vigilantes y nosotros. Y si necesitamos aliados, los quiero a ellos.

—Dejo el cucharón de vuelta en el estofado y nos salpico a los dos de salsa.

—¿Por qué estás tan enfadada? —me pregunta Peeta, limpiándose la salsa de la camisa—. ¿Porque me metí contigo en el ascensor? Lo siento, creía que te haría gracia.

—Olvídalo —respondo, sacudiendo la cabeza—. Son muchas cosas.

—Darius.

—Darius. Los juegos. Haymitch obligándonos a formar equipo con los otros.

—Podemos hacerlo los dos solos, ya lo sabes.

—Lo sé, pero quizá Haymitch tenga razón —respondo—. No se lo digas, pero suele tenerla en lo que respecta a los juegos.

—Bueno, puedes tener la última palabra sobre nuestros aliados, aunque, ahora mismo, me inclino hacia Chaff y Seeder.

—Seeder me parece bien, Chaff no —le digo—. Al menos, todavía no.

—Ven a comer con él, te prometo que no le dejaré besarte otra vez.

Chaff no parece tan malo durante la comida. Está sobrio y, aunque habla demasiado alto y hace muchas bromas tontas, la mayoría son para reírse de sí mismo. Ya veo por qué se lleva bien con Haymitch, que siempre está envuelto en oscuros pensamientos, aunque todavía no estoy segura de querer formar equipo con él.

Intento con todas mis fuerzas ser sociable, no solo con Chaff, sino con el resto del grupo. Después de comer me paso por el puesto de insectos comestibles con los tributos del Distrito 8:

Cecelia, que tiene tres hijos en casa, y Woof, un hombre muy anciano que apenas oye y no parece saber lo que pasa, porque no deja de llevarse bichos venenosos a la boca. Ojalá pudiera hablarles de mi encuentro con Twill y Bonnie en el bosque, pero no sé cómo hacerlo. Cashmere y Gloss, los dos hermanos del Distrito 1, me llaman y nos dedicamos a fabricar hamacas durante un rato. Son educados, aunque fríos, y me paso todo el tiempo pensando en cómo maté a los dos tributos de su distrito, Glimmer y Marvel, el año pasado, y en que probablemente los conocieran o incluso fueran sus mentores. Tanto mi hamaca como mi intento por conectar con ellos resultan mediocres, como mucho. Me uno a Enobaria en el entrenamiento con espada e intercambio algunos comentarios, pero está claro que ninguna de las dos desea estar en el mismo equipo. Finnick aparece de nuevo cuando estoy aprendiendo trucos de pesca, aunque lo hace básicamente para presentarme a Mags, la anciana que también viene del Distrito 4. Entre el acento de su tierra y que no habla bien (es probable que haya sufrido una apoplejía), no logro entender más que una palabra de cada cuatro. Sin embargo, juro que sabe convertir cualquier cosa en un buen anzuelo: una espina, un hueso o un pendiente. Al cabo de un rato dejo de atender al entrenador e intento copiar todo lo que hace ella. Cuando consigo fabricar un anzuelo bastante pasable con un clavo doblado y lo ato a unos mechones de mi pelo, la mujer esboza una desdentada sonrisa y me dedica un comentario ininteligible que, imagino, será un cumplido. De repente recuerdo que se presentó voluntaria para sustituir a la joven histérica de su distrito. No pudo ser porque pensara tener alguna oportunidad de ganar, así que lo hizo para salvar a la chica, igual que yo me presenté el año pasado para salvar a Prim. Decido que la quiero en mi equipo.

Genial, ahora tengo que volver y decirle a Haymitch que quiero a una mujer de ochenta años, a Majara y a Voltios de aliados. Le va a encantar.

Total, que decido dejar de intentar hacer amigos y me acerco al puesto de arco para recuperar algo de cordura. Es un sitio estupendo, me encanta probar los distintos arcos y flechas. El entrenador, Tax, al ver que los objetivos fijos no me suponen ningún reto, empieza a lanzar unos tontos pájaros de pega al aire para que les dispare. Al principio parece una estupidez, pero resulta ser divertido, como cazar a un animal en movimiento. Como le doy a todo lo que tira, empieza a aumentar el número de pájaros que lanza al aire. Me olvido del resto del gimnasio, de los vencedores y de lo triste que estoy, y me dejo llevar por los disparos. Cuando consigo derribar a cinco pájaros de una vez, me doy cuenta de que hay tanto silencio que puedo oírlos caer uno a uno en el suelo. Me vuelvo y veo que la mayoría de los vencedores se han detenido para mirarme. En sus rostros encuentro de todo, desde envidia a odio, pasando por admiración.

Después del entrenamiento me quedo con Peeta y esperamos a que Haymitch y Effie aparezcan para la cena. Cuando nos llaman para comer, Haymitch salta sobre mí de inmediato.

—Bueno, al menos la mitad de los vencedores ha pedido a sus mentores que te soliciten como aliada. Estoy seguro de que no ha sido por tu alegre personalidad.

—La han visto disparar —responde Peeta, sonriendo—. La verdad es que es la primera vez que la he visto disparar de verdad. También estoy pensando en hacer una solicitud formal.

—¿Tan buena eres? —me pregunta Haymitch—. ¿Tan buena para que te quiera Brutus?

—Pero yo no quiero a Brutus —respondo, encogiéndome de hombros—. Quiero a Mags y al Distrito 3.

—Claro que sí —responde Haymitch, suspirando, y pide una botella de vino—. Les diré a todos que todavía te lo estás pensando.

Después de mi exhibición de tiro con arco siguen metiéndose un poco conmigo, pero ya no me da la impresión de que se burlen de mí. De hecho, es como si me hubiesen dejado entrar en el círculo de los vencedores. Durante los dos días siguientes paso algún tiempo con casi todos los que van a la arena, incluso con los adictos, que, con la ayuda de Peeta, me camuflan con pintura en un campo de flores amarillas. Incluso con Finnick, que me da una hora de clase de tridente a cambio de una hora de clase de arco. Y cuanto más llego a conocerlos, peor es, porque, en general, no los odio. Algunos hasta me gustan, y muchos de ellos están tan tocados que mi instinto natural sería protegerlos. Sin embargo, todos deben morir si quiero salvar a Peeta.

El último día de entrenamiento termina con las sesiones privadas. Cada uno tenemos quince minutos delante de los Vigilantes de los Juegos para asombrarlos con nuestras habilidades, aunque no sé lo que podríamos enseñarles. Se bromea mucho sobre el tema durante la comida, sobre lo que podríamos hacer: cantar, bailar, desnudarnos, contar chistes. Mags, a la que ahora entiendo un poquito mejor, decide que se va a echar una siesta. No sé qué hacer, supongo que disparar flechas. Haymitch me pidió que los sorprendiera, si podía, pero no me quedan ideas.

Como chica del Distrito 12, soy la última. El comedor se va quedando en silencio conforme los tributos entran a actuar. Es más fácil seguir comportándonos de forma irreverente e invencible, como hasta ahora, cuando somos más; lo único que pienso mientras mis compañeros desaparecen por la puerta es que les quedan pocos días de vida.

Finalmente, Peeta y yo nos quedamos solos y él pone una mano encima de la mesa en busca de la mía.

—¿Sabes ya lo que vas a hacer para ellos?

—Este año no puedo usarlos como blancos de tiro —respondo, sacudiendo la cabeza—, por lo del campo de fuerza y tal. Quizá me ponga a fabricar anzuelos. ¿Y tú?

—Ni idea. Ojalá pudiera hacerles una tarta o algo así.

—Pues camúflate —sugiero.

—Si los adictos me han dejado material para trabajar —responde, irónico—. Llevan pegados a ese puesto desde que empezó el entrenamiento.

Guardamos silencio un rato y después le suelto lo único en lo que los dos estamos pensando.

—¿Cómo vamos a matar a estas personas, Peeta?

—No lo sé —responde, apoyando la frente en nuestras manos entrelazadas.

—No los quiero de aliados. ¿Por qué nos ha obligado Haymitch a conocerlos mejor? Hace que todo sea mucho más difícil que la última vez, salvo quizá por Rue. Pero supongo que, de todos modos, nunca habría podido matarla. Era demasiado parecida a Prim.

—Su muerte fue la más despreciable, ¿no? —me pregunta, mirándome con el ceño fruncido, como si pensara en algo.

—Ninguna fue bonita —respondo, pensando en los finales de Glimmer y Cato.

Llaman a Peeta, así que espero sola. Pasan quince minutos, después media hora. A los cuarenta minutos, me llaman.

Cuando entro huelo a productos de limpieza y me doy cuenta de que han arrastrado una de las colchonetas al centro de la habitación. El ambiente es muy distinto al del año pasado, en el que los Vigilantes estaban medio borrachos y comían distraídos en la mesa del banquete. Susurran entre ellos, parecen algo molestos. ¿Qué ha hecho Peeta? ¿Los ha enfadado?

Me preocupo, porque eso no es bueno. No quiero que Peeta se convierta en objetivo de la rabia de los Vigilantes, eso es parte de mi trabajo, apartarlos de Peeta. Pero ¿qué ha hecho para enfadarlos? Porque me encantaría hacer eso y más, penetrar más allá de la petulante máscara de los que utilizan su cerebro para inventarse formas divertidas de matarnos. Que se den cuenta de que, aunque nosotros somos vulnerables ante las crueldades del Capitolio, ellos también.

«¿Os hacéis una idea de lo mucho que os odio? —pienso—. ¿A vosotros, que habéis entregado vuestro talento a los juegos?»

Intento captar la mirada de Plutarch Heavensbee, pero él parece estar evitándome a posta, como ha hecho durante todo el periodo de entrenamiento. Recuerdo cómo fue a buscarme para invitarme a bailar, lo encantado que estaba de poder enseñarme el sinsajo de su reloj. Sus modales amables no encajan aquí. ¿Cómo iban a hacerlo, si no soy más que un tributo y él es el Vigilante Jefe? Tan poderoso, tan distante, tan seguro...

De repente sé qué hacer, y será algo que borre del mapa cualquier cosa que Peeta haya hecho. Me acerco al puesto de los nudos y elijo un trozo de cuerda. Me resulta difícil manipularlo porque nunca he practicado este nudo en concreto, sino que se lo he visto hacer a los hábiles dedos de Finnick, que se movían muy deprisa. Al cabo de unos diez minutos consigo un lazo decente. Después arrastro hasta el centro de la habitación uno de los muñecos que usamos para practicar puntería y, con algunas barras para hacer flexiones, lo cuelgo del cuello. Estaría bien atarle las manos a la espalda, pero me parece que me quedo sin tiempo, así que corro al puesto de camuflaje, donde algunos tributos, sin duda los adictos, lo han puesto todo pringado. Sin embargo, logro encontrar un contenedor de zumo de bayas rojo sangre que me vendrá bien. La tela color carne de la piel del muñeco es un lienzo bueno y absorbente. Uso los dedos para pintar con mucho cuidado las palabras en su cuerpo, aunque ocultándoselas a los Vigilantes. Entonces me aparto rápidamente para ver su reacción al leer el nombre que he escrito en el muñeco. SENECA CRANE.

17

El efecto en los Vigilantes es inmediato y satisfactorio. Algunos dejan escapar grititos; a otros se les caen las copas de vino, que se rompen musicalmente en el suelo; dos parecen estar dándole vueltas a la idea de desmayarse. La conmoción es unánime.

Ahora sí he captado la atención de Plutarch Heavensbee, que me mira fijamente mientras el zumo del melocotón que aplasta en la mano le corre por los dedos. Al final se aclara la garganta y dice:

—Ya puede irse, señorita Everdeen.

Me despido con una respetuosa inclinación de cabeza, me vuelvo para marcharme y, en el último momento, no puedo resistir la tentación de tirar el contenedor de zumo de bayas por encima del hombro. Oigo cómo el líquido cae sobre el muñeco y cómo se rompen dos copas más. Cuando las puertas del ascensor se cierran para sacarme de allí, compruebo que nadie se ha movido.

«Eso los ha sorprendido», pienso. Aunque ha sido imprudente y peligroso, y sin duda pagaré por ello con creces, en estos momentos siento algo muy parecido a la euforia y procuro saborearlo.

Estoy deseando encontrar a Haymitch para contarle lo de mi sesión, pero no hay nadie. Supongo que se estarán preparando para la cena, así que decido ir a darme una ducha, ya que tengo las manos manchadas de zumo. Mientras estoy bajo el agua empiezo a preguntarme si mi último truco habrá sido buena idea. La pregunta que ahora debería guiarme es: ¿ayudará a que Peeta siga vivo? Indirectamente, mi actuación puede que no ayude. Lo que pasa en el entrenamiento es absolutamente secreto, lo que significa que no tiene sentido castigarme si nadie sabrá cuál era la infracción. De hecho, el año pasado me recompensaron por mi descaro. Sin embargo, el delito de hoy es diferente. Si los Vigilantes se enfadan conmigo y deciden castigarme en la arena, Peeta podría quedar atrapado en el ataque. Quizá haya sido demasiado impulsiva, pero... la verdad es que no me arrepiento.

Cuando nos reunimos para la cena noto que las manos de Peeta todavía están un poco teñidas de colores, aunque tiene el pelo húmedo de la ducha. Habrá fabricado algún tipo de camuflaje. Una vez servida la sopa, Haymitch va al grano y hace la pregunta que está en mente de todos:

—Bueno, ¿cómo os ha ido en las sesiones privadas?

Intercambio miradas con Peeta. Por algún motivo, no me apetece mucho contar lo que he hecho; en la calma del comedor parece un acto muy radical.

—Tú primero —le digo a Peeta—. Tiene que haber sido algo especial, porque tuve que esperar cuarenta minutos para entrar.

Peeta parece estar experimentando la misma desgana que yo.

—Bueno, hice... hice lo del camuflaje, como me sugeriste, Katniss —responde, vacilando—. Aunque no del todo camuflaje. Es decir, usé los tintes.

—¿Para hacer qué? —pregunta Portia.

Pienso en lo alterados que estaban los Vigilantes cuando entré en el gimnasio para mi sesión, en el olor a productos de limpieza, en la colchoneta tirada en el centro del gimnasio. ¿La pusieron para ocultar algo que no pudieron lavar?

—Pintaste algo, ¿verdad? Un cuadro.

—¿Lo viste?

—No, pero intentaron taparlo con todas sus fuerzas.

—Bueno, es la norma, no pueden dejar que un tributo sepa lo que ha hecho otro tributo —comenta Effie, tranquila—. ¿Qué pintaste, Peeta? —pregunta, algo llorosa—. ¿Era un retrato de Katniss?

—¿Por qué iba a pintar un retrato mío, Effie? —replico, algo molesta.

—Para demostrar que va a hacer todo lo que pueda por defenderte. Eso es lo que esperan todos en el Capitolio. ¿Acaso no se presentó voluntario para ir contigo? —insiste Effie, como si fuese lo más obvio del mundo.

—En realidad pinté a Rue —interviene Peeta—. La pinté con el aspecto que tenía cuando Katniss la cubrió de flores.

Todos guardan silencio, asimilándolo.

—¿Y qué pretendías con eso, exactamente? —pregunta Haymitch, controlando la voz.

—No estoy seguro, solo quería hacerlos responsables, aunque fuese por un momento —responde Peeta—. Responsables de la muerte de esa niñita.

—Eso es terrible —dice Effie, que parece a punto de llorar—. Pensar así... está prohibido, Peeta. Del todo. Solo te buscarás más problemas para ti y para Katniss.

—Ahí tengo que darle la razón a Effie —añade Haymitch. Portia y Cinna guardan silencio, aunque están muy serios. Claro que tienen razón, pero, aunque me preocupa, creo que Peeta ha hecho algo asombroso.

—Supongo que no es el mejor momento para mencionar que colgué un muñeco y le pinté el nombre de Seneca Crane —comento, logrando el efecto deseado. Después de un instante de incredulidad, toda la desaprobación de la sala cae sobre mí como una tonelada de ladrillos.

—¿Que... colgaste... a Seneca Crane? —repite Cinna.

—Sí, estaba demostrando mis nuevas habilidades con los nudos y, de algún modo, él acabó colgando de la soga.

—Oh, Katniss —se lamenta Effie, en voz muy baja—. ¿Y cómo te has enterado de eso?

—¿Era un secreto? El presidente Snow no actuaba como si lo fuera. De hecho, parecía estar deseando contármelo —respondo. Effie se levanta de la mesa tapándose la cara con una servilleta—. Ahora he molestado a Effie. Tendría que haber mentido y contaros que estuve disparando flechas.

—Ni que lo hubiésemos planeado —comenta Peeta, esbozando una sonrisa velada.

—¿No lo hicisteis? —pregunta Portia, que se aprieta los párpados cerrados como si se protegiese de una luz muy brillante.

—No —respondo, y miro a Peeta con más aprecio que nunca—. Antes de entrar, ni siquiera sabíamos lo que íbamos a hacer.

—Y otra cosa, Haymitch —dice él—. Hemos decidido que no queremos otros aliados en la arena.

—De acuerdo, así no seré responsable de la muerte de mis amigos cuando empecéis a hacer estupideces.

—Eso es justo lo que estábamos pensando —le digo.

Terminamos la comida en silencio, pero, cuando nos levantamos para irnos al salón, Cinna me rodea con un brazo y me da un apretón.

—Venga, vamos a ver esas puntuaciones de entrenamiento.

Nos reunimos alrededor del televisor, y Effie, con los ojos rojos, se suma al grupo. Aparecen los rostros de los tributos, distrito a distrito, y sus puntuaciones surgen debajo de las imágenes. Del uno al doce. Cashmere, Gloss, Brutus, Enobaria y Finnick obtienen puntuaciones altas, como era de esperar. El resto, de bajas a medias.

—¿Alguna vez han dado un cero? —pregunto.

—No, pero siempre hay una primera vez para todo —responde Cinna.

Y resulta ser cierto, porque, cuando Peeta y yo conseguimos un doce cada uno, hacemos historia en los juegos, aunque nadie está de humor para celebrarlo.

—¿Por qué lo han hecho? —pregunto.

—Para que los demás no tengan más remedio que ir a por vosotros —responde Haymitch, sin más—. Iros a la cama, no puedo ni miraros a la cara.

Peeta me acompaña en silencio hasta mi cuarto, pero, antes de que pueda darme las buenas noches, lo rodeo con mis brazos y descanso la cabeza en su pecho. Sus manos bajan por mi espalda y su mejilla se apoya en mi pelo.

—Si he empeorado las cosas, lo siento mucho —digo.

—No las has empeorado más que yo. De todos modos, ¿por qué lo has hecho?

—No lo sé, para demostrarles que soy algo más que una pieza de sus juegos, ¿no?

Él se ríe un poco, porque seguro que recuerda la noche antes de los juegos del año pasado. Estábamos en el tejado, no podíamos dormir, y Peeta dijo algo por el estilo que entonces no entendí. Ahora sí.

—Yo también —responde—. Y eso no quiere decir que no vaya a intentarlo. Me refiero a intentar devolverte a casa. Pero, para ser del todo sincero...

—Para ser del todo sincero, crees que el presidente Snow ha dado órdenes directas para asegurarse de que muramos en la arena.

—Se me ha pasado por la cabeza —dice él.

También se me había ocurrido a mí, y a menudo. Sin embargo, aunque sé que nunca saldré de la arena con vida, todavía me aferro a la esperanza de que Peeta sí. Al fin y al cabo, fui yo y no él la que sacó aquellas bayas. Nadie ha dudado nunca de que Peeta desafió al Capitolio por amor, así que quizá el presidente lo prefiera vivo, aplastado y con el corazón roto, como advertencia viviente para los demás.

—De todos modos, aunque eso ocurra, todos sabrán que hemos muerto luchando, ¿verdad? —pregunta Peeta.

—Lo sabrán —contesto, y, por primera vez, me distancio de la tragedia personal que me ha consumido desde que anunciaron el vasallaje. Recuerdo al anciano al que dispararon en el Distrito 11, a Bonnie y Twill, y los rumores de los levantamientos. Sí, todos los distritos estarán observando cómo me enfrento a esta sentencia de muerte, a este acto final de dominio del presidente. Buscarán alguna señal de que sus batallas no han sido en vano. Si puedo dejar claro que sigo desafiando al Capitolio hasta el final, el Capitolio me habrá matado..., pero no habrá acabado con mi espíritu. ¿Qué mejor forma de dar esperanza a los rebeldes?

Lo mejor de la idea es que mi decisión de mantener a Peeta vivo a costa de mi propia vida es, en sí, un acto de desafío, negarme a participar en los Juegos del Hambre según las reglas del Capitolio. Mi objetivo privado encaja perfectamente con mi objetivo público y, si de verdad lograse salvar a Peeta..., en términos de revolución, sería ideal, porque yo valgo más muerta. Pueden convertirme en una especie de mártir de la causa y pintar mi cara en las pancartas, y eso será más valioso para levantar a la gente que cualquier cosa que pueda hacer estando viva. Sin embargo, Peeta es más valioso vivo y trágico, porque podrá convertir su dolor en palabras que transformarán a los que las oigan.

Él se volvería loco si supiera lo que estoy pensando, así que solo digo:

—Entonces, ¿qué hacemos con los pocos días que nos quedan?

—Solo quiero pasar cada minuto del resto de mis días contigo —responde Peeta.

—Pues vamos —acepto, metiéndolo en mi habitación.

Volver a dormir con Peeta es todo un lujo, no me había dado cuenta de lo mucho que echaba de menos la proximidad humana, notarlo a mi lado en la oscuridad. Ojalá no hubiese malgastado las dos noches anteriores dejándolo fuera. Me quedo dormida, envuelta en su calor, y, cuando abro de nuevo los ojos, la luz del sol entra por las ventanas.

—No has tenido pesadillas —me dice.

—No he tenido pesadillas —confirmo—. ¿Y tú?

—Tampoco. Se me había olvidado lo que es dormir de verdad.

Nos quedamos tumbados un rato, sin prisa por empezar el día. Mañana por la noche será la entrevista televisada, así que hoy Effie y Haymitch tendrían que prepararnos. «Más tacones altos y comentarios sarcásticos», pienso, pero entonces entra la chica avox pelirroja con una nota de Effie en la que dice que, después de nuestra reciente gira, tanto ella como Haymitch piensan que podemos manejarnos solos en público. Las sesiones de entrenamiento se han cancelado.

—¿De verdad? —pregunta Peeta, quitándome la nota de las manos para examinarla—. ¿Sabes lo que significa? Tenemos todo el día para nosotros.

—Qué pena que no podamos ir a ninguna parte —comento, melancólica.

—¿Quién dice que no?

El tejado. Pedimos un montón de comida, nos llevamos mantas y subimos al tejado a hacer un picnic. El día entero de picnic en el jardín de flores, con la música de los carillones. Comemos, nos tumbamos al sol, corto las vides que cuelgan y utilizo mis nuevos conocimientos para practicar nudos y tejer redes. Peeta me dibuja. Nos inventamos un juego con el campo de fuerza que rodea el tejado: uno tira una manzana y el otro tiene que atraparla cuando vuelve.

Nadie nos molesta. A última hora de la tarde, tumbada con la cabeza sobre el regazo de Peeta, hago una corona de flores mientras él juguetea con mi pelo; de repente, se queda quieto.

—¿Qué? —pregunto.

—Ojalá pudiera congelar este momento, ahora mismo, aquí mismo, y vivir en él para siempre.

Esta clase de comentarios, los que me dejan atisbar su amor eterno por mí, me suelen hacer sentir culpable y horrible. Pero estoy tan cómoda, relajada y más allá de toda preocupación por un futuro que nunca tendré que dejo salir la palabra:

—Vale.

—Entonces, ¿lo permites? —pregunta él, y noto por su voz que sonríe.

—Lo permito.

Sus dedos vuelven a mi pelo y yo me quedo dormida, aunque él me despierta para ver la puesta de sol. Es como una espectacular llamarada amarilla y naranja detrás de los edificios del Capitolio.

—Me pareció que no querrías perdértela —dice.

—Gracias —respondo, porque puedo contar con los dedos de la mano el número de puestas de sol que me quedan, y no quiero perderme ninguna.

No bajamos a cenar con los demás, y nadie viene a llamarnos.

—Me alegro, estoy cansado de hacer que todos se sientan tan mal. Todos llorando, o Haymitch...

No hace falta que siga hablando.

Nos quedamos en el tejado hasta la hora de dormir y después bajamos en silencio a mi cuarto sin encontrarnos con nadie.

A la mañana siguiente nos despierta mi equipo de preparación. Vernos a Peeta y a mí durmiendo juntos es demasiado para Octavia, porque rompe a llorar de inmediato.

—Recuerda lo que nos dijo Cinna —le dice Venia, en plan valiente. Octavia asiente y se va, sollozando.

Peeta tiene que volver a su cuarto para la preparación, y yo me quedo sola con Venia y Flavius. Se acabó la cháchara de siempre. De hecho, apenas hablan, salvo para levantarme la barbilla o comentar una técnica de maquillaje. Ya casi es la hora de comer cuando noto algo que me gotea en el hombro y, al volverme, veo a Flavius cortándome el pelo con lágrimas silenciosas en los ojos. Venia le lanza una mirada, y él deja con cuidado las tijeras en la mesa y se va.

Así que me quedo a solas con Venia, cuya piel está tan pálida que los tatuajes parecen saltar de ella. Se mantiene rígida y decidida para peinarme, hacerme las uñas y el maquillaje, moviendo los dedos a toda velocidad en compensación por la falta de sus compañeros. Evita mirarme a los ojos en todo momento. Solo cuando aparece Cinna para dar su aprobación y decirle que puede irse, Venia me toma las manos, me mira a los ojos y dice:

—Todos queríamos que supieras que ha sido un... privilegio estar aquí para ponerte lo más guapa posible.

Después sale corriendo de la habitación.

Mi equipo de preparación, mis mascotas tontas, superficiales y cariñosas, con su obsesión por las plumas y las fiestas, están a punto de romperme el corazón con su despedida. Por las últimas palabras de Venia queda claro que todos saben que no regresaré.

«¿Lo sabe todo el mundo?», me pregunto. Miro a Cinna: lo sabe, sin duda. Pero, como me prometió, él no me llorará.

—Bueno, ¿qué llevaré esta noche? —pregunto, mirando la bolsa en la que guarda mi traje.

—El presidente Snow en persona lo ha decidido —dice Cinna. Baja la cremallera de la bolsa y deja al descubierto uno de los vestidos de novia que me probé para la sesión de fotos. Pesada seda blanca con mucho escote, cintura de avispa y mangas que caen desde las muñecas hasta el suelo. Y perlas, perlas por todas partes; están cosidas al vestido y en tiras que me recorren el cuello y forman la corona para el velo—. Aunque anunciaron el Vasallaje de los Veinticinco la noche de la sesión de fotos, la gente siguió votando por su vestido favorito, y ganó este. El presidente dice que lo tienes que llevar esta noche. No hizo caso de nuestras objeciones.

Acaricio un trozo de seda entre los dedos, intentando entender el razonamiento del presidente. Supongo que, dada la magnitud de mi delito, quiere que todos vean mi dolor, pérdida y humillación a la luz de los focos. Cree que así quedará claro. Es tan bárbaro que el presidente convierta mi vestido de novia en una mortaja que el golpe da en el blanco y me hace sentir un dolor sordo en el cuerpo.

—Bueno, sería una pena malgastar un vestido tan bonito —respondo.

Cinna me ayuda a ponérmelo. Al encajarlo en los hombros, no puedo evitar que me protesten.

—¿Siempre ha sido tan pesado? —pregunto, porque recuerdo que varios vestidos eran recios, pero este parece pesar una tonelada.

—He tenido que hacerle algunas modificaciones por la iluminación —dice Cinna. Asiento, aunque no veo qué tiene eso que ver con nada. Me sube a los tacones, y me coloca las joyas de perlas y el velo. Retoca el maquillaje. Me hace andar.

—Estás arrebatadora —afirma—. Y ahora, Katniss, como este corpiño es muy ajustado, no quiero que levantes los brazos por encima de la cabeza. Bueno, al menos, no hasta que gires.

—¿Voy a tener que girar de nuevo? —pregunto, pensando en el vestido del año pasado.

—Seguro que Caesar te lo pide y, si no lo hace, sugiérelo tú misma, pero no al principio. Resérvalo para el gran final.

—Hazme una señal para que sepa cuándo hacerlo.

—De acuerdo. ¿Algún plan para la entrevista? Sé que Haymitch lo ha dejado en vuestras manos.

—No, este año lo haré como salga. Lo gracioso es que no estoy nerviosa. —Y es verdad. Por mucho que me odie el presidente Snow, la audiencia del Capitolio es mía.

Nos reunimos con Effie, Haymitch, Portia y Peeta en el ascensor. Peeta lleva un elegante esmoquin con guantes blancos, como los que llevan los novios aquí, en el Capitolio.

En casa todo es mucho más sencillo. La mujer suele alquilar un vestido blanco que ya se ha usado cientos de veces. El hombre se pone algo limpio que no sea un mono de minero. Rellenan algunos formularios en el Edificio de Justicia y se les asigna una casa. La familia y los amigos se reúnen para comer o para tomar un trozo de tarta, si pueden permitírselo. Aunque no haya comida, siempre cantamos una canción tradicional cuando la nueva pareja atraviesa el umbral de su hogar, y tenemos una pequeña ceremonia cuando encienden por primera vez la chimenea, tuestan pan y lo comparten. Quizá sea algo anticuado, pero nadie se siente realmente casado en el Distrito 12 hasta brindarse mutuamente el pan.

Los demás tributos, que ya están reunidos detrás del escenario y hablan en voz baja, guardan silencio cuando llegamos Peeta y yo. Me doy cuenta de que todos miran con odio mi vestido de novia. ¿Están celosos por su belleza? ¿Porque pueda manipular a la multitud?

Finalmente, Finnick dice:

—No puedo creer que Cinna te haya puesto eso.

—No tuvo elección, el presidente Snow le obligó —respondo, a la defensiva. No permitiré que nadie critique a Cinna.

Cashmere se echa sus rizos rubios atrás y suelta:

—¡Qué aspecto más ridículo! —Después agarra a su hermano y lo empuja para ocupar su lugar en nuestro desfile al escenario. Los demás se ponen también en fila. Me siento desconcertada, porque todos están enfadados, pero algunos nos dan palmaditas en el hombro, y Johanna Mason se detiene para enderezarme el collar de perlas.

—Házselo pagar, ¿vale? —me dice.

Asiento, aunque no sé a qué se refiere... hasta que estamos todos sentados en el escenario y Caesar Flickerman, con el pelo y la cara pintados de lavanda, da su discurso de apertura y los tributos empiezan con las entrevistas. Es la primera vez que soy consciente de lo traicionados que se sienten los vencedores y de la ira que acompaña a la traición. Sin embargo, son muy listos, increíblemente listos, y logran que todo se vuelva en contra del

Gobierno y el presidente Snow. No todos, porque están los de siempre, Brutus y Enobaria, que solo han venido para participar en otros juegos, además de los que están demasiado perplejos, drogados o perdidos para unirse al ataque. No obstante, hay muchos vencedores que todavía tienen el ingenio y el valor suficientes para seguir luchando.

Cashmere pone la pelota en juego con un discurso en el que cuenta que no puede dejar de llorar cuando piensa en lo mucho que estará sufriendo la gente del Capitolio por tener que perdernos. Gloss recuerda la amabilidad que le han demostrado todos aquí tanto a él como a su hermana. Beetee se cuestiona la legalidad del vasallaje a su manera nerviosa, preguntándose si los expertos lo han examinado bien últimamente. Finnick recita un poema que escribió para su verdadero amor en el Capitolio, y unas cien personas se desmayan, seguras de que se refiere a ellas. Cuando sale Johanna Mason, pregunta si no se puede hacer algo para resolver la situación; seguro que los creadores del Vasallaje de los Veinticinco nunca esperaron que se crease tal vínculo de amor entre los vencedores y el Capitolio; nadie puede ser tan cruel como para romperlo. Seeder medita tranquilamente sobre cómo los habitantes del Distrito 11 suponen que el presidente Snow es todopoderoso. Así que, si es todopoderoso, ¿por qué no cambia el vasallaje? Y Chaff, que sale justo después, insiste en que el presidente podría cambiar el vasallaje si quisiera, pero que debe de pensar que a nadie le importa mucho.

Cuando me presentan, la audiencia está destrozada. La gente ha llorado, se ha desmayado e incluso ha gritado pidiendo un cambio. Verme con mi vestido blanco de novia está a punto de provocar un motín. Ya no podrán verme más, ya no verán a los trágicos amantes viviendo felices para siempre jamás, ya no habrá boda. Incluso veo que la actitud profesional de Caesar se resquebraja un poco mientras intenta calmarlos y dejarme hablar; mis tres minutos se están esfumando rápidamente.

Al final hay una pausa y él puede decir:

—Bueno, Katniss, resulta obvio que es una noche muy emotiva para todos. ¿Hay algo que quieras decir?

—Solo que siento mucho que no podáis asistir a mi boda —respondo, con voz temblorosa—, pero que me alegro de que al menos podáis verme con el vestido. ¿No es... lo más bonito del mundo? —No tengo que mirar a Cinna para ver la señal, sé que es el momento adecuado. Empiezo a girar lentamente, levantando las mangas del pesado vestido por encima de la cabeza.

Cuando oigo los gritos de la multitud creo que es porque estoy deslumbrante, hasta que me doy cuenta de que algo sube a mi alrededor: humo, de fuego. No son las luces parpadeantes del año pasado, en el carro, sino algo mucho más real que me devora el vestido. Empiezo a asustarme cuando el humo se espesa y trocitos de seda negra vuelan por los aires, acompañados del estrépito de las perlas al caer al suelo. Por algún motivo me da miedo parar, porque mi piel no parece estar ardiendo y sé que Cinna tiene que estar detrás de lo que sucede, así que sigo girando y girando. Durante una fracción de segundo ahogo un grito, completamente envuelta en las extrañas llamas. Entonces, de repente, el fuego desaparece y me detengo lentamente, preguntándome si estaré desnuda y por qué Cinna habrá querido que ardiese mi vestido de novia.

Pero no estoy desnuda, llevo un vestido con el mismo diseño que el traje de novia, salvo que es del color del carbón y está hecho de plumas diminutas. Asombrada, levanto mis largas mangas vaporosas y me veo en la pantalla de televisión. Voy entera de negro, salvo por unos parches blancos en las mangas... o debería decir en las alas.

Porque Cinna me ha convertido en un sinsajo.

18

Todavía ardo un poco, así que Caesar acerca la mano con indecisión para tocarme la cabeza. La tela blanca ha desaparecido y ha dejado un suave velo negro ajustado que cae sobre el escote trasero del vestido.

—Plumas —dice—. Eres como un pájaro.

—Como un sinsajo, creo —respondo, batiendo un poco las alas—. Es como el pájaro de la insignia que llevo de símbolo.

Veo pasar una sombra de reconocimiento por la cara de Caesar y sé que es consciente de que el sinsajo es algo más que mi símbolo, que ahora simboliza mucho más; que lo que en el Capitolio se verá como un llamativo cambio de vestuario, en los distritos se entenderá de una forma completamente distinta. Sin embargo, hace lo que puede por solucionarlo.

—Bueno, hay que quitarse el sombrero ante tu estilista. No creo que nadie pueda negar que se trata de lo más espectacular que hemos visto en una entrevista. Cinna, ¡deberías saludar! —Caesar le hace un gesto para que se levante. Cinna lo hace y se inclina con elegancia. De repente, estoy muerta de miedo por él. ¿Qué ha hecho? Algo de un peligro tremendo, un acto de rebelión en sí mismo. Y lo ha hecho por mí. Recuerdo sus palabras...

«No te preocupes, siempre utilizo el trabajo para canalizar mis emociones. Así no hago daño a nadie, salvo a mí mismo».

Me temo que se ha hecho tanto daño que no podrá recuperarse. Al presidente Snow no se le escapará la importancia de mi feroz transformación.

El público, tan pasmado que había guardado silencio hasta el momento, prorrumpe en sonoros aplausos. Apenas oigo el zumbido que indica que mis tres minutos se han agotado. Caesar me da las gracias y vuelvo a mi asiento, con un vestido que ahora parece más ligero que el aire.

Cuando paso al lado de Peeta, que se dirige a su entrevista, no me mira a los ojos. Me siento con precaución, aunque, aparte de las nubecillas de humo que suelto de vez en cuando, parezco ilesa, así que centro mi atención en él.

Caesar y Peeta forman un gran equipo desde que aparecieron juntos por primera vez hace un año. Su fácil sincronización de preguntas y respuestas cómicas, junto con la habilidad para pasar con fluidez a los momentos más emotivos, como cuando Peeta confesó su amor por mí, los han convertido en un éxito. Empiezan tranquilamente con unas cuantas bromas sobre fuegos, plumas y pollos chamuscados. Sin embargo, todos notan que Peeta está ausente, así que Caesar dirige la conversación directamente al asunto en mente de todos.

—Bueno, Peeta, ¿qué sentiste cuando, después de todo lo que has pasado, te enteraste del vasallaje?

—Me quedé conmocionado. Es decir, estaba contemplando

a Katniss, tan bella con todos esos vestidos de novia y, de repente... —Peeta deja la frase en el aire.

—¿Te diste cuenta de que nunca habría boda? —pregunta Caesar con amabilidad.

Peeta guarda silencio durante un largo instante, como si estuviese decidiendo qué hacer. Mira al público, al que tiene hechizado, después al suelo y, por último, a Caesar.

—Caesar, ¿crees que todos los amigos que nos están viendo sabrán guardar un secreto?

El público deja escapar unas carcajadas incómodas, porque ¿qué quiere decir? ¿Guardar un secreto ante quién? Todo el mundo está mirando.

—Estoy bastante seguro —responde Caesar.

—Ya estamos casados —anuncia Peeta en voz baja. La multitud reacciona demostrando su estupefacción, y yo tengo que ocultar la cara en los pliegues de la falda para que no vean lo perpleja que estoy. ¿Adónde pretende ir a parar con esto?

—Pero... ¿cómo es posible? —pregunta Caesar.

—Oh, no es un matrimonio oficial, no fuimos al Edificio de Justicia ni nada de eso. Es que en el Distrito 12 tenemos un ritual de matrimonio. No sé cómo será en los otros distritos, pero nosotros hacemos una cosa —explica, y describe brevemente la ceremonia de brindarnos el pan tostado.

—¿Estaban allí vuestras familias?

—No, no se lo dijimos a nadie, ni siquiera a Haymitch. Y la madre de Katniss nunca lo habría aprobado, pero, ¿sabes?, si nos hubiésemos casado en el Capitolio no habríamos tenido brindis. Y ninguno de los dos queríamos seguir esperando, así que decidimos hacerlo sin más. Y, para nosotros, estamos más casados de lo que pudiéramos estarlo después de firmar un trozo de papel o montar una gran fiesta.

—Entonces, ¿esto fue antes del vasallaje?

—Claro que fue antes del vasallaje. Seguro que no lo habríamos decidido de haberlo sabido antes —responde Peeta, que empieza a enfadarse—. Sin embargo, ¿quién se lo podía imaginar? Nadie. Pasamos por los juegos, vencimos, todos parecían encantados de vernos juntos, y entonces, de buenas a primeras... Es decir, ¿cómo íbamos a esperarnos algo así?

—No podíais, Peeta —lo consuela Caesar, poniéndole un brazo sobre los hombros—. Como dices, nadie podía. No obstante, debo confesar que me alegro de que al menos tuvieseis unos cuantos meses de felicidad juntos.

Un enorme aplauso. Como si eso me diese ánimos, levanto la mirada de las plumas y dejo que la audiencia vea mi triste sonrisa de agradecimiento. El humo que queda de las plumas hace que me lloren los ojos, lo que le da un toque muy realista.

—Yo no me alegro —dice Peeta—. Ojalá hubiésemos esperado hasta la celebración oficial.

—Bueno, disfrutar de un tiempo, aunque breve, es mejor que no disfrutar de ninguno, ¿no? —pregunta Caesar, sorprendido.

—Quizá hubiese pensado lo mismo, Caesar, si no fuera por el bebé —responde Peeta, desesperado.

Ya está, ha vuelto a hacerlo, ha soltado una bomba que hará que todos olviden lo que hayan dicho los tributos que han pasado delante de él. Bueno, quizá no, quizá este año no haya hecho más que encender la mecha de una bomba que los mismos vencedores han fabricado con la esperanza de que alguien lograse hacerla estallar. Puede que pensaran que sería yo, con mi traje de novia. No sabían lo mucho que dependo del talento de Cinna, mientras que Peeta no necesita más que su ingenio.

Al estallar la bomba, la onda expansiva envía acusaciones de injusticia, barbarie y crueldad en todas direcciones. Ni siquiera la persona más fiel al Capitolio, la más sedienta de juegos y sangre, es capaz de pasar por alto, al menos durante un segundo, lo horrible de la situación.

Estoy embarazada.

El público no es capaz de asimilar la noticia de inmediato, tiene que golpearles, metérseles dentro y ser confirmada por otras voces antes de que empiecen a sonar como un rebaño de animales heridos, gimiendo, chillando, pidiendo ayuda. ¿Y yo? Sé que han proyectado un primer plano de mi cara en pantalla, pero no me esfuerzo en ocultarla, porque, por un momento, incluso yo estoy asimilando lo que ha dicho Peeta. ¿No era lo que yo más temía de la boda, del futuro? ¿Perder a mis hijos en los juegos? Y ahora sería posible, ¿no? Si no me hubiese pasado la vida levantando capas y más capas de defensas que me hacen huir ante la mera mención de casarme o tener una familia...

Caesar no logra refrenar de nuevo a la multitud, ni siquiera cuando suena el zumbido. Peeta asiente para despedirse y regresa a su asiento sin decir más. Veo que el presentador mueve los labios, pero el lugar es un caos y no oigo nada más que el atronador rugido del himno, tan alto que lo siento reverberar en los huesos, para hacernos saber cuál es nuestro sitio en el programa.

Me levanto automáticamente y, al hacerlo, noto que Peeta me ofrece una mano. Empieza a llorar cuando la acepto. ¿Qué hay de real en sus lágrimas? ¿Es un reconocimiento de que él siempre ha sufrido los mismos miedos que yo? ¿Que todos los vencedores los han sufrido? ¿Que todos los padres de todos los distritos de Panem los han sufrido?

Miro al público, aunque los rostros de la madre y el padre de Rue me bailan delante de los ojos. Su pena, su pérdida. Me vuelvo de forma espontánea hacia Chaff y le ofrezco la mano. Mis dedos se cierran en torno al muñón de su brazo y se aferran con fuerza.

Entonces sucede: a todo lo largo de la fila, los vencedores empiezan a tomarse de la mano. Algunos de inmediato, como los adictos, Wiress y Beetee. Otros vacilan, como Brutus y Enobaria, pero al final ceden ante la presión de los que los rodean. Cuando terminan los últimos acordes del himno, los veinticuatro formamos una fila unida en lo que debe de ser la primera muestra pública de unidad entre los distritos desde los Días Oscuros. Mientras la pantalla empieza a fundirse en negro, noto que se dan cuenta de ello. Sin embargo, es demasiado tarde; con la confusión, no nos cortaron a tiempo. Todo el mundo lo ha visto.

Ahora empieza el follón en el escenario, las luces se apagan y nos dejan que volvamos a tientas al Centro de Entrenamiento. He perdido a Chaff, pero Peeta me guía hasta un ascensor. Cuando Finnick y Johanna intentan unirse a nosotros, un agente de la paz bastante violento les impide el paso y salimos solos.

En cuanto ponemos un pie fuera del ascensor, Peeta me agarra por los hombros.

—No tenemos mucho tiempo, así que, dime: ¿tengo que disculparme por algo?

—Por nada —respondo. Se ha arriesgado mucho sin pedirme permiso, pero me alegro de no haberlo sabido, de no haber tenido tiempo para dudar sobre su decisión y dejar que la culpa por lo que pensara Gale me impidiese ver lo que realmente siento por lo que ha hecho Peeta. Y me siento poderosa.

Muy lejos de aquí existe un lugar llamado Distrito 12, en el que mi madre, mi hermana y mis amigos tendrán que cargar con las consecuencias de lo sucedido esta noche. A un breve viaje en aerodeslizador de nosotros está la arena, donde mañana Peeta, los demás tributos y yo nos enfrentaremos a nuestro propio castigo. Sin embargo, aunque todos tengamos una muerte horrible, esta noche ha pasado algo en el escenario que no puede deshacerse. Los vencedores hemos montado nuestro levantamiento y, quizá, solo quizá, el Capitolio no sea capaz de contenerlo.

Esperamos a que regresen los demás, pero, cuando se abre el ascensor, solo aparece Haymitch.

—Ahí fuera es la locura. Han enviado a todos a casa y han cancelado el resumen de las entrevistas en televisión.

Peeta y yo corremos a la ventana e intentamos entender lo que pasa más abajo, en la calle.

—¿Qué están diciendo? —pregunta Peeta—. ¿Le están pidiendo al presidente que detenga los juegos?

—Creo que ni ellos mismos saben qué pedir. La situación no tiene precedentes. La simple idea de oponerse a los planes del Capitolio es fuente de confusión para la gente de aquí —responde Haymitch—. Pero Snow no va a cancelar los juegos de ninguna manera. Lo sabéis, ¿verdad?

Lo sé. Ya no puede echarse atrás. La única opción es devolver el golpe, y devolverlo con fuerza.

—¿Los otros se han ido a casa? —pregunto.

—Se lo han ordenado. No sé cómo les irá con toda esa muchedumbre en la calle.

—Entonces, no volveremos a ver a Effie —comenta Peeta. El año pasado tampoco la vimos la mañana de los juegos—. Dale las gracias de nuestra parte.

—Más que eso, haz que sea algo especial. Al fin y al cabo, estamos hablando de Effie —añado—. Dile lo mucho que la apreciamos, que ha sido la mejor acompañante del mundo y que... que la queremos mucho.

Guardamos silencio durante un momento, retrasando lo inevitable, hasta que Haymitch dice:

—Supongo que nosotros también tenemos que despedirnos.

—¿Un último consejo? —pregunta Peeta.

—Seguid vivos —responde Haymitch, con voz ronca. Se ha convertido en nuestra broma privada. Nos da un abrazo rápido a cada uno y me doy cuenta de que es lo máximo que puede soportar—. Iros a la cama, necesitáis descansar.

Sé que debería decirle un montón de cosas a Haymitch, pero no se me ocurre nada que él no sepa ya, la verdad, y tengo un nudo tan grande en la garganta que, de todos modos, dudo que pueda hablar. Así que, de nuevo, dejo que Peeta lo haga por los dos.

—Cuídate, Haymitch.

Cruzamos la habitación y, al llegar a la puerta, la voz de Haymitch nos detiene.

—Katniss, cuando estés en la arena —empieza, aunque se calla. Por la forma en que frunce el ceño sé que ya lo he decepcionado.

—¿Qué? —pregunto, a la defensiva.

—Recuerda quién es el verdadero —me dice—. Eso es todo, marchaos ya. Salid de aquí.

Recorremos el pasillo. Peeta quiere parar en su cuarto para quitarse el maquillaje en la ducha y reunirse después conmigo dentro de unos minutos, pero no lo dejo. Estoy segura de que, si se cierra una puerta entre nosotros, se bloqueará y tendré que pasar la noche sin él. Además, tengo ducha en mi habitación. Me niego a soltarle la mano.

¿Dormimos? No lo sé. Pasamos la noche abrazados, en una tierra intermedia entre los sueños y la vigilia. Sin hablar. Los dos tememos molestar al otro, con la esperanza de poder acumular algunos preciados minutos de descanso.

Cinna y Portia llegan al alba, y sé que Peeta tendrá que irse. Los tributos entran en la arena solos. Me da un besito.

—Te veré pronto —me dice.

—Te veré pronto —respondo.

Cinna, que me ayudará a vestirme para los juegos, me acompaña al tejado. Estoy a punto de subir a la escalera del aerodeslizador cuando lo recuerdo:

—No me he despedido de Portia.

—Yo se lo diré.

La corriente eléctrica me paraliza en la escalera mientras el médico me inyecta el dispositivo de seguimiento en el antebra-

272

zo izquierdo. Ahora podrán localizarme en la arena en todo momento. El aerodeslizador despega y miro por las ventanillas hasta que se oscurecen. Cinna intenta obligarme a comer y, cuando eso falla, a beber. Consigo beber agua a traguitos, pensando en la deshidratación que estuvo a punto de matarme el año pasado, pensando en que necesitaré fuerzas para mantener a Peeta con vida.

Cuando llegamos a la sala de lanzamiento de la arena, me ducho. Cinna me hace una trenza y me ayuda a ponerme la ropa sobre mi sencilla lencería. El traje de los tributos de este año es un mono azul ajustado, fabricado en un material muy fino y con una cremallera delante; un cinturón acolchado de unos quince centímetros de ancho cubierto de reluciente plástico morado; y un par de zapatos de nailon con suelas de goma.

—¿Qué te parece? —pregunto, acercándole la tela a Cinna para que la examine.

Frunce el ceño mientras la restriega entre los dedos.

—No lo sé, no sirve de mucho como protección ni del frío, ni del agua.

—¿Y del sol? —pregunto, imaginándome un sol ardiente sobre un desierto baldío.

—Es posible, si la han tratado adecuadamente. Oh, casi se me olvida esto. —Saca mi broche de sinsajo dorado del bolsillo y me lo pone en el mono.

—Mi vestido de anoche era fantástico —comento. Fantástico e imprudente, pero eso ya lo sabrá él.

—Me pareció que te gustaría —responde, con una sonrisa tensa.

Nos sentamos con las manos entrelazadas, como el año pasado, hasta que la voz me dice que me prepare para el lanzamiento. Me acompaña a la placa de metal circular y me sube la cremallera del mono hasta el cuello.

—Recuerda, chica en llamas, que sigo apostando por ti. —Me da un beso en la frente y retrocede, mientras el cilindro de cristal baja para rodearme.

—Gracias —respondo, aunque es probable que no me oiga. Levanto la barbilla para llevar la cabeza alta, como siempre me pide, y espero a que la plataforma se eleve. Sin embargo, no lo hace, y sigue sin hacerlo.

Miro a Cinna arqueando las cejas, en busca de una explicación. Él sacude la cabeza levemente, tan desconcertado como yo. ¿Por qué están retrasando esto?

De repente, la puerta que está detrás de él se abre de golpe y tres agentes de la paz entran en tromba en la habitación. Dos sujetan los brazos de Cinna a su espalda y lo esposan, mientras que el tercero lo golpea en la sien con tanta fuerza que cae de rodillas. Y no dejan de golpearlo con guantes tachonados de metal, abriéndole heridas en la cara y el cuerpo. Empiezo a gritar como loca, a golpear el inflexible cristal intentando llegar hasta él. Los agentes de la paz no me hacen ningún caso y se llevan a rastras el cuerpo inmóvil de Cinna. Solo quedan las manchas de sangre en el suelo.

Mareada y aterrada, noto que la placa empieza a subir. Todavía estoy apoyada en el cristal cuando la brisa me agita el pelo y me obligo a enderezarme. Justo a tiempo, porque el cristal se retira y me quedo de pie en la arena. Algo parece estar mal, el suelo es demasiado brillante y reluciente, y no deja de moverse. Me miro los pies, entrecerrando los ojos, y veo que la placa de metal está rodeada de olas azules que me mojan las botas. Levanto la mirada poco a poco y asimilo la visión del agua que se extiende en todas direcciones.

Solo logro formar un pensamiento coherente: «Este no es lugar para una chica en llamas».

Tercera parte
EL ENEMIGO

19

—Damas y caballeros, ¡que empiecen los Septuagésimo Quintos
Juegos del Hambre!

La voz de Claudius Templesmith, el presentador de los Juegos del Hambre, me retumba en los oídos. Tengo menos de un
minuto para recuperarme, después sonará el gong y los tributos
podrán salir como quieran de sus plataformas metálicas. Pero
¿para ir adónde?

No pienso con claridad, porque la imagen de Cinna golpeado y ensangrentado me consume. ¿Dónde estará ahora? ¿Qué le
estarán haciendo? ¿Lo torturarán? ¿Lo matarán? ¿Lo convertirán
en un avox? Está claro que el ataque se preparó para desestabi-
lizarme, igual que la presencia de Darius en mis alojamientos.
Y lo han conseguido. Lo único que deseo es dejarme caer sobre
la placa metálica, pero no puedo hacer eso después de lo que acabo de presenciar. Debo ser fuerte, se lo debo a Cinna, que lo ha
arriesgado todo al desautorizar al presidente Snow y convertir
mi vestido de novia en un plumaje de sinsajo. También se lo
debo a los rebeldes que, envalentonados por el ejemplo de Cinna, quizá estén luchando para derribar al Capitolio en estos momentos. Mi último acto de rebelión será negarme a jugar según

las reglas del Capitolio, así que aprieto los dientes y me preparo para la partida.

«¿Dónde estás?» Todavía no entiendo el paisaje que me rodea. «¿¡Dónde estás!?», me exijo y, poco a poco, vuelvo a centrarme: agua azul, cielo rosa, sol ardiente calentándolo todo. Vale, ahí está la Cornucopia, el reluciente cuerno de metal dorado, a unos cuarenta metros. Al principio me parece que está sobre una isla circular, pero, al examinarlo mejor, veo las delgadas tiras de tierra firme que salen del círculo como los rayos de una rueda. Creo que son de diez a doce, y parecen equidistantes entre sí. Entre los rayos, todo es agua, agua y un par de tributos.

Eso es, entonces: hay doce rayos, cada uno con dos tributos entre ellos, sobre sus plataformas de metal. El otro tributo de mi cuña flotante es el viejo Woof, del Distrito 8. Está tan lejos de mí, hacia la derecha, como la franja de tierra de mi izquierda. Más allá del agua, dondequiera que mire, veo una playa estrecha y después densa vegetación. Examino el círculo de tributos en busca de Peeta, pero la Cornucopia debe de tapármelo.

Me llevo a la nariz un poco de agua y la huelo. Después me meto la punta del dedo mojado en la boca: como sospechaba, es agua salada, como las olas que Peeta y yo nos encontramos en nuestra breve gira por la playa del Distrito 4. Sin embargo, al menos parece limpia.

No hay barcas, ni cuerdas, ni siquiera trozos de madera flotante a los que agarrarse. No, solo hay una forma de llegar a la Cornucopia. Cuando suena el gong, me tiro al agua de mi izquierda sin vacilar. Pese a que no estoy acostumbrada a nadar distancias tan largas y que hacerlo sobre las olas requiere más habilidad que en el tranquilo lago de casa, curiosamente, mi cuerpo me resulta muy ligero, así que recorro el agua sin esfuerzo. Quizá sea la sal. Me pongo en pie, chorreando, en la franja de tierra y corro por la arena hacia la Cornucopia. No veo que nadie más salga por mi lado, aunque el cuerpo de oro me tapa buena parte de la vista. En cualquier caso, no dejo que la posibilidad de la presencia de enemigos me frene. Ahora pienso como una profesional, y lo primero que quiero es encontrar un arma.

El año pasado, los suministros estaban esparcidos alrededor de la Cornucopia, a bastante distancia incluso, y los más valiosos eran los más cercanos al cuerno. Sin embargo, este año el botín parece acumulado en la entrada, que mide unos seis metros de alto. Localizo rápidamente un arco dorado a mi alcance y tiro de él.

Tengo a alguien detrás. No sé qué me pone en alerta, si un suave movimiento de la arena o un cambio en las corrientes de aire, pero saco una flecha del carcaj que sigue encajado en la pila y armo el arco mientras me vuelvo.

Finnick, reluciente y espléndido, está a pocos metros de mí, con un tridente dispuesto para el ataque; en la otra mano lleva una red. Sonríe un poco, aunque los músculos de su torso están rígidos, a la espera.

—Tú también sabes nadar —me dice—. ¿Cómo has aprendido en el Distrito 12?

—Tenemos una bañera muy grande.

—Ya te digo. ¿Te gusta la arena?

—No especialmente, pero supongo que a ti sí. Imagino que la habrán construido en tu honor —añado, con algo de rencor.

Da toda la impresión, con tanta agua, cuando seguro que solo un puñado de los vencedores sabe nadar. Y en el Centro de Entrenamiento no había piscina, no tenían ninguna oportunidad de aprender. Quien no supiera nadar de antes tendrá que aprender deprisa. Hasta la participación en el baño de sangre inicial depende de ser capaz de cubrir unos veinte metros de agua. Eso le da al Distrito 4 una ventaja enorme.

Durante un momento nos quedamos paralizados, midiendo nuestras armas, nuestras habilidades. Entonces, Finnick sonríe de oreja a oreja.

—Qué suerte que seamos aliados, ¿no?

Percibo una trampa y estoy a punto de disparar la flecha, con la esperanza de que le dé en el corazón antes de que me atraviese con el tridente, pero él mueve la mano y una cosa que lleva en su muñeca refleja la luz del sol: una pulsera de oro macizo con un diseño de llamas, la misma que recuerdo haber visto en la muñeca de Haymitch la mañana en que empecé el entrenamiento. Medito por un momento que Finnick puede haberla robado para engañarme, aunque, de algún modo, sé que no es así, que Haymitch se la ha dado. Es una señal para mí, bueno, una orden, en realidad: que confíe en Finnick.

Oigo otros pasos acercándose, debo decidir de inmediato.

—¡Vale! —exclamo, porque, aunque Haymitch sea mi mentor e intente mantenerme viva, esto me pone furiosa. ¿Por qué no me dijo antes que había hecho este acuerdo? Seguramente porque Peeta y yo habíamos descartado los aliados. Ahora nuestro mentor ha elegido uno por su cuenta.

—¡Agáchate! —me ordena Finnick con una voz tan potente,

tan distinta de su seductor ronroneo de siempre, que lo hago. Su tridente sale disparado sobre mi cabeza y oigo un sonido asqueroso cuando da en su objetivo; el hombre del Distrito 5, el borracho que vomitó en el suelo del entrenamiento de espada, cae de rodillas mientras Finnick libera el tridente con el que le ha dado en el pecho.

—No confíes en el 1 y el 2 —me dice.

No tengo tiempo para cuestionarlo, me limito a sacar el carcaj de flechas.

—¿Un lado para cada uno? —propongo; él asiente, y yo rodeo la pila a toda velocidad. A unos cuatro rayos de distancia, Enobaria y Gloss están llegando a tierra. O son unos nadadores muy lentos o pensaban que el agua estaría repleta de otros peligros, cosa que es muy posible. A veces no es bueno tener en cuenta demasiadas opciones. Sin embargo, ahora que están en tierra, llegarán aquí en cuestión de segundos.

—¿Algo útil? —oigo gritar a Finnick.

Examino rápidamente mi lado de la pila y encuentro mazas, espadas, arcos y flechas, tridentes, cuchillos, lanzas, hachas, objetos metálicos cuyo nombre desconozco... y ya está.

—¡Armas! —respondo—. ¡Solo armas!

—Aquí igual —me confirma—. ¡Elige lo que quieras y vámonos!

Disparo una flecha a Enobaria, que se ha acercado demasiado para mi gusto, pero la esperaba y se tira al agua antes de que acierte. Gloss no es tan rápido, así que logro acertarle en una pantorrilla cuando se está tirando a las olas. Me cuelgo al hombro un arco de repuesto y un segundo carcaj, me meto dos cuchillos largos y un punzón en el cinturón, y me reúno con Finnick en la parte delantera de la pila.

—¿Te importaría solucionar eso? —me pide. Veo que Brutus viene disparado hacia nosotros. Se ha quitado el cinturón y lo lleva extendido entre las manos, como un escudo. Le disparo y él consigue bloquear la flecha con el cinturón y evitar que le perfore el hígado. Cuando la flecha pincha el cinturón, un líquido morado sale de él y le cubre la cara. Mientras recargo, Brutus se tira al suelo, rueda los pocos metros que lo separan del agua y se sumerge. Oigo algo metálico caer detrás de mí.

—Vámonos —le digo a Finnick.

Gracias a la última pelea, Enobaria y Gloss han tenido tiempo de llegar a la Cornucopia. Brutus también está a tiro y, en alguna parte, seguro que Cashmere anda cerca. Estos cuatro profesionales clásicos tendrán alianzas previas. Si solo tuviese que pensar en mí, estaría dispuesta a atacarlos con Finnick, pero hay que pensar en Peeta. Por fin lo veo, todavía aislado en su placa metálica. Salgo corriendo y Finnick me sigue sin cuestionarlo, como si ya supiera cuál sería mi siguiente movimiento. Después de acercarme lo más posible, empiezo a sacar cuchillos de mi cinturón, preparada para ir nadando hasta él y arrastrarlo de algún modo.

Finnick me pone una mano en el hombro.

—Yo iré a por él.

Empiezo a sospechar: ¿podría ser una estratagema? ¿Quería Finnick ganarse mi confianza y después ir a ahogar a Peeta?

—Puedo hacerlo yo —insisto, pero él ya ha soltado todas sus armas.

—En tu estado, es mejor que no te canses —responde, y me da una palmadita en el abdomen.

«Ah, claro, se supone que estoy embarazada», pienso. Mientras intento averiguar qué significa y cómo actuar (quizá debería vomitar o algo), Finnick se ha colocado ya en la orilla.

—Cúbreme —me pide, y desaparece con una zambullida perfecta.

Levanto el arco para protegerlo de cualquiera que ataque la Cornucopia, aunque nadie parece interesado en perseguirnos. Efectivamente, Gloss, Cashmere, Enobaria y Brutus se han reunido en manada y están examinando las armas. Un rápido examen al resto de la arena me dice que casi todos los tributos siguen atrapados en sus placas. Espera, no, hay alguien de pie en el rayo de mi izquierda, el que está frente a Peeta. Es Mags, aunque ni se dirige a la Cornucopia ni intenta huir, sino que se mete en el agua y empieza a chapotear hacia mí, manteniendo la cabeza por encima de las olas. Bueno, es vieja, pero supongo que después de ochenta años de vida en el Distrito 4 sabe bien cómo flotar.

Finnick ha llegado hasta Peeta y está arrastrándolo de vuelta, con un brazo sobre su pecho mientras se impulsa con el otro por el agua nadando fácilmente. Peeta se deja llevar sin resistirse. No sé qué le habrá dicho o qué habrá hecho nuestro aliado para que Peeta haya decidido confiarle la vida, quizá le haya enseñado la pulsera. O quizá le haya bastado con verme esperando. Cuando llegan a la arena, ayudo a llevar a Peeta a tierra firme.

—Hola de nuevo —me dice, y me da un beso—. Tenemos aliados.

—Sí, como Haymitch quería.

—Recuérdamelo, ¿hemos hecho tratos con alguien más?

—Creo que solo con Mags —respondo, asintiendo con la cabeza hacia la anciana que nada con determinación hacia nosotros.

—Bueno, no puedo dejar a Mags —dice Finnick—. Es una de las pocas personas a las que les gusto de verdad.

—No tengo ningún problema con Mags —le aseguro—. Sobre todo después de ver la arena. Puede que sus anzuelos sean nuestra mejor oportunidad de conseguir comida.

—Katniss quiso aliarse con ella el primer día —comenta Peeta.

—Katniss tiene muy buen criterio —responde Finnick. Con una mano saca a Mags del agua como si no pesara más que un cachorro. Ella dice algo que quizá incluya la palabra «flota» y se da una palmadita en el cinturón.

—Mira, tiene razón, alguien más lo ha averiguado —añade Finnick, señalando a Beetee. Aunque va dando bandazos por el agua, consigue no hundir la cabeza.

—¿El qué? —pregunto.

—Los cinturones. Son dispositivos de flotación. Es decir, tienes que impulsarte, pero evitan que te ahogues.

Estoy a punto de pedirle a Finnick que espere a Beetee y Wiress para que se vengan con nosotros, pero Beetee está a tres rayos de distancia y ni siquiera veo a Wiress. Por lo que sé, mi aliado podría matarlos como al tributo del 5, sin pensárselo dos veces, así que sugiero que sigamos adelante. Le doy a Peeta un arco, un carcaj y un cuchillo, y me quedo el resto. Sin embargo,

Mags me tira de la manga y balbucea hasta que le doy el punzón. Encantada, lo sujeta entre las encías y le ofrece los brazos a Finnick, que se echa la red al hombro, coloca a Mags encima y agarra el tridente con la mano libre; después huimos de la Cornucopia.

Cuando termina la arena, el bosque surge de repente. No, en realidad no es bosque, al menos no del tipo que yo conozco. Es jungla. Esa palabra extraña y casi obsoleta me viene a la cabeza, seguramente por algo que oí en otros Juegos del Hambre o que me enseñó mi padre. La mayor parte de los árboles no me son familiares, tienen troncos lisos y pocas ramas. La tierra es muy negra y esponjosa, a menudo oculta por enredaderas con flores vistosas. Aunque el sol caliente, el aire es cálido y está lleno de humedad, por lo que me da la impresión de que aquí nunca se está del todo seco. La fina tela azul de mi mono deja que el agua de mar se evapore fácilmente, pero ya se me empieza a pegar de sudor.

Peeta lidera la marcha, abriéndose paso entre la densa vegetación con su largo cuchillo. Obligo a Finnick a ir segundo, porque, aunque es el más fuerte, está ocupado con Mags. Además, por muy bien que se le dé el tridente, no es un arma tan apropiada para la jungla como mis flechas. Entre la cuesta empinada y el calor, no tardamos mucho en quedarnos sin aliento. Por suerte, Peeta y yo hemos estado entrenando mucho, y Finnick tiene un físico tan asombroso que, incluso con Mags al hombro, conseguimos seguir subiendo rápidamente durante kilómetro y medio antes de que pida un descanso. Y me da la impresión de que es más por Mags que por él.

El follaje nos oculta la rueda; para ver mejor, subo por un árbol con ramas como de goma... y desearía no haberlo hecho.

La tierra que rodea la Cornucopia parece estar sangrando; el agua tiene manchas moradas. Los cadáveres yacen en la arena y flotan en el mar, pero, a esta distancia, con todos vestidos igual, no sé quién vive y quién ha muerto. Solo sé que algunas de las diminutas figuras todavía luchan. Bueno, ¿y qué esperaba? ¿Que la cadena de vencedores que anoche se dieron la mano conseguiría una especie de tregua universal en la arena? No, no lo pensé en ningún momento, aunque supongo que sí esperaba que algunas personas demostrasen... ¿El qué? ¿Moderación? Al menos algo de reticencia antes de ponerse directamente en modo masacre. «Y todos os conocíais de antes —pienso—. Actuabais como amigos».

Aquí solo tengo un amigo de verdad, y no es del Distrito 4.

Dejo que la escasa y espesa brisa me refresque las mejillas mientras tomo una decisión. A pesar de la pulsera, debería acabar con esto y matar a Finnick. Esta alianza no tiene futuro, y es demasiado peligroso para dejarlo escapar. Puede que este momento de vacilante confianza sea mi única oportunidad para acabar con él. Podría dispararle una flecha a la espalda fácilmente mientras caminamos. Es despreciable, sin duda, pero ¿no sería más despreciable esperar? ¿Llegar a conocerlo mejor? ¿Deberle más? No, este es el momento. Le echo un último vistazo a las figuras en combate y al suelo ensangrentado para reforzar mi decisión y después bajo al suelo.

Sin embargo, cuando aterrizo, descubro que Finnick ha seguido el hilo de mis pensamientos, como si supiera lo que iba a ver y cómo me afectaría. Tiene uno de sus tridentes levantados en posición defensiva, aunque muy tranquilo.

—¿Qué está pasando ahí abajo, Katniss? ¿Van todos de la mano? ¿Han abjurado de la violencia? ¿Han lanzado sus armas al mar para desafiar al Capitolio? —me pregunta.

—No.

—No —repite él—. Porque lo que pasara en el pasado, se queda en el pasado, y en esta arena no hay nadie que ganase por accidente. —Mira a Peeta durante un momento—. Salvo Peeta, quizá.

Entonces Finnick sabe lo que sabemos Haymitch y yo, lo de Peeta, que, en el fondo, es mucho mejor que el resto de nosotros. Finnick acabó con el tributo del 5 sin pestañear, y ¿cuánto he tardado yo en volverme mortífera? Disparé a matar cuando apunté con el arco a Enobaria, Gloss y Brutus. Peeta, al menos, habría intentado negociar primero, ver si era posible una alianza más amplia, aunque ¿para qué? Finnick está en lo cierto, yo estoy en lo cierto: los jugadores de la arena no ganaron gracias a su compasión.

Sostengo su mirada y sopeso su velocidad, comparándola con la mía; el tiempo que tardaría en atravesarle el cerebro con una flecha, frente al tiempo que su tridente tardaría en llegar a mi cuerpo. Veo que espera a que yo haga el primer movimiento, calcula si debería bloquear primero o atacar directamente. Justo cuando creo que los dos lo hemos planeado, Peeta se pone a posta entre nosotros.

—Bueno, ¿cuántos han muerto?

«Muévete, idiota», pienso, pero él sigue plantado entre los dos.

—Es difícil decirlo —respondo—, al menos seis, creo. Y siguen luchando.

—Sigamos adelante, necesitamos agua.

Por ahora no hay ni rastro de arroyos de agua dulce ni de estanque, y el agua salada no se puede beber. Vuelvo a pensar en los últimos juegos, donde estuve a punto de morir de deshidratación.

—Será mejor que la encontremos pronto —interviene Finnick—. Necesitamos estar bajo cubierto cuando los demás intenten cazarnos esta noche.

Cazarnos. A nosotros. Vale, quizá matar a Finnick sería algo prematuro, porque hasta ahora ha sido útil. Además, tiene el sello de aprobación de Haymitch, y ¿quién sabe lo que nos aguarda esta noche? En el peor de los casos, puedo matarlo mientras duerme. Así que dejo pasar la oportunidad, y él también.

La ausencia de agua hace que tenga más sed. Lo examino todo mientras seguimos subiendo, aunque sin éxito. Después de otro kilómetro y medio veo que se acaban los árboles y supongo que estamos llegando a la cima de la colina.

—Quizá tengamos más suerte al otro lado. Puede que haya un manantial o algo.

Sin embargo, no hay otro lado. Lo sé antes que nadie, aunque soy la que está más lejos de la cumbre. Mis ojos dan con un extraño cuadrado de ondas que flota como un cristal combado en el aire. Al principio lo tomo por la luz del sol o por el calor que se refleja en el suelo, pero está fijo en el espacio, no se mueve cuando lo hago yo. Entonces hago la conexión entre el cuadrado y Wiress y Beetee, en el Centro de Entrenamiento, y me doy cuenta de lo que tenemos delante. Cuando empiezo a gritar la advertencia, el cuchillo de Peeta ya va camino de cortar unas enredaderas.

Se oye un fuerte chasquido y, durante un instante, los árboles desaparecen y veo un espacio abierto a lo largo de una pequeña franja de terreno vacío. Entonces Peeta sale volando hacia atrás, expulsado por el campo de fuerza, y derriba a Finnick y Mags.

Corro hacia él; está en el suelo y no se mueve, envuelto en una red de plantas.

—¿Peeta? —Huele un poco a pelo achicharrado. Lo llamo otra vez, sacudiéndolo un poco, pero no responde. Le paso los dedos por los labios y no noto que salga aliento, aunque hace un momento estaba jadeando. Pego la oreja a su pecho, al lugar donde siempre apoyo la cabeza, donde sé que oiré el fuerte y regular latido de su corazón.

Sin embargo, solo encuentro silencio.

20

—¡Peeta! —grito. Lo sacudo con más fuerza, incluso le doy una bofetada, pero no funciona. Su corazón ha fallado. Él no está ahí—. ¡Peeta!

Finnick deja a Mags apoyada en un árbol y me aparta de un empujón.

—Déjame a mí. —Sus dedos tocan unos puntos en el cuello de Peeta, le recorren los huesos de las costillas y la columna. Después le tapa la nariz.

—¡No! —chillo, y me lanzo sobre él, porque estoy segura de que pretende asegurarse de que muera, de eliminar cualquier esperanza de que vuelva a la vida. Finnick levanta la mano y me golpea tan fuerte en el pecho que salgo volando y me doy contra un árbol. Me quedo atontada un momento por el dolor, intentando recuperar la respiración, y veo que él le tapa de nuevo la nariz a Peeta. Saco una flecha, coloco la ranura en su sitio y estoy a punto de dispararla cuando Finnick se pone a besar a Peeta. Es tan extraño, incluso para él, que me detengo. No, no lo está besando. Le ha bloqueado la nariz, pero le ha abierto la boca y le está soplando aire en los pulmones. Veo, veo de verdad que el pecho de Peeta sube y baja. Entonces Finnick le abre la cremallera de la parte superior del mono y empieza a presionar su corazón con las manos. Ya recuperada de la conmoción, por fin entiendo lo que intenta hacer.

Muy de vez en cuando he visto a mi madre intentar algo similar, aunque no a menudo. Si tu corazón falla en el Distrito 12, es poco probable que tu familia logre llevarte hasta mi madre a tiempo, así que sus pacientes suelen estar quemados, heridos o enfermos. O muriéndose de hambre, claro.

Sin embargo, el mundo de Finnick es distinto. No sé exactamente qué hace, pero no es la primera vez, porque noto un ritmo y un método muy definidos. La punta de la flecha se hunde en el suelo cuando me inclino para observar, desesperada, si hay alguna señal de que funcione. Los minutos se arrastran dolorosamente y mis esperanzas disminuyen. Cuando ya creo que es demasiado tarde, que Peeta está muerto, que ha seguido su camino, que está fuera de mi alcance para siempre, tose un poco y Finnick se aparta.

Dejo el arma en la tierra y me lanzo sobre él.

—¿Peeta? —pregunto en voz baja. Le aparto los mechones de pelo rubio empapado de la frente y le noto el pulso fuerte en el cuello.

Abre los ojos con dificultad y me mira.

—Cuidado —dice, débil—. Ahí arriba hay un campo de fuerza. —Me río, aunque las lágrimas me caen por las mejillas—. Debe de ser mucho más potente que el del tejado del Centro de Entrenamiento. Pero estoy bien, solo un poco tembloroso.

—¡Estabas muerto! ¡Se te ha parado el corazón! —estallo antes de pensar si es una buena idea. Me tapo la boca con la mano, porque empiezo a hacer esos horribles sonidos ahogados que me salen cuando sollozo.

—Bueno, parece que ya funciona —responde—. No pasa nada, Katniss. —Asiento, pero los sonidos no paran—. ¿Katniss? —Ahora es Peeta el que está preocupado por mí, lo que hace que la situación sea todavía más demencial.

—No pasa nada, son sus hormonas —interviene Finnick—. Por el bebé. —Levanto la mirada y lo veo en cuclillas, aunque todavía jadeando un poco por la subida, el calor y el esfuerzo de traer a Peeta de entre los muertos.

—No, no es... —empiezo, y me interrumpe una ronda aún más histérica de sollozos que no hacen más que confirmar lo que ha dicho sobre el bebé. Me mira a los ojos y le lanzo una mirada furiosa a través de las lágrimas. Es una estupidez que sus esfuerzos me fastidien tanto, lo sé. Solo quería mantener a Peeta con vida; él ha podido y yo no, y debería agradecérselo. Y se lo agradezco, aunque también estoy furiosa, porque eso significa que nunca saldaré mi deuda con Finnick Odair. Nunca. Y así, ¿cómo voy a matarlo mientras duerme?

Esperaba verle una expresión irónica o de petulancia, pero, curiosamente, parece inquisitivo. Mira a Peeta y me mira a mí, como si intentara averiguar algo, y después sacude la cabeza, como si quisiera despejarla.

—¿Cómo estás? —le pregunta a Peeta—. ¿Crees que puedes seguir avanzando?

—No, tiene que descansar —respondo. Me moquea la nariz y no tengo ni un trocito de tela para sonármela. Mags arranca un poco de musgo que cuelga de una rama y me lo da. Estoy demasiado destrozada para cuestionarlo. El musgo resulta agradable, absorbente y sorprendentemente suave.

Veo un brillo dorado en el pecho de Peeta. Se trata de un disco que le cuelga de una cadena al cuello. Lleva grabado mi sinsajo.

—¿Es tu símbolo? —le pregunto.

—Sí, ¿te importa que usara tu sinsajo? Quería que fuésemos a juego.

—No, claro que no me importa —respondo, obligándome a sonreír. Que Peeta aparezca en la arena con un sinsajo es tanto una bendición como una maldición. Por un lado, debería darles ánimos a los rebeldes de los distritos. Por otro, es poco probable que el presidente Snow lo pase por alto, y eso hace que mantener a Peeta con vida sea más difícil.

—Entonces, ¿queréis que acampemos aquí? —pregunta Finnick.

—No creo que sea posible —responde Peeta—. Quedarnos aquí, sin agua, sin protección... Ya me siento mejor, de verdad, siempre que podamos ir despacio.

—Despacio es mejor que nada —repone Finnick, y ayuda a Peeta a levantarse mientras yo me recupero. Desde que me levanté esta mañana he visto cómo machacan a Cinna, he aterrizado en otra arena y he visto morir a mi compañero. En cualquier caso, me alegro de que Finnick haya sacado el tema del embarazo, porque, desde el punto de vista de un patrocinador, no estoy llevando las cosas demasiado bien.

Examino las armas, a pesar de que sé que están en perfectas condiciones, porque eso hace que parezca que controlo la situación.

—Yo iré delante —anuncio.

Peeta empieza a protestar, pero Finnick lo corta.

—No, deja que lo haga —dice, y me mira con el ceño fruncido—. Sabías que ese campo de fuerza estaba ahí, ¿verdad? ¿En el último segundo? Empezaste a gritar una advertencia. —Asiento—. ¿Cómo lo sabías?

Vacilo. Revelar que conozco el truco de Beetee y Wiress para reconocer un campo de fuerza podría resultar peligroso. No sé si los Vigilantes tomaron nota de aquel momento durante el entrenamiento, cuando los dos me lo señalaron. Sea como fuere, tengo una información muy valiosa y, si ellos lo descubren, quizá hagan algo para modificar los campos de fuerza y evitar que vea la aberración. Así que miento.

—No lo sé. Es como si los oyera. Escuchad.

Todos nos quedamos quietos: se oyen los insectos, los pájaros y la brisa entre las hojas.

—Yo no oigo nada —dice Peeta.

—Sí —insisto—, es como cuando electrifican la alambrada del Distrito 12, solo que mucho más bajito. —Todos vuelven a prestar atención. Yo también lo hago, aunque no haya nada que escuchar—. ¡Ahí! —exclamo—. ¿No lo oís? Sale justo de donde Peeta recibió la descarga.

—Yo tampoco lo oigo —responde Finnick—, pero, si tú sí, ponte la primera, sin duda.

Decido seguir el teatro hasta el final.

—Qué raro —digo. Vuelvo la cabeza de un lado a otro, como si estuviese perpleja—. Solo lo oigo con el oído izquierdo.

—¿El que te reconstruyeron los médicos? —pregunta Peeta.

—Sí —respondo, encogiéndome de hombros—. Quizá hicieron su trabajo mejor de lo que creían. ¿Sabes? A veces escucho cosas raras por ese lado, cosas que no deberían tener sonido, como las alas de los insectos. O como la nieve al caer al suelo. —Perfecto, ahora toda la atención se volverá hacia los cirujanos que me curaron la sordera después de los juegos del año pasado, y ellos tendrán que explicar por qué oigo como si fuera un murciélago.

—Tú —dice Mags, dándome un empujón para que avance, así que me pongo la primera. Como nos movemos muy despacio, Mags prefiere caminar con ayuda de una rama que Finnick convierte rápidamente en bastón. También fabrica uno para Peeta, lo que le viene bien, porque, a pesar de sus protestas, creo que lo único que le apetecería de verdad es tumbarse. Nuestro aliado se queda en la retaguardia, así que, al menos, tenemos a alguien en forma guardándonos las espaldas.

Camino con el campo de fuerza a mi izquierda, porque se supone que ese es el oído con poderes sobrehumanos. Sin embargo, como me lo he inventado todo, corto un puñado de frutos secos duros que cuelgan como uvas de un árbol cercano y los voy lanzando delante de mí. Es una buena idea, ya que tengo la sensación de que se me escapan más puntos débiles del campo de fuerza de los que encuentro. Cada vez que un fruto seco da con un campo de fuerza se ve una nubecilla de humo antes de que aterrice a mis pies, ennegrecido y con la cáscara rota.

Al cabo de unos minutos noto un ruido sonoro detrás de mí y me vuelvo: Mags le quita la cáscara a uno de los frutos y se lo mete en la boca, que ya está llena de ellos.

—¡Mags! —grito—. ¡Escúpelo! Podría ser venenoso.

Ella mascula algo sin hacerme caso y se relame los labios de gusto, al parecer. Miro a Finnick en busca de ayuda, y él se ríe.

—Supongo que pronto lo averiguaremos —responde.

Sigo adelante pensando en Finnick, que ha salvado a la vieja Mags, pero que ahora deja que coma frutos extraños; que cuenta con el sello de aprobación de Haymitch; que le ha devuelto la vida a Peeta. ¿Por qué no lo ha dejado morir? No tendría culpa de nada, ni siquiera se me había pasado por la cabeza que supiera cómo revivirlo. ¿Por qué narices querría salvar a Peeta? ¿Y por qué estaba tan deseoso de formar equipo conmigo? Está dispuesto a matarme si no le queda más remedio, aunque me deja a mí la elección de pelear o no.

Sigo caminando, lanzando nueces, distinguiendo de vez en cuando el campo de fuerza, intentando ir hacia la izquierda en busca de un punto en el que poder penetrarlo, alejarnos de la Cornucopia y, con suerte, encontrar agua. No obstante, al cabo de una hora me doy cuenta de que es inútil. No estamos yendo hacia la izquierda. De hecho, el campo de fuerza parece conducirnos en círculo. Me detengo para mirar a Mags, que cojea, y la capa de sudor en la cara de Peeta.

—Vamos a descansar —digo—. Necesito echar otro vistazo desde arriba.

El árbol que elijo parece un poco más alto que los otros. Me abro camino entre las retorcidas ramas, permaneciendo lo más cerca posible del tronco. Es difícil saber si estas ramas con aspecto de goma se partirán, pero sigo subiendo más allá de lo que parece razonable por si hay algo que ver. Agarrada a un trozo de tronco no más ancho que el de un arbolito recién nacido, mecida por la húmeda brisa, mis sospechas se confirman. Ya sé la razón por la que no podemos torcer a la izquierda, la razón por la que nunca podremos hacerlo. Desde mi precario punto de observación veo la forma de toda la arena por primera vez: un círculo perfecto, con una rueda perfecta en el centro. El cielo que cubre la circunferencia de la jungla está completamente teñido de rosa. Creo distinguir un par de esos cuadrados ondulados, los puntos débiles de los que hablaban Wiress y Beetee; son débiles porque revelan algo que debería quedar oculto y, por tanto, suponen un punto flaco. Para asegurarme del todo, disparo una flecha al espacio vacío sobre la línea de los árboles. Se produce una chispa de luz, se vislumbra un relámpago de cielo azul real, y la flecha vuelve a caer en la jungla. Bajo para darles las malas noticias a los demás.

—El campo de fuerza nos ha atrapado en un círculo. En una bóveda, en realidad. No sé qué altura alcanza. Están la Cornucopia, el mar y la jungla alrededor. Es muy exacto, muy simétrico y no muy grande.

—¿Has visto agua? —pregunta Finnick.

—Solo el agua salada en la que empezamos los juegos.

—Tiene que haber otra fuente —dice Peeta, frunciendo el ceño—. Si no, estaremos muertos en cuestión de días.

—Bueno, hay una vegetación muy densa. Quizá encontremos estanques o manantiales en alguna parte —respondo, vacilante. El instinto me dice que quizá el Capitolio desee acabar cuanto antes con estos juegos tan poco populares. Puede que Plutarch Heavensbee ya haya recibido órdenes de liquidarnos—. En cualquier caso, no tiene sentido intentar descubrir qué hay al otro lado de la colina, porque la respuesta es nada.

—Tiene que haber agua potable entre el campo de fuerza y la rueda —insiste Peeta. Todos sabemos a lo que se refiere: volver, volver a los profesionales y al baño de sangre. Con Mags apenas capaz de caminar y Peeta demasiado débil para luchar.

Decidimos seguir bajando la colina durante unos metros y continuar dando la vuelta para ver si hay agua a ese nivel. Me quedo la primera y lanzo frutos secos de vez en cuando hacia mi izquierda, aunque ya estamos fuera del alcance del campo de fuerza. El sol cae a plomo, convierte el aire en vapor, hace que los ojos nos engañen. A media tarde queda claro que Peeta y Mags no pueden seguir.

Finnick decide acampar unos diez metros por debajo del campo de fuerza porque dice que podemos usarlo como arma desviando a nuestros enemigos hacia él si nos atacan. Después, Mags y él arrancan las fuertes briznas de hierba que crecen en matas de metro y medio de alto, y empiezan a tejerlas para fabricar esteras. Como Mags no parece sufrir efectos secundarios después de haberse comido los frutos secos, Peeta recolecta unos cuantos puñados y los fríe haciéndolos rebotar en el campo de fuerza. Les quita las cáscaras metódicamente y apila lo comestible en una hoja. Yo monto guardia, aunque estoy nerviosa, acalorada y dolorida por culpa de las emociones del día.

Sedienta. También estoy sedienta. Al final no puedo seguir soportándolo.

—Finnick, ¿por qué no montas guardia y yo sigo buscando agua? —pregunto. A nadie le gusta demasiado la idea de que vaya sola, pero la amenaza de la deshidratación nos acecha.

—No te preocupes, no iré lejos —le prometo a Peeta.

—Voy contigo.

—No, también intentaré cazar, si puedo —le digo, sin añadir: «Y no puedes venir porque haces demasiado ruido». Pero está implícito. Asustaría a las presas y me pondría en peligro con sus ruidosas zancadas—. No tardaré.

Me muevo con sigilo entre los árboles y descubro encantada que el suelo ayuda a amortiguar el ruido de las pisadas. Bajo en diagonal, sin ver nada más que exuberante vegetación.

El sonido del cañón me detiene de golpe. El baño de sangre inicial en la Cornucopia debe de haber terminado, ahora sabré cuántos tributos han caído. Cuento los disparos, porque cada uno representa un vencedor muerto. Ocho. No tantos como el año pasado, aunque parecen más, porque esta vez conozco casi todos sus nombres.

Me siento débil de repente, así que me apoyo en un árbol a descansar, notando que el calor me chupa la humedad del cuerpo como si fuese una esponja. Ya me cuesta tragar y noto que la fatiga se apodera de mí. Intento restregarme las manos por la barriga, con la esperanza de que alguna embarazada compasiva me patrocine y Haymitch pueda enviarme agua. No hay suerte. Me dejo caer al suelo.

Al quedarme quieta empiezo a percibir a los animales: extraños pájaros con brillante plumaje, lagartos de los árboles con largas lenguas azules y, de vez en cuando, una cosa que parece una mezcla de rata y zarigüeya que se cuelga de las ramas más cercanas al tronco. Disparo a una de estas últimas para derribarla y echarle un vistazo más de cerca.

Es fea, sin duda, un roedor grande con una pelusa gris moteada y dos dientes de aspecto peligroso sobresaliéndole por encima del labio inferior. Mientras la destripo y despellejo, me doy cuenta de otra cosa: tiene el hocico mojado, como un animal que ha estado bebiendo de un arroyo. Emocionada, me dirijo a su árbol y me muevo lentamente en espiral. La fuente de agua de la criatura no puede estar lejos.

Nada, no encuentro nada, ni siquiera una gota de rocío. Al final, como sé que Peeta estará preocupado por mí, vuelvo al campamento, más acalorada y frustrada que nunca.

Cuando llego, veo que los demás han transformado el lugar. Mags y Finnick han creado una especie de cabaña con las esteras de hierba, abierta por un lado, aunque con tres paredes, un suelo y un tejado. Mags también ha trenzado varios cuencos que Peeta ha llenado de frutos secos pelados. Se vuelven hacia mí, esperanzados, pero sacudo la cabeza.

—No, nada de agua, aunque está en alguna parte. Él lo sabía —añado, levantando el roedor despellejado para que lo vean—. Había bebido hacía poco cuando lo derribé del árbol, pero no conseguí encontrar la fuente. Os juro que he recorrido cada centímetro de terreno en un radio de unos treinta metros.

—¿Nos lo podemos comer? —pregunta Peeta.

—No estoy segura, la carne no parece muy distinta a la de las ardillas. Tendríamos que cocinarlo...

Vacilo al pensar en encender un fuego aquí, desde cero. Aunque lo consiguiera, produciríamos humo. Estamos todos tan cerca en esta arena que no podríamos ocultarlo.

Peeta tiene otra idea. Pincha un trozo de carne de roedor con un palo afilado y lo mete en el campo de fuerza. Se oye un siseo y el palo rebota. El trozo de carne está achicharrado por fuera, pero bien hecho por dentro. Le dedicamos unos aplausos, aunque nos detenemos en seco, recordando dónde estamos.

El sol blanco desaparece del cielo rosa cuando nos reunimos en la cabaña. Sigo recelando de los frutos, pero Finnick dice que Mags los reconoció de unos juegos anteriores. No me molesté en pasar mucho tiempo en el puesto de plantas comestibles durante el entrenamiento porque la última vez no me sirvió de nada. Ahora desearía haberlo hecho; seguro que tendrían algunas de las plantas desconocidas que me rodean y podría haber averiguado algo más sobre el lugar al que me llevaban. Mags parece seguir bien y lleva horas comiendo los frutos secos, así que agarro uno y le doy un mordisquito. Tiene un sabor suave y algo dulce que me recuerda a las castañas. Determino que no son peligrosos. El roedor sabe fuerte, a carne de caza, pero me sorprende lo jugoso que está. La verdad es que no es una mala comida para ser nuestra primera noche en la arena. Si además tuviésemos algo de líquido...

Finnick pregunta muchas cosas sobre el roedor, al que decidimos llamar rata de árbol. ¿A qué altura estaba? ¿Cuánto tiempo estuve observándolo antes de disparar? ¿Qué estaba haciendo el animal? No recuerdo que estuviese haciendo gran cosa, salvo olisquear en busca de insectos o algo.

Temo a la noche. Al menos, la hierba bien tejida ofrece alguna protección contra lo que aceche en la jungla a estas horas. Sin embargo, poco después de que se ponga el sol sale una luna blanca y pálida que hace las cosas un poco visibles. Nuestra conver-

303

sación se agota porque sabemos lo que se avecina. Nos colocamos en una línea a la entrada de la cabaña y Peeta me da la mano.

El cielo se ilumina con el sello del Capitolio, que aparece flotando en el espacio. Mientras escucho el himno, pienso: «Será más duro para Finnick y Mags». Pero resulta que también es duro de sobra para mí ver las caras de los ocho vencedores muertos proyectadas en el cielo.

El hombre del Distrito 5, el que Finnick derribó con su tridente, es el primero que aparece, lo que significa que todos los tributos del 1 al 4 están vivos: los cuatro profesionales, Beetee y Wiress, y, por supuesto, Mags y Finnick. Al hombre del Distrito 5 le siguen el adicto a la morflina del 6, Cecelia y Woof del 8, los dos del 9, la mujer del 10, y Seeder, del 11. El sello del Capitolio vuelve con un poco más de música y el cielo se oscurece de nuevo, salvo por la luna.

Nadie habla. No puedo fingir conocer bien a ninguno, pero estoy pensando en esos tres niños colgados de Cecelia cuando se la llevaron; en la amabilidad de Seeder cuando nos encontramos; incluso pensar en el adicto de ojos vidriosos pintándome flores amarillas en la cara me produce una punzada de dolor. Todos están muertos, para siempre.

No sé cuánto tiempo podríamos habernos quedado aquí sentados de no ser por el paracaídas plateado, que atraviesa el follaje y aterriza delante de nosotros. Nadie se levanta a verlo.

—¿Para quién creéis que es? —pregunto al fin.

—Cualquiera sabe —dice Finnick—. ¿Por qué no dejamos que se lo quede Peeta, por haber muerto hoy?

Peeta desata el cordón y abre el círculo de seda. En el paracaídas hay un pequeño objeto metálico que no logro entender.

—¿Qué es? —pregunto, pero nadie lo sabe. Nos lo pasamos de uno a otro y nos turnamos para examinarlo. Es un tubo de metal hueco, acabado en una ligera punta. En el otro extremo tiene un pequeño labio que se curva hacia abajo. Me resulta vagamente familiar. Una pieza que podría habérsele caído a una bicicleta, una barra de cortina..., cualquier cosa, en realidad.

Peeta sopla por un extremo para ver si hace ruido, pero no. Finnick le mete el dedo meñique para ver si sirve de arma; nada.

—¿Puedes pescar con él, Mags? —le pregunto. Mags, que puede pescar con lo que sea, sacude la cabeza y gruñe.

Me lo pongo en la mano y le doy vueltas. Como somos aliados, Haymitch estará trabajando con los mentores del Distrito 4. Él ha tenido que ver en la elección del regalo, lo que quiere decir que es valioso, quizá incluso imprescindible para nuestra supervivencia. Pienso en el año pasado, en cuando deseaba agua desesperadamente y él no la envió, porque sabía que podía encontrarla si lo intentaba. Los regalos de Haymitch, o la falta de ellos, envían mensajes importantes. Es como si lo oyese gruñir: «Utiliza el cerebro, si es que lo tienes. ¿Qué es?».

Me seco el sudor de los ojos y levanto el regalo a la luz de la luna. Lo muevo para verlo desde distintos ángulos, tapando algunas partes y destapando otras, intentando obligarlo a confesarme su utilidad. Al final, frustrada, clavo un extremo en la tierra.

—Me rindo. Quizá Beetee o Wiress puedan averiguarlo, si nos unimos a ellos.

Me estiro, apoyo la ardiente mejilla en la estera de hierba y lanzo una mirada herida al artilugio. Peeta me masajea un punto de tensión entre los hombros y yo me relajo un poco. Me pregunto por qué este lugar no se ha refrescado nada al desaparecer el sol. Me pregunto qué estará pasando en casa.

Prim. Mi madre. Gale. Madge. Pienso en ellos, observándome desde nuestro distrito. Al menos, espero que estén allí, que Thread no los haya encarcelado, que no los hayan castigado como a Cinna, como a Darius. Castigados por mi culpa. Todos.

Empiezo a echarlos de menos a ellos, a mi distrito, a mi bosque. Un bosque decente con robustos árboles de madera noble, comida abundante y presas sin pinta asquerosa. El rumor del agua en los arroyos. La brisa fresca. No, mejor vientos fríos que se lleven este calor sofocante. Me imagino un viento así y dejo que me refresque las mejillas, me entumezca los dedos y, de repente, la pieza metálica medio enterrada en la tierra negra por fin tiene nombre.

—¡Una espita! —exclamo, enderezándome de golpe.

—¿Qué? —pregunta Finnick.

Saco la cosa del suelo y la limpio. Después tapo el extremo en punta y miro el labio. Sí, he visto algo parecido antes, en un día ventoso y frío de hace mucho tiempo, cuando estaba en el bosque con mi padre. La metió bien ajustada en un agujero abierto en el tronco de un arce, a modo de camino para conducir la savia hasta nuestro cubo. El jarabe de arce hacía que incluso nuestro soso pan fuese delicioso. Después de la muerte de mi padre nunca supe qué pasó con el puñado de espitas que tenía. Seguramente estarían escondidas en alguna parte del bosque, perdidas para siempre.

—Es una espita, una especie de grifo. La metes en un árbol y sale la savia. —Observo los nervudos troncos verdes que tengo a mi alrededor—. Bueno, en el árbol apropiado.

—¿Savia? —pregunta Finnick. Al lado del mar tampoco tienen el tipo de árbol apropiado.

—Para hacer jarabe —explica Peeta—. Pero estos árboles deben de tener otra cosa dentro.

Nos ponemos todos de pie a la vez. La sed; la falta de arroyos; los afilados dientes delanteros de la rata de árbol y su hocico húmedo. Solo puede haber una cosa dentro de esos árboles. Finnick se dispone a clavar la espita en la corteza verde de un árbol enorme usando una roca, pero lo detengo.

—Espera, podrías romperla. Primero hay que abrir un agujero —le digo.

No tenemos nada para taladrar, así que Mags ofrece su punzón y Peeta lo mete directamente en la corteza, introduciendo la punta unos cinco centímetros. Finnick y él se turnan para abrir el agujero con el punzón y los cuchillos hasta que cabe dentro la espita. Yo la meto con cuidado y todos nos quedamos mirando, a la espera. Al principio no ocurre nada; después una gota de agua sale rodando por el borde y aterriza en la palma de Mags, que se la lame y vuelve a ponerla para mojársela de nuevo.

Después de mover y ajustar la espita, conseguimos que salga un fino chorro de agua. Nos turnamos para poner la boca debajo del grifo y humedecernos las lenguas resecas. Mags acerca una cesta, y la hierba tejida está tan apretada que sirve para llenarla de agua. Lo hacemos y nos la vamos pasando para beber con ganas, y después, todo un lujo, para lavarnos la cara. Como todo lo demás en este lugar, el agua está tirando a caliente, pero no es momento para ser delicados.

Sin la distracción de la sed, somos conscientes de lo cansados que estamos, así que nos preparamos para pasar la noche. El año pasado siempre intentaba tener mis cosas listas por si tenía que huir a oscuras. Este año no hay ninguna mochila que preparar, solo mis armas, que, en cualquier caso, no pienso soltar. Entonces recuerdo la espita y la saco del tronco. Le quito las hojas a un tallo resistente, lo meto a través del hueco de la espita y me lo ato al cinturón con fuerza.

Finnick se ofrece a hacer la primera guardia, y yo se lo permito porque soy consciente de que tiene que ser uno de nosotros dos hasta que Peeta haya descansado. Me tumbo al lado de mi prometido en el suelo de la cabaña y le digo a Finnick que me despierte cuando se canse. Sin embargo, me despierto unas cuantas horas después, alertada por lo que parecen ser campanadas: ¡tan, tan! No es exactamente como las que tocan en el Edificio de Justicia en Año Nuevo, aunque se parecen lo bastante como para reconocerlas. Peeta y Mags siguen dormidos, pero Finnick tiene la misma expresión de alerta que yo. Las campanadas cesan.

—He contado doce —dice.

Asiento, doce. ¿Qué significa? ¿Una por cada distrito? Quizá, pero ¿por qué?

—¿Crees que significa algo?

—Ni idea —responde.

Esperamos más instrucciones, quizá un mensaje de Claudius Templesmith, una invitación a un banquete. Sin embargo, lo único destacable es algo que vemos a lo lejos: un deslumbrante relámpago que golpea un árbol altísimo y después se convierte en tormenta eléctrica. Supongo que indica que va a llover, una fuente de agua para los que no tengan mentores tan listos como Haymitch.

—Vete a dormir, Finnick. De todos modos, me toca a mí.

Él vacila, pero nadie puede estar despierto para siempre. Se acomoda a la entrada de la cabaña, con una mano en un tridente, y se sumerge en un sueño inquieto.

Me siento con el arco cargado y contemplo la jungla, que es verde y pálida a la luz de la luna, fantasmagórica. Al cabo de una hora aproximadamente cesan los relámpagos y oigo llegar la lluvia, que salpica las hojas a algunos cientos de metros de nosotros. Sigo esperando a que llegue hasta aquí, pero no lo hace.

El sonido de un cañón me sorprende, aunque no afecta mucho a mis compañeros dormidos. No tiene sentido despertarlos por esto, otro vencedor muerto. Ni siquiera me permito preguntarme quién será.

La esquiva lluvia se para de repente, como la tormenta del año pasado en la arena.

Momentos después de parar, veo la niebla que se desliza por el suelo lentamente desde el lugar en el que estaba lloviendo. «Es una reacción. La lluvia fría sobre el suelo ardiendo», pienso. Sigue acercándose a un ritmo constante. Sus tentáculos se estiran y curvan como dedos, como si estuviesen tirando del resto. Mientras observo, noto que se me eriza el vello de la nuca. Esta niebla no es normal, la progresión de la parte delantera es demasiado uniforme para ser natural y, si no es natural...

Un empalagoso olor dulzón empieza a subirme por la nariz; corro a despertar a los otros, a gritarles para que se despierten.

En los pocos segundos que tardo en hacerlo, empiezan a salirme ampollas.

21

Puñaladas diminutas y abrasadoras cada vez que una gotita de niebla me toca la piel.

—¡Corred! —les grito a los demás—. ¡Corred!

Finnick se espabila de inmediato y se levanta para enfrentarse a un enemigo. Entonces ve el muro de niebla, se echa a Mags (que sigue dormida) a la espalda y sale corriendo. Peeta está de pie, pero no alerta. Lo agarro por el brazo y empiezo a empujarlo por la jungla, detrás de Finnick.

—¿Qué pasa? ¿Qué pasa? —pregunta, desconcertado.

—Una especie de niebla. Gas venenoso. ¡Deprisa, Peeta! —le insisto. Veo que, por mucho que lo negara durante el día, las secuelas del campo de fuerza han sido importantes. Está lento, mucho más de lo normal, y el enredo de plantas y maleza, que me desequilibra de vez en cuando, a él lo hace tropezar continuamente.

Vuelvo la mirada hacia la niebla que se extiende en línea recta hasta donde me alcanza la vista en todas direcciones. Un terrible impulso de huir, abandonar a Peeta y salvarme se adueña de mí. Sería muy sencillo correr con todas mis fuerzas, quizá incluso subirme a un árbol, por encima del alcance de la niebla, que parece llegar hasta unos doce metros de altura. Recuerdo que eso fue lo que hice cuando aparecieron las mutaciones en los juegos anteriores: huí y no pensé en Peeta hasta llegar a la Cornucopia. Sin embargo, esta vez agarro mi terror, lo empujo de vuelta a su sitio y me quedo al lado de mi compañero. Esta vez mi supervivencia no es el objetivo, sino la de Peeta. Pienso en los ojos pegados a las pantallas de televisión de los distritos, esperando a ver si escapo, como desea el Capitolio, o si me mantengo firme.

Me aferro a su mano y digo:

—Mírame los pies. Intenta pisar donde piso yo.

La idea ayuda, parece que nos movemos un poco más deprisa, aunque no lo bastante para permitirnos un descanso, y la niebla sigue pisándonos los talones. Gotitas de vapor se escapan del grueso del gas; queman, pero no como el fuego, no se nota tanto calor y sí un dolor más intenso cuando los productos químicos llegan a la carne, se pegan a ella y atraviesan las capas de piel. Nuestros monos no ayudan nada. Ofrecen tan poca protección que es como estar vestidos con papel de seda.

Finnick, que salió corriendo el primero, se detiene al darse cuenta de que tenemos problemas. No obstante, esto no es algo contra lo que se pueda luchar, tan solo se puede huir. Nos grita para darnos ánimos e intentar empujarnos a avanzar, y el sonido de su voz nos sirve de guía, aunque poco más.

La pierna artificial de Peeta se engancha en un nudo de enredaderas, y él cae al suelo antes de que pueda sostenerlo. Cuando lo ayudo a levantarse me doy cuenta de algo que me da más miedo que las ampollas, que debilita más que las quemaduras: se le ha hundido el lado izquierdo de la cara, como si se le hubiesen muerto todos los músculos de la zona. Tiene el párpado caído, con el ojo prácticamente oculto; la boca se dobla en un extraño ángulo hacia el suelo.

—Peeta... —empiezo, y entonces los espasmos me recorren el brazo.

Los productos químicos que lleva la niebla, sean lo que sean, hacen algo más que quemar..., también atacan a los nervios. Un miedo completamente nuevo se apodera de mí y hace que tire de Peeta hacia delante, consiguiendo que vuelva a tropezar. Cuando logro ponerlo en pie, ya sufro tics incontrolables en los dos brazos. La niebla nos ha alcanzado, está a menos de un metro. Algo va mal en las piernas de Peeta; está intentando caminar, pero se mueven de forma espasmódica, como si fuese una marioneta.

Noto que sale lanzado hacia delante, y me doy cuenta de que Finnick ha vuelto a por nosotros y tira de Peeta. Yo meto el hombro, que todavía parece bajo mi control, debajo del brazo de Peeta y hago lo que puedo por seguir el rápido ritmo de nuestro aliado. Estamos a unos diez metros de la niebla cuando Finnick se detiene.

—Así no podemos, tengo que llevarlo yo. ¿Puedes quedarte con Mags?

—Sí —respondo con firmeza, aunque se me cae el alma a los pies. Es cierto que Mags no puede pesar más de treinta y dos kilos, pero yo tampoco soy muy grande. De todos modos, seguro que he llevado cargas más pesadas. Si no fuera porque mis brazos no dejan de dar saltos... Me agacho y ella se coloca sobre mi hombro, igual que hace con Finnick. Me levanto lentamente y, con las rodillas bloqueadas, logro soportarla. Finnick lleva a Peeta sobre la espalda, y seguimos adelante, con él delante y yo detrás, por el sendero que abre entre las plantas.

La niebla continúa su avance, silenciosa, firme y monótona, salvo por los tentáculos que se lanzan hacia nosotros. Aunque mi instinto me dice que huya de ella, me doy cuenta de que Finnick se mueve en diagonal colina abajo. Intenta mantenerse a distancia del gas y acercarnos al agua que rodea la Cornucopia. «Sí, agua», pienso, mientras las gotitas de ácido me agujerean. Me siento muy agradecida por no haber matado a este hombre, porque ¿cómo habría sacado a Peeta con vida de aquí yo sola? Me siento agradecida por tener a alguien más de mi lado, aunque sea de forma temporal.

No es culpa de Mags que empiece a caerme. Hace lo que puede por ser una pasajera fácil, pero el hecho es que mis fuerzas tienen un límite, sobre todo ahora que la pierna derecha se me entumece. Las dos primeras veces que me caigo al suelo consigo ponerme de nuevo en pie, pero la tercera no logro que mi pierna coopere. Mientras lucho por levantarme, la pierna cede y Mags rueda por el suelo delante de mí. Me agito en la tierra, intentando usar enredaderas y troncos para enderezarme.

Finnick vuelve a mi lado, con Peeta encima.

—No puedo —le digo—. ¿Puedes llevártelos a los dos? Seguid, ya os alcanzaré. —Es una propuesta algo dudosa, aunque lo digo con toda la confianza que puedo.

Veo los ojos de Finnick, verdes a la luz de la luna. Los veo tan claros como el día, casi como los de un gato, con una extraña cualidad reflectante. Quizá sea por las lágrimas.

—No, no puedo llevarlos a los dos, mis brazos no funcionan.
—Y es cierto, sus brazos se agitan sin control a ambos lados de su cuerpo. Tiene las manos vacías. Solo le queda un tridente de los tres que cargaba, y lo lleva Peeta—. Lo siento, Mags, no puedo hacerlo.

Lo que sucede a continuación pasa tan deprisa y es tan absurdo que ni siquiera puedo moverme para impedirlo. Mags se levanta, le da un beso en los labios a Finnick y se dirige cojeando a la niebla. Su cuerpo se ve sacudido de inmediato por salvajes contorsiones y cae al suelo en una horrible danza.

Quiero gritar, pero me arde la garganta. Doy un inútil paso hacia ella, hasta que oigo el cañonazo y sé que se le ha parado el corazón, que está muerta.

—¿Finnick? —lo llamo, ronca. Él ya le ha dado la espalda a la escena y sigue alejándose de la niebla. Lo sigo arrastrando como puedo la pierna inútil, sin saber qué otra cosa hacer.

El tiempo y el espacio pierden significado conforme la niebla me invade el cerebro, atontando pensamientos y haciéndolo todo irreal. Algún profundo deseo animal de seguir viva me mantiene renqueando detrás de Finnick y Peeta, moviéndome, aunque quizá esté ya muerta. Algunas partes de mí están muertas o, al menos, no cabe duda de que se están muriendo. Y Mags está muerta. Eso lo sé, o quizá crea que lo sé, porque no tiene sentido.

La luz de la luna brillando sobre el cabello de bronce de Finnick, gotas de dolor abrasador que me atraviesan, una pierna convertida en madera. Sigo a mi aliado hasta que cae al suelo, con Peeta encima. Como ya no puedo ni detener mi avance, sigo impulsándome hasta tropezar con ellos, que están boca abajo, y convertirme en parte del montón. «Así es como vamos a morir todos, aquí, en este momento», pienso, pero la idea es abstracta y mucho menos alarmante que la tortura de mi cuerpo. Oigo gruñir a Finnick y consigo quitarme de encima. Ahora veo la niebla, que ha adquirido un tono blanco perlado. Puede que mis ojos me engañen o que sea por la luz de la luna, pero parece estar transformándose. Sí, se hace más espesa, como si se aplastase contra una ventana de cristal y se viese obligada a condensarse. La escudriño con más atención y me doy cuenta de que ya no tiene dedos. De hecho, ha dejado de moverse por completo. Como los demás horrores que he presenciado en la arena, ha llegado al final de su territorio. O eso, o los Vigilantes han decidido no matarnos todavía.

—Se ha parado —intento decir, aunque de mi boca hinchada solo sale un horroroso graznido—. Se ha parado —repito, y esta vez debo de haberlo dicho con más claridad, porque tanto Peeta como Finnick miran hacia la niebla, que empieza a elevarse, como si la aspirasen desde el cielo. La contemplamos hasta que no queda nada, ni una sola voluta.

Peeta rueda para apartarse de Finnick, que se pone boca arriba. Nos quedamos donde estamos, jadeando, retorciéndonos, con mentes y cuerpos invadidos por el veneno. Al cabo de unos minutos, Peeta hace un vago gesto hacia arriba.

—Mon-hos.

Levanto la mirada y veo a un par de lo que, supongo, serán monos. Nunca había visto un mono de verdad, aunque sí debo de haber visto alguna imagen, o alguno en los juegos, porque, cuando veo los animales, esa es la primera palabra que me viene a la cabeza. Creo que estos tienen pelaje naranja, aunque resulta difícil decirlo, y son la mitad de grandes que un humano adulto. Los tomo por una buena señal, no estarían por aquí si el aire fuese mortífero. Monos y humanos nos observamos en silencio durante un rato. Entonces Peeta se pone de rodillas como puede y se arrastra colina abajo. Todos lo hacemos, porque, en estos momentos, caminar supone una hazaña tan increíble como volar; nos arrastramos hasta que llegamos a una estrecha franja de playa arenosa y el agua cálida que rodea la Cornucopia nos baña la cara. Retrocedo de golpe, como si hubiese tocado una llama.

«Echar sal en la herida». Por fin entiendo de verdad la expresión, porque la sal del agua hace que el dolor de las heridas me resulte tan cegador que estoy a punto de desmayarme. Sin embargo, noto algo más, como una succión. Experimento poniendo con cuidado una mano en el agua. Doloroso, sí, pero cada vez menos. Y, a través de la capa de agua azul, veo una sustancia lechosa que me sale de las heridas de la piel. Conforme desaparece la sustancia, también lo hace el dolor. Me desabrocho el cinturón y me quito el mono, que ya no es más que un trapo perforado, aunque, curiosamente, los zapatos y la ropa interior siguen intactos. Poco a poco, trocito a trocito, saco el veneno de mis heridas. Peeta parece estar haciendo lo mismo, mientras que Finnick ha retrocedido del agua al primer contacto y está tumbado boca abajo en la arena; o no puede o no quiere purgarse.

Finalmente, cuando ya he sobrevivido a lo peor, que es abrir los ojos bajo el agua, respirar sumergida y echarlo todo afuera, e incluso hacer gárgaras varias veces para limpiarme la garganta, me siento lo bastante recuperada para ayudar a Finnick. Empiezo a usar de nuevo la pierna, pero los brazos siguen sufriendo espasmos. No puedo arrastrar a Finnick hasta las olas y, además, es posible que el dolor lo matara, así que me lleno las temblorosas manos de agua y se la echo en los puños. Como no está sumergido, el veneno sale de sus heridas igual que ha entrado, en volutas de niebla de las que procuro apartarme. Peeta se ha recuperado lo suficiente para colaborar. Corta el mono de Finnick. En alguna parte encuentra dos caracolas que funcionan mucho mejor que nuestras manos, y nos concentramos en empaparle primero los brazos, que son los más afectados. A pesar de que un montón de nubecillas blancas salen de ellos, él no se da cuenta. Se queda tumbado donde está, con los ojos cerrados, gimiendo de vez en cuando.

Miro a mi alrededor, cada vez más consciente de lo peligrosa que es nuestra situación. Pese a ser de noche, esta luna emite demasiada luz para ocultarse. Tenemos suerte de que nadie nos haya atacado todavía. Podríamos verlos venir desde la Cornucopia, pero, si los cuatro profesionales nos atacasen, acabarían con nosotros. Aunque no nos hayan visto a la primera, los gemidos de Finnick nos delatarán pronto.

—Tenemos que meterlo más en el agua —susurro, pero no podemos meterlo de cabeza en estas condiciones. Peeta hace un gesto hacia sus pies. Tiramos de uno cada uno y le damos la vuelta ciento ochenta grados, para después arrastrarlo hacia el agua salada. Centímetro a centímetro. Primero los tobillos. Esperamos unos minutos. Hasta la mitad de la pantorrilla. Esperamos. Las rodillas. Nubes de humo blanco le salen de la carne, y él gime. Seguimos desintoxicándolo poquito a poco. Descubro que, cuanto más tiempo paso en el agua, mejor me siento. No es solo la piel, sino que también mejora mi control del cerebro y los músculos, y veo que la cara de Peeta empieza a recuperar la normalidad: levanta el párpado y pierde la mueca.

Finnick empieza a revivir lentamente. Abre los ojos, fija la mirada en nosotros y vemos que es consciente de que le ayudamos. Permito que descanse la cabeza en mi regazo y lo dejamos empaparse diez minutos con todo el cuerpo sumergido del cuello para abajo. Peeta y yo nos sonreímos cuando él saca los brazos del agua.

—Solo queda la cabeza, Finnick. Es la peor parte, pero te sentirás mucho mejor después, si puedes soportarlo —dice Peeta. Lo ayudamos a sentarse y le dejamos que nos apriete la mano mientras se purga los ojos, la nariz y la boca. Todavía tiene la garganta demasiado reseca para hablar.

—Voy a intentar sacar agua de un árbol —digo, y manoseo el cinturón hasta encontrar la espita que todavía cuelga de él.

—Deja que haga el agujero primero —responde Peeta—. Quédate aquí con él. Tú eres la sanadora.

«Menuda broma», pienso, pero no lo digo en voz alta, porque Finnick ya tiene bastantes problemas. Se ha llevado la peor parte de la niebla, aunque no sé bien por qué. Quizá porque es el más grande de los tres o porque ha tenido que hacer un esfuerzo mayor. Y, además, por supuesto, está lo de Mags. Todavía no entiendo qué pasó, por qué la abandonó para llevar a Peeta; por qué ella no solo no lo cuestionó, sino que se lanzó a una muerte segura sin pensarlo dos veces. ¿Decidiría ella que, al ser tan anciana, sus días estaban contados de todos modos? ¿Pensaron que Finnick tendría más posibilidades de ganar si nos tenía a Peeta y a mí de aliados? El rostro demacrado de Finnick me advierte de que no es el mejor momento para preguntárselo.

En vez de hacerlo, intento recomponerme. Rescato el broche de sinsajo de mi mono destrozado y me lo prendo al tirante de la camiseta interior. El cinturón de flotación debe ser resistente al ácido, porque parece como nuevo. Aunque puedo nadar, por lo que el cinturón no es realmente necesario, Brutus bloqueó mi flecha con él, así que decido volver a ponérmelo por si sirve de protección. Me suelto el pelo y lo peino con los dedos, lo que hace que se me caiga bastante, dañado por las gotitas de niebla, y después trenzo lo que queda.

Peeta ha encontrado un buen árbol a unos diez metros de la estrecha franja de playa. Apenas lo vemos, pero el sonido del cuchillo en el tronco de madera es muy claro. Me pregunto qué le habrá pasado al punzón. Mags tiene que haberlo soltado, o quizá se lo llevase a la niebla con ella. En cualquier caso, ya no lo tenemos.

Me he adentrado un poco más en el agua, flotando primero boca abajo y luego boca arriba. Si ha servido para curarnos a Peeta y a mí, a Finnick lo está transformando por completo: empieza a moverse lentamente, probando sus extremidades, y, poco a poco, se pone a nadar. Sin embargo, no es como mi forma de nadar, de brazadas rítmicas y ritmo regular, sino que me parece estar observando a un extraño animal marino que ha vuelto a la vida. Se sumerge y sube a la superficie echando agua por la boca; rueda una y otra vez en un extraño movimiento espiral que me marea con solo mirarlo. Después, cuando lleva bajo el agua tanto tiempo que temo que se haya ahogado, saca la cabeza justo delante de mí y me pega un susto.

—No hagas eso —le pido.

—¿El qué? ¿Salir o quedarme debajo?

—Las dos cosas. Ninguna. Lo que sea. Limítate a empaparte de agua y comportarte. O, si te sientes tan bien, vamos a ayudar a Peeta.

En el poco tiempo que tardamos en llegar al borde de la jungla me doy cuenta del cambio. No sé si será por los años de cazadora o porque mi oído reconstruido realmente funciona mejor de lo esperado, pero percibo la masa de cuerpos cálidos que se encuentra por encima de nosotros. No hace falta que charlen, ni que griten; me basta con el conjunto de sus respiraciones.

Toco el brazo de Finnick y él sigue mi mirada hacia arriba. ¿Cómo habrán llegado de manera tan silenciosa? Quizá no lo hayan hecho. Estábamos tan concentrados en recuperarnos que no nos hemos dado cuenta de que se reunían. No son cinco, ni diez, sino decenas de monos subidos a las ramas de los árboles de la jungla. La pareja que vimos al escapar de la niebla parecía una especie de comité de bienvenida. Esta multitud no augura nada bueno.

Cargo el arco con dos flechas y Finnick agarra bien el tridente.

—Peeta —digo, con toda la tranquilidad del mundo—. Necesito que me ayudes con una cosa.

—Vale, un minuto, creo que ya casi lo tengo —responde, todavía ocupado con el árbol—. Sí, ya está. ¿Tienes la espita?

—Sí, pero hemos descubierto algo que será mejor que veas —continúo, en tono relajado—. Acércate a nosotros muy despacio, para que no los asustes. —Por algún motivo, no quiero que se dé cuenta de la presencia de los monos, ni siquiera que mire hacia ellos. Algunos animales interpretan el simple contacto visual como una agresión.

Peeta se vuelve hacia nosotros, jadeante por el trabajo en el árbol. El tono de mi pregunta es tan extraño que se ha dado cuenta de que pasa algo.

—Vale —responde, como si nada. Empieza a moverse por la jungla y, aunque sé que intenta con todas sus fuerzas ser silencioso, eso nunca ha sido su fuerte, ni siquiera cuando tenía dos piernas buenas. Pero no pasa nada, se está moviendo y los monos mantienen sus posiciones. Está a menos de cinco metros de la playa cuando los percibe. Aunque solo levanta la vista un segundo, es como si hubiese activado una bomba. Los monos estallan en una chillona masa de pelaje naranja y caen sobre él.

Nunca había visto a ningún animal moverse tan deprisa. Se deslizan por las ramas como si estuviesen engrasadas, saltan distancias imposibles de árbol en árbol con los colmillos fuera, las plumas del cuello levantadas y las uñas saliéndoles disparadas de los dedos como si fuesen navajas de muelle. Puede que no esté muy familiarizada con los monos, pero los animales de verdad no actúan así.

—¡Mutos! —grito, mientras Finnick y yo nos metemos corriendo en la zona de los árboles.

Sé que tengo que aprovechar todas las flechas, y lo hago. A la espeluznante luz nocturna derribo a un mono tras otro, apuntando a ojos, corazones y cuellos, de modo que cada acierto suponga una muerte. Sin embargo, no bastaría sin Finnick atravesando a las bestias como si fueran peces y lanzándolos a un lado, y Peeta cortándolos con su cuchillo. Noto uñas en la pierna y en la espalda antes de que alguien derribe al atacante. El aire se espesa con las plantas machacadas, el aroma de la sangre y el hedor a rancio de los monos. Peeta, Finnick y yo nos colocamos formando un triángulo, con unos cuantos metros de distancia entre nosotros y dándonos la espalda. Se me cae el alma a los pies cuando saco la última flecha. Entonces recuerdo que Peeta tiene otro carcaj y que no está disparando, sino cortando con el cuchillo. Yo también he sacado el mío, pero los monos son más rápidos y saltan adelante y atrás tan deprisa que no me dan tiempo a reaccionar.

—¡Peeta! —le grito—. ¡Tus flechas!

Peeta se vuelve para ver qué me pasa y empieza a descolgarse el carcaj del hombro cuando sucede: un mono salta de un árbol y aterriza en su pecho. No tengo flechas, no puedo disparar. Oigo el golpe del tridente de Finnick al dar en otro objetivo y sé que su arma está ocupada. Peeta no puede usar el brazo del cuchillo e intenta sacar el carcaj. Lanzo mi cuchillo al muto que se acerca, pero la criatura da un salto mortal para esquivarlo y sigue su trayectoria.

Sin armas, indefensa, hago lo único que se me ocurre: correr hacia Peeta y tirarlo al suelo para protegerlo con mi cuerpo, aunque sé que no llegaré a tiempo.

Sin embargo, ella sí llega. Es como si apareciese de la nada, de repente, dando vueltas, delante de Peeta. Está ensangrentada, con la boca abierta para dejar escapar un chillido agudo y las pupilas tan grandes que sus ojos parecen agujeros negros.

La lunática adicta a la morflina del Distrito 6 se lanza sobre el mono, como si lo abrazara con sus brazos esqueléticos, y el animal le clava los colmillos en el pecho.

22

Peeta deja caer el carcaj y clava el cuchillo en la espalda del mono una y otra vez, hasta que el animal suelta a la mujer. Él lo aparta de una patada y se prepara para más. Yo ya tengo sus flechas, un arco cargado y Finnick a mi espalda, respirando con dificultad, pero libre.

—¡Venga, vamos! —grita Peeta, jadeando de rabia. Sin embargo, algo pasa con los monos, se retiran, suben a los árboles y se pierden en la jungla, como si alguna voz inaudible los llamara. La voz de un Vigilante que les dice que ya basta.

—Ve a por ella —le digo a Peeta—. Te cubrimos.

Peeta levanta con cuidado a la adicta y carga con ella los pocos metros que nos separan de la playa, mientras Finnick y yo los seguimos, con las armas preparadas. Sin embargo, salvo por los cadáveres naranja en el suelo, los monos han desaparecido. Peeta deja a la mujer en la arena. Corto la tela sobre su pecho y dejo al descubierto las cuatro profundas incisiones. La sangre sale lentamente por ellas haciéndolas parecer mucho menos mortíferas de lo que son. El verdadero daño está dentro. Por la posición de las heridas, estoy segura de que el animal ha roto algo vital, un pulmón o quizá incluso el corazón.

Se queda tumbada en la arena, boqueando como un pez fuera del agua. Tiene la piel hundida y de un verde enfermizo, con unas costillas tan prominentes como las de un niño muerto de hambre. Podía permitirse la comida, pero se volcó en la morflina, igual que Haymitch en la bebida, supongo. En ella todo parece perdido: su cuerpo, su vida, la mirada vacía de los ojos. Sostengo una de sus manos, que sufre espasmos, aunque no sé si por el veneno que afectó a nuestros nervios, por la conmoción del ataque o por la falta de la droga que la sustentaba. No podemos hacer nada, nada salvo quedarnos con ella mientras se muere.

—Vigilaré los árboles —dice Finnick antes de alejarse. Me gustaría alejarme también, pero ella me aprieta la mano con tanta fuerza que tendría que abrirle los dedos, y no me quedan ánimos para ser tan cruel. Pienso en Rue, en que quizá podría cantar algo, como a ella. Sin embargo, desconozco el nombre de la adicta, por no hablar de sus gustos musicales. Solo sé que se muere.

Peeta se pone en cuclillas al otro lado y le acaricia el pelo. Cuando empieza a hablar con dulzura parece que ha perdido la cabeza, pero sus palabras no son para mí.

—Con mi caja de pinturas, en casa, puedo hacer todos los colores imaginables: rosa tan pálido como la piel de un bebé o tan fuerte como el ruibarbo. Verde como la hierba en primavera. Un azul que reluce como el hielo en el agua.

La mujer clava la mirada en los ojos de Peeta, absorta en sus palabras.

—Una vez me pasé tres días mezclando pintura hasta encontrar el tono perfecto para la luz del sol sobre el pelaje blanco. Verás, creía que era amarillo, pero era mucho más que eso. Capas de todo tipo de colores, una a una.

La respiración de la mujer se ralentiza hasta no ser más que rápidas exhalaciones. Se moja la mano libre en la sangre del pecho y hace los pequeños movimientos giratorios con los que tanto le gustaba pintar.

—Todavía no he conseguido pintar un arco iris. Llegan tan deprisa y se van tan pronto... No he tenido el tiempo suficiente para capturarlos, solo un poquito de azul por aquí o de morado por allá y vuelven a desaparecer. Vuelven al aire.

La mujer parece hipnotizada por las palabras, en trance. Levanta una mano temblorosa y pinta lo que parece ser una flor en la mejilla de Peeta.

—Gracias —susurra él—. Es preciosa.

Durante un instante, el rostro de la adicta se ilumina con una sonrisa y deja escapar un sonido chillón. Después su mano ensangrentada vuelve al pecho, deja escapar un último aliento y suena el cañonazo. Me suelta la mano.

Peeta se la lleva al agua, regresa y se sienta a mi lado. La mujer flota hacia la Cornucopia durante un momento, hasta que aparece el aerodeslizador, suelta su pinza de cuatro dientes, la rodea y se la lleva al cielo nocturno para siempre.

Finnick vuelve con nosotros con el puño lleno de flechas todavía mojadas con la sangre de los monos. Las suelta a mi lado, en la arena.

—Pensé que las querrías.

—Gracias —respondo. Me meto en el agua y lavo la porquería de las armas, de las heridas. Cuando regreso a la jungla para reunir algo de musgo con el que secarlas, todos los cuerpos de los animales han desaparecido.

—¿Adónde han ido? —pregunto.

—No lo sabemos exactamente. Las ramas se movieron y los monos desaparecieron —responde Finnick.

Nos quedamos mirando la jungla, entumecidos y agotados. Todo está en silencio, y entonces me doy cuenta de que los puntos en los que las gotitas de niebla me tocaron la piel ya han formado costra. No me duelen, aunque empiezan a picar, y mucho. Intento pensar que es buena señal, que se están curando; miro a Peeta y a Finnick, y descubro que los dos se rascan las heridas de la cara. Sí, hasta la belleza de Finnick se ha visto afectada esta noche.

—No os rasquéis —les aviso; aunque me muero por rascarme, sé que es el consejo que daría mi madre—. Se os infectará. ¿Creéis que es seguro intentar ir de nuevo a por agua?

Volvemos al árbol que Peeta estaban agujereando. Finnick y yo montamos guardia con las armas preparadas mientras él mete la espita, pero no aparece ninguna amenaza. Peeta ha encontrado una buena vena y el agua empieza a salir a borbotones, así que saciamos la sed y dejamos que el líquido tibio nos calme los picores. Después llenamos unas cuantas caracolas de agua potable y regresamos a la playa.

Todavía es de noche, aunque no puede faltar mucho para el alba, a no ser que los Vigilantes lo deseen.

—¿Por qué no descansáis los dos un poco? —digo—. Yo vigilaré un rato.

—No, Katniss, prefiero hacerlo yo —responde Finnick. Le miro a los ojos, a la cara, y me doy cuenta de que apenas es capaz de contener las lágrimas. Mags. Lo menos que puedo hacer por él es darle algo de intimidad para llorar por ella.

—Vale, Finnick, gracias.

Me tumbo en la arena al lado de Peeta, que se queda dormido de inmediato. Yo contemplo la noche y pienso en lo mucho que pueden cambiar las cosas en un día, en que ayer ese hombre estaba en mi lista de futuras víctimas y ahora estoy dispuesta a dormir mientras él monta guardia. Ha dejado morir a Mags para salvar a Peeta y no sé por qué. Lo que sí sé es que nunca saldaré la deuda, que por ahora solo puedo dormirme y dejarlo llorar en paz. Así que eso hago.

Es media mañana cuando abro de nuevo los ojos. Peeta sigue a mi lado. Sobre nosotros hay una estera de hierba apoyada en unas ramas que nos protege del sol. Me siento y veo que Finnick no ha perdido el tiempo: hay dos cuencos tejidos llenos de agua fresca, y un tercero con un montón de marisco.

Él está sentado en la arena, abriendo las criaturas con una piedra.

—Están mejor frescos —comenta, arrancando un pedazo de carne para metérselo en la boca. Todavía tiene los ojos hinchados, pero finjo no darme cuenta.

El estómago me empieza a gruñir al oler la comida, así que pruebo con uno. Verme las uñas llenas de sangre me detiene; al parecer, me he estado rascando las heridas como loca mientras dormía.

—¿Sabes? Si te rascas, se te va a infectar —me dice Finnick.

—Eso he oído —respondo. Me meto en el agua de la playa y me lavo la sangre, intentando decidir si odio más el dolor o el picor. Harta, vuelvo a la arena dando grandes zancadas, alzo la cabeza y suelto:

—¡Oye, Haymitch! Si no estás demasiado borracho, no nos vendría mal algo para la piel, ¿sabes?

Resulta casi cómico lo deprisa que aparece el paracaídas. Levanto la mano y el tubo aterriza limpiamente en la palma abierta.

—Ya era hora —digo, aunque no consigo mantener el ceño fruncido. Haymitch. Lo que daría por poder hablar cinco minutos con él.

Me dejo caer en la arena al lado de Finnick y desenrosco la tapa del tubo. Dentro hay una pomada espesa y oscura que huele muy fuerte, a una mezcla de alquitrán y agujas de pino. Arrugo la nariz al echarme un poquito de medicamento en la mano y empezar a masajearme la pierna, pero se me escapa un suspiro de placer cuando compruebo que el potingue elimina el picor. También le da un espeluznante tono gris verdoso a las costras. Antes de empezar con la otra pierna le tiro el tubo a Finnick, que me mira vacilante.

—Es como si te estuvieses pudriendo —comenta. Sin embargo, supongo que el picor vence la batalla, porque, al cabo de un minuto, él también empieza a echárselo en la piel. La verdad es que la combinación de las costras y la pomada es horrenda. No debería, pero me hace gracia su sufrimiento.

—Pobre Finnick, ¿es la primera vez en tu vida que no estás guapo?

—Seguramente. La sensación me resulta completamente nueva. ¿Cómo has hecho tú para soportarlo tantos años?

—Solo tienes que evitar los espejos. Al final se te olvidará.

—No si sigo mirándote —responde.

Nos embadurnamos de arriba abajo, incluso turnándonos para echarnos la pomada en la espalda, donde las camisetas interiores no nos protegen la piel.

—Voy a despertar a Peeta —digo.

—No, espera, vamos a hacerlo juntos, los dos delante de su cara.

Bueno, me quedan tan pocas oportunidades para divertirme en la vida que no tengo más remedio que aceptar. Nos colocamos a ambos lados de Peeta, acercamos la cara a pocos centímetros de su nariz y lo sacudimos un poco.

—Peeta, Peeta, despierta —le digo en voz bajita y cantarina.

Él abre los ojos lentamente y salta como si lo hubiésemos apuñalado.

—¡Aaah!

Finnick y yo caemos de espaldas sobre la arena, muertos de risa. Cada vez que empezamos a calmarnos, miramos a Peeta, que intenta mirarnos con desdén, y nos da otro ataque. Cuando conseguimos recuperar la compostura, se me ocurre que quizá Finnick Odair no esté tan mal; al menos, no es tan vanidoso ni creído como pensaba. En realidad, no está nada mal. Y, justo cuando llego a esa conclusión, un paracaídas aterriza a nuestro lado, cargado con un pan recién hecho. Recuerdo que el año pasado los regalos de Haymitch solían estar pensados para enviarme un mensaje, así que hago una nota mental: «Hazte amiga de Finnick y conseguirás comida».

Él le da vueltas al pan en la mano, examinando la corteza con un ademán un pelín posesivo. No hace falta, porque tiene ese colorcillo verde de las algas que le echan al pan del Distrito 4. Todos sabemos que es para él. Quizá solo sea que acaba de darse cuenta de lo valioso que es y de que puede que no vuelva a ver otro pan en su vida. O puede que algún recuerdo de Mags esté relacionado con la corteza. En cualquier caso, lo único que dice es:

—Irá bien con el marisco.

Mientras ayudo a Peeta a cubrirse la piel con la pomada, Finnick saca con destreza la carne del marisco. Después nos reunimos para comernos la deliciosa pulpa dulce con el pan salado del Distrito 4.

Todos parecemos monstruos (encima, la pomada hace que algunas costras se pelen), pero me alegro de tener la medicina, no solo porque me alivia el picor, sino porque también sirve para protegernos del ardiente sol blanco del cielo rosa. Por su posición, calculo que serán las diez en punto y que llevamos en la arena más o menos un día. Once de los nuestros han muerto. Trece viven. En algún lugar de la jungla, diez se esconden. Tres o cuatro son profesionales. No me apetece mucho intentar recordar quiénes son los demás.

Para mí, la jungla ha pasado rápidamente de ser un lugar seguro a una trampa siniestra. Sé que en algún momento nos veremos obligados a introducirnos de nuevo en sus profundidades, ya sea para cazar o para que nos cacen, pero, por ahora, pienso quedarme en nuestra playita, y no oigo a ninguno de mis dos amigos sugerir lo contrario. Durante un rato, la jungla parece casi estática, llena de zumbidos y reluciente, aunque sin alardear de sus peligros. Entonces oímos los gritos que vienen de lejos. Frente a nosotros, una porción de la jungla empieza a vibrar, y una enorme ola sobrepasa la cima de la colina y las copas de los árboles para bajar rugiendo por la pendiente. Golpea el agua de la playa con tanta fuerza que, aunque estamos lo más lejos de ella que hemos podido, la espuma se nos arremolina alrededor de las rodillas y lo empapa todo. Entre los tres logramos recuperar nuestras cosas antes de que el agua se lo lleve todo flotando, salvo los monos cubiertos de productos químicos, que están tan destrozados que a ninguno nos importa perderlos.

Suena un cañonazo, y vemos aparecer el aerodeslizador encima del área en la que comenzó la ola y llevarse un cadáver de los árboles. «Doce», pienso.

El círculo de agua se calma poco a poco, después de absorber la ola gigante. Volvemos a dejar nuestras cosas en la arena húmeda y estamos a punto de sentarnos cuando las vemos: tres figuras a unos dos rayos de distancia, que salen de la jungla dando tumbos.

—Ahí —digo en voz baja, señalando hacia los recién llegados. Peeta y Finnick siguen mi mirada. Como si nos hubiésemos puesto de acuerdo previamente, los tres volvemos a las sombras de la jungla.

El trío está en mala forma, se nota a simple vista. A uno lo lleva a rastras un segundo, y el tercero deambula en círculos, como si estuviese loco. Están completamente teñidos de rojo ladrillo, como si los hubiesen sumergido en pintura y los hubiesen puesto a secar.

—¿Quiénes son? —pregunta Peeta—. ¿O son mutaciones?

Tiro de una flecha, preparándome para atacar, pero lo único que sucede es que la figura que llevaban a rastras se derrumba en la playa. La que lo arrastraba pisotea el suelo, frustrada y, en un aparente ataque de mal humor, se vuelve y empuja a la figura enloquecida.

El rostro de Finnick se ilumina, y grita:

—¡Johanna!

Después sale corriendo hacia las criaturas rojas.

—¡Finnick! —oigo gritar a Johanna.

Intercambio miradas con Peeta.

—¿Y ahora qué? —le pregunto.

—No podemos dejar a Finnick.

—Supongo que no. Pues vamos, venga —le digo a regañadientes, porque, incluso en el caso de haber preparado una lista de aliados, Johanna Mason no habría estado entre ellos, ni de lejos. Los dos nos acercamos a Finnick y Johanna, y, al hacerlo, veo a sus compañeros, lo que aumenta mi confusión: el que está de espaldas en el suelo es Beetee, y Wiress es la que acaba de ponerse en pie de nuevo para seguir caminando en círculo.

—Tiene a Wiress y Beetee.

—¿A Majara y Voltios? —pregunta Peeta, que también está desconcertado—. Tengo que enterarme de la historia.

Cuando llegamos a ellos, Johanna gesticula hacia la jungla y habla muy deprisa con Finnick.

—Creíamos que era lluvia, por los relámpagos, y teníamos mucha sed, pero, cuando empezó a caer, resultó ser sangre. Sangre caliente y espesa. No se podía ver, ni hablar sin llenarte la boca. Estuvimos dando tumbos por ahí, intentando salir. Entonces Blight se dio contra el campo de fuerza.

—Lo siento, Johanna —le dice Finnick. Tardo un momento en ubicar a Blight. Creo que era el compañero de Johanna del Distrito 7, aunque apenas recuerdo haberlo visto. Ahora que lo pienso, ni siquiera creo que apareciese por el entrenamiento.

—Sí, bueno, no era gran cosa, pero era de casa —comenta ella—. Y me dejó sola con estos dos. —Le da un golpe a Beetee, que apenas está consciente, con el pie—. Le clavaron un cuchillo en la espalda en la Cornucopia. Y ella...

Todos miramos a Wiress, que está dando vueltas en círculo, cubierta de sangre seca, murmurando:

—Tic, tac, tic, tac.

—Sí, lo sabemos, tic, tac. Majara ha sufrido una conmoción —explica Johanna. Eso parece atraer a Wiress, que se desvía hacia Johanna, pero esta la empuja sin miramientos hacia la playa—. Quédate quieta, ¿quieres?

—Déjala en paz —le espeto.

Johanna entrecierra los ojos y me mira con odio.

—¿Que la deje en paz? —sisea, dando un paso adelante antes de que pueda reaccionar; me da una bofetada tan fuerte que veo las estrellas—. ¿Quién te crees que los sacó de esa puñetera jungla por ti? Serás... —Finnick se la echa a la espalda, aunque ella no deja de retorcerse, la lleva al agua y la sumerge repetidas veces mientras ella me grita un montón de cosas realmente insultantes. Pero no le disparo, porque está con Finnick y por lo que ha dicho de haberlos sacado de la jungla por mí.

—¿Qué ha querido decir? ¿Los ha salvado por mí? —le pregunto a Peeta.

—No lo sé. Al principio los querías —me recuerda.

335

—Sí, es verdad, al principio. —Eso no me aclara nada. Miro el cuerpo inmóvil de Beetee—. De todos modos, no me servirán de mucho si no hacemos algo deprisa.

Peeta alza a Beetee en brazos y yo me llevo a Wiress de la mano a nuestro pequeño campamento de la playa. Siento a Wiress en el agua, en la orilla, para que se lave un poco; ella no hace más que apretarse los puños y mascullar de vez en cuando: «Tic, tac». Le quito el cinturón a Beetee y descubro un pesado cilindro de metal atado a él con una cuerda tejida con plantas. No sé qué es, pero, si pensó que merecía la pena guardarlo, no seré yo la que lo pierda. Lo dejo en la arena. La ropa de Beetee está pegada a él por culpa de la sangre, así que Peeta lo sostiene en el agua mientras se la quito. Tardo bastante en sacarle el mono, y entonces descubrimos que también tiene la ropa interior saturada de sangre. No nos queda más remedio que desnudarlo para limpiarlo, aunque debo decir que eso ya no me impresiona como antes. La mesa de nuestra cocina ha visto ya a tantos hombres desnudos este año que al final una se acaba acostumbrando.

Bajamos la estera de Finnick y tumbamos a Beetee boca abajo para examinarle la espalda. Tiene una raja de unos quince centímetros de largo desde el omóplato hasta más allá de las costillas. Por suerte, no es muy profunda. Ha perdido mucha sangre, eso sí, se le nota en la palidez de la piel, y la herida sigue abierta.

Me pongo en cuclillas, intentando pensar. ¿Qué tengo para trabajar? ¿Agua de mar? Me siento como mi madre cuando su primera línea de defensa para tratarlo todo era la nieve. Miro hacia la jungla, donde seguro que hay una farmacia entera, si supiera cómo usarla. Sin embargo, estas no son mis plantas. Después pienso en el musgo que Mags me dio para sonarme la nariz.

—Ahora mismo vuelvo —le digo a Peeta. Lo bueno es que el musgo parece bastante común en la jungla, así que arranco un buen puñado de los árboles cercanos y lo llevo a la playa, preparo una buena plasta, se la pongo a Beetee en el corte y la sujeto atándole las enredaderas alrededor del cuerpo. Conseguimos que beba algo de agua y lo llevamos a la sombra, al borde de la jungla.

—Creo que no podemos hacer más —comento.

—Así está bien. No se te da mal esto de curar —me dice Peeta—. Lo llevas en la sangre.

—No —respondo, sacudiendo la cabeza—. Tengo la sangre de mi padre. —La clase de sangre que se acelera durante una caza, no en una epidemia—. Voy a ver cómo está Wiress.

Me llevo un poco de musgo para usarlo de trapo y me uno a Wiress en el agua. Ella no se resiste cuando empiezo a quitarle la ropa para limpiarle la sangre de la piel, pero tiene los ojos dilatados de miedo y, cuando le hablo, ella no responde, salvo para decir con una urgencia cada vez mayor: «Tic, tac». Es como si intentara decirme algo, aunque, sin Beetee para explicarlo, estoy perdida.

—Sí, tic, tac, tic, tac —le digo. Eso parece calmarla un poco. Le lavo el mono hasta que apenas queda rastro de sangre y la ayudo a ponérselo. No está destrozado, como los nuestros. El cinturón está bien, así que se lo pongo. Después coloco su ropa interior al lado de la de Beetee, bajo unas rocas, y dejo que se empape.

Cuando termino de enjuagar el mono de Beetee, una Johanna tan limpia que reluce y un Finnick en pleno proceso de muda de piel se unen a nosotros. Johanna se limita a beber agua y a hincharse de marisco durante un rato, mientras yo intento convencer a Wiress de que tome algo. Finnick cuenta lo de la niebla y los monos de una forma impersonal casi fría, evitando comentar el detalle más importante de la historia.

Todos se ofrecen a montar guardia mientras los demás descansan, pero, al final, somos Johanna y yo las que la hacemos. Yo porque estoy muy descansada, y ella porque se niega a tumbarse. Las dos nos sentamos en silencio en la playa hasta que los demás se duermen.

Ella mira a Finnick, para asegurarse, y se vuelve hacia mí.

—¿Cómo habéis perdido a Mags?

—En la niebla. Finnick tenía a Peeta. Yo llevé a Mags un rato. Después no pude seguir levantándola. Finnick dijo que no podía llevarlos a los dos, y ella le dio un beso y se fue directa al veneno.

—Fue la mentora de Finnick, ¿sabes? —dice Johanna, en tono de reproche.

—No, no lo sabía.

—Era la mitad de su familia —dice, unos segundos después, aunque con menos veneno.

Contemplamos el agua que baña la ropa interior.

—Bueno, ¿y qué estabas haciendo con Majara y Voltios? —le pregunto.

—Ya te lo dije, los salvé por ti. Haymitch me dijo que, si quería que fuésemos aliadas, tenía que traértelos. Es lo que le pediste, ¿no?

«No», pienso, pero asiento y digo:

—Gracias, te lo agradezco.

—Eso espero. —Me lanza una mirada llena de odio, como si me considerase la mayor carga de su vida. Me pregunto si esto es lo que se siente cuando tienes una hermana mayor que te odia de corazón.

—Tic, tac —oigo detrás de mí. Me vuelvo y veo que Wiress se ha acercado a rastras, con los ojos fijos en la jungla.

—Oh, genial, ha vuelto. Vale, me voy a dormir. Tú y Majara podéis montar guardia juntas —dice Johanna. Acto seguido se aleja y se deja caer al lado de Finnick.

—Tic, tac —susurra Wiress. La guío hasta colocarla frente a mí y conseguir que se tumbe, acariciándole un brazo para tranquilizarla. Se queda dormida, aunque inquieta, y de vez en cuando susurra su frase: «Tic, tac».

—Tic, tac —le digo, en voz baja—. Es hora de dormir. Tic, tac. Duérmete.

El sol se alza en el cielo hasta colocarse justo encima de nosotros. «Debe de ser mediodía», pienso, vagamente. No importa mucho. Al otro lado del agua, a la derecha, veo el enorme destello del rayo que golpea el árbol, y la tormenta eléctrica vuelve a empezar. En la misma zona que anoche. Alguien debe de haber entrado en su radio de alcance y disparado el ataque. Observo los relámpagos durante un rato mientras calmo a Wiress, que ha encontrado una especie de paz junto al ruido de las olas. Pienso en anoche, en que los relámpagos empezaron justo después de que sonase la campana doce veces.

—Tic, tac —dice Wiress, que vuelve a despertar un instante antes de volver a caer.

Doce campanadas anoche. Como si fuese medianoche. Después los relámpagos. Ahora tenemos el sol encima. Como si fuese mediodía. Y relámpagos.

Me levanto lentamente y examino la zona. Los relámpagos allí. En la siguiente cuña de la tarta cayó la lluvia de sangre en la que Johanna, Wiress y Beetee quedaron atrapados. Nosotros estaríamos en la tercera sección, a la derecha de esa, cuando apareció la niebla. Y, en cuanto desapareció, los monos empezaron a reunirse en la cuarta. Tic, tac. Vuelvo rápidamente la cabeza hacia el otro lado. Hace un par de horas, sobre las diez, la ola salió de la segunda sección a la izquierda de la de los relámpagos. A mediodía. A medianoche. A mediodía.

—Tic, tac —dice Wiress en sueños. Entonces cesan los relámpagos y empieza la lluvia de sangre, justo a su derecha, y sus palabras empiezan a tener sentido.

—Oh —susurro—. Tic, tac. —Recorro con la mirada el círculo completo de la arena y sé que está en lo cierto—. Tic, tac. Esto es un reloj.

23

Como un reloj. Casi puedo ver las manecillas moviéndose por las doce divisiones de la arena. Cada hora empieza un horror nuevo, una nueva arma de los Vigilantes, dando fin al anterior. Rayos, lluvia de sangre, niebla, monos... Esas son las primeras cuatro horas del reloj, y, a las diez, la ola. No sé qué ocurre en las otras siete, pero estoy segura de que Wiress ha acertado.

Ahora mismo está lloviendo sangre y estamos en la playa por debajo del segmento de los monos, demasiado cerca de la niebla para mi gusto. ¿Permanecen los ataques dentro de los confines de la jungla? No tiene por qué. La ola no lo hizo. Si esa niebla sale de la jungla, si vuelven los monos...

—Levantaos —ordeno, sacudiendo a Peeta, Finnick y Johanna para despertarlos—. Levantaos, tenemos que largarnos.

—Hay tiempo de sobra para explicarles la teoría del reloj, la explicación del tictac de Wiress y que los movimientos de las manecillas invisibles disparan una fuerza mortífera distinta en cada sección.

Creo que he convencido a todos los que están conscientes, salvo a Johanna, que se opone por naturaleza a cualquier cosa que yo sugiera. Sin embargo, incluso ella acepta que es mejor pecar de precavidos.

Mientras los demás guardan las pocas posesiones que tenemos y le ponen el mono a Beetee, yo despierto a Wiress, que se despierta aterrada gritando:

—¡Tic, tac!

—Sí, tic, tac, la arena es un reloj. Es un reloj, Wiress, tenías razón. Tenías razón.

Pone cara de sentir un inmenso alivio, supongo que porque al fin alguien ha entendido lo que ella probablemente sabía desde que sonaron las campanas por primera vez.

—Medianoche.

—Empieza a medianoche —le confirmo.

Un recuerdo intenta salir a la superficie de mi cerebro. Veo un reloj, pero no de pared, de pulsera, en la palma de la mano de Plutarch Heavensbee. «Empieza a medianoche», me dijo, y entonces mi sinsajo se iluminó brevemente y desapareció. Bien pensado, fue como si me estuviese dando una pista sobre la arena, pero ¿por qué iba a hacerlo? En aquel momento yo tenía tanto de tributo como él. Quizá pensara que me ayudaría para cuando fuese mentora, o quizá este había sido el plan desde el principio.

Wiress señala con la cabeza la lluvia de sangre.

—Una y media —dice.

—Exacto, una y media. Y a las dos ahí empieza una terrible niebla venenosa —respondo, señalando a la jungla—. Así que tenemos que irnos a un lugar seguro. —Ella sonríe y se levanta, obediente—. ¿Tienes sed? —Le paso el cuenco tejido y ella se bebe casi un litro. Finnick le da el último trocito de pan y ella lo roe. Una vez superadas las dificultades para comunicarse, está de nuevo en funcionamiento.

Examino mis armas, meto la espita y el tubo de medicina en el paracaídas y me lo ato al cinturón.

Beetee sigue bastante ido, pero cuando Peeta intenta levantarlo, protesta.

—¿Dónde? —pregunta.

—Está ahí —contesta Peeta—. Wiress está bien, también se viene.

Beetee sigue forcejeando.

—¿Dónde? —insiste.

—Ah, ya sé lo que quiere —dice Johanna con impaciencia. Recorre la playa y recupera el cilindro que le quitamos del cinturón cuando lo bañamos. Está cubierto de una gruesa capa de sangre coagulada—. Esta cosa inútil. Es una especie de alambre o algo. Por eso lo hirieron, corría hacia la Cornucopia para hacerse con él. No sé qué clase de arma se supone que es, supongo que podríamos cortar un trozo y usarlo para estrangular a alguien, pero, en serio, ¿os imagináis a Beetee estrangulando a alguien?

—Ganó sus juegos con un trozo de alambre. Montó aquella trampa eléctrica —comenta Peeta—. Es la mejor arma que podría tener.

Es extraño que a Johanna no se le haya ocurrido algo tan obvio. No parece muy creíble, es sospechoso.

—Tendrías que habértelo imaginado —le digo—, teniendo en cuenta que el apodo de Voltios se lo pusiste tú.

—Sí, qué estúpida soy, ¿no? —responde ella, lanzándome una peligrosa mirada con los ojos entrecerrados—. Supongo que estaría distraída intentando mantener con vida a tus amiguitos, mientras tú... ¿Qué era? ¿Conseguías que mataran a Mags? —Me llevo la mano al mango del cuchillo que tengo en el cinturón—. Venga, vamos, inténtalo. Me da igual que estés preñada: te abriré la garganta.

Sé que no puedo matarla en estos momentos, pero con nosotras es cuestión de tiempo que una acabe con la otra.

—Será mejor que todos nos fijemos bien en lo que hacemos —dice Finnick, mirándome. Después deja el cable en el pecho de Beetee—. Aquí está tu cable, Voltios. Cuidado al enchufarlo.

—¿Adónde? —pregunta Peeta mientras levanta a Beetee, que ya no se resiste.

—Me gustaría ir a la Cornucopia y observar, solo para estar seguro de que tenemos razón con lo del reloj —responde Finnick. Parece tan buena idea como cualquier otra. Además, no me importaría aprovechar la oportunidad de examinar de nuevo las armas, y ahora somos seis. Aunque no contemos con Beetee y Wiress, sumamos cuatro buenos guerreros. Estoy en una situación muy distinta a la del año pasado por estas fechas, cuando tenía que hacerlo todo sola. Sí, es genial tener aliados, siempre que puedas dejar a un lado la idea de que al final tendrás que matarlos.

Seguramente Beetee y Wiress encontrarán la forma de matarse solos. Si tenemos que huir de algo, ¿llegarán muy lejos? A Johanna, sinceramente, podría matarla sin problemas para proteger a

Peeta, o simplemente para cerrarle la boca. Lo que realmente necesito es a alguien que se encargue de Finnick por mí, ya que no creo poder matarlo en persona después de lo que ha hecho por Peeta. Se me ocurre engañarlo de algún modo para que tenga un encuentro con los profesionales. Es una idea muy fría, lo sé, pero ¿qué alternativas me quedan? Ahora que sabemos lo del reloj es muy probable que no muera en la jungla, así que alguien tendrá que matarlo en el campo de batalla.

Como me resulta tan horrible pensar en ello, mi cabeza intenta cambiar de tema con todas sus fuerzas, aunque lo único que me distrae de mi situación actual es fantasear sobre asesinar al presidente Snow. No son unas fantasías demasiado bonitas para una chica de diecisiete años, supongo, pero yo las disfruto mucho.

Caminamos hasta la franja de arena más cercana y nos acercamos a la Cornucopia con cuidado, por si los profesionales se han escondido allí. Dudo que lo hayan hecho, porque llevamos horas en la playa y no hemos visto nada. La zona está abandonada, como suponía. Solo quedan el gran cuerno dorado y la pila de armas desperdigadas.

Cuando Peeta deja a Beetee en el pedacito de sombra que proyecta la Cornucopia, él llama a Wiress, que se agacha a su lado y deja que le ponga el rollo de alambre en las manos.

—Límpialo, ¿quieres? —le pide.

Wiress asiente, corre al borde del agua y sumerge la bobina. Empieza a cantar en voz baja una extraña cancioncita sobre un ratón que corre por un reloj. Debe de ser para niños, porque parece hacerla feliz.

—Oh, no, esa canción otra vez —dice Johanna, poniendo los ojos en blanco—. Se pasó horas con eso antes de empezar con el tictac.

De repente, Wiress se levanta, muy derecha, y señala a la jungla.

—Dos —anuncia.

Sigo la dirección de su dedo hasta la pared de niebla, que acaba de llegar a la playa.

—Sí, mirad, Wiress tiene razón: son las dos y ha empezado la niebla.

—Como un reloj —comenta Peeta—. Eres muy lista, Wiress.

Ella sonríe, y vuelve a sus cantos y su limpieza.

—Oh, es más que lista —responde Beetee—, es intuitiva. —Todos nos giramos para mirarlo; parece haber vuelto a la vida—. Percibe las cosas antes que nadie, como un canario en una de vuestras minas de carbón.

—¿Qué es eso? —me pregunta Finnick.

—Es un pájaro con el que bajamos a las minas para saber si hay aire malo —respondo.

—¿Qué hace para avisar, se muere? —pregunta Johanna.

—Primero deja de cantar, y es cuando hay que salir. Pero si el aire es demasiado malo, se muere, sí, igual que tú. —No quiero hablar sobre pájaros cantores muertos, me recuerdan a la muerte de mi padre, de Rue y de Maysilee Donner, y a mi madre, que heredó su pájaro cantor. Vaya, genial, y ahora pienso en Gale, en lo más profundo de esa horrible mina, con la amenaza del presidente Snow cerniéndose sobre él. Es tan fácil hacer que parezca un accidente ahí abajo... Un canario silencioso, una chispa y nada más.

Vuelvo a imaginarme asesinando al presidente.

A pesar de lo que Wiress molesta a Johanna, nunca había visto a esta última tan feliz desde que llegamos a la arena. Mientras yo aumento mi reserva de flechas, ella rebusca por ahí hasta dar con un par de hachas de aspecto letal. Me parecen una elección extraña hasta que la veo lanzar una con tal fuerza que se queda clavada en el oro de la Cornucopia, reblandecido por el sol. Por supuesto. Johanna Mason, Distrito 7, madera. Seguro que lleva lanzando hachas desde que aprendió a gatear. Es como Finnick con su tridente. Me doy cuenta de que es otra desventaja más a la que los tributos del Distrito 12 se han tenido que enfrentar todos estos años: nosotros no bajamos a la mina hasta que cumplimos los dieciocho, mientras que da la impresión de que el resto de los tributos aprenden algo sobre la industria de su distrito desde pequeños. En las minas se hacen cosas que podrían venir bien en los juegos, como manejar un pico y volar cosas en pedazos. Eso nos daría una oportunidad, igual que me la dio a mí la caza. Sin embargo, lo aprendemos demasiado tarde.

Mientras yo me entretenía con las armas, Peeta estaba agachado en el suelo dibujando algo con la punta de su cuchillo en una hoja larga y lisa que se había traído de la jungla. Miro por encima de su hombro y veo que está creando un mapa de la arena. En el centro está la Cornucopia en su círculo de arena, con las doce franjas de tierra que salen de él. Es como un pastel dividido en doce cuñas iguales. Hay otro círculo que representa el borde del agua y uno algo mayor que indica el borde de la jungla.

—Mira la posición de la Cornucopia —me dice.

La examino y veo a lo que se refiere.

—La punta señala las doce.

—Exacto, así que es la parte superior del reloj —responde, y garabatea rápidamente los números del uno al doce sobre la superficie del reloj—. De doce a una está la zona de los rayos. —Escribe «rayos» con letras diminutas en la cuña correspondiente, para después seguir con «sangre», «niebla» y «monos» en las secciones siguientes.

—Y de diez a once está la ola —le digo. La añade. Finnick y Johanna se unen a nosotros, armados hasta los dientes con tridentes, hachas y cuchillos.

—¿Notasteis algo raro en las demás? —les pregunto a Johanna y Beetee, ya que podrían haber visto algo más que nosotros, pero solo vieron un montón de sangre—. Supongo que podría haber cualquier cosa.

—Voy a marcar las secciones en las que sabemos que las armas de los Vigilantes nos siguen más allá de la jungla, para procurar mantenernos alejados de ellas —comenta Peeta, mientras dibuja líneas diagonales en las playas de la niebla y la ola. Después se sienta—. Bueno, al menos es mucho más de lo que sabíamos esta mañana.

Todos asentimos, y entonces nos damos cuenta: silencio. Nuestro canario ha dejado de cantar.

No lo pienso, cargo una flecha, me vuelvo y vislumbro brevemente a Gloss, empapado, dejando caer al suelo el cuerpo de Wiress, a la que le ha abierto una brillante sonrisa roja en el cuello. La punta de mi flecha desaparece dentro de su sien derecha y, en el instante que tardo en volver a cargar, Johanna ha clavado la hoja de una de las hachas en el pecho de Cashmere. Finnick desvía la lanza que Brutus le tira a Peeta y se saca el cuchillo de Enobaria del muslo. De no haber una Cornucopia tras la que esconderse, los dos tributos del Distrito 2 estarían muertos. Salto como un muelle para perseguirlos. ¡Buuum, buuum, buuum! El cañón confirma que no podemos ayudar a Wiress, y que no hace falta rematar a Gloss y Cashmere. Mis aliados y yo estamos rodeando el cuerno, persiguiendo a Brutus y Enobaria, que corren por una franja de arena hacia la jungla.

De repente, el suelo tiembla bajo mis pies y caigo de lado en la arena. El círculo de tierra en el que se encuentra la Cornucopia empieza a girar deprisa, muy deprisa, y veo que la jungla pasa a nuestro alrededor convertida en una mancha. Noto la fuerza centrífuga que me empuja al agua, así que clavo manos y pies en la arena, intentando agarrarme a la inestable tierra. Entre la arena que vuela y el mareo, tengo que cerrar los ojos con fuerza. Lo único que puedo hacer, literalmente, es sujetarme hasta que, sin frenar antes, nos paramos de golpe.

Entre toses y náuseas, me siento y veo que mis compañeros están en las mismas condiciones. Finnick, Johanna y Peeta han logrado no salir volando. Los tres cadáveres han acabado en el agua.

En total, desde que nos dimos cuenta de que Wiress no cantaba hasta ahora, no pueden haber pasado más de un par de minutos. Nos sentamos en el suelo, jadeando, y nos limpiamos la arena de la boca.

—¿Dónde está Voltios? —pregunta Johanna. Nos ponemos de pie y, después de recorrer tambaleantes el cuerno, confirmamos que no está. Finnick lo divisa a unos veinte metros de nosotros, en el agua, flotando a duras penas, así que se acerca na-dando para rescatarlo.

Entonces me acuerdo del cable y de lo importante que era para él. Miro como loca a mi alrededor, ¿dónde está? ¿Dónde está? Y al final lo veo, todavía en la mano de Wiress, en el agua, bastante lejos. Se me revuelve el estómago al pensar en lo que tengo que hacer.

—Cubridme —le digo a los otros. Suelto las armas y corro por la franja de arena más cercana a su cadáver. Sin frenar, me tiro al agua y empiezo a nadar hacia ella. Por el rabillo del ojo veo el aerodeslizador aparecer sobre nosotras, la pinza que des-ciende para llevársela; pero no paro, sigo nadando tan deprisa como puedo y acabo dándome contra ella. Saco la cabeza, ja-deando, intentando evitar tragarme el agua manchada de sangre que rodea la herida abierta de su cuello. Está flotando boca arri-ba gracias al cinturón y la muerte, mirando el sol implacable. Tengo que arrancarle el rollo de alambre de los dedos, porque lo tenía agarrado con fuerza. Lo único que puedo hacer es cerrarle los ojos, susurrarle adiós y alejarme nadando. Cuando dejo la bobina en la arena y salgo del agua, ella ya no está, aunque sigo notando el sabor de su sangre mezclado con el agua de mar.

Vuelvo a la Cornucopia. Finnick ha traído a Beetee con vida, aunque algo ahogado, porque está sentado tosiendo agua. Tuvo el sentido común de sujetarse las gafas, así que, al menos, puede ver. Le dejo el rollo de alambre en el regazo. Está reluciente, no queda ni rastro de sangre. Él desenrolla un trozo de alambre y se lo pasa entre los dedos, de modo que lo veo por primera vez, y no se parece a ningún cable que conozca. Es dorado pálido, tan fino como un cabello. Me pregunto qué longitud tendrá, seguramente serán varios kilómetros para llenar una bobina tan grande, pero no se lo pregunto, porque sé que está pensando en Wiress.

Miro las caras serias de los demás. Finnick, Johanna y Beetee ya han perdido a sus compañeros de distrito. Me acerco a Peeta y lo abrazo; por un instante, todos guardamos silencio.

—Vámonos de esta isla apestosa —dice al fin Johanna. Ahora solo queda solucionar el asunto de las armas, aunque conservamos casi todas; por suerte, las plantas de este sitio son fuertes, y la espita y el tubo de medicina envuelto en el paracaídas siguen en mi cinturón. Finnick se quita la camiseta interior y se la ata alrededor de la herida que le ha dejado el cuchillo de Enobaria en el muslo; no es demasiado profunda. Beetee cree que ya puede caminar, siempre que vayamos despacio, así que lo ayudo a levantarse. Decidimos dirigirnos a la playa de las doce en punto, lo que debería darnos unas horas de calma y alejarnos de cualquier residuo venenoso. Entonces, Peeta, Johanna y Finnick salen cada uno en una dirección distinta.

—Doce en punto, ¿no? —dice Peeta—. El extremo del cuerno apunta a las doce.

—Eso era antes de girar —responde Finnick—. Yo me guiaba por el sol.

—El sol solo te dice que ya casi son las cuatro —añado.

—Creo que lo que quiere decir Katniss es que saber la hora no significa necesariamente saber dónde son las cuatro de este reloj. Podemos tener una idea aproximada de la dirección... A no ser que tengamos en cuenta que el anillo exterior de la jungla también puede haberse movido —dice Beetee.

351

No, lo que Katniss quería decir era mucho más básico. Beetee ha articulado una teoría que va mucho más allá de mi comentario sobre el sol. De todos modos, asiento como si esa fuera mi idea desde el principio.

—Sí, así que cualquiera de estos caminos podría llevar a las doce —afirmo.

Damos vueltas por la Cornucopia, examinando la jungla, que tiene una uniformidad desconcertante. Recuerdo el árbol alto que recibió el primer rayo a las doce en punto, pero todos los sectores tienen un árbol similar. Johanna cree que lo mejor es seguir los pasos de Enobaria y Brutus, pero los ha borrado el viento o el agua y no hay forma de saber dónde está nada.

—No tendría que haber hablado del reloj —digo, frustrada—. Ahora también nos han quitado esa ventaja.

—Solo temporalmente —me asegura Beetee—. A las diez veremos de nuevo la ola y nos pondremos otra vez al día.

—Sí, no pueden volver a diseñar toda la arena —comenta Peeta.

—Da igual —interviene Johanna con impaciencia—. Tenías que contárnoslo, si no, nunca habríamos cambiado de sitio el campamento, descerebrada. —Irónicamente, aunque su respuesta, además de lógica, resulta humillante, es la única que me consuela. Sí, tenía que contárselo para que se movieran—. Venga, necesito agua. ¿Alguien tiene alguna corazonada?

Elegimos un camino al azar y lo seguimos, sin tener ni idea de a qué número nos dirigimos. Cuando llegamos a la jungla la escudriñamos intentando descifrar qué nos espera dentro.

—Bueno, debe de ser la hora de los monos, y aquí no veo ninguno —comenta Peeta—. Voy a intentar ponerle la espita a un árbol.

—No, me toca a mí —dice Finnick.

—Al menos te cubriré las espaldas.

—Eso puede hacerlo Katniss —interviene Johanna—. Necesitamos que dibujes otro mapa. El otro lo hemos perdido —añade, arrancando una gran hoja de un árbol para dársela.

Durante un instante sospecho que intentan dividirnos para matarnos, pero no tiene sentido. Yo tendría ventaja sobre Finnick si él está ocupado con el árbol, y Peeta es mucho más grande que Johanna. Así que sigo a Finnick y nos adentramos unos trece metros en la jungla, hasta que encontramos un buen árbol y él empieza a hacer un agujero con su cuchillo.

Mientras estoy allí, con las armas preparadas, no logro deshacerme de la sensación de que está pasando algo que tiene que ver con Peeta. Vuelvo a repasar nuestros movimientos desde el momento en que sonó el gong en busca del origen de mi incomodidad. Finnick sacando a Peeta de su placa de metal. Finnick reviviendo a Peeta cuando el campo de fuerza le paró el corazón. Mags metiéndose en la niebla para que Finnick pudiese cargar con Peeta. La adicta lanzándose delante de él para protegerlo del ataque del mono. La lucha con los profesionales fue muy rápida, pero ¿acaso no desvió Finnick una lanza que iba hacia Peeta, aunque le supuso recibir un navajazo de Enobaria en la pierna? E, incluso ahora, Johanna lo ha puesto a dibujar un mapa en una hoja en vez de dejarlo arriesgarse en la jungla...

No cabe duda, por razones que no alcanzo a comprender, algunos de los otros vencedores intentan mantenerlo con vida, aunque signifique sacrificarse.

Estoy estupefacta. En primer lugar, porque ese trabajo era cosa mía. En segundo, porque no tiene sentido. Solo puede salir vivo uno de nosotros, así que ¿por qué han decidido proteger a Peeta? ¿Qué les puede haber dicho Haymitch, qué les ha ofrecido para que pongan la vida de Peeta por encima de la suya?

Sé cuáles son mis razones para mantenerlo con vida; es mi amigo, y es mi forma de desafiar al Capitolio, de subvertir estos terribles juegos. Sin embargo, si no tuviese ningún vínculo con él, ¿qué haría que quisiera salvarlo, elegirlo a él antes que a mí? Está claro que es valiente, pero todos hemos sido lo bastante valientes para sobrevivir a unos juegos. Está esa naturaleza bondadosa que resulta difícil pasar por alto, aunque, aun así..., y entonces se me ocurre, pienso en lo que Peeta sabe hacer mejor que ninguno de nosotros: utilizar las palabras. Nos barrió a todos del campo de juego en las entrevistas, y quizá sea esa bondad subyacente lo que le permite poner a una multitud (no, mejor dicho, a un país) de su lado con una simple frase.

Recuerdo haber pensado que ese era el don que debería tener el líder de nuestra revolución. ¿Es que Haymitch ha convencido de eso a los demás? ¿De que la lengua de Peeta tendría mucho más poder contra el Capitolio que la fuerza física de cualquiera de nosotros? No lo sé, parece un voto de confianza demasiado grande para algunos de los tributos. Es decir, estamos hablando de Johanna Mason. Sin embargo, ¿qué otra explicación puede haber para sus decididos esfuerzos por mantenerlo vivo?

—Katniss, ¿tienes esa espita? —me pregunta Finnick, devolviéndome a la realidad. Corto la planta que sujeta la espita al cinturón y le ofrezco el tubo de metal.

Entonces oigo el grito, tan lleno de miedo y dolor que me hiela la sangre. Y tan familiar... Suelto la espita, me olvido de dónde estoy o de lo que me espera; solo sé que tengo que llegar hasta ella y protegerla. Corro como loca hacia la voz, sin importarme el peligro, abriéndome paso entre enredaderas y ramas, a través de cualquier cosa que me impida ayudarla.

Ayudar a mi hermana pequeña.

24

«¿Dónde está? ¿Qué le están haciendo?»

—¡Prim! —grito, pero solo me responde otro chillido de terrible dolor.

«¿Cómo ha llegado hasta aquí? ¿Por qué es parte de los Juegos?»

—¡Prim!

Las plantas me cortan la cara y los brazos, las enredaderas me agarran los pies, pero me estoy acercando a ella, mucho, estoy muy cerca. El sudor me baja por la cara y hace que me piquen las heridas en proceso de curación del ácido. Jadeo, intentando hacer uso del aire caliente y húmedo que parece no tener oxígeno. Prim deja escapar un sonido, un sonido tan perdido e irrecuperable, que ni siquiera logro imaginarme qué le habrán hecho para provocarlo.

—¡Prim!

Me abro paso a través de una pared de vegetación, entro en un pequeño claro y el sonido se repite justo encima de mí. ¿Encima de mí? Vuelvo la cabeza a toda prisa. ¿Es que la tienen en los árboles? Busco desesperadamente entre las ramas, sin éxito.

—¿Prim? —pregunto, en tono de súplica. La oigo, pero no la veo. Su siguiente gemido suena alto y claro como una campana, y no cabe duda de cuál es la fuente: sale de la boca de un pajarito de cresta negra colocado sobre una rama a unos tres metros de altura. Entonces lo comprendo.

Es un charlajo.

Es la primera vez que los veo, creía que ya no existían; me apoyo en el tronco del árbol, apretándome las punzadas del costado, y lo examino durante un momento. La mutación, el predecesor, el padre. Me hago una imagen mental del sinsonte, la fusiono con el charlajo y sí, ya entiendo cómo se aparearon para producir a mi sinsajo. En este pájaro no hay nada que lo delate como mutación, nada salvo la horrible imitación de la voz de Prim que sale de su boca. Lo silencio con una flecha en el cuello. El pájaro cae a tierra, le saco la flecha y le retuerzo el cuello para asegurarme. Después lanzo la asquerosa criatura a la jungla. Ni con todo el hambre del mundo sentiría la tentación de comérmelo.

«No era real —me digo—. Igual que los lobos mutados del año pasado no eran en realidad los tributos muertos. No es más que un truco sádico de los Vigilantes».

Finnick entra en el claro a toda prisa y me encuentra limpiando la flecha con musgo.

—¿Katniss?

—No pasa nada, estoy bien —respondo, aunque no me siento nada bien—. Me pareció oír a mi hermana, pero... —El penetrante chillido me corta en seco. Es otra voz, no la de Prim, quizá la de una mujer joven a la que no reconozco. Sin embargo, el efecto en Finnick es inmediato: pierde el color del rostro y veo, literalmente, cómo se le dilatan las pupilas de miedo—.

¡Finnick, espera! —exclamo, intentando llegar a él para calmarlo, pero ya ha salido disparado en persecución de la víctima, tan a ciegas como yo buscaba a Prim—. ¡Finnick! —grito, aunque sé que no se volverá para esperar una explicación racional. No puedo hacer más que seguirlo.

No me resulta difícil localizarlo, a pesar de que se mueve deprisa, porque deja un sendero claro y aplastado tras él. Sin embargo, el pájaro está al menos a medio kilómetro, casi todo cuesta arriba, y cuando llego hasta él estoy sin aliento. Él da vueltas alrededor de un árbol gigantesco, con un tronco de casi metro y medio de diámetro, y las ramas no empiezan hasta llegar a una altura de seis metros. El chillido de la mujer surge de algún punto entre el follaje, pero el charlajo está escondido. Finnick también grita una y otra vez:

—¡Annie! ¡Annie!

Está en pleno ataque de pánico y no hay forma de acercarse a él, así que hago lo que haría de todos modos: trepo por el árbol de al lado, localizo al charlajo y lo derribo con una flecha. Él lo levanta del suelo y, poco a poco, une los puntos, aunque, cuando llego abajo, me mira con más desesperación que nunca.

—No pasa nada, Finnick, no es más que un charlajo. Están jugando con nosotros —le digo—. No es real, no es tu... Annie.

—No, no es Annie, pero la voz era suya. Los charlajos imitan lo que oyen. ¿De dónde han sacado esos gritos, Katniss?

Noto que mis mejillas también palidecen al entender lo que me está diciendo.

—Oh, Finnick, ¿no creerás...?

—Sí, lo creo, eso es justo lo que creo.

Veo una imagen de Prim en una sala blanca, atada con correas a una mesa, mientras unas figuras enmascaradas con bata le sacan esos sonidos. En algún lugar la están torturando, o la han torturado, para que grite así. Se me doblan las rodillas y me dejo caer en el suelo. Finnick intenta decirme algo, pero no lo oigo, lo que sí oigo al fin es a otro pájaro que empieza a cantar a mi izquierda. Y, esta vez, la voz es de Gale.

Finnick me agarra del brazo antes de que pueda echar a correr.

—No, no es él. —Tira de mí colina abajo, hacia la playa—. ¡Vamos a salir de aquí ahora mismo! —Pero la voz de Gale destila tanto dolor que forcejeo con mi compañero para evitarlo—. ¡No es él, Katniss! ¡Es un muto! —me grita Finnick—. ¡Vamos! —Tira de mí, medio arrastrándome, medio llevándome a cuestas, hasta que logro procesar que no puedo ayudar a Gale persiguiéndolo. Sin embargo, eso no cambia el hecho de que se trata de la voz de Gale y de que, en alguna parte, en algún momento, alguien ha hecho que grite de esa manera.

En cualquier caso, dejo de luchar con Finnick y, como la noche de la niebla, huyo de lo que no es posible vencer, de lo que solo puede hacerme daño, solo que esta vez es mi corazón y no mi cuerpo lo que se desintegra. Debe de ser otra arma del reloj, supongo que las cuatro en punto. Cuando las manecillas llegan a las cuatro, los monos se van a casa y los charlajos salen a jugar. Finnick está en lo cierto: salir de aquí es lo único que podemos hacer, aunque Haymitch no podrá enviarnos ningún paracaídas que nos ayude a recuperarnos de las heridas que nos han infligido los pájaros.

Veo a Peeta y Johanna al límite de la jungla, y siento una mezcla de alivio y rabia. ¿Por qué no ha venido Peeta a ayudarme? ¿Por qué no ha ido nadie a por nosotros? Incluso ahora se queda donde está, con las manos levantadas y las palmas hacia nosotros; mueve los labios, pero no oímos nada. ¿Por qué?

La pared es tan transparente que Finnick y yo nos damos de golpe contra ella, rebotamos y caemos al suelo. Yo tengo suerte, porque el hombro se ha llevado lo peor del impacto, mientras que Finnick se ha dado de bruces y le sangra la nariz. Por eso ni Peeta, ni Johanna, ni tan siquiera Beetee (al que veo sacudir con tristeza la cabeza detrás de ellos) han intentado ir en nuestra ayuda. Una barrera invisible bloquea la zona que tenemos delante. No se trata de un campo de fuerza, porque se puede tocar la superficie dura y lisa sin problemas, pero ni el cuchillo de Peeta, ni el hacha de Johanna pueden perforarla. Con tan solo echar un ligero vistazo a un lado, sé que rodea toda la zona de las cuatro a las cinco, que estaremos atrapados como ratas hasta que pase la hora.

Peeta aprieta la mano contra la superficie y yo pongo la mía al otro lado, como si pudiera sentirlo a través de la pared. Veo que mueve los labios, aunque no lo oigo, no oigo nada que ocurra fuera de la zona. Intento averiguar lo que dice, pero no me concentro, así que me quedo mirándole la cara, haciendo todo lo posible por conservar la cordura.

Entonces empiezan a llegar los pájaros, uno a uno, y se colocan en las ramas que nos rodean. Un coro de horrores cuidadosamente orquestado sale de sus picos. Finnick se rinde en seguida, se hace un ovillo en el suelo y se aprieta las orejas con las manos, como si intentara aplastarse el cráneo. Yo intento resistir durante un rato. Vacío el carcaj de flechas disparando a los odiosos pájaros, pero, cada vez que uno cae muerto, otro ocupa rápidamente su lugar. Al final me rindo y me acurruco al lado de Finnick, intentando bloquear los atroces sonidos de Prim, Gale, mi madre, Madge, Rory, Vick, e incluso Posy, la pequeña e indefensa Posy...

Sé que ha parado cuando noto las manos de Peeta sobre mí, y creo que me levantan del suelo y me sacan de la jungla, aunque mantengo los ojos bien cerrados, las manos en las orejas, los músculos demasiado rígidos para bajarlas. Peeta me abraza en su regazo, me tranquiliza, me mece con dulzura. Tardo bastante en empezar a relajar la tenaza de hierro que me comprime y, cuando lo hago, llegan los temblores.

—No pasa nada, Katniss —me susurra.

—Tú no los has oído.

—Oí a Prim, al principio, pero no era ella, era un charlajo.

—Era ella, en alguna parte. El charlajo lo grabó.

—No, eso es lo que quieren que pienses. Igual que yo me pregunté si los ojos de Glimmer estarían en aquel muto del año pasado. Pero no eran los ojos de Glimmer, y no era la voz de Prim. O, si lo era, la sacaron de una entrevista o algo así y distorsionaron el sonido. Hicieron que dijese lo que decía.

—No, la estaban torturando —respondo—. Seguro que está muerta.

—Katniss, Prim no está muerta, ¿cómo iban a matarla? Casi hemos llegado a los ocho finalistas y ¿qué pasa entonces?

—Mueren siete más —respondo, hundida.

—No, en casa. ¿Qué pasa cuando llegan a los últimos ocho tributos de los juegos? —Me levanta la barbilla para que lo mire, me obliga a mirarlo a los ojos—. ¿Qué pasa? ¿Cuando llegan a los ocho finalistas?

Sé que intenta ayudarme, así que me fuerzo a pensar.

—¿A los ocho finalistas? —repito—. Entrevistan a tu familia y tus amigos.

—Eso es. Entrevistan a tu familia y tus amigos. ¿Y pueden hacer eso si los han matado a todos?

—¿No? —pregunto, no muy convencida.

—No. Por eso sabemos que Prim sigue viva. Será la primera que entrevisten, ¿no?

Deseo creerlo, lo deseo de corazón, sin embargo... esas voces...

—Primero Prim, después tu madre, tu primo Gale, Madge —sigue diciendo él—. Era un truco, Katniss, un truco horrible, pero solo puede hacernos daño a nosotros. Nosotros estamos en los juegos, no ellos.

—¿Lo crees de verdad?

—De verdad —responde Peeta. Dudo, pensando en que Peeta puede hacerte creer cualquier cosa. Miro a Finnick para que me lo confirme y veo que está concentrado en Peeta, en sus palabras.

—¿Tú te lo crees, Finnick? —le pregunto.

—Podría ser, no lo sé —responde—. ¿Podrían hacer eso, Beetee? ¿Grabar la voz normal de alguien y convertirla en...?

—Oh, sí, ni siquiera es difícil, Finnick. Nuestros niños aprenden una técnica similar en el colegio.

—Claro que Peeta tiene razón. Todo el país adora a la hermana pequeña de Katniss. Si de verdad la hubiesen matado así, probablemente se encontrarían con un levantamiento entre manos —afirma Johanna, sin más—. Y eso no les gustaría, ¿verdad? —Echa la cabeza atrás y grita—: ¡¿Que se rebele todo el país?! ¡No les gustaría nada!

Abro la boca, conmocionada. Nadie ha dicho nunca nada parecido en los juegos. Sin duda habrán cortado a Johanna, lo editarán, pero yo sí la he oído y nunca más volveré a pensar en ella de la misma forma. Aunque no ganaría ningún premio a la amabilidad, está claro que tiene agallas. O que está loca. Se dirige a la jungla llevándose algunas caracolas.

—Voy a por agua —dice.

No puedo evitar agarrarla de la mano cuando pasa a mi lado.

—No entres ahí, los pájaros... —Recuerdo que los pájaros ya se habrán ido, pero sigo sin querer que entre nadie, ni siquiera ella.

—No pueden hacerme daño, no soy como vosotros. A mí no me queda nadie —responde Johanna, y se sacude mi mano con impaciencia. Cuando me trae una caracola llena de agua, la acepto en silencio, asintiendo con la cabeza, porque sé lo mucho que odiaría percibir lástima en mi voz.

Mientras ella va a por agua y busca las flechas, Beetee juguetea con su cable y Finnick se mete en el mar. Aunque yo también necesito limpiarme, me quedo entre los brazos de Peeta, todavía demasiado alterada para moverme.

—¿A quién usaron contra Finnick? —me pregunta.

—A alguien llamada Annie.

—Debe de ser Annie Cresta.

—¿Quién?

—Annie Cresta. Mags se presentó voluntaria para evitar que viniese. Ganó hace unos cinco años.

Debió de ser el verano después de la muerte de mi padre, cuando empecé a alimentar a mi familia, cuando estaba completamente absorta en la misión de luchar contra el hambre.

—No recuerdo mucho esos juegos —comento—. ¿Fue el año del terremoto?

—Sí, Annie es la que se volvió loca cuando le cortaron la cabeza a su compañero de distrito. Huyó sola y se escondió. Sin embargo, un terremoto rompió una presa y casi toda la arena se inundó. Ganó porque era la mejor nadadora.

—¿Mejoró después? Su cabeza, me refiero.

—No lo sé. No recuerdo haberla visto de nuevo en los juegos, pero no parecía muy estable durante la cosecha de este año.

«Así que ese es el amor de Finnick —pienso—. No su larga serie de ricos amantes del Capitolio, sino una pobre chica loca de su distrito».

Un cañonazo nos hace reunirnos a todos en la playa. Un aerodeslizador aparece en lo que calculamos será la zona de las seis a las siete, y vemos cómo baja la pinza cinco veces para llevarse los pedazos de un solo cadáver descuartizado. Es imposible saber de quién se trata. Pase lo que pase a las seis, prefiero no averiguarlo nunca.

Peeta saca un nuevo mapa en una hoja y añade «CJ» para representar a los charlajos de la sección de cuatro a cinco, y escribe simplemente «bestia» para la sección en la que hemos visto cómo se llevaban a un tributo hecho pedazos. Ahora ya sabemos qué hay en siete de las horas y, si algo bueno hemos sacado del ataque de los charlajos, es que sabemos dónde estamos en el reloj.

Finnick teje otra cesta de agua más y una red para pescar. Yo nado un poco y me echo más pomada en la piel. Después me siento en la orilla y limpio los peces que Finnick captura, mientras observo cómo el sol se esconde en el horizonte. La brillante luna empieza a salir y sume la arena en un extraño crepúsculo. Estamos a punto de prepararnos para nuestra cena de pescado crudo cuando empieza el himno y, después, las caras...

Cashmere, Gloss, Wiress, Mags. La mujer del distrito 5. La adicta que dio la vida por Peeta. Blight. El hombre del Distrito 10.

Ocho muertos, más los ocho de la primera noche. Dos tercios de nosotros muertos en un día y medio. Debe de ser un récord.

—Nos están machacando —comenta Johanna.

—¿Quién queda, además de nosotros cinco y el Distrito 2? —pregunta Finnick.

—Chaff —responde Peeta, sin pararse a pensarlo. Puede que haya estado pendiente de él por Haymitch.

En ese momento cae un paracaídas con una pila de bollitos cuadrados individuales.

—Son de tu distrito, ¿no, Beetee? —le pregunta Peeta.

—Sí, del Distrito 3. ¿Cuántos hay?

Finnick los cuenta y les da vueltas en las manos antes de colocarlos bien ordenados. No sé qué le pasa a Finnick con el pan, pero parece obsesionado con tocarlo.

—Veinticuatro —anuncia.

—Entonces, ¿dos docenas exactas? —pregunta Beetee.

—Veinticuatro justos. ¿Cómo los dividimos?

—Podemos quedarnos tres cada uno, y los que queden vivos a la hora del desayuno ya decidirán sobre el resto —responde Johanna. No sé por qué, pero el comentario me hace reír un poco, supongo que porque es cierto. Al hacerlo, ella me lanza una mirada de aprobación. No, no de aprobación, aunque sí que parece algo satisfecha.

Esperamos hasta que la ola gigante inunda la sección de las diez a las once, dejamos que el agua retroceda y nos vamos a acampar a esa playa. En teoría tenemos doce horas completas a salvo de la jungla. Se oyen unos chasquidos muy desagradables en la cuña de las once a las doce, seguramente de algún horrible tipo de insecto. Sin embargo, la criatura que produce el sonido se queda dentro de los confines de la jungla, y nosotros nos mantenemos apartados de esa zona de la playa, por si están al acecho de un pie descuidado para lanzarse sobre nosotros.

No sé cómo Johanna sigue en pie, porque solo habrá dormido como una hora desde que empezaron los juegos. Peeta y yo nos ofrecemos voluntarios para la primera guardia, ya que somos los que hemos descansado más, además de porque queremos pasar un tiempo solos. Los otros se duermen de inmediato, aunque Finnick no deja de moverse en sueños; de vez en cuando lo oigo murmurar el nombre de Annie.

Nos sentamos en la arena húmeda, de espaldas, y apoyo mi hombro y mi cadera derechos en los suyos. Vigilo el agua mientras él vigila la jungla, lo que me viene estupendamente; todavía me persiguen las voces de los charlajos y, por desgracia, los ruidos de los insectos no consiguen ahogarlas. Al cabo de un rato apoyo la cabeza en su hombro y noto que me acaricia el pelo.

—Katniss —me dice en voz baja—, no tiene sentido seguir fingiendo que no sabemos lo que pretende el otro.

No, supongo que no lo tiene, pero tampoco resulta divertido hablarlo, al menos para nosotros. Los telespectadores del Capitolio estarán pegados a sus pantallas para no perderse ni una triste palabra.

—No sé qué trato habrás hecho con Haymitch —añade—, pero deberías saber que también a mí me hizo algunas promesas.

Claro, eso también lo sabía: le dijo a Peeta que me mantendrían con vida, para que él no sospechara.

—Así que podemos afirmar que mentía a uno de los dos —concluye.

Eso logra captar mi atención: un trato doble, una promesa doble, y solo Haymitch sabe cuál es la real. Levanto la cabeza y miro a Peeta a los ojos.

—¿Por qué me lo cuentas ahora?

—Porque no quiero que olvides lo distintas que son nuestras circunstancias. Si mueres y yo vivo, no quedará nada para mí en el Distrito 12. Tú lo eres todo para mí —me dice—. Nunca volvería a ser feliz. —Empiezo a protestar y él me pone un dedo en los labios—. Para ti es diferente. No digo que no sea duro, pero hay otras personas que harán que tu vida merezca la pena.

Se saca la cadena con el disco dorado que lleva colgada del cuello y la sostiene bajo la luz de la luna, para que vea con claridad el sinsajo. Después pasa el pulgar por un cierre que no había notado antes y el disco se abre. No es sólido, como yo pensaba, sino un medallón, y dentro hay fotos. A la derecha están mi madre y Prim riéndose, y, a la izquierda, Gale. Y sonríe de verdad.

No hay nada en el mundo que pueda vencerme tan deprisa en estos momentos que esas tres caras. Después de lo que he oído esta tarde... es el arma perfecta.

—Tu familia te necesita, Katniss —dice Peeta.

Mi familia. Mi madre, mi hermana y mi falso primo Gale. Sin embargo, la intención de Peeta está clara: que Gale es realmente mi familia, o que lo será algún día, si vivo; que me casaré con él. Así que Peeta me entrega su vida y a Gale a la vez, para hacerme saber que no debo dudar nunca al respecto. Todo. Eso es lo que Peeta quiere que le quite.

Espero a que mencione el bebé, a que interprete para las cámaras, pero no lo hace, y por eso sé que nada de lo que ha dicho es parte de los juegos, que me dice la verdad sobre lo que siente.

—En realidad, a mí no me necesita nadie —afirma, aunque sin compadecerse. Es cierto que su familia no lo necesita. Llorarán por él, igual que unos cuantos amigos, y después seguirán adelante. Incluso Haymitch, con la ayuda de un buen montón de licor blanco, seguirá adelante. Me doy cuenta de que solo una persona quedará herida sin remedio si Peeta muere: yo.

—Yo —respondo—, yo te necesito. —Él parece enfadado y respira hondo, como si fuese a empezar un largo discurso, y eso no está bien, no está nada bien, porque empezará a hablar sobre Prim, mi madre y todo lo demás, y me confundirá. Así que, antes de que pueda hablar, lo silencio con un beso.

Vuelvo a sentir lo mismo, lo que solo había sentido en una ocasión, en la cueva, el año pasado, cuando intentaba que Haymitch nos enviase comida. He besado a Peeta unas mil veces, tanto en los juegos como después, pero solo hubo un beso que despertase un cosquilleo en mi interior, solo un beso que me hiciera desear más. Sin embargo, la herida de la cabeza empezó a sangrar y él me obligó a tumbarme.

Esta vez no hay nada que nos interrumpa, salvo nosotros mismos. Y, después de unos cuantos intentos, Peeta se rinde y deja de hablar. La sensación de mi interior se hace más cálida, surge de mi pecho y se extiende por todo el cuerpo, por brazos y piernas hasta llegar a las puntas de los dedos. En vez de satisfacerme, los besos tienen un efecto contrario, aumentan la necesidad. Creía que era una experta en hambre, pero se trata de hambre completamente distinto.

Lo que nos devuelve a la realidad es el primer rayo de la tormenta eléctrica (el rayo que golpea el árbol a medianoche). También despierta a Finnick, que se sienta con un grito. Veo que ha metido los dedos en la arena, como si quisiera asegurarse de que la pesadilla no era real.

—No puedo seguir durmiendo —dice—. Uno de los dos debe descansar. —Entonces parece darse cuenta de nuestras expresiones, de que estamos abrazados—. O los dos. Puedo vigilar solo.

Pero Peeta no le deja.

—Es demasiado peligroso —afirma—. No estoy cansado. Acuéstate tú, Katniss.

No pongo pegas porque necesito dormir si quiero lograr mantenerlo con vida. Dejo que me guíe hasta donde están los demás; me cuelga la cadena con el medallón y pone la mano en el punto donde debería estar nuestro bebé.

—Vas a ser una gran madre, ¿sabes? —me dice. Después me da un último beso y vuelve con Finnick.

Su referencia al bebé me indica que se ha acabado el recreo, que estamos de nuevo en los juegos. Que sabe que la audiencia se estará preguntando por qué no ha utilizado el argumento más persuasivo de su arsenal. Hay que manipular a los patrocinadores.

Aun así, mientras me estiro sobre la arena, me pregunto: ¿podría ser algo más? ¿Un recordatorio de que algún día podré tener hijos con Gale? Bueno, si es eso, ha sido un error. Primero, porque los niños nunca han formado parte de mi plan. Y segundo, porque, si solo uno de los dos puede ser padre, está muy claro que debería ser Peeta.

Empiezo a dormirme e intento imaginarme ese mundo, en algún momento del futuro, sin juegos, ni Capitolio. Un lugar como el prado de la canción que le canté a Rue mientras moría. Un lugar donde el hijo de Peeta esté a salvo.

25

Cuando me despierto, noto una breve y deliciosa sensación de felicidad que, por algún motivo, tiene que ver con Peeta. La felicidad, obviamente, es algo del todo absurdo en estos momentos, ya que, al ritmo que van las cosas, estaré muerta dentro de un día. Y eso sería en el mejor de los casos, si logro eliminar al resto del campo, incluida yo, y hacer que coronen a Peeta vencedor del Vasallaje de los Veinticinco. En cualquier caso, la sensación es tan inesperada y dulce que me aferro a ella, aunque sea por unos instantes. Antes de que los granos de arena, el sol caliente y los picores de la piel me exijan que vuelva a la realidad.

Todos están ya en pie, contemplando la bajada de un paracaídas. Me uno a ellos para recibir otro lote de pan. Es idéntico al que recibimos anoche, veinticuatro bollitos del Distrito 3. Eso nos deja con treinta y tres en total. Elegimos cinco cada uno y dejamos ocho en reserva. Nadie lo dice, pero ocho se dividen perfectamente si muere uno más. Por algún motivo, bromear sobre quién quedará para comerse los bollitos ha perdido su gracia a la luz del día.

¿Durante cuánto tiempo podemos mantener esta alianza? Creo que nadie esperaba que el número de tributos descendiese tan rápidamente. ¿Y si me equivoco y los demás no están protegiendo a Peeta? ¿Y si ha sido coincidencia, o una estrategia para ganarse nuestra confianza y convertirnos en presa fácil? ¿Y si no entiendo lo que sucede en realidad? Espera, eso no hace falta preguntarlo: no entiendo lo que sucede en realidad. Y si no lo entiendo, ha llegado el momento de que Peeta y yo salgamos de aquí.

Me siento a su lado en la arena a comerme los bollitos. No sé por qué, pero me cuesta mirarlo. Quizá sea por todos los besos de anoche, aunque no es nada raro que nos besemos, y puede que él ni siquiera notase algo distinto. Quizá sea por saber el poco tiempo que nos queda y lo opuestos que son nuestros objetivos.

Después de comer, tiro de su mano para llevarlo al agua.

—Venga, te enseñaré a nadar. —Necesito alejarlo de los demás, ir a un sitio donde podamos hablar sobre cómo largarnos. Será difícil, porque, una vez se den cuenta de que rompemos la alianza, seremos blancos al instante.

Si de verdad pretendiese enseñarlo a nadar, haría que se quitase el cinturón que lo mantiene a flote, pero ¿qué más da? Así que le enseño la brazada básica y lo dejo practicar de un lado a otro en la zona en la que el agua le llega a la cintura. Al principio veo que Johanna nos vigila con atención, aunque al final pierde interés y se va a echar una siesta. Finnick está tejiendo una red nueva con las plantas y Beetee juega con su alambre. Ha llegado el momento.

Mientras Peeta estaba nadando, yo he descubierto algo; las costras que me quedan empiezan a pelarse. Limpio el resto de las escamas del brazo restregándolas suavemente con un puñado de arena, y veo que hay piel nueva debajo. Le digo a Peeta que pare con el pretexto de enseñarle a librarse de las molestas costras y, mientras nos restregamos, saco el tema de la huida.

—Mira, ya solo quedamos ocho. Creo que es el momento de irse —le digo, entre dientes, aunque dudo que los demás tributos puedan oírme.

Peeta asiente, veo que está pensando en mi propuesta, sopesando si las probabilidades están a nuestro favor.

—Haremos una cosa —responde—. Nos quedaremos hasta que Brutus y Enobaria estén muertos. Creo que Beetee intenta montar una especie de trampa para ellos. Te prometo que nos iremos después.

No estoy del todo convencida, pero, si nos vamos ahora, tendremos a dos grupos de adversarios detrás de nosotros. Quizá tres, porque ¿quién sabe lo que planea Chaff? Además del problema del reloj. Y tenemos que pensar en Beetee. Johanna solo lo trajo por mí y, si lo abandonamos, seguro que lo mata. Entonces lo recuerdo: no puedo proteger también a Beetee. Solo puede haber un vencedor, y ese será Peeta. Tengo que aceptarlo, tengo que tomar decisiones basándome únicamente en su supervivencia.

—De acuerdo. Nos quedaremos hasta que los profesionales estén muertos, pero eso es todo. —Me vuelvo hacia Finnick—. ¡Eh, Finnick, ven aquí! ¡Ya sabemos cómo ponerte guapo otra vez!

Los tres nos restregamos las costras del cuerpo y ayudamos con la espalda de los demás, para salir, finalmente, tan sonrosados como el cielo. Nos untamos otra ración de medicina, porque la piel parece demasiado delicada para la luz del sol, y la pomada no tiene tan mal aspecto sobre la piel lisa; será un buen camuflaje para la jungla.

Beetee nos llama, y resulta que, efectivamente, durante todo el tiempo que ha pasado jugueteando con el alambre estaba ideando un plan.

—Creo que todos estaremos de acuerdo en que nuestra siguiente misión debe ser matar a Brutus y Enobaria —explica—. Dudo que nos ataquen de nuevo en campo abierto, ya que los superamos en número. Supongo que podríamos buscarlos, aunque sería difícil y peligroso.

—¿Crees que han averiguado lo del reloj? —le pregunto.

—Si no lo han hecho, lo harán pronto. Puede que no con la misma precisión que nosotros, pero tienen que saber que en algunas de las zonas hay trampas que activan los ataques y que suceden en bucle. Además, el hecho de que nuestra última pelea se interrumpiese por la intervención de los Vigilantes no les habrá pasado desapercibido. Nosotros sabemos que intentaban desorientarnos, pero ellos deben de estar dándole vueltas, y quizá eso también los ayude a darse cuenta de que la arena es un reloj. Así que creo que nuestra mejor opción es montar una trampa.

—Espera, deja que vaya a por Johanna —dice Finnick—. Se pondrá furiosa si ve que se ha perdido algo tan importante.

—O no —mascullo, porque, en realidad, se pasa todo el día más o menos furiosa; de todos modos, no lo detengo, porque yo también me enfadaría si me excluyeran de un plan a estas alturas.

Cuando se une a nosotros, Beetee nos hace retroceder un poco para tener espacio donde trabajar en la arena. Dibuja rápidamente un círculo y lo divide en doce cuñas. Es la arena, con trazos no tan precisos como los de Peeta, sino con las burdas líneas de un hombre que tiene la cabeza en otros asuntos mucho más complejos.

—Si fueseis Brutus y Enobaria, y supierais lo que sabéis sobre la jungla, ¿dónde os sentiríais más seguros? —pregunta Beetee. No lo hace con aire paternalista, aunque no puedo evitar pensar en un profesor que está a punto de enseñar una lección a sus alumnos. Quizá sea por la diferencia de edad o, simplemente, porque Beetee es como un millón de veces más listo que el resto de nosotros.

—Donde estamos ahora, en la playa —responde Peeta—. Es el lugar más seguro.

—Entonces, ¿por qué no están ellos en la playa? —pregunta Beetee.

—Porque estamos nosotros —responde Johanna, impaciente.

—Exacto. Estamos aquí, reclamando la playa. Entonces, ¿adónde iríais?

Pienso en la jungla mortífera, en la playa ocupada.

—Me escondería al borde de la jungla para poder escapar si me atacasen. Y para poder espiarnos —respondo.

—Y para comer —añade Finnick—. La jungla está llena de criaturas y plantas extrañas, pero, al observarnos, sabría que los mariscos son seguros.

Beetee sonríe como si fuésemos más inteligentes de lo que creía.

—Sí, bien, veo que lo entendéis. Bueno, esta es mi propuesta:

un ataque a las doce en punto. ¿Qué pasa exactamente a mediodía y medianoche?

—El rayo golpea el árbol —respondo.

—Sí. Así que sugiero que después de que el rayo golpee a mediodía, pero antes de que golpee a medianoche, pasemos mi alambre desde ese árbol hasta el agua de la playa, que, por supuesto, tiene una alta conductividad. Cuando caiga el rayo, la electricidad viajará por el alambre y no solo se introducirá en el agua, sino también en la playa que la rodea, que seguirá húmeda después de la ola de las diez. Todas las personas que estén en contacto con dichas superficies en ese momento quedarán electrocutadas.

Guardamos silencio un rato para digerir el plan de Beetee. Me parece algo fantástico, casi imposible, pero ¿por qué? He visto miles de trampas, ¿no es una trampa más grande con un componente más científico? ¿No podría funcionar? ¿Cómo vamos a cuestionarlo, si no somos más que tributos entrenados para pescar, cortar madera y sacar carbón? ¿Qué sabemos de las utilidades del poder del cielo?

Peeta lo intenta.

—¿De verdad podrá ese alambre conducir tanta potencia, Beetee? Parece frágil, como si fuese a quemarse.

—Sí, se quemará, pero no hasta que haya pasado la corriente por él. Actuará como una especie de fusible, de hecho. Salvo que la electricidad viajará por él.

—¿Cómo lo sabes? —pregunta Johanna; está claro que no la ha convencido.

—Porque lo inventé yo —responde Beetee, con cara de sorpresa—. No es un alambre en sentido estricto, igual que el rayo no es un rayo natural, ni el árbol un árbol de verdad. Tú conoces los árboles mejor que nosotros, Johanna. Los rayos deberían haberlo destruido ya, ¿no?

—Sí —responde ella, desanimada.

—No os preocupéis por el alambre, hará lo que digo —nos asegura Beetee.

—¿Y dónde estaremos nosotros cuando ocurra? —pregunta Finnick.

—En el interior de la jungla, lo bastante para estar a salvo.

—Entonces, los profesionales también estarán a salvo, a no ser que se encuentren cerca del agua —señalo.

—Cierto —responde Beetee.

—Y todo el marisco acabará cocido —añade Peeta.

—Seguramente más que cocido. Es muy probable que lo perdamos como fuente de alimento para siempre. Sin embargo, encontrasteis otras cosas comestibles en la jungla, ¿no, Katniss? —me pregunta Beetee.

—Sí, frutos secos y ratas —respondo—. Y tenemos patrocinadores.

—Pues, entonces, no creo que sea un problema. Pero como somos aliados y hará falta la colaboración de todos, la decisión de intentarlo o no depende de vosotros cuatro.

Sí que somos como alumnos. Solo se nos ocurren preocupaciones muy elementales para intentar rebatir su teoría, y la mayor parte de ellas ni siquiera tienen que ver con su plan. Miro las caras de desconcierto de los demás.

—¿Por qué no? —pregunto—. Si falla, no pasará nada. Si funciona, es posible que los matemos. Incluso si fallamos y solo matamos a los mariscos, Brutus y Enobaria también los perderán como alimento.

—Yo digo que lo intentemos —añade Peeta—. Katniss tiene razón.

Finnick mira a Johanna y arquea las cejas; no lo hará sin ella.

—De acuerdo —responde Johanna al fin—. Es mejor que perseguirlos por la jungla, y dudo que se imaginen nuestro plan, ya que ni nosotros mismos lo entendemos bien.

Beetee quiere examinar el árbol del rayo antes de poner la trampa. A juzgar por el sol, son aproximadamente las nueve de la mañana, así que, de todos modos, tendremos que salir pronto de nuestra playa. Desmontamos el campamento, nos acercamos a la playa que rodea la sección del árbol y nos metemos en la jungla. Beetee sigue demasiado débil para subir la pendiente él solo, así que Finnick y Peeta se turnan para llevarlo. Dejo que Johanna vaya en cabeza, porque el camino es bastante directo y supongo que no puede perdernos demasiado. Además, yo soy más peligrosa con un carcaj de flechas que ella con dos hachas, por lo que soy la más indicada para cubrir la retaguardia.

Este aire denso y bochornoso es un lastre. No nos hemos librado de él ni un momento desde que empezaron los juegos. Ojalá Haymitch dejase de enviar pan del Distrito 3 y lo sustituyese por el del Distrito 4, porque he sudado litros de agua en los dos últimos días y, aunque he comido pescado, necesito sal. Un trozo de hielo tampoco sería mala idea, o un vaso de agua fría. Agradezco el fluido que sale de los árboles, pero está a la misma temperatura que el agua de mar, el aire, los demás tributos y yo. Todos juntos formamos un enorme estofado caliente.

Cuando nos acercamos al árbol, Finnick sugiere que vaya yo delante.

—Katniss puede oír el campo de fuerza —les explica a Beetee y Johanna.

—¿Oírlo? —pregunta Beetee.

—Solo con el oído que me reconstruyó el Capitolio —respondo. ¿Adivinas a quién no voy a engañar con esa historia? A Beetee, porque seguro que él recuerda haberme enseñado como localizar un campo de fuerza, y supongo que es imposible oírlo. Sin embargo, no sé por qué, pero no cuestiona mi afirmación.

—Entonces, por supuesto, Katniss, ve primero —dice, deteniéndose un momento para limpiarse el vapor de las gafas—. Los campos de fuerza no son ninguna broma.

El árbol del rayo es inconfundible, ya que se eleva muy por encima de los demás. Encuentro un puñado de nueces y hago esperar a todos mientras recorro lentamente la pendiente y lanzo los frutos secos delante de mí. De todos modos, veo el campo de fuerza de inmediato, incluso antes de que las nueces lo golpeen, porque está a solo catorce metros. Al examinar la vegetación que tengo delante, veo el cuadrado ondulado en el aire, arriba, a mi derecha, así que tiro una nuez justo delante de mí y oigo el siseo que me lo confirma.

—Quedaos por debajo del árbol del rayo —les digo a los demás.

Dividimos las tareas: Finnick protege a Beetee mientras este examina el árbol; Johanna va a por agua; Peeta recolecta frutos secos; y yo cazo por las inmediaciones. Como las ratas de árbol no parecen temer a los humanos, cazo tres fácilmente. El sonido de la ola de las diez me recuerda que debo volver, así que regreso con los otros y me pongo a limpiar las presas. Después dibujo una línea en la tierra a unos cuantos metros del campo de fuerza, como recordatorio para no acercarnos, y Peeta y yo nos sentamos a asar frutos secos y chamuscar dados de rata.

Beetee sigue dándole vueltas al árbol haciendo quién sabe qué, tomando medidas y demás. En cierto momento arranca una astilla de la corteza, se une a nosotros y la tira contra el campo de fuerza; la astilla rebota y aterriza en el suelo, brillando. En pocos momentos recupera su color original.

—Bueno, eso explica muchas cosas —dice Beetee. Yo miro a Peeta y tengo que morderme el labio para no reírme, ya que a los demás no nos explica nada de nada.

Entonces oímos los chasquidos del sector contiguo al nuestro, lo que significa que son las once en punto. Suenan mucho más fuertes en la jungla que anoche, en la playa, y los escuchamos con atención.

—No es mecánico —afirma Beetee.

—Diría que son insectos —añado—, quizá escarabajos.

—Algo con pinzas —dice Finnick.

El sonido aumenta de volumen, como si supiesen por nuestros susurros que hay carne viva cerca. Aunque no sepamos qué produce los chasquidos, seguro que es algo capaz de arrancarnos la carne a tiras en cuestión de segundos.

—De todos modos, deberíamos irnos de aquí —dice Johanna—. Queda menos de una hora para que empiecen los relámpagos.

Sin embargo, no nos alejamos mucho. Montamos una especie de picnic, sentados en cuclillas con nuestra comida de la jungla, y esperamos a que el rayo señale el mediodía. A petición de Beetee, me subo a un árbol cuando empiezan a callarse los insectos. Cuando cae el rayo veo una luz cegadora, incluso desde donde estoy, incluso a la brillante luz del día. La luz abarca por completo el lejano árbol y lo hace relucir al rojo blanco azulado, provocando chisporroteos eléctricos en el aire que lo rodea. Bajo e informo a Beetee, que parece satisfecho, aunque no se lo cuente en términos muy científicos, que digamos.

Damos un rodeo para volver a la playa de las diez, donde la arena está húmeda y suave, barrida por la reciente ola. Beetee nos da la tarde libre, por así decirlo, mientras él trabaja con el alambre. Como es su arma y el resto de nosotros tiene que confiar en sus conocimientos por completo, es como si nos dejasen salir pronto de clase. Al principio nos turnamos para echarnos la siesta a la sombra de la jungla, pero, entrada la tarde, todos estamos despiertos e inquietos, y decidimos que, como podría ser nuestra última oportunidad de comer marisco, lo mejor es darnos un banquete. Siguiendo las instrucciones de Finnick, arponeamos peces y recolectamos marisco, incluso buceamos en busca de ostras. Esto último es lo que más disfruto, no porque me gusten demasiado las ostras (solo las he probado una vez, en el Capitolio, y no pude soportar la textura babosa), sino porque bajo el agua todo es precioso, como otro mundo. El mar está muy claro, y hay bancos de peces de tonos vivos y extrañas flores marinas que decoran el fondo.

Johanna vigila mientras Finnick, Peeta y yo limpiamos y preparamos la comida. Peeta abre una ostra y lo oigo soltar una carcajada.

—¡Eh, mira esto! —exclama, y saca una perla perfecta y reluciente del tamaño de un guisante—. Ya sabes, si se ejerce la presión suficiente sobre el carbón, se convierte en una perla —le dice muy serio a Finnick.

—Eso no es verdad —responde él, con aire desdeñoso, pero yo me parto de risa, porque recuerdo que así nos presentó Effie Trinket, que no tenía ni idea, a la gente del Capitolio el año pasado, antes de que nos conocieran: éramos como trozos de carbón que se convertían en perlas gracias al peso de nuestra existencia; la belleza que surgía del dolor.

Peeta limpia la perla en el agua y me la da.

—Para ti.

La sostengo en la palma de la mano y examino su superficie irisada a la luz del sol. Sí, la guardaré, durante las pocas horas de vida que me queden la llevaré siempre cerca. Es el último regalo de Peeta, el único que puedo aceptar de verdad. Quizá me dé fuerzas en los últimos momentos.

—Gracias —le digo, cerrando la mano. Miro con frialdad los ojos azules del que ahora es mi peor adversario, la persona que me mantendría con vida aunque tuviera que sacrificarse para ello. Me prometo derrotarlo.

Los ojos azules dejan de brillar de alegría y empiezan a clavarse en los míos, como si me leyesen el pensamiento.

—El medallón no ha funcionado, ¿verdad? —me pregunta Peeta, aunque tenemos a Finnick delante, aunque puede oírlo todo el mundo—. ¿Katniss?

—Sí ha funcionado.

—Pero no de la manera que yo pretendía —responde él, apartando la mirada. Después de eso, se limita a mirar las ostras.

Justo cuando estamos a punto de comer, aparece un paracaídas con dos suplementos para nuestro banquete: un botecito de salsa picante de color rojo y otra ración más de bollitos del Distrito 3. Finnick se pone de inmediato a contarlos, por supuesto.

—Otra vez veinticuatro.

Entonces son treinta y dos bollitos, así que cada uno nos quedamos con cinco y dejamos siete, que es un número imposible de dividir a partes iguales. Es comida para una sola persona.

La salada carne del pescado, el suculento marisco e incluso las ostras parecen sabrosas al añadirles la salsa. Nos atiborramos hasta que nadie puede tomar ni un bocado más, pero, aun así, quedan sobras. Como se pondrán malas, lo tiramos todo al mar, de modo que los profesionales no puedan llevárselo cuando nos vayamos. Nadie se molesta en guardar las caracolas, porque la ola las barrerá.

No queda más que esperar. Peeta y yo nos sentamos en la orilla, de la mano, en silencio. Él dio su discurso anoche, aunque no consiguiera hacerme cambiar de idea, y no hay nada que pueda decirle para convencerlo de que me haga caso. Ya pasó el momento de los regalos persuasivos.

Tengo la perla, eso sí, guardada en un paracaídas atado a la cintura, con la espita y la medicina. Espero que llegue al Distrito 12.

Seguro que Prim y mi madre sabrán que deben devolvérsela a Peeta antes de enterrarme.

26

Comienza el himno, aunque esta noche no aparece ninguna cara en el cielo. La audiencia estará inquieta, sedienta de sangre, pero, como la trampa de Beetee promete, los Vigilantes no nos han enviado más ataques. Quizá sientan curiosidad por ver si funciona.

Cuando Finnick y yo calculamos que son más o menos las nueve, salimos de nuestro campamento lleno de caracolas vacías, pasamos a la playa de las doce en punto y empezamos a ascender hacia el árbol del rayo a la luz de la luna. Los estómagos llenos hacen que estemos más incómodos y jadeantes que en la excursión de la mañana. Empiezo a arrepentirme de haberme comido la última docena de ostras.

Beetee le pide a Finnick que lo ayude, y el resto montamos guardia. Antes de atar el alambre al árbol, Beetee desenrolla metros y metros de cable, hace que Finnick lo ate con fuerza a una rama rota y lo deja en el suelo. Después se ponen cada uno a un lado del árbol y se van pasando la bobina para rodear el tronco de alambre una y otra vez. Al principio parece arbitrario, pero después veo un patrón, como un intrincado laberinto, que aparece bajo la luz de la luna en el lado de Beetee. Me pregunto si importará dónde esté colocado el cable, o si no es más que un truco para que el público especule. Diría que la mayoría de los espectadores sabe tanto de electricidad como yo.

El trabajo en el tronco se termina justo cuando oímos que empieza la ola. La verdad es que no se me había ocurrido calcular en qué momento justo de las diez se desencadenaba, porque debe de haber un momento de acumulación, después la ola en sí y después las secuelas de la inundación. Sin embargo, el cielo me dice que son las diez y media.

Entonces es cuando Beetee nos revela el resto del plan. Como nos hemos movido con rapidez entre los árboles, quiere que Johanna y yo nos llevemos la bobina a través de la jungla, desenrollando el alambre conforme avanzamos. Tenemos que extenderla por la playa de las doce y soltar la bobina metálica con lo que quede en la parte profunda del agua, asegurándonos de que se hunda. Después correremos hacia la jungla. Si nos vamos ahora, ahora mismo, deberíamos tener tiempo para ponernos a salvo.

—Quiero ir con ellas para protegerlas —dice Peeta de inmediato. Después del momento con la perla, sé que está menos dispuesto que nunca a perderme de vista.

—Eres demasiado lento —responde Beetee—. Además, te necesito aquí. Katniss vigilará. No queda tiempo para discutirlo, lo siento. Si las chicas quieren salir de esta con vida, tienen que irse ya —afirma, entregándole la bobina a Johanna.

El plan me gusta tan poco como a Peeta, porque ¿cómo voy a protegerlo si estoy lejos? Pero Beetee está en lo cierto: con la pierna herida, Peeta es demasiado lento para bajar por la colina a tiempo. Johanna y yo somos las más rápidas y fiables sobre el suelo de la jungla. No se me ocurre ninguna alternativa y, si confío en alguien aquí aparte de en Peeta, ese es Beetee.

—No pasa nada —le digo a mi compañero—, soltaremos el carrete y volveremos corriendo.

—A la zona del rayo, no —me recuerda Beetee—. Id hacia el árbol del sector de la una a las dos. Si veis que os quedáis sin tiempo, avanzad un sector más. Ni se os ocurra volver a la playa hasta que pueda evaluar los daños.

Sujeto la cara de Peeta entre las manos.

—No te preocupes, te veré a medianoche. —Le doy un beso y, antes de que pueda objetar más, lo suelto y me vuelvo hacia Johanna—. ¿Lista?

—¿Por qué no? —responde ella, encogiéndose de hombros. Formar equipo conmigo le hace tanta gracia como a mí, pero todos estamos presos en la trampa de Beetee—. Tú vigilas, yo desenrollo. Después podemos cambiarnos.

Sin más charla, empezamos a bajar la pendiente. De hecho, hay poca charla entre nosotras; bajamos a un buen ritmo, una con el carrete y la otra vigilando. Cuando llevamos la mitad del camino, oímos que empiezan los chasquidos, lo que indica que ya son más de las once.

—Será mejor que nos demos prisa —comenta Johanna—. Quiero estar bien lejos del agua antes de que caiga el rayo, por si Voltios ha hecho mal algún cálculo o lo que sea.

—Llevaré la bobina un rato —le digo. Es más difícil tender el cable que vigilar, y su turno ha sido largo.

—Toma —responde, pasándome el carrete.

Tenemos las dos manos todavía en el cilindro metálico cuando notamos una ligera vibración. De repente, el fino alambre dorado que hemos dejado atrás salta hacia nosotras y se nos enrolla formando bucles y lazos en las muñecas. Después, el extremo cortado se acerca como una serpiente hasta nuestros pies.

Tardamos un segundo en comprender este rápido giro de los acontecimientos. Johanna y yo nos miramos, pero ninguna tiene que decirlo: alguien no muy lejos de nosotras ha cortado el alambre... y nos alcanzará en cualquier momento.

Suelto el cable y estoy a punto de agarrar una flecha cuando el cilindro metálico me golpea el lateral de la cabeza. En un instante me encuentro en el suelo, de espaldas sobre las enredaderas, con un terrible dolor en la sien izquierda. Me pasa algo en los ojos, la vista se me emborrona una y otra vez cuando intento conseguir que las dos lunas que flotan en el cielo vuelvan a ser una. Me resulta difícil respirar y me doy cuenta de que tengo a Johanna encima del pecho, sujetándome los hombros con las rodillas.

Noto un pinchazo en el antebrazo izquierdo. Intento sacudírmela de encima, pero sigo demasiado incapacitada. Johanna me está metiendo algo, creo que la punta de su cuchillo, en la carne, y lo está retorciendo. Siento un desgarro atroz y algo caliente que me cae por la muñeca y me llena la palma de la mano. Ella me da un manotazo en el brazo y me cubre la mitad de la cara con mi propia sangre.

—¡Quédate quieta! —sisea. Se aparta de mí y me quedo sola.

«¿Que me quede quieta? —pienso—. ¿Por qué? ¿Qué está pasando?»

Cierro los ojos para bloquear este mundo incoherente, mientras intento analizar mi situación.

Solo puedo pensar en Johanna empujando a Wiress hacia la playa: «Quédate quieta, ¿quieres?». Pero no atacó a Wiress, así no. De todos modos, yo no soy Wiress, ni Majara. Oigo una y otra vez en mi cabeza: «Quédate quieta, ¿quieres?».

Pisadas que se acercan, dos pares, pesadas, no intentan ocultarse.

La voz de Brutus:

—¡Está casi muerta! ¡Venga, vamos, Enobaria!

Pies alejándose en la noche.

¿Lo estoy? Pierdo y recupero la conciencia una y otra vez, en busca de una respuesta. ¿Estoy casi muerta? No me encuentro en situación de argumentar lo contrario. De hecho, pensar de forma racional me cuesta mucho. Esto es lo que sé: Johanna me atacó, me golpeó en la cabeza con ese cilindro, me cortó el brazo y, probablemente, causó un daño irreparable en mis venas y arterias; y después aparecieron Brutus y Enobaria antes de tener tiempo para rematarme.

Se acabó la alianza. Finnick y Johanna deben de haberse puesto de acuerdo para traicionarnos esta noche. Sabía que teníamos que habernos ido. No sé de qué lado está Beetee, pero hay vía libre para darme caza; y a Peeta también.

¡Peeta! Abro los ojos, atenazada por el pánico. Peeta está esperando al lado del árbol, sin sospechar y con la guardia baja. Quizá Finnick ya lo haya matado.

—No —susurro. Los profesionales cortaron el cable a poca distancia de aquí, así que Finnick, Beetee y Peeta no saben lo que está pasando. Solo pueden suponer lo sucedido, por qué el cable se ha quedado muerto o, incluso, por qué ha saltado como un muelle también en su extremo. Eso, en sí mismo, podría considerarse como una señal para matar, ¿no? Quizá no era más que Johanna decidiendo que había llegado la hora de romper con nosotros, de matarme, de escapar de los profesionales e intentar meter a Finnick en la pelea lo antes posible.

No lo sé, no lo sé. Solo sé que debo volver con Peeta y mantenerlo con vida. Necesito toda mi fuerza de voluntad para sentarme y arrastrar las manos por la corteza de un árbol hasta lograr ponerme en pie. Por suerte, tengo algo a lo que agarrarme, porque la jungla se mueve de un lado a otro. Sin previo aviso, me echo hacia delante y vomito el banquete de marisco. Las arcadas siguen hasta que ya no puede quedar ni una ostra dentro de mi cuerpo. Temblorosa y empapada en sudor, evalúo mi condición física.

Al levantar el brazo herido, la sangre me salpica la cara y el mundo da otra voltereta alarmante. Cierro los ojos con fuerza y me agarro al árbol hasta que todo se calma un poco. Después me acerco con precaución a un árbol vecino, arranco un poco de musgo y, sin examinar más la herida, me vendo con fuerza el brazo. Mejor. Es mucho mejor no verlo. Me llevo la mano a la herida de la cabeza con mucho cuidado. Tengo un chichón enorme, pero no demasiada sangre. Está claro que he sufrido daños internos, aunque no parezco correr peligro de morir desangrada. Al menos, no por la cabeza.

Me seco las manos en el musgo y agarro vacilante el arco con el brazo izquierdo, el herido. Pongo una flecha en la cuerda y obligo a mis pies a subir por la pendiente.

Peeta, mi último deseo, mi promesa: mantenerlo con vida. Me animo un poco al darme cuenta de que debe de seguir vivo, ya que no ha sonado ningún cañón. Quizá Johanna trabajase sola porque creía que Finnick se aliaría con ella una vez dejase claras sus intenciones, aunque resulta difícil saber qué pasa entre esos dos. Me acuerdo de que la miró para ver qué pensaba antes de aceptar ayudar a montar la trampa de Beetee. Entre ellos hay una alianza mucho más profunda, basada en varios años de amistad y en quién sabe qué más. Por tanto, si Johanna me ha traicionado, yo no debería seguir confiando en Finnick.

Llego a esa conclusión pocos segundos antes de oír a alguien que baja corriendo la pendiente hacia mí. Ni Peeta, ni Beetee pueden moverse tan deprisa, así que me escondo detrás de una cortina de plantas y me oculto justo a tiempo. Finnick pasa volando a mi lado, con la piel manchada por la medicina, saltando a través de la maleza como un ciervo. Llega rápidamente al lugar del ataque y ve la sangre.

—¡Johanna, Katniss! —grita. Me quedo donde estoy hasta que se marcha en la dirección que siguieron Johanna y los profesionales.

Me muevo con toda la rapidez de la que soy capaz sin hacer que el mundo se ponga a dar vueltas. Me palpita la cabeza con los veloces latidos de mi corazón. Los insectos, probablemente nerviosos con el olor a sangre, han aumentado el ritmo de los chasquidos hasta convertirlos en un rugido. No, espera, quizá el rugido que oigo en los oídos se deba al golpe. No lo sabré con certeza hasta que se callen los insectos, pero, cuando se callen, empezarán los rayos. Tengo que moverme más deprisa y llegar a Peeta.

El cañonazo me detiene en seco: alguien ha muerto. Sé que con todo el mundo corriendo por ahí armado y asustado podría ser cualquiera, pero, sea quien sea, creo que esta muerte disparará una especie de guerra. La gente matará primero y preguntará por sus motivos después. Me obligo a correr.

Una cosa se me engancha en los pies y caigo despatarrada al suelo. Noto algo que me rodea, que me atrapa en unas fibras afiladas: ¡una red! Debe de ser una de las elaboradas redes de Finnick, colocada para cazarme, y él debe de estar cerca, tridente en mano. Me agito durante un momento, con lo que solo consigo que la red me apriete todavía más; entonces la distingo un poco mejor, gracias a un rayo de luz de luna. Desconcertada, levanto el brazo y veo que está enganchado en unos relucientes hilos dorados. No es una de las redes de Finnick, sino el alambre de Beetee. Me levanto con cuidado y veo que estoy en una zona llena de cable, que se ha quedado pillado en un tronco en su camino de vuelta al árbol del rayo. Me desenredo poco a poco, me aparto de su alcance y sigo colina arriba.

Lo bueno es que voy por el camino correcto y la herida en la cabeza no me ha desorientado. Lo malo es que el alambre me ha recordado la tormenta eléctrica que se avecina. Todavía oigo los insectos, pero ¿empiezan a callarse?

Mantengo los rollos de cable a unos cuantos metros a mi izquierda, para usarlos de guía mientras corro, aunque procurando no tocarlos. Si los insectos se van y el primer rayo está a punto de caer en el árbol, toda su potencia recorrerá ese alambre, y todo el que esté en contacto con él morirá.

El árbol aparece ante mí, con el tronco adornado de oro. Freno, intento moverme con más sigilo, pero la verdad es que debo dar gracias de seguir todavía en pie. Aunque busco a los demás, aquí no hay nadie.

—¿Peeta? —lo llamo en voz baja—. ¿Peeta?

Un débil gemido me responde, así que me doy rápidamente la vuelta y encuentro a alguien tirado en el suelo, un poco más arriba.

—¡Beetee! —exclamo, y me apresuro a arrodillarme a su lado. El gemido debe de haber sido involuntario, porque no está consciente, aunque la única herida que veo es un corte por debajo de la curva interior del codo. Agarro un poco de musgo y se lo pongo con torpeza mientras intento despertarlo.

—¡Beetee! Beetee, ¡qué está pasando! ¿Quién te ha cortado? ¡Beetee! —Lo sacudo como nunca se debe sacudir a una persona herida, pero no sé qué otra cosa hacer. Él gime otra vez y levanta brevemente una mano para apartarme.

Entonces me doy cuenta de que lleva un cuchillo envuelto en alambre, el que me parece que antes llevaba Peeta. Perpleja, me levanto, sostengo el cable y compruebo que está atado al árbol. Tardo un momento en recordar el segundo hilo, mucho más fino, que Beetee enrolló en una rama y dejó en el suelo antes de empezar con su diseño en el árbol. Creía que tenía algún significado eléctrico, que lo había apartado para usarlo después. Sin embargo, no fue así, porque habrá como unos veinte metros aquí.

Levanto la mirada para intentar ver la parte superior de la colina y me doy cuenta de que estamos a pocos pasos del campo de fuerza. Ahí está el cuadrado delator, arriba en el aire, a mi dere- cha, igual que esta mañana. ¿Qué ha hecho Beetee? ¿De verdad ha intentado meter el cuchillo en el campo de fuerza como Pee- ta hizo por accidente? ¿Y qué pasa con el cable? ¿Era su plan al- ternativo? Si fallaba la electrificación del agua, ¿pretendía enviar la energía del rayo al campo de fuerza? ¿Qué haría eso, en cual- quier caso? ¿Nada? ¿Mucho? ¿Freírnos a todos? Supongo que el campo de fuerza también debe de ser energía, en su mayor par- te. El del Centro de Entrenamiento era invisible. Este parece re- flejar la jungla, pero lo vi flaquear cuando Peeta metió el cuchi- llo y cuando le dieron mis flechas. El mundo real está detrás.

Ya no me retumban los oídos, lo que significa que, efectiva- mente, eran los insectos. Lo sé porque se están callando muy de- prisa y solo me llegan los sonidos de la jungla. Beetee no me sirve de nada, no puedo despertarlo, no puedo salvarlo. No sé qué in- tentaba hacer con el cuchillo y el alambre, y él es incapaz de expli- cármelo. El vendaje de musgo de su brazo está empapado, y no tiene sentido engañarme: me siento tan mareada que me desma- yaré en cuestión de minutos. Tengo que alejarme de este árbol y...

—¡Katniss! —oigo su voz, pero está muy lejos. ¿Qué hace? Peeta debe de haberse imaginado ya que todos intentan cazar- nos—. ¡Katniss!

No puedo protegerlo, no puedo moverme deprisa, ni alejar- me demasiado, y mi destreza con el arco resulta cuestionable, como mucho. Así que hago lo único que puedo para atraer a los atacantes y apartarlos de él.

—¡Peeta! —grito—. ¡Peeta! ¡Estoy aquí! ¡Peeta! —Sí, alejaré de Peeta a todos los que estén cerca, los atraeré hasta mí y hasta el árbol que está a punto de convertirse en un arma—. ¡Estoy aquí! ¡Estoy aquí! —No llegará a tiempo, no con esa pierna y de noche. No llegará a tiempo—. ¡Peeta!

Funciona, los oigo llegar, son dos y se abren paso entre la jungla. Empiezan a doblárseme las rodillas, me dejo caer al lado de Beetee, en cuclillas. Pongo en posición el arco y la flecha. Si puedo acabar con ellos, ¿será Peeta el que sobreviva?

Enobaria y Finnick llegan al árbol del rayo. No pueden verme, ya que estoy sentada más arriba, siguiendo la pendiente, con la piel camuflada por la pomada. Apunto al cuello de Enobaria. Con suerte, cuando la mate, Finnick se esconderá detrás del árbol en busca de protección justo cuando caiga el rayo, cosa que ocurrirá en cualquier momento. Solo se oyen algunos chasquidos sueltos. Puedo matarlos ahora, puedo matarlos a los dos.

Otro cañón.

—¡Katniss! —aúlla la voz de Peeta, aunque esta vez no contesto. Beetee todavía respira débilmente detrás de mí; los dos moriremos pronto. Finnick y Enobaria morirán. Peeta está vivo. Han sonado dos cañones. Brutus, Johanna, Chaff. Dos de ellos están muertos, lo que le deja a Peeta un solo tributo que matar, y eso es todo lo que puedo hacer. Un enemigo.

Enemigo, enemigo, la palabra intenta hacerme recordar algo reciente. Intenta decirme algo. La expresión en el rostro de Haymitch. «Katniss, cuando estés en la arena...», me dijo con el ceño fruncido, con recelo. «¿Qué?», me oigo contestar, tensa, a la defensiva por una acusación todavía sin formular. «Recuerda quién es el verdadero enemigo —me pidió—. Eso es todo».

El último consejo de Haymitch, ¿por qué lo he recordado? Siempre he sabido quién es el enemigo, quién es el que nos mata de hambre, nos tortura y nos asesina en la arena, quién es el que pronto matará a todas las personas a las que amo.

Suelto el arco al darme cuenta de lo que significa. Sí, sé quién es el verdadero enemigo, y no es Enobaria.

Por fin veo el cuchillo de Beetee con claridad. Le quito el alambre a la empuñadura con manos temblorosas, lo enrollo en la flecha, justo por encima de las plumas, y lo ato con un nudo que aprendí en el entrenamiento.

Me levanto y me vuelvo hacia el campo de fuerza, lo que me deja al descubierto, aunque ya no me importa, solo me preocupa el punto al que debo dirigir la flecha, el punto en el que Beetee hubiese metido el cuchillo de haber podido hacerlo. Apunto al cuadrado ondulado, al defecto, al... ¿cómo lo llamó aquel día? Al punto débil. Dejo volar la flecha, veo que da en su objetivo y se desvanece, tirando del alambre dorado que lleva enganchado detrás.

Se me pone el cabello de punta y el rayo cae sobre el árbol.

Un relámpago blanco recorre el alambre y, durante un instante, la cúpula se llena de una luz azul cegadora. Caigo de espaldas al suelo, inútil, paralizada, con los ojos muy abiertos, mientras trocitos de cosas me llueven encima. No puedo llegar hasta Peeta, ni siquiera puedo llegar hasta la perla. Intento ver una última imagen bella que llevarme conmigo.

Justo antes de que empiecen las explosiones, encuentro una estrella.

27

Todo parece entrar en erupción. El suelo estalla, convirtiéndose en una lluvia de tierra y plantas rotas. Los árboles arden, e incluso el cielo se llena de brillantes flores de luz. No entiendo por qué bombardean el cielo, hasta que me doy cuenta de que los Vigilantes están disparando fuegos artificiales arriba, mientras la verdadera destrucción sucede en el suelo, por si ver cómo desaparece la arena y los últimos tributos no fuese suficiente diversión. O quizá para iluminar nuestras sangrientas muertes.

¿Dejarán que sobreviva alguien? ¿Habrá un vencedor de los Septuagésimo Quintos Juegos del Hambre? Quizá no. Al fin y al cabo, ¿que es este Vasallaje de los Veinticinco, si no...? ¿Qué leyó el presidente Snow en la tarjeta? Un recordatorio a los rebeldes de que ni siquiera sus miembros más fuertes son rivales para el poder del Capitolio...

Ni siquiera los más fuertes entre los fuertes triunfarán. Quizá no quería que estos juegos tuviesen un vencedor, o quizá mi acto final de rebelión los obligara.

«Lo siento, Peeta —pienso—. Siento no haber podido salvarte».

¿Salvarlo? Lo más probable es que le haya robado la última oportunidad de vivir, que lo haya condenado al destrozar el campo de fuerza. Quizá, si todos hubiésemos seguido las reglas, lo habrían dejado vivir.

El aerodeslizador se materializa sobre mí sin previo aviso. Si todo estuviese en silencio y hubiera un sinsajo cerca, habría notado que se callaba la jungla y después la llamada del pájaro que precede la aparición de los aviones del Capitolio. Sin embargo, mis oídos no son capaces de distinguir algo tan delicado en medio de este bombardeo.

La pinza baja desde la parte de abajo hasta estar justo encima de mí. Las garras metálicas me levantan. Me gustaría gritar, correr, salir de aquí a puñetazos, pero estoy paralizada, indefensa, y lo único que puedo hacer es desear la muerte antes de llegar a las personas que me esperan arriba, entre las sombras. No me han perdonado la vida para coronarme vencedora, sino para hacer que mi muerte sea lo más lenta y pública posible.

Mis peores temores se confirman cuando veo que el rostro que me recibe en el interior del aerodeslizador es el de Plutarch Heavensbee, el Vigilante Jefe. Qué destrozos he hecho en sus preciosos juegos, con su inteligente reloj y el campo de vencedores. Sufrirá por su fallo, seguramente perderá la vida, aunque no antes de castigarme. Extiende el brazo y creo que pretende golpearme, pero hace algo peor: me cierra los párpados con el pulgar y el índice, sentenciándome a la vulnerabilidad de la noche. Ahora pueden hacer lo que quieran conmigo y ni siquiera lo veré venir.

Me late el corazón tan deprisa que la sangre empieza a manar por debajo de mi empapado vendaje de musgo. Se me nublan las ideas. Es posible que me desangre antes de que puedan revivirme. Susurro mentalmente las gracias a Johanna Mason por la excelente herida que me infligió justo antes de desmayarme.

Cuando empiezo a recuperar la conciencia, noto que estoy sobre una mesa acolchada y los pinchazos de unos tubos en el brazo izquierdo. Intentan mantenerme viva porque, si me muero en silencio y sola, la victoria será mía. Apenas puedo moverme todavía, abrir los ojos y levantar la cabeza, pero el brazo derecho ha recuperado parte de su movilidad, así que me lo pongo encima como si fuese una aleta, no, algo menos animado, como una porra. No tengo coordinación motriz, ni pruebas de que mis dedos sigan en su sitio. Sin embargo, consigo mover el brazo de un lado a otro hasta arrancar los tubos, cosa que produce un pitido. De todos modos, no logro permanecer despierta para ver quién viene a apagarlo.

La siguiente vez que me despierto tengo las manos atadas a la mesa y los tubos de nuevo en el brazo. Puedo abrir los ojos y levantar un poco la cabeza, eso sí. Estoy en una habitación grande con techos bajos y luz plateada. Hay dos filas de camas, unas frente a las otras, y oigo la respiración de quienes, supongo, serán mis compañeros vencedores. Justo frente a mí veo a Beetee conectado a unas diez máquinas diferentes. «¡Dejadnos morir!», grito en silencio. Dejo caer la cabeza en la mesa, golpeándomela con fuerza, y vuelvo a desmayarme.

Cuando por fin me despierto de verdad, no veo ninguna atadura. Levanto la cabeza y descubro que tengo dedos que puedo volver a mover a mi antojo. Me siento y me agarro a la mesa acolchada hasta que la habitación deja de moverse. Llevo el brazo izquierdo vendado, pero los tubos cuelgan de unos soportes junto a la cama.

En la habitación solo queda Beetee, que sigue tumbado delante de mí, sustentado por su ejército de máquinas. ¿Dónde están los demás? Peeta, Finnick, Enobaria y... y... uno más, ¿no? O Johanna, o Chaff, o Brutus seguía con vida cuando empezaron las bombas. Seguro que querrán utilizarnos a todos para dar ejemplo, pero ¿adónde se los han llevado? ¿Del hospital a la cárcel?

—Peeta... —susurro. Estaba desesperada por protegerlo, y sigo estándolo. Como fracasé en mi intento por mantenerlo a salvo en vida, debo encontrarlo y matarlo antes de que el Capitolio decida con qué horrible método asesinarlo. Bajo de la mesa y busco un arma. Hay unas cuantas jeringuillas selladas en plástico esterilizado en una mesa junto a la cama de Beetee. Perfecto, solo necesito inyectarle aire en una vena.

Me detengo un momento, dándole vueltas a si debo matar a Beetee. Si lo hago, los monitores empezarán a pitar y me atraparán antes de llegar a Peeta. Le prometo en silencio volver a rematarlo, si puedo.

Estoy desnuda, salvo por un fino camisón, así que me meto la jeringa debajo del vendaje que me cubre la herida del brazo. No hay guardias en la puerta. Seguro que estoy varios kilómetros por debajo del Centro de Entrenamiento, o en algún fortín del Capitolio, y que la posibilidad de escapar es nula. Da igual, no voy a escapar, solo quiero terminar mi trabajo.

Avanzo en silencio por un estrecho pasillo hasta una puerta metálica que está entreabierta. Hay alguien detrás; saco la jeringa y la agarro con fuerza, para después aplastarme contra la pared y prestar atención a las voces de dentro.

—Hemos perdido la comunicación con el 7, el 10 y el 12, pero el 11 tiene el transporte bajo control, así que, al menos, hay esperanzas de que logren sacar comida.

Plutarch Heavensbee, creo, aunque la verdad es que solo he hablado una vez con él. Una voz ronca le hace una pregunta.

—No, lo siento, no hay forma de llevaros al 4, pero he dado órdenes especiales para que vayan a por ella lo antes posible. No puedo hacer más, Finnick.

Finnick. Intento encontrar sentido a la conversación, al hecho de que esté teniendo lugar entre Plutarch Heavensbee y Finnick. ¿Es tan querido en el Capitolio que lo van a perdonar por sus crímenes? ¿O de verdad no tenía ni idea de lo que pretendía Beetee? Entonces grazna algo más, algo en tono desesperado.

—No seas estúpido, eso es lo peor que podrías hacer. Conseguirías que la matasen, sin duda. Mientras sigas vivo, ellos la mantendrán viva como cebo —dice Haymitch.

¡Dice Haymitch! Abro la puerta de golpe y entro dando traspiés en la habitación, donde están Haymitch, Plutarch y un Finnick muy desmejorado sentados alrededor de una mesa en la que han servido una comida que nadie come. La luz del sol entra por las ventanas redondeadas, y a lo lejos veo la parte superior de un bosque. Estamos volando.

—¿Has terminado ya de desmayarte, preciosa? —me pregunta Haymitch, claramente enfadado. Sin embargo, cuando me inclino hacia delante corre a sujetarme por las muñecas para que no me caiga y me mira la mano—. Así que estáis tú y una jeringa contra el Capitolio, ¿no? ¿Ves? Por eso nadie te deja organizar los planes. —Lo miro sin comprender nada—. Suéltala. —Noto que aumenta la presión de la muñeca derecha hasta que me veo obligada a abrirla y soltar la jeringa. Él me coloca en una silla al lado de Finnick.

Plutarch me pone delante un cuenco con caldo y un panecillo, y me pasa una cuchara.

—Come —me pide con un tono mucho más amable que Haymitch.

Mi mentor se sienta frente a mí.

—Katniss, te voy a explicar lo sucedido, y no quiero que preguntes nada hasta que acabe, ¿entendido?

Asiento, atontada. Y esto es lo que me cuenta.

Prepararon un plan para sacarnos de la arena en cuanto se anunció el vasallaje. Los tributos vencedores de los distritos 3, 4, 6, 7, 8 y 11 lo conocían, cada uno en distinta medida. Plutarch Heavensbee forma parte desde hace varios años de un grupo secreto que pretende derrocar al Capitolio. Se aseguró de que el alambre estuviese entre las armas. Beetee estaba a cargo de abrir un agujero en el campo de fuerza. El pan que recibimos en la arena era un código para el momento del rescate. El distrito del que salía el pan indicaba el día: tres. El número de panecillos indicaba la hora: veinticuatro. El aerodeslizador pertenece al Distrito 13. Bonnie y Twill, las mujeres del Distrito 8 que conocí en el bosque, tenían razón sobre su existencia y su capacidad de defensa. En estos momentos nos dirigimos dando un rodeo a ese distrito. Mientras tanto, casi todos los distritos de Panem están en plena rebelión a gran escala.

Haymitch se calla un momento para ver si lo sigo, o quizá porque ya ha terminado por ahora.

Son muchas cosas que asimilar, es un plan elaborado en el que yo no era más que una pieza del tablero, igual que era una pieza de los Juegos del Hambre. Me han usado sin mi consentimiento, sin mi conocimiento. Al menos, en los Juegos del Hambre sabía que jugaban conmigo. Mis supuestos amigos han sido mucho más reservados.

—No me lo dijiste —protesto, con la voz tan ronca como la de Finnick.

—Ni Peeta, ni tú lo sabíais. No podíamos arriesgarnos —responde Plutarch—. Hasta me preocupaba que mencionases mi indiscreción con el reloj durante los juegos. —Se saca el reloj del bolsillo y pasa el pulgar por el cristal, encendiendo el sinsajo—. Por supuesto, cuando te lo enseñé, intentaba darte una pista sobre la arena, como mentora. Creía que sería un primer paso para ganarme tu confianza. Ni se me pasó por la cabeza que pudieras volver a ser un tributo.

—Sigo sin entender por qué no nos contasteis el plan a Peeta y a mí.

—Porque, cuando el campo de fuerza estallase, vosotros seríais los primeros a los que intentarían capturar, y cuanto menos supieseis, mejor —explica Haymitch.

—¿Los primeros? ¿Por qué? —pregunto, intentando seguir el hilo.

—Por la misma razón por la que los demás aceptamos morir para manteneros vivos —responde Finnick.

—No, Johanna intentó matarme.

—Johanna te derribó para quitarte el dispositivo de seguimiento del brazo y alejar a Brutus y Enobaria de ti —dice Haymitch.

—¿Qué? —Me duele mucho la cabeza y quiero que dejen de dar rodeos—. No sé de lo que...

—Teníamos que salvarte porque tú eres el sinsajo, Katniss —me interrumpe Plutarch—. Mientras sigas viva, la revolución continuará.

El pájaro, el broche, la canción, las bayas, el reloj, la galleta, el vestido que estalló en llamas. Yo soy el sinsajo. La que sobrevivió a pesar de los planes del Capitolio, el símbolo de la rebelión.

Es lo que sospeché en el bosque, cuando descubrí a Bonnie y Twill, aunque nunca comprendí bien la magnitud. Sin embargo, la idea era precisamente que no la entendiera. Me acuerdo de cómo se mofó Haymitch de mis planes para huir del Distrito 12, de iniciar mi propio levantamiento, incluso de la mera idea de que el Distrito 13 existiera. Subterfugios y engaños. Y, si pudo hacer eso detrás de esa máscara de sarcasmo y embriaguez, de una forma tan convincente y durante tanto tiempo, ¿en qué otras cosas me ha mentido? Ya lo sé.

—Peeta —susurro, notando que se me cae el alma a los pies.

—Los demás mantuvieron a Peeta con vida porque, si moría, sabíamos que no podríamos hacer que mantuvieses la alianza —dice Haymitch—, y no podíamos arriesgarnos a dejarte sin protección. —Lo dice con toda naturalidad, sin cambiar de expresión, aunque no logra evitar un ligero tono gris en la cara.

—¿Dónde está Peeta? —siseo.

—Lo sacó el Capitolio, junto con Johanna y Enobaria —responde Haymitch y, por fin, tiene la decencia de bajar la mirada.

Técnicamente, no estoy armada, pero no se debe subestimar el potencial de unas uñas, sobre todo si el objetivo no está preparado. Me lanzó sobre la mesa y clavo las mías en el rostro de Haymitch, haciéndolo sangrar e hiriéndole un ojo. Después los dos nos gritamos cosas terribles, terribles de verdad, Finnick intenta apartarme a rastras y sé que Haymitch hace un gran esfuerzo por no arrancarme la piel a tiras, porque yo soy el sinsajo. Soy el sinsajo y ya es lo bastante difícil mantenerme con vida tal y como estoy.

Otras manos ayudan a Finnick y vuelvo a la camilla, con las muñecas atadas, así que golpeo la superficie con la cabeza, furiosa, una y otra vez. Alguien me pincha el brazo con una jeringuilla y me duele tanto la cabeza que dejo de luchar y me limito a gemir como un animal moribundo hasta quedarme sin voz.

La medicina me seda, pero no me duerme; me quedo atrapada en un sufrimiento confuso y doloroso durante un tiempo que me parece eterno. Me vuelven a introducir los tubos y me hablan con voces tranquilizadoras que no llegan a mí. Solo puedo pensar en Peeta tumbado en una mesa similar en alguna parte, torturado para sacarle una información que no tiene.

—Katniss, Katniss, lo siento —oigo decir a Finnick desde la cama de al lado, aunque no estoy del todo consciente. Quizá sea porque sufrimos un dolor parecido—. Quería volver a por él y Johanna, pero no podía moverme.

No respondo. Las buenas intenciones de Finnick Odair no significan nada para mí.

—Será mejor para él que para Johanna, porque se darán cuenta en seguida de que no sabe nada y no lo matarán si creen que pueden usarlo contra ti.

—¿De cebo? —le pregunto al techo—. Lo usarán de cebo igual que a Annie, ¿Finnick?

Lo oigo llorar, pero no me importa. Seguramente a ella ni siquiera se molestarán en interrogarla, porque está ida del todo. Se perdió hace años, en sus juegos, y existe la posibilidad de que yo vaya en la misma dirección. Quizá esté ya volviéndome loca y nadie ha tenido el valor de decírmelo. La verdad es que me siento bastante loca.

—Ojalá estuviese muerta —dice—. Ojalá estuviesen todos muertos y nosotros también. Sería lo mejor.

Bueno, no hay una respuesta apropiada a eso. No puedo rebatírselo, ya que yo estaba por ahí andando con una jeringuilla, pensando en matar a Peeta, cuando los encontré. ¿De verdad quiero que muera? Lo que quiero... lo que quiero es que vuelva, pero eso ya no pasará. Aunque las fuerzas rebeldes logren derribar el Capitolio, seguro que el acto final del presidente Snow sería cortarle el cuello a Peeta. No, no volverá nunca, así que es mejor que muera.

Sin embargo, ¿sabrá eso Peeta o seguirá luchando? Es fuerte y sabe mentir muy bien. ¿Creerá que tiene una oportunidad de sobrevivir? ¿Le importará? De todos modos, eso no entraba en sus planes, ya había renunciado a su vida. Quizá, si sabe que me rescataron, incluso esté contento. Sentirá que ha cumplido su misión de mantenerme viva.

Creo que lo odio todavía más que a Haymitch.

Me rindo. Dejo de hablar, de responder, de comer y beber. Pueden meterme lo que quieran por el brazo, pero hace falta más que eso para mantener con vida a una persona que ha perdido las ganas de vivir. Incluso se me ocurre la extraña idea de que, si muero, quizá Peeta pueda vivir. No en libertad, sino como avox o algo, de criado de los futuros tributos del Distrito 12. Después puede que encuentre la forma de escapar. De hecho, mi muerte todavía podría salvarlo.

Si no es así, da igual, me basta con morir por despecho, por castigar a Haymitch; precisamente él entre todas las personas de este mundo podrido ha sido el que nos ha convertido a Peeta y a mí en piezas de los juegos. Confiaba en él. Puse en sus manos todo lo que me importaba, y él me ha traicionado.

«¿Ves? Por eso nadie te deja organizar los planes», me dijo.

Es cierto, nadie en su sano juicio me dejaría organizar los planes, porque está claro que no sé distinguir a los amigos de los enemigos.

Mucha gente se acerca a hablar conmigo, aunque consigo que sus palabras se conviertan en el chasquido de los insectos de la jungla, en algo sin sentido y lejano; peligroso, pero solo si te acercas. Siempre que las palabras empiezan a cobrar algo de sentido, gimo hasta que me dan más analgésicos, y eso pone las cosas de nuevo en su sitio.

Hasta que, una vez, abro los ojos y encuentro a alguien de quien no puedo huir; alguien que no suplicará, ni explicará, ni pensará que puede hacerme cambiar de idea con ruegos, porque él es el único que sabe cómo funciono.

—Gale —susurro.

—Hola, Catnip —dice, apartándome un mechón de pelo de los ojos. Se ha quemado un lado de la cara hace muy poco. Lleva el brazo en cabestrillo y veo vendas bajo la camisa de minero.

¿Qué le ha pasado? ¿Cómo ha llegado aquí? Algo terrible ha sucedido en casa.

No es tanto cuestión de olvidar a Peeta como de recordar a los otros. Solo me hace falta mirar a Gale para que todos vuelvan a mi presente y exijan que les haga caso.

—¿Prim? —pregunto, con voz ahogada.

—Está viva, y tu madre también. Las saqué a tiempo.

—¿No están en el Distrito 12?

—Después de los juegos enviaron aviones y soltaron bombas incendiarias —responde, vacilando—. Bueno, ya sabes lo que pasó con el Quemador.

Lo sé, lo vi arder. Aquel viejo almacén lleno de polvo de carbón incrustado; todo el distrito está cubierto de polvo de carbón. Un horror diferente empieza a crecerme dentro al imaginar las bombas incendiarias sobre la Veta.

—¿No están en el Distrito 12? —repito, como si decirlo me protegiese de la verdad.

—Katniss —dice Gale, en voz baja.

Reconozco esa voz, es la misma que utiliza para acercarse a los animales heridos antes de darles el golpe de gracia. Levanto la mano instintivamente para no oír sus palabras, pero él la intercepta y la sujeta con fuerza.

—No —susurro.

Pero Gale no es de los que me ocultan las cosas.

—Katniss, el Distrito 12 ya no existe.

FIN DEL SEGUNDO LIBRO

SUZANNE COLLINS

TRILOGÍA LOS JUEGOS DEL HAMBRE

LOS JUEGOS DEL HAMBRE

En una oscura versión del futuro próximo, doce chicos y doce chicas se ven obligados a participar en un *reality show* llamado *Los juegos del hambre*. Solo hay una regla: matar o morir.

Cuando Katniss Everdeen, una joven de dieciséis años, se presenta voluntaria para ocupar el lugar de su hermana en los juegos, lo entiende como una condena a muerte. Sin embargo, Katniss ya ha visto la muerte de cerca; y la supervivencia forma parte de su naturaleza.

EN LLAMAS

Contra todo pronóstico, Katniss Everdeen y Peeta Mellark siguen vivos. Aunque Katniss debería sentirse aliviada, se rumorea que existe una rebelión contra el Capitolio, una rebelión que puede que Katniss y Peeta hayan ayudado a inspirar.

La nación les observa y hay mucho en juego. Un movimiento en falso y las consecuencias serán inimaginables.

SINSAJO

Katniss Everdeen ha sobrevivido dos veces a *Los juegos del hambre*, pero no está a salvo. La revolución se extiende y, al parecer, todos han tenido algo que ver en el meticuloso plan, todos excepto Katniss.

Aun así, su papel en la batalla final es el más importante de todos: Katniss debe convertirse en el Sinsajo, en el símbolo de la rebelión... a cualquier precio.